现代性视野下的小说类型学研究

张永禄 ◎ 著

中国出版集团　东方出版中心

图书在版编目（CIP）数据

现代性视野下的小说类型学研究 / 张永禄著. —上
海：东方出版中心，2022.11
　　ISBN 978-7-5473-2107-2

　　Ⅰ.①现… Ⅱ.①张… Ⅲ.①现代小说 - 小说研究 -
中国 Ⅳ.①I207.42

　　中国版本图书馆CIP数据核字（2022）第209000号

现代性视野下的小说类型学研究

著　　者	张永禄
策　　划	刘佩英
责任编辑	徐建梅　周心怡
装帧设计	钟　颖

出版发行	东方出版中心有限公司
地　　址	上海市仙霞路345号
邮政编码	200336
电　　话	021-62417400
印 刷 者	上海颛辉印刷厂有限公司

开　　本	710mm×1000mm　1/16
印　　张	22.5
字　　数	303千字
版　　次	2023年1月第1版
印　　次	2023年1月第1次印刷
定　　价	88.00元

本书为国家社会科学基金项目

"现代性视野下的小说类型学研究"的成果

项目编号为 15BZW019

成规是伟大艺术的产生条件。

——尼采

序　一

　　中国现代小说诞生已超过百年，其创作的类型化肇始于 20 世纪的三四十年代，又于 20 世纪末和 21 世纪初随着市场经济的崛起重新勃张，并于最近二十余年在文学网络化加持下成为小说创作主潮。小说创作的类型化以文化产业化发展为契机，以文学阅读需求的多样化倾向为基础，进而成为数字化阅读时代的主流创作样态。从网络文学创作在当下文学中的主流地位、类型化创作在网络文学创作中的主流地位来看，这个论断应该是没有问题的。

　　与此不相适应的是中国现代小说类型学的发展，其肇始由鲁迅、郑振铎等奠基，其发展由陈平原、赵宪章等推动，但是整体状况与小说创作的类型化趋势及其主潮地位是不匹配的。

　　我于 21 世纪初观察到小说创作的类型化趋势新变，意识到我们迫切地需要改变"小说理论只有笼统的一种，而我们的批评却要面对多种多样的小说类型"的尴尬局面，意识到"我们迫切地需要一种新的小说理论，这种理论不仅仅是基于阅读者批评角度来理解小说，还要从创作者创作的角度来解释小说，对创作者创作有所帮助"。2003 年开始，我和张永禄、许道军、赵牧、陈佳冀、叶祝弟、谢尚发、谢采、杜建等，从编辑类型小说丛书开始，试图建立一种新的小说研究视角、一种新的小说理论，这种小说理论不是基于批评者视角的，而是基于创作者视角的，我们试图突破传统中文系文学理论都是从阅读批评角度出发的理论视角局限。于此同时，文学批评实践上，我们也试图打开一条以类型理论为指导、以类型批评为方法的小说批评路线，改变用一种笼统的小说观念针对所有小说类型的非科学批评局面；教学上，我们也做了一些尝试，实验性地开设一些创作者培养的课程，利用小说类型学的基础理论和方法来教学虚构写作，做一些初步的创作者培养尝试。至 2012 年，我们获得了十余项博士、硕士论文成果，完成了相关方向的国家社科基金课题，出版了类型理论与批评丛书。

是时，永禄就是这个队伍的中军，他那时的工作是对中国现代小说创作和理论进行类型学角度的梳理，从中寻找历史资源。后来，那个工作凝结为他的博士论文《现代小说类型批评实践检视与类型学建构》，也是那个工作，让他成了我们团队中最有现代小说学"国故"基础的人。他不仅自己能出史论结合的成果，还能为其他人的研究提供创新的概念、命题，提供建议和支撑——他总能把我们的概念、命题放到中国现代小说创作史、理论史的大链条中去，让这些概念经受历史化的检验，也进而能更加逻辑化。我的《小说类型学的基础理论问题》一书中关于小说类型的分蘖、诞生、成长的研究部分，里面的跨类、兼类、反类等概念，就是他原创性地提出的，我想这个是与他对中国现代小说类型批评实践的长时段历史性考察分不开的。

十余年来，永禄一直在小说类型学领域耕耘，他不忌讳学界的不解，不顾及这个题目的艰难，一直在默默前行，如今终于集成一体，完成了由历史而逻辑，将历史和逻辑统一起来形成理论体系的工作。《现代性视野下的小说类型学研究》的完成是中国小说类型学理论研究的一个重要进展，它一方面来自对当下文学尤其是网络文学最新发展的状况考察，另一方面又是基于广博的超越具体时空的现代性小说理论视野，据此发展出了系统的小说类型学新概念、新判断，这些新概念、新判断的提出，不仅是对小说现象的理论总结和概括，同时，也是前瞻性的，具有极强的理论预见性和方法论意味性，显示了作者在理论思辨方面的新拓展、新成果。优秀的真理论是可以预见未来的，也能为未来的小说研究提供视野高度和方法论支撑。最近几年，我观察到很多青年学者开始能熟练地运用叙事语法、叙事成规、跨类、兼类等小说类型学概念工具和方法，对具体的小说类型进行历史研究和理论批评了。我相信,随着小说类型学的进一步发展完善,小说类型学将成为中国现代小说理论和批评的一个重要分支,甚至是主力分支。

葛红兵

2022 年 10 月 27 日

序　二

　　网络文学诞生之初，就被打上了"类型文学"这个强标签。而事实上，这个定义既正确，又不正确。说它正确，是因为从个体来看，绝大多数的网络文学作品确实都属于类型文学；而不正确，则是因为作为一个整体，网络文学由无数个品类交织构成，无法像此前的武侠、言情那样，用单一类型进行囊括。同时，网络文学可以说包罗万象，并不像许多人认为的那样，仅仅只有类型小说，甚至并不仅仅只有小说这一体裁。

　　最初，网络文学品类确实相对单一，它受到武侠小说、西方奇幻小说以及部分日式小说的影响，诞生出了一种兼具中国特色以及网络特征的全新类型——玄幻。早期的网络文学，几乎是清一色的玄幻小说，因此，在之后很长的一段时间内，玄幻被等同于网文。但很快的，在网络文学极强的创新能力与迭代速度下，历史、仙侠、科幻、都市……新品类接连出现，而品类中的细分变种，也就是子品类，更是一批批地涌现。尤其是在进入移动互联网时代之后，新类型、新题材的诞生数量甚至超越了品类式的呈现模式，为了便于分类检索，各大平台不得不采取新的标签模式来呈现。

　　除此之外，随着行业的整体发展，各品类间的区隔也在渐渐被打破。一部言情小说，同时也可以是一部科幻，还能具有历史元素，也能归属于重生类……无论是喜欢言情的，还是喜欢历史的读者，都能认为这是自己想看的那个类型，但对于创作者或是研究者而言，则很难把它归于单一品类。正因为如

005

此，在网络文学二十多年的发展历程中，类型化的建设起到了很好的推动作用。但这个推动，更多是体现在读者层面，对创作的影响在现阶段并没有特别的突出，或者说并没有起到核心作用。

对于网文的创作，最核心、最本质的两大推动力，当属市场化和互动性。不同于传统时代，一本书由少数编辑决定是否能出版发行、由少数评委决定是否能获奖，网络文学可以说从根源上就是一种高度市场化、完全由大众评判优劣的新领域。

网络文学的创作，本身没有任何的入门门槛，在不违法违德的前提下，任何人都有权利在各个文学平台发表自己的作品。虽然作品的热度一定程度上与签约平台的用户规模、推广能力有关，但它们至少是在同一个平台内横向比较，可以说绝大部分与市场、与广大读者的认可直接关联。在这里，且不说编辑们接受着高度商业化的考核监督，哪怕是离开了监督，编辑一言定生死的作用也被极大地弱化了。一本不被市场认可的作品，编辑哪怕砸再多资源，热度依旧起不来。相反，如果作品足够出色，哪怕被编辑忽视，最终也很可能在市场机制的自运行下，走进千千万万大众的视线。

不仅如此，网络文学首创的微支付模式，打破了传统出版全本购买的限制，读者除了可以免费阅读开篇部分，还能逐章购买。这是一种极度倒逼创作者保持内容品质的商业模式，因为但凡哪一章开始不用心写作，导致作品可读性下降，就自然会被读者放弃。无论是作品人气还是作家收入，都会直线骤降。因此，在这种市场化、微支付、强竞争的模式下，最后能胜出的一定是最能被人民大众喜爱的作品。而当网络文学作品数量达到一定的规模后，这种层层厮杀出的头部内容，也保证了足够的商业化高度。

影响网文创作的另一个核心推动力则是它的互动性。相比传统出版漫长的读写反馈周期，网络文学随写随发的特点加上互联网传播的即时性，不仅使读者能第一时间获得作家的最新创作成果，而且使作家能第一时间得到市场的评价反馈。一个章节发表之后，往往是在当天，甚至在几分钟内，就能收获大量的评论。这不仅能帮助作家随时了解自己新内容的优劣变化，而且更能使作家在自己创作内容的细节上得到认识，知道哪个角色更受读者喜爱，哪段剧情开始让读者厌烦，哪个梗让读者情绪高涨……

这种互动性，在起点平台的本章说功能出现后，进化到了一个前所未有的高度。作家接收到的不仅仅是对既有内容的反馈，更是对后续未创作剧情的启示，这是从原本的"共读"演化为了"共创"，甚至有些作家戏称，离开了本章说，他们就突然不会写作了。

可以说，高度的市场化和互动性，催生出了一大批优秀的网络作家，这两大特色也将持续产生影响。不过，在可见的将来，可以预见的是又一项核心动力会加入进来，为新生代网络作家构建上升通道，那就是之前一直被反复提及，但重要性一直没有被拔得那么高的类型化写作。

变化主要来自两个层面。在创作层面，因为职业作家群体日渐庞大，竞争日渐激烈，多年来沉淀的优秀作品也在不断增多。网络文学已经从最初无比渴求内容的卖方市场，进入到好内容比比皆是的买方市场，读者有了非常多的选择。在这种情况下，除了已经在金字塔顶端的极少数头部作家外，对于多数作家而言，追求打通全量市场并不是最佳选择，相反，去重点攻坚某个垂类市场、某个特殊人群才是理性的最优解。

而在读者层面，新一代的年轻群体与长辈相比，有了许多显著的不同，其中比较显性的一条就是个性化，他们不再盲从大流，而是追求自我、追求个性，小众文化往往更能打动他们。

因此，在新时代的网络文学创作中，类型化创作可以说是一条捷径。这并不是说作家去生搬硬套、机械式地模仿。而是基于某个特定的人群，或者某种特定的阅读心理、阅读需求，去作深入的探索，把这方面的优势放大到极致，在单一领域取得市场的领先。

然而，虽然很多人都认识到了类型化创作的潜力，但却缺少理论上的有效指导。张永禄教授长期从事小说类型学研究，先后承担了几个国家课题，出版了相关著作，在这个领域很有心得，并形成了自己系统的理论。本书就是张教授这些年思考与研究的结晶，我初步看了一些，很有启发，有些观点与我不谋而合。本书提出了小说类型的一些概念命题，能帮助我们更好地讨论网络小说，而对于小说类型的创意性评估和价值研究、类型的方法论等，则让人很受启发。虽然这本书并不是专门针对网络小说而言的，但作为原理性的东西，还是管用的。

这本书的理论价值，我不好说，这不是我的专业。但是，这本书的实用性，我觉得还是蛮大的，正如张教授所说："在文学产业化的发展上，既可以帮助出版界、文学网站在选题策划上实现类型的可持续开发；也可以帮助作家认识写作类型上的特长与局限，在创作中扬长避短，少走弯路。"希望更多的网文作家看到这本书，提升网文创作的类型自觉性。也希望更多的研究者们也来关注小说类型化这个大课题，推进其理论建设。理论和创作是分不开的，理论上去了，创作自然也不会差到哪里。

张教授告诉我，他目前正在做的国家社科基金项目是网络小说的类型学批评方法研究。由理论而批评，类型化批评也是网文的重要课题，我期待他的研究成果早日推出。

是为序。

阅文集团　杨晨

2022 年 12 月 19 日

目　录

导　论

类型既是古老而有活力的学术范畴，也是文学研究的基本问题之一，有其深刻的哲学理据和丰富的文艺实践。从学术史视野看来，中西方对于其研究整体上经历了从古代的类型观念（思维）到近代的类型理论再到现代的类型学范式的发展历程。

一、类型的基本语义与哲学理据

从词源学上讲，由于中国现代学术和学科建立与邻国日本的特殊关系，和很多术语一样，"类型"一词是从日语对英语的翻译转化过来的"舶来品"。"类型"一词源于有拉丁词根的法语"genre"，表示"独特的艺术风格"（particular style of art），在法语中尤其用来表述"独立的风格"（used especially in French for "independent style"）。"gene-"是原始印欧语的词根，意为"生孩子"（give birth, beget）。对应的古希腊语中，相关性词语 gignesthai，意为发生、变成为、生成；γέωεσις（genesis）意指起源、诞生、种族、后代、创造物等；γένος（genos），指氏族、家族、后代、子孙、种族、民族、世代、性别等；γόνος（gonos），指子女、后代、果实、产品、家庭出身、生产生育等意。综合对比这几个相关词语，我们很清楚其原初的意指，其一，类型不是单一指称，而是有基因关联的群体，强调群体之间的上下相联；其二是群体代代相传，有生生不息之态势；其三，同一群体要有独特的显示度和区别性，有自我风格作为标识。这些意涵在后来的类型观念和思想中无形中具有了指导性，成为基本原则。在英语世界中表示类型的术语很多，有"kind""type""genre""class""category""species"等，因没有意见一致的对应词语，故经常出现与"genre"混用的现象。一直以来，在文学界的实际使用中都比较随意。比如罗吉·福勒就指出："此词在英语批评词汇中尚无意见一致的对应词，'kind''type''form'都与文类（genre）混杂地使用。单单这一事实就揭示出围绕文类理论发展的某些混乱。"① 不过，在不同的学科中，英语表达往往不同，有研究者指出："同是类型学研究，哲学界常用 category，考古学界喜欢用 type，而文学批评界则倾向于采用 genre。"② 为了避免这种术语在文学研究中的混乱，在韦勒克、沃伦的《文学理论》和韦斯坦的《比较文学和文学理论》中界定了不同层级的类型，使用了一级分类（type，kind）和二级分类（genre）。小说的类型则是在二级分类层级上使用的。不论使用怎样混乱，也不管使用层级怎么不同，但对类型的基本观点都大致相同，即具有共同特征的事物所形成的种类。在文学批评界，这种认识尤其普遍，比如艾布拉姆斯就说："类型就是一套基本的成规和法则，随着时代的变化而变化，但总是被作家和读者通过默契而共同遵守。"③

古汉语中，虽然没有专门的"类型"术语，但"类"和"型"的概念却源远流长，从其本义探源，"类"和"型"基本同义。《说文解字》里说："类，种类相似，惟犬最甚。"这里的"类"作名词和动词两种解释：① 名词，种类，是许多相似或相同事物的综合；② 动词，相似，就是相像的意思。据《古代汉语词典》解释，"类"后来引申出至少 10 种意思，比如种类、类别，同类，类似、像，类推、类比，法式、律例，大抵、大都，等等④。《说文解字》道："型，铸器之法也。"《礼记·王制》里解释说型字亦作侀，"刑者，侀也。侀者，成也。水曰准，曰法；木曰模，竹曰笵；土曰型"。古汉语中，型是铸造器物的模子，材

---

① 〔英〕罗吉·福勒：《现代西方文学批评术语词典》，袁德成译，四川人民出版社，1987 年版，第 115 页。

② 陈平原：《小说史：理论与实践》，北京大学出版社，1999 年版，第 143 页。

③ M.H. Abrams, *A Glossary of Literary Terms*, Wadsworth Dublishing, 1988.73.

④ 商务印书馆辞书研究中心：《古代汉语词典》（第 2 版），商务印书馆，2014 年版，第 886 页。

质不同，叫法也不一，用木做的叫模，用竹做的叫范，用泥做的叫型。"型"作为名词同样有两种意思：① 铸造器物用的模子；② 式样，类别。如此看来，"类"和"型"都是指某些事物的同一性，稍微不同的是前者强调的是"发现"并"区分"现存事物群，后者则是"制造"相同类的事物。这一思维认识指导了先民们对事物的看法和行为。按现代的话来说，这些都是事物区分和归类的方法。《易经》里讲的"方以类聚，物以群分"就是朴素的认识论。古代的一些概念，诸如类（事物）、部和目（书籍）、体（文学作品）都是分类的不同概念。这些概念在实践中经常使用，久而久之成了无意识的思维习惯和表述惯例，特别是"类"的概念影响深远，演变为现代科学中的重要术语和方法，比如计算机科学中，"类"（class）是程序设计语言中的一个概念，"它表示对现实生活中一类具有共同特征的事物的抽象，是面向对象编程的基础。类是某个对象的定义，它包含有关对象动作方式的信息，包括它的名称、方法、属性和事件。但实际上它本身并不是对象，因为它不存在于内存中。当引用类的代码运行时，类的一个新的实例——对象——就在内存中创建了。虽然只有一个类，但这个类能在内存中创建多个相同类型的对象。类也是'理论上'的对象，也就是说，它为对象提供蓝图，但在内存中并不存在。从这个蓝图可以创建任何数量的对象。从类创建的所有对象都有相同的成员：属性、方法和事件。但是，每个对象都像一个独立的实体一样动作。例如，一个对象的属性可以设置成与同类型的其他对象不同的值"①。从类的古今用法上，我们都能体会到类不仅成为一个方法论，更是一种思维方法，不仅在日常生活和工作中具有了上手性，甚至在高端科学中也发挥了极大的作用。

通过对英汉两种语言中类型基本语义的检视，很清楚，类型在古代作为一种观念，其实是人们认识和区分事物的一种基本方法。世界上的万事万物有相似或相同的部分（有限联系）存在，当人们为了把这些相同或相似的部分指认（或者抽象）出来，和其他不同的事物相区别，归纳的方法就产生了。所

---

① http://hudong.com/wikiid//77640171521774413725?prd=result_vist&view_id=4cy37xvjgwy000.

谓"物以类聚，人以群分"就是这种思维的反映。"物以类聚"是我们认识事物的一种途径，也是把世界秩序化的有效方法。"前世界"本来是混乱的，但是智慧的人类靠思维用东、南、西、北、中、上、下、左、右做空间划分，用过去、现在和将来做时间划分，对飞禽走兽和花鸟鱼虫等做种属分类，等等，经过时空和类的有序化，"世界"就形成了，可以"描绘"和"表述"，"世界经验"也就可以交流，慢慢以知识的形式沉淀和流传下来。不过，这仅仅是逻辑思维的"前形式"，有很大先在判断或经验论成分。德国著名法哲学家亚图·考夫曼结合伽达默尔现象学阐释论观点指出，"从'事物本质'产生的思维，类推的思维，类型的思维不是形式逻辑的思维。然而也不是非逻辑的、不严密的、紊乱的思维。因此不是一种思维循环。它是一种先于逻辑的思维。从逻辑的观点看，从事物本质产生的推论，即类似推论，是一种先在判断。然而没有先在判断就没有逻辑判断"[1]。

随着哲学和思维科学的发展，人们对类型思维和方法的认识越来越自觉，也越来越深入，对科学性和规范性的诉求导致了类型学的兴起，20 世纪以来在自然科学、社会科学和人文科学等各大领域受到重视，逐步发展为生态学、建筑学、宗教学、医学、法律、历史、语言学、影视等学科重要的研究方法乃至范式。

类型作为一种观念，在古代有很深刻的哲学基础。在西方，类型属于种属关系范畴，苏格拉底、柏拉图和亚里士多德等哲人都对此有过专门思考。英国学者 C. M. 吉莱斯皮和罗斯对柏拉图使用的"理念"一词分别作出的细致分析，认为具有苏格拉底时代的理念有两层含义：一是由指客观事物的内在形式、结构、本性，形成的哲学专有名词，即具有形而上学含义的"本质"概念；二是由逻辑的分类意义上的用法引申而成的事物的类型，即一类事物有许多个体，它们有共同的形式，就是类型[2]。这体现在柏拉图的理念论本体学说中"第三者"

---

① 〔德〕亚图·考夫曼：《类推与事务本质——兼论类型理论》，吴从周译，台北学林文化事业有限公司，2001 年版，第 135 页。
② 《外国哲学史研究集刊》（第四辑），第 150 页。转引自杨剑明：《论类型理论在西方美学的渊源——柏拉图隐而不先显现的"第三者"思想解读》，《云南艺术学院学报》，2001（2），第 33 页。

思想（"第三者"在不同阶段先后也被柏拉图称为"中间体"和"不定的二"，等等）。柏拉图所谓的"第三者"（《巴门尼德篇》）相当于今天流行的类型范畴，是本体抽象的普遍和本体具体的个体之间的逻辑中间体，它是理念本体（第二者）实现于个别具体（第一者）中，个体具体又分出了本体理念，在个体具体和本体理念之间，不能直接武断判断，需要一个第三者来纽结，以防止本体一般和具体个体的认识论裂缝，进而是个别与一般的对立和混淆。柏拉图最早将本体的一般或本质，认识为既是某种实在的同一类事物"共同的东西"，同时它作为存在，又具有客观的真实性内容，即既独立于个别同时又存在于个别之中。

柏拉图"虽然意识到要从杂多中寻找统一性，从运动变化中寻求稳定的东西，却依然在这由感性个别寻找抽象一般的过程中，把存在认为是包括万事万物的"。不论是什么东西，物质的或精神的都在内，它们只有一个唯一的共性，就是存在。柏拉图这里的理念，既是一类事物的共性的概念，同时又作为模型而存在于个别事物之中。"其内涵已经以直观的朴素的辩证思维结构，开始隐含地包蕴着两层含义：一是指称某一类事物的全体，基于质的统一的形成原理，而在彼此多种多样具体的客观的真实性关系中所显示出的以量的综合为基础的共同特征，即其类型含义；二是指称某一类事物所于反映的自身共同性本身在质与量统一意义上的抽象一般，即其本体本质属性含义。"[①] 在这种思想逻辑中，出现柏拉图式的辩证思维，柏拉图所谓"上升的辩证法"与"下降的辩证法"，为亚里士多德后来的定义法和类型的分类归类提供了思维方法路径，即"归种为类"与"分类为种"的方法。该逻辑的认识论还推进了一与多、部分与整体、相同与相异、类似与不类似、相等与不相等等二律背反范畴的相互依存、相互结合的理据，成为后世类型美学思想的哲学智慧和逻辑学思维基础。亚里士多德说："苏格拉底致力于伦理学，对整个自然则不过问。并且在这些问题中寻求普遍，他第一个集中注意于定义。柏拉图接受了这种观点，不过他认为定义是关于非感性事

---

① 杨剑明：《论类型理论在西方美学的渊源——柏拉图隐而不先显现的"第三者"思想解读》，《云南艺术学院学报》，2001（2），第13—14页。本书关于柏拉图类型思想的梳理多受此文启发，特此致谢。

物的，而不是那些感性事物的。正是由于感性事物不断变化，所以不能有一个共同定义。"① 柏拉图是"理式论"者，亚里士多德告诉我们，柏拉图的这个"理式"是从苏格拉底那里继承并发展起来的，理式是特殊的个体性事物的存在性质和依据，事务性质的根据以及其背后的类之所在。作为实体类理式可以派生出具体的事物，这种派生方法就是我们熟悉的"摹仿"说和"分有"说。"理念"是从苏格拉底关于"是什么"的定义而来的，是"由一种特殊性质所表明的类"，超越于个别事物之外并且作为其存在之根据的实在。理念是如何派生事物的？一是"分有"。具体事物之所以存在，是因为它们分有了同名的理念。二是"摹仿"。造物主是根据理念来创造具体事物的，所以事物因摹仿理念而存在。木工是根据理念来制造我们所使用的床和桌子，按床的理念制造床，按桌子的理念制造桌子。其他事物亦同样。柏拉图认为理念是事物存在的根据。个别事物是由于分有了理念而成为这一事物的，离开了理念就没有事物。再次，理念是事物摹仿的模型。理念是事物之完满的模型，事物则是理念的不完满的摹本，事物是因为摹仿了它的理念而成为事物的。最后，理念是事物追求的目的。理念是事物的本质，事物存在的目标就是实现它的本质，从而成为完满的存在。后来，亚里士多德则提出了"第一实体"和"第二实体"的概念，个别物体是第一实体，个别物体具有的属或种的规定是第二实体。他说：第一实体"是其他一切东西的基础，而其他一切东西或者是被用来述说它，或者是存在于它里面"。在第二实体中，越接近第一实体，它的实体性就越多。例如在描述一个人时，说他是"人"比说他是"动物"更接近于个别人，因为"人"这个种比"动物"这个属，在更大程度上指出了个别人的特征。无论是柏拉图一派在精神领域里追求理式，还是亚里士多德一派从事物里面寻找"质料因"，都强调了现象世界虽然丰富多彩，变化万千，但万变不离其宗，有根本的类型存在。自然界具体的个别事物就是理式不完美的模仿，而具体事物能存在的依据就在于它们分享了"理式"。

　　用今天的常识性说法，类型现象可以用一般和个别、抽象和具象范畴来解

---

① 〔古希腊〕亚里士多德：《形而上学》，李真译，上海人民出版社，2005 年版，第 39 页。

释，它的基本思想和方法可以从哲学中获得支撑。后来者，类似的更系统和更深刻的观念，诸如黑格尔的同一性与差异性、马克思的个别与一般、维特根斯坦的家族相似和卢卡奇的"总体性"概念等都是从这些基本思想发展而来的，这表明了类型的思想在古代西方是根深蒂固的，它在本体论思想体系中占有重要位置。至于现代社会，认识论取代本体论，主体性得到突出和强调，无论是作为方法，还是作为思维，类型的地位都进一步得到强化。

在中国，虽然没有类似西方专门系统的类型思想，但是古代哲人在对宇宙万物发展演绎的宏观观照中，从深层的思维模式上处理了传统与革新、独创性和规范性的矛盾问题，这两组矛盾是类型研究要解决的核心问题，也可视为我国类型研究的哲学基础①。有几组概念表明了如上思想，一组概念是"常"与"变"。《系辞》说"为道也屡迁，变动不居，……不可为典要，唯变所适"；又云："初率其辞而揆其方，既有典常。"《中庸》云："不息则久，……如此者，不见而章，不动而变，无为而成。……其为物不贰，则其生物不测。"《庄子》言："生生者不生。"《列子》云："化物者不化。"周敦颐《通书·动静》第十六论"神"所谓"动而无动，静而无静，……混兮辟兮"。变与常是辩证的，常是万事万物的基础和本根，它是不变的；但是仅仅有常而无变也是不行的，"则其生物不测"；反过来，变没有常作为基础的变动不居是"无为而成"，是"生生者不生""化物者不化"。变与常的矛盾依存关系是传统与革新关系的古代表达。其次是"自由"与"必然"的辩证法。庄子的《逍遥游》对此有富于想象而精彩的论述。在《逍遥游》中，庄子认为像野马、尘埃、蝉、斑鸠、鹅雀、彭祖、列子、宋荣子、大鹏等这些自称"逍遥游"的人与物，还是局限于必然性的束缚之中，还是"有所待者也"。唯有"乘天地之正，而御六气之辩"者，才能"以游无穷者"。"乘""御"说明还是"犹有所待"的，但他所乘的是"天地之正"，所御的是"六气之辩"，说明他对自然界的必然性是有所认识、驾驭的，

---

① 郑家建在对于中国现代小说类型研究时就注意到类型思想的哲学依据，提出了"变"与"常"，"自由"与"必然"的辩证关系。具体参见郑家建：《小说类型研究：理论与实践——中国现代小说类型研究引论》，《福建师范大学学报》（哲学社会科学版），1997（2）。

所以，才能超越必然性而达于"无待"的自由之境。而《养生主》"庖丁解牛"的寓言更是说明必然是自由的必经阶段。庖丁解牛日进月益，三年不懈，而终于"以神遇而不以目视，官知止而神欲行。依乎天理，批大郤，导大窾，因其固然。技经肯綮之未尝，而况大軱乎"。庖丁正是经历了"依乎天理""因其固然"这些对必然性的认识阶段，而后才能超越"有待"，充分发挥自由创造的能力。庄子认为庖丁解牛"莫不中音，合于《桑林》之舞，乃中《经首》之会"，仿佛就是美妙的音乐和诗，解牛到了美妙的诗和音乐的阶段自然是人生的最高境界——自由。

庄子的寓言充分道出了艺术创造的真谛，美和艺术的创造体现了人类追求自由的内在精神本性，其最基本的途径却要不断超越各种必然性的束缚。如果从创作上来讲，不妨说转化艺术创作上就是三个阶段：文有法——文无定法——无法之法。文有法，这个"法"相当于古代文论的"格"（即为诗之方法与体式）和"体"（内在的，根本的样式），无论是文类，还是类型，要是没有基本的内在依据和外在形式或体制的话，就不能成为自足的文体或类型。或者说，这种法是甲区别于乙的标志所在，所以进入一个类型首先要遵守类型，才算入门，这是学习的最初阶段，也是我们认识的必然阶段。但是，文体和类型又不是静止的、固定的，而是随着形势而发生变化的，因而无"定法"，如果僵硬地恪守这些条条框框，就是形式主义，最终也害了文体与类型。这就要求我们在熟悉基本的体式和规范后，不要过于拘泥于它，要把这些规范用活，这是一个较高的阶段，但还不是创造的阶段，最高的阶段就是创造，到达"无法之法乃为至法"的境界，它充分体现了"有法"（规范、传统）和无法（独创、革新）的辩证关系，为我们理解小说类型的传统与革新、规范与独创提供了哲学理据。

二、文艺思想中的类型探讨

整体上看，从文类视角展开对于类型理论的研究，大致分为三个历史阶段：古典时代的本体论，浪漫主义时期的实在论和现代认识论。

第一阶段是古典时代的本体论。这一阶段普遍认为类型是规则或标准，是用来判断一部作品是否符合规范、理念的。从对类型的哲学理据的浅析中，不难发现古典西方（文艺复兴浪漫主义之前）文艺思想中关于类型的观念可以上溯到古希腊柏拉图的"理式说"和亚里士多德的"模仿说"，由此也构成了古典时代的类型的本体论观念阶段。无论是柏拉图对"理式"的推崇，还是亚里士多德对"第一实体"和"第二实体"的区分，都隐含了类型是规则或标准，是用来判断一部作品是否符合规范、理念的。《理想国》中提到"我们经常用一个理式来统摄杂多的同名的个别事物，每一类杂多的事物各有一个理式"①。自然界杂多的个别事物需要归类，因那些杂多的事物分享了相同的"理式"所以可以归为一类。那类型就可以成为判断个别事物的标准或者准则了，或者说个别事物因为"分享"了同名的理式而成为一类。画家画的事物，工匠制作的桌子或床则是对于自然界事物的模仿，势必也要遵循理式所要求的规范或标准，即："工匠制造每一件工具、床、桌子，或是其他东西，都按照那件用具的理式来制造么？至于那理式本身，它并不由工匠制造吧？"②这里，柏拉图明确为了强调理式的权威和规范性，不惜压制了工匠的个人创造性。亚里士多德在《诗学》中按"模仿"的媒介、对象、方式把文学分为史诗、抒情诗和戏剧三大类；他在《诗学》第二章中曾以道德为标准划分人物，认为"人物要么比我们好，要么比我们差，要么等同于我们这样的人"；在第十三章中，他又对故事情节作了规定，认为"不应表现好人由顺达之境转入败逆之境"，"不应表现坏人由败逆之境转入顺达之境"，"不应表现极恶的人由顺达之境转入败逆之境"；且任何"构思精良的情节"必然据此"单线"建构。

亚里士多德关于人物塑造和情节的"类型论"等观念后来成了古典主义文学创作的金科玉律。贺拉斯则在《诗艺》里也强调，文学创作应该以古希腊的经典性作品为典范。从创作出发，他提出了创作的类型理论，塑造的人物性格要始终如一，以达到人物性格的和谐统一，要求"不论做什么，至少要做到统

---

① 伍蠡甫、胡经之：《西方文艺理论名著选编》（上），北京大学出版社，1984年版，第23页。
② 同上。

一、一致"，"每一种特殊的体裁都必须恪守派给自己的领地"。新古典主义者布瓦洛在新古典主义理论法典《论诗艺》中则进一步提出，塑造人物必须保持其"自然"人性，因为自然就是"真实"，也只有按照某种类型来塑造人物，才会获得成功。同时，他还指出，要借用传统人物，必须保持他们的固有性格，不能改变他们的性格类型。约翰生则直接提出纯粹"类型说"："诗人的任务不是考察个别事物，而是考察类型；是注意普遍的特点和注意大体的形貌。他不数郁金香的纹路或描写森林的深浅不同的绿荫。在所描绘的自然画像中，要能展现出那样一些显著的特色，使人一看就想起原本，某一个人会注意到而另一人会忽视的那些区别必须省略掉，要突出那些对有心人和粗心人都会同样明显的特征。"这包含了"类型"须纯粹、一律的观点，成为新古典主义作家创作的规范。贺拉斯、布瓦洛和约翰生等人的古典主义诗学观念的类型理论强调类型的重要性，但过分强调了人物的共同性和普遍性的方面，主要集中在人物的类型化、情节的类型化、语言的类型化以及构思的类型化等。读者只要识别出一种类型，运用类别的方法将它与其他类型作静态比较就可以了。而这忽视了个性的、特殊的和复杂性的一面。

第二阶段是浪漫主义时期的实在论。由于主体性的"发现"，推崇天才和想象力，对于个体创造性的强调，"作为普遍能力基体"的类型不被重视，但类型在写作实践中仍以不同形式存在，并推动新古典主义和现实主义的发展，获得了新的艺术生命，生长出新的艺术理论风姿。随着18世纪末期和19世纪初期的启蒙主义的发展，个人主义思想得到了空前的推崇，文艺思想把重点放在了"个性"方面，共性的、普遍性受到排挤和冷落。歌德就曾严厉批判过类型说，认为艺术的真正生命在于对个别特殊事物的掌握和描述，因而提出诗人究竟是为一般而寻找特殊，还是在特殊中显出一般的问题，强调"诗人必须抓住特殊，如果这特殊是一种健全的东西，他就会在它里面表现出一般"。不过，19世纪发展并成熟的现实主义的典型说在克服一分为二、厚此薄彼的二元对立思想的同时，发展了古典主义的"类型说"。典型人物理论在个别的、特殊的人物和环境中凝聚着特定社会、阶层、人群的内在稳定性，即某种社会属性、价值观和人生态度的具象化，是通过"个别"显示"一般"，例如对典型人物的塑造方面，是作家通过抽象、概括找出同类人物的本质性格特征，然后特征化无形为有形地附体在有血有肉的人物身上，通过人物的行为展开或者命运的演绎，这些抽象的理念和特征得以活灵活现的形象化。换言之，人物的典型性就体现为理念的形象化表达。这样，对于理念和本质的表达在典型说那里得到了审美的辩证表达。不过，到了20世纪，形式透明的叙事体式得到了很大改观，随着王蒙指出的"三化"（人物软化、情节淡化和性格模糊化），典型理论作为类型理论的一种形态，不能适应小说创作的发展变化，慢慢退出批评话语的舞台，类型理论再次走向被遗忘的角落。

第三阶段是现代认识论。随着形式主义和结构主义的兴起，新的类型学思想在各个领域勃兴，文学类型思想获得新的思想资源，再次走向历史前台，成为今天我们研究小说类型学的历史背景和强大思想资源。美国文学理论家拉尔夫·科恩指出："作为一种批评力量，类型理论在20世纪后半叶重受重视。"[1]英国著名文学理论家阿拉斯泰尔·福勒也乐观地预言："由于批评正开始从结构主义和分解主义的热病中康复，文学类型理论很可能会占据新的显著地位。"[2]大体说来，20世纪上半段的类型理论研究可分为三个向度：一是强调类型的语义因素，从文本的共同特征、态度、人物、范围、场所等定义和研究类型。和句法研究重视材料安排的结构不同，语义研究强调了建构类型的材料。当下的语义研究关注的是类型的材料因增益、变通、缩减和扬弃等引起的类型的变化及其意义。基于当代类型的文化知识背景和生产物质技术条件，越来越多的类型理论家意识到类型研究是可以跨学科的。比如作为类型的小说就从宗教、忏悔录、故事、报纸、传奇、历史书籍等其他同时代的类型中汲取了营养表现因素，而该时期的印刷和照相等新技术也对小说等新类型的产生和变化起到了很好的促进。这一类型研究思路，虽然基本上不同于主要在于方法上的传统研究，但这

① 〔美〕拉尔夫·科恩：《类型理论、文学史与历史变化》，韩加明译，《天津社会科学》，1996（5），第82页。
② 〔美〕拉尔夫·科恩主编：《文学理论的未来》，陈锡麟等译，中国社会科学出版社，1993年版。

是既着眼于类型文本具体分析，又能加入历史维度和多学科视野，不仅摆脱了以往理性理论的非历史性，还能自觉开展文本的分析力度，对于类型研究有重要的推进。

二是对类型的句法研究。结构主义者罗兰·巴特也说："坚持类型是一套基本的成规和法则。"这么说，似乎是让20世纪的类型研究回到古典主义时代的老路上，或者说是新古典主义了。不过，巴特这里的"成规"和"法则"是按照结构主义思想的叙述学说法。它们是认识论模式，不是实体论模式。应该说叙事文自诞生那一天起，类型就和叙事如影相随、难舍难分了，很多学者把类型和叙事甚至混淆使用。但是，对于类型的句法研究确是类型的一种重要理论，这主要是以热奈特和托多罗夫等理论家为代表的。他们把类型叙事分解为诸多元素，诸如行动元、句法成分、语义组合，然后按照结构性关系研究确定可变性关系和确定性关系，以剖视类型的基本规律和类型功能。这对于当下的类型学建构有很大启发，它以科学分析的方式实证了小说类型在形式上呈现可以把握的规律。这大大鼓励了类型学者对类型集合的形式分析信心。

三是把文类作为文学和社会联系起来的框架研究。这在西方的女权主义学者、马克思主义学者当中表现明显，他们重视文本类型在历史演变过程中的能动变化现象，特别是在对抗性类型中所掩盖和排斥的东西。比如女权学者思东尼·史密斯从自传研究中的性别关系出发，提出女权主义者的自我和叙述语言不同于男权自传的类型。和男性自传类型相比，女性自传突破了自传类型的男性框架，呈现出非中心、零散、多音化等特征，以此达到了突出另一主体性的意识和无意识的合理合法性。西苏则以其对小说和戏剧两种写作的综合体验为基础，重申了类型越界与合成类型的可能与必要。在她看来，小说源于女性自我，戏剧则意味生产男人和历史，于是类型的选择就势必成为作家的自我意识和作家抵制、改变和探讨历史客体的媒介[①]。马克思主义学者拉德福特通过对

---

① 〔美〕拉尔夫·科恩：《类型理论、文学史与历史变化》，韩加明译，《天津社会科学》，1996（5），第85页。

流行小说的政治的研究提出，"类型研究可能提供了文学史和社会史之间的媒介——它将使我们打破传统文学史所囿于的辉煌个例"[①]。如果说用结构主义方法对类型作句法分析是聚焦于文本内部世界，不仅割断了文本的历史，也割断了文本与外部的关系。而这一路研究则是把文学和社会联系起来，打通了文学史和社会史之间的壁垒，让类型文本对社会开放，增强了文本的社会活动和文化社会功能，因而具有了更为广泛的活力，赢得了今天类型学者们的好感。

应该看到，在世界范围内，直到 20 世纪上半叶，对于类型的研究都是以文类作为对象，或者说是对文学类型的研究。细心的读者自然从以上的论述中也感受到了这一点，如果想在这一方面有进一步追问的兴趣，不妨参看美国学者福勒的《文学的类别》[②] 和中国学者陈军的《文类基本问题研究》[③]。当然，如果把文类研究的视野再拓展一下，近年来在比较文学领域兴起的比较类型学和艺术类型学也值得重视[④]。但鉴于本书的研究对象是文类的下一级——小说，更具体一点说是中国现代小说，因此，我们有必要再进一步看看对于小说的类型研究状况。但毋庸讳言，展开以文类作为对象的类型理论研究对于以后的小说类型研究具有重要的指导和示范意义。

三、小说类型理论研究和实践回顾

相比文类、文体学和艺术类型学等类型研究，小说类型学研究相对晚一点，导致这种"迟到"的原因：一方面是作为研究对象——小说的成熟和繁荣相对晚，而成熟和繁荣期间研究小说的主导性思潮是创新，在很大程度上排除类型成规等意见，但这并不是说在小说发展过程中不存在类型思维的指导，事实上在我国古代小说研究中，存在明显的类型研究。另一方面是小说作为文体次一

---

① 〔美〕拉尔夫·科恩：《类型理论、文学史与历史变化》，韩加明译，《天津社会科学》，1996（5），第 87 页。

② 〔英〕A. 福勒：《文学的类别》，哈佛大学出版社，克拉伦顿出版社，1982 年版。

③ 陈军：《文类基本问题研究》，北京大学出版社，2013 年版。

④ 有兴趣的读者不妨参阅李心峰主编的《艺术类型学》，生活·读书·新知三联书店，2013 年版；曹顺庆：《比较文学教程》，高等教育出版社，2006 年版。

级的存在，在研究类型时，不自觉将小说等艺术形式和文体形态一股脑统摄，以为没有必要专门再进一步细化研究。小说类型学的出现一方面固然和类型学研究范式的出现和向各学科渗透不无关系，同时也与小说在文艺及社会生活中的地位与作用越来越重要有关，当研究者把小说作为社会生活的镜子来严肃对待时，社会生活中无所不在的模仿律引导小说研究的类型学。20世纪初的著名社会学家、传播学家塔尔德提出模仿是人类社会的行为和根源。模仿无处不在，一切自然和社会的相似性都源于模仿。他把世界运动归纳为三种普遍重复形式，即物理世界的波动（vibration）、生物界的世代生成（generation）和社会活动模仿（imitation），并指出社会模仿行为有三层模仿律：一是下降律，社会下层人士具有模仿社会上层人士的倾向；二是几何级数律，在没有干扰的情况下，模仿一旦开始，便以几何级数增长，迅速蔓延；三是先内后外律，个体对本土文化及行为方式的模仿和选择，总是优先于对外域及其行为方式的模仿和选择①。塔尔德的模仿律思想隐藏了关联性非常大的概念——模仿、相似、重复、类型、差异等，这也自然启发了包括小说研究在内的各大学科重视类型学研究的方法范式。

最早自觉开展小说类型学研究的大概要属东欧著名的马克思主义哲学家、美学家卢卡奇。1915年卢卡奇在《小说理论》中做了"对小说形式所做的类型学尝试"的专题研究②，他虽然没有直接使用"小说类型学"这个范畴，但考虑到他对小说的研究方法主要受到马克思·韦伯宗教类型学和黑格尔精神科学的抽象的综合研究方法的影响，也有研究者直接称其的小说研究为"小说类型学"③，我们不妨认定小说类型学最早是卢卡奇提出的。卢卡奇试图用历史整体性观念建立起历史过程和小说类型发展之间的对应关系。卢卡奇将现代小说视为资本主义世界异化了的主体性的文学表现，他以作家、主人公和世界的三维关系，

---

① 具体论述请参看：〔法〕加布里埃尔·塔尔德：《模仿律》，何道宽译，中信出版集团，2020年版。
② 〔匈〕卢卡奇：《卢卡奇早期文选》，张亮、吴勇立译，南京大学出版社，2004年版，第66页。
③ 如赵文就专门著文《早期卢卡奇的小说类型学》，《内蒙古师范大学学报》（哲学社会科学版），2005（2），第32—37页。

以反讽为基本建构原则，建立了现代小说的历时形态学地图，即理想形态小说（《唐·吉诃德》）、教育小说（《威廉麦斯特的学徒时代》）、幻灭小说（《情感教育》）、超越生命生活社会形式小说（托尔斯泰的小说创作）等四种形态。在卢卡奇看来，在前三类小说类型中，作为被抛弃在荒芜现实世界的主人公，在时间的维度中，不断经历了行动——和解——幻灭的过程，就是现代人作为"生存"者在现代社会无情地被异化、总体性不断被碎片化的悲剧隐喻，只有托尔斯泰和陀思妥耶夫斯基的小说符合他关于人和世界处于和谐关系状态的"总体性"理想的乌托邦想象，未来小说类型的史诗化（或小说重新向史诗回归）是其小说类型的美学理想。虽然卢卡奇的小说类型学打上了黑格尔主义的烙印，有着较深的精神科学传统而脱离现实（其早期思想的唯心主义和偏离现实主义在小说艺术观上的体现），但对于小说类型的历史主义研究视野和方法则对后来者影响巨大，比如巴赫金的小说研究也涉及类型学的研究方法。关于这一点，也有学者作了较为准确的比较①。

　　巴赫金对小说理论的贡献是里程碑式的，理论界多关注他的复调小说、对话小说和狂欢理论等，不大重视其对小说类型的研究，特别是对教育成长小说的贡献。受卢卡奇的影响，巴赫金重视小说变化的历史与人和社会发展的内在关系，他以梳理教育小说为基础，通过对小说类型历史发展的分类和比较，逐步构建起一个完整的人类学诗学与文学人类学的宏大理论框架。他在小说类型研究方面的贡献主要表现在：一是小说分类（包括子类）；二是发现了小说类型中的变体和混类小说现象；三是重点研究了教育小说这种新的类型，把它作为现实主义小说的源头。他按照建构主人公的原则，把欧洲长篇小说的历史类型分为漫游、考验、传记、教育和合生小说五种类型。漫游小说的主人公性格是静止的，他周游的多姿多彩的环境也是静止的，人物和周边的时间都处于静止的机械关系中；考验小说中的主人公虽然也是静止的，但其性格更加复杂完整，人物和世界开始发生了关系，周围的世界对主人公构成了考验；在传记小说中，

---

①　朱崇科：《论卢卡奇和巴赫金"小说理论"的叙述关涉》，《求索》，2006（9），第195—197页。

主人公性格虽然也保持了静止状态，并没有真正成长，但有了生活过程中危机与再生性的变化，人物性格也包括了正和负两个方面。但教育小说，则受到启蒙等思想的影响，关注在一定的时空范围内，人本身和"人身上的人"同时产生变化，着重研究了教育成长小说中，主人公的成长和历史环境变化的变数和常数关系。为此，他把教育小说分为循环时间型教育小说、生长年龄型教育小说、传记（与自传）型教育小说、训导教诲型教育小说和现实主义型教育小说五种子类。其中，现实主义型教育小说是重点，也是小说发展的方向，因它诞生伊始便为长篇小说打开了观察世界的现实主义新视角——人在历史中成长，准确地把握真实的历史时间是现实主义小说需要完成的任务。合生小说则综合了以上各类小说的情况，也就是我们目前所谓的混类小说或兼类小说了，比如列夫托尔斯的小说等。巴赫金的小说类型既重视贴近欧洲小说的长时段历史，注重其时间和逻辑关系，还注重各种类型的核心形式以及不同时代的变体类型，以及背后的时空背景和文化意义。

　　和前述小说类型学研究的宏大理路不同。托多罗夫可能对具体的小说类型和文本更感兴趣，重视对小说类型做形式语法研究。其《侦探小说类型学》和《〈十日谈〉的语法》的研究影响巨大，代表了小说类型学的另外一种思路，说托多罗夫开创了对具体小说类型的研究——比如侦探小说——并不为过。托多罗夫不仅冒天下之大不韪，在"侦探小说一无是处"的传统语境下，破坏了整个"美学标准"，并开创了新的体裁标准。在对于侦探小说的研究中，他一方面学理地优化了范·达因关于侦探小说的 20 条类型规则，历史地归纳出了侦探小说的推理小说、黑色小说和悬疑小说等三种亚类型，敏锐地看取边缘侦探小说的诞生。他严肃指出，"新类型的诞生，并非不破不立地一定要摧毁旧类型，而是作为一个不同的特征体，和旧类型和谐相处"[①]，这就克服了现代类型研究中的机械进化论思维。虽然 20 世纪很多理论家都花大力气研究过专门的小说类型，

---

① 〔法〕托多罗夫：《散文诗学——叙事研究论文选》，侯应花译，百花文艺出版社，2011 年版，第 17 页。

但能自觉运用类型学观念和方法的尚不多见。《〈十日谈〉的语法》的重要性在于，通过对一部小说的研读，阐释了《十日谈》的基本句法，以帮助达到对于叙事的普遍语法的理解。鉴于文本和类型的特殊关系，通过文本阐释类型，通过类型暗示文本。托多罗夫的这种研究符合类型研究中个别与一般的辩证方法，因而也具有一定的示范意义。事实上，普遍语法的提出及其研究方法在文学上的探讨，对于小说类型学的建构具有方法论意义。恰如类型学者让·玛丽·谢佛在文学类型与文本类型中所宣告的："19 世纪和 20 世纪的大多数类型理论都要使人相信，文学实体是双向的：一方面，我们会拥有文本，而另一方面我们又会拥有类型。"[1] 经过卢卡奇、巴赫金和托多罗夫等学者的努力，小说类型学这门学科基本成立。

中国的小说类型理论研究，虽然没有西方浓郁的理论色彩，但也体现了民族特色和独特的自我呈现。古代小说的类型观念不是说出来的，而是做出来的。他们的主要观念，一是体现在古代小说的编撰中，现存典籍中较有条理并体现编者类型观念的小说集有汉朝的《汉书·艺文志》、晋朝的《搜神记》、南朝的《世说新语》、宋代的《太平广记》、明代的《五朝小说》与《古今说海》。这些典籍对叙述文的分类比较烦琐繁复，或按人物性格特征分，或以性别分，或以主旨分，或以人物身份分等，往往同时使用几种分类标准。二是把小说分类问题提出来略作探讨，以明人胡应麟的"小说家六分法"、清人纪昀的"文言小说三分法"以及元人罗烨的白话小说八类思想的影响较大。比如明人胡应麟把小说分为六类——志怪、传奇、杂录、丛谈、辩订、箴规，前三类基本是今天意义上的小说类型了，分类较为精准，首次把传奇纳入小说是难得的进步。鉴于当时已经广泛流行的话本小说和长篇章回小说没有被他纳入，无疑是十分遗憾的。清代学者纪昀在《四库全书总目》中，在刘知几和胡应麟等学者的基础上，将非叙事的丛谈、辩订和箴规踢出小说家族，把小说分为"杂事""异闻"和

---

① 〔美〕拉尔夫·科恩主编：《文学理论的未来》，陈锡麟等译，中国社会科学出版社，1993 年版，第 413 页。

"琐语"三类。总体上看，这三人对文言小说的分类对现代学者影响较大，比如鲁迅在描述文言小说发展的时候，主要用志人、志怪和传奇三类，其分类渊源就很明显。总体看来，古人的小说类型实践多重在"原始"和"选文"，在"释名"和"敷理"上语焉不详。

现当代学者的古典小说类型研究大致朝三个维度演进：一是延续对古典小说的分类，使之更完备，更富逻辑性，践行从传统目录学到现代分类学的迈进，比如黄人、郑振铎、孙楷第、韩伟、侯忠义、李剑国等；二是在基本确立的小说类型基础上，强化"释名"和"敷理"，使之向小说本体迈进，比如王海林、陈平原、刘勇强、齐裕焜、欧阳健和林辰等人的具体小说类型研究；三是用类型描述代替作家作品介绍，使小说史写作向整体性迈进，张兵的《辽宋金元小说史》和陈平原的《二十世纪中国小说史》是较典型代表。

今天看来，古人对小说的分类实践和理论其实非常简陋，有些观点也是常识性的。怎样客观科学地看待古人的类型观念和成果呢？我们要清楚古代类型理论不发达是有其历史原因的：第一，受文类等级思想的影响，在古代传统的文类中，作为街头巷尾饭后茶余谈资的小说长期处于"末技"和"小道"的地位，无法和史记、诗骚相提并论，小说一向被打入冷册，尤以白话小说为甚，清代官修的《四库全书》对元明清大量小说珍品视而不见，采取"黜不载焉"的态度。对此，鲁迅曾愤慨地指出："去古既远，流裔弥繁，然论者尚墨守故言，此其持萌芽以度柯叶乎！"[1] 小说既不受重视，像白话小说都入不上目录学，更遑论有分类。一些章回小说单独刊行，也不必分类编撰。如此情形下，怎么能苛求小说理论发达呢？第二，中国古代小说概念含混[2]，历代研究者所言的小

---

[1] 鲁迅：《古小说钩沉·序》，齐鲁书社，1997年版，第1页。

[2] 高小康教授认为中国"小说的概念最大的问题在于，它其实不是严格意义上的'一个'概念，或者说这个概念在不同的语境中没有统一的内涵。这可能是一个典型的维特根斯坦所说的'家族相似'概念。这样一来，当我们在谈论'中国小说的发展'的时候，我们到底是在谈论一种还是两种文学样式的发展，这本身就成了问题"。他提出了早期的小说概念所包含的内容直到清代仍然是笔记杂谈的大杂烩，却偏偏不包括通俗白话叙事文学，后起的小说概念则专指通俗叙事文学而不及笔记杂谈。见高小康：《中国古代叙事观念与意识形态》，北京大学出版社，2006年版，第1—3页。——笔者注

说内涵和所指存在很大差异，小说尚且不能从其他叙事文体中分化出来，对小说内部的分类就更非易事了。第三，古代的文学家和目录学家习惯了诗文的文体分类，往往用诗文之体来衡量小说之体，而古人所言的体本来就很混杂，或指形式，或指风格，或指潮流，加之小说的分类本身很难脱离内容单单就形式来划分，所以刘书成认为"小说分类不清也是意料中的事情"。

只有正视古人面对的小说类型研究条件的困难，我们才会充分肯定他们的努力和成绩。客观上，他们的很多研究对中国现代分类仍产生了广泛的影响，没有古代就没有现代小说分类。或许，从古代小说类型观念中去芜取精，使之成为小说类型理论的合法性资源，强化理论建构的本土色彩才是我们要做的事情，而不是仅仅停留在是非得失分辨上。

大致上，古代小说类型观念受传统目录学和考据学的影响，重视分类操作。分类的标准以题材为主，兼及形式等因素，涌现了刘知儿、胡应麟、纪昀、罗烨等优秀的小说类型研究者，他们的小说分类实践对后世启迪不小，特别是胡应麟能突破传统目录学的划分，所设立的"志怪"和"传奇"两个类型名目沿用至今，他还论及了分类的特点和原则，对各类小说的历史发展作了考源工作，对小说类型研究推动不少。而罗烨确立的以题材为标准的白话小说分类思想，包含了中国后来的神怪、英雄和儿女三类小说。他们的分类和类型名称基本上成为现当代小说类型的重要组成部分，姑且不论鲁迅的《中国小说史略》对如上思想的吸收，只要看看当代学人对中国古典小说赋予的逻辑，标准统一的类型体系及命名，我们就能看到浓郁的传统影子，就能更加理解"传统是没有创造者的创造性"这句话的深意。

同时，由于中国古典小说研究的重经验、整体性的知觉思维方式和评点体例，古人不仅对小说的分类没有西方的科学性，对每一种小说类型的艺术特征的介绍也是三言两语，点到为止，没有系统性和完备性。刘勰在《文心雕龙·序志》中表达了这样的文体体例构想："原始以表末，释名以章义，选文以定篇，敷理以举统。"对照来看，古人的小说类型实践重"原始"和"选文"，在"释名"与"敷理"上独独语焉不详。于是，"释名"和"敷理"的重任就落到了现当代学者身上。

现代小说类型理论研究也有自己的特色和贡献，这方面的代表性人物有陈平原、赵宪章、郑家建和葛红兵等。陈平原在《小说史：理论与实践》[①]中专门做了"中国小说类型研究"，初步提出现代小说类型学的意义、思路和任务，并试图设计小说类型史的研究框架等具有开创意义的理论研究，还用该方法作了对于武侠小说的类型研究。该研究不仅厘清了学界对于类型的偏见，摆正了文学创新和艺术成规的辩证关系，还针对性梳理了中国古代的小说类型观念，特别是展示了鲁迅的小说类型研究的业绩，从类型理论和类型实践上都作了卓有成效的工作，为汉语小说的类型学研究奠定了良好的基础和指明了方向[②]。赵宪章在文体学研究中，考察了类型（文体的下位）的"叙事成规"和"变体"关系及意义[③]。他着眼于文体的基本规范形式，以历史眼光考察了现代文体在主体的创新意识和新技术驱动的时代条件下的变体表现，如先锋文学、网络文学、口语诗写作和超文本文学等。他从文学本体出发，直面文体新变，实证性分析形式要素及其背后的社会历史因由，显示了理论的高度和理论指导小说形式研究的可能。郑家建探讨了小说类型的哲学基础、功能、话语方式、诗学形式以及与文学传统的辩证关系[④]，研究的是小说类型研究的传统文史哲之理论，在重视伟大的文学传统的理念引导下，为小说类型研究奠定历史和哲学依据。葛红兵针对中国小说创作出现了明显的类型化趋势和市场经济的社会阶层分化与审美趣味的多样化需求，以及国家文化产业战略对于创意写作发展的客观情势出发，提出建立小说类型学的愿望。鉴于西方以托多罗夫为代表的结构主义研究把类型封锁在文本内部作封闭研究，割断了类型文本与外部世界的关系，提出了用叙事学方法和人类学方法相结合来综合研究中国现代小说类型。该研究对开展小说类型学的现实必要性，以及小说类型学的基本理论问题思考上提出了

---

① 陈平原：《小说史：理论与实践》，北京大学出版社，1999 年版，第 139—220 页。
② 张永禄：《论陈平原的小说类型研究》，《理论与创作》，2007（6），第 32—35 页。
③ 赵宪章：《文学变体与形式》，南京大学出版社，2005 年版。
④ 郑家建：《中国文学现代性的起源语境》，上海三联书店，2002 年版。

一些有价值的看法和理解。

按照西方类型研究的观念，类型就是一个批评的概念。在类型批评实践上，中国现代小说的类型批评也自觉不自觉呈现出三个代表性研究向度[①]：一是以严家炎、杨义、吴福辉为代表的流派–文化类型构想。之所以把严家炎、杨义等人的现代小说流派研究统称为流派–文化类型研究，不仅在于他们研究勾勒了现代小说流派的基本面貌和整体实绩，还在于这些研究较为明显地体现了中国作风和中国气派，具有浓郁的文化意味。在我们看来，从方法论视角审视，流派研究是一种中观研究，它灵活地把宏观研究与微观研究、整体研究与个体研究勾连起来，既可以从宏观上透视上一个时代文学的整体性状况，又可以从微观上把握文学丰富多彩的个性。同时，流派的审美——文化的研究理路，是一种把文学内外空间打通的研究，不仅具有巨大的操作空间，而且也是富有弹性和潜力的学术地带，既把小说研究带出了狭隘的纯文学的研究思路的死胡同，也给热衷于抽象社会学研究者开凿了一束通向文本的光亮。

二是以范伯群和汤哲声为代表的形态–类型模块研究。该研究以对侦探小说、言情小说、武侠小说和社会通俗小说的形态演进和特色透析为最大看点。以范伯群和汤哲声等为代表的苏州大学通俗文学研究群体对现代通俗小说史的研究是一项开拓性的工作，他们有效地尝试了和以严家炎、杨义等为代表的小说流派不同的另一种小说类型史写作的模式，把通俗小说的主要品种分为"社会言情编""侦探推理编""历史演义编"和"滑稽幽默编"，注重各门类自身的有序，在每一板块中阐释其自身的发展轨迹，以作为通俗文学史的历史展印，搭建了其整体理论框架和写作的基本进路。形态–类型模块研究有两大特色值得关注：第一，注重类型演替，突出大家经典。以时代为经，以类型成规为纬，聚焦名家经典，勾画类型艺术的演绎历程，其间既注重具体类型的整体艺术取向，也注重整体艺术规定中的个性化创新表现。第二，显示整体气象，辨别阶

[①]　具体参见张永禄博士论文《现代小说类型批评实践检视与类型学建构》中"现代小说类型研究的中国当代经验"部分，上海大学，2009 年。

段特色。任何小说类型区别于其他类型，是有着内在规定性的。这种抽象的内在规定性外化为艺术的整体气象。把范伯群和汤哲声的类型研究姑且称为故事形态研究，他们不仅对通俗小说的整体类型风格有说明，对各个类型特征也作出了可贵的概括，而且也很注重特定类型在特定阶段的变化，从类型的视角上，既有整体把握，又有精微审视；既有共时瞭瞰，又有历时探寻。范伯群等人的形态—类型模块的小说史研究属于拓荒性的，类型特色较为鲜明。但毕竟是从文本经验积累而来的故事类型的形态研究，缺少自觉的理论指导，缺陷与遗憾在所难免。

三是以陈平原、许子东为代表的类型—结构阐释理念。陈平原和许子东对小说类型的研究把理论与实践自觉结合起来，在借鉴西方结构主义方法的同时，又能加以适当的改造，打破文本的封闭性，把文本分析（内外）和文化研究（外部）结合起来，把类型形式与价值诉求、共时形态与历时变体统一起来。该研究方法既具有综合性特色，又有方法论上的原创性和示范性。虽然都注重用结构主义方法来研究中国叙事文，但基于各自的背景和关注重点差异，陈平原和许子东对结构主义叙事学方法的借鉴各有千秋。陈平原从托马舍夫斯基的"主因素"和普罗普的"恒定因素"思想乞灵，自创具有中国特色的叙事语法。这个叙事语法既不是托多罗夫式的句子研究，也不同于格雷马斯式的语义分析，而是提炼出成语或词语组合概括武侠小说的叙事语法，这些成语或词语组合既有叙事形式的语法特征，又具有文化内涵的语法色彩，是形式和内容的综合体。或许，陈平原对于武侠小说的叙事语法表达，既借助了汉字的表意和线形的双重功能便利，也显示了研究者的智慧——"十六字箴言"只能靠高超的艺术直觉，不能由逻辑推导出来。许子东的研究直接借鉴了结构主义的情节功能研究和对句法语法分析，但他又突破了研究对象的原始性（民间故事、神话和童话等）视野，特别是对普罗普命题4的创造性调改，则有效实现了叙事文从故事到小说的艺术转变。不独如此，许子东的类型研究还有一个不大引人注意的特色，就是重视了叙事话语研究，这有助于发现类型的意义探求。相比而言，许子东的类型研究注重方法的可操作性，看重叙事组成的逻辑推导，方法论意味更浓。

通过以上对于类型研究和批评格局和业绩的简要回顾，再纵览当下社会科学和人文科学研究中的类型学研究范式情势，不难看到类型学范式日益受到哲学、史学、法学、电影学和语言学等学科的重视，但在文学（包括小说）领域相对寂寞。从已有文学（包括文献）来看，主要不足有：一是国外的类型研究要么形式主义痕迹严重，过于重视对于类型形式的研究，而缺少对形式所服务的内容的研究；要么理论大于实证，沉溺于对于类型理论的纯粹思辨性中不能自拔，不得已涉及文本释例则蜻蜓点水，甚至很多类型种类的解释基本只用一部小说来验证；再则要么类型的外延过于泛化，要么例证范围过于狭窄，整体上和汉语小说类型不接地气。二是国内现代小说类型研究刚起步，虽然现代小说有过相对成熟但已消退的社团、思潮和流派等研究，"这些可以作为小说类型学发展的基石，但不能代替在此基础之上形成的一种真正的小说类型学"[①]。随着21世纪类型小说（特别是网络小说）创作和传播的兴盛，出现创作与理论极不相称，具体的类型研究尚处于经验状态，亟待进一步的理论提炼和系统化。

四、现代性视野下的小说类型学建构初步设想

尽管一个多世纪以前就有了小说类型学这个提法，但小说类型学尚没有能成为一门自觉的学科。在小说学的总称下，应当有一门叫小说类型学的学科和小说文体学、小说形态学、小说叙事学、小说主题学等比肩而立。事实上，在学术史上，经过漫长的由类型观念到类型理论的沉淀，中外理论界积累了丰富的思想和理论资源，旁及其他人文社科领域的类型学思想，为小说类型学的建构提供了思想和理论基础。21世纪也是小说前所未有的繁荣时代，小说的市场化、网络化和类型化成为主潮，新的文艺时代呼吁相应的类型批评及理论出现，理论沉淀和现实需要客观上促成建立中国当下的小说类型学可能。

如果说类型（genre）是一种思维方式和方法，类型学（typology）按照《简明不列颠全书》界定，"其实是一种分组归类的方法体系，通常称为类型。类

① 葛红兵：《小说类型学的基本理论问题》，上海大学出版社，2012年版，第44页。

型的各成分是用假设的各个特别属性来识别的，这些属性彼此间互相排斥而集合起来却又囊括无遗——这种分组归类方法因在各种现象之间建立有限的关系而有助于论证和探索。一个类型可以表示一种或几种属性，而且包括只是对于手头的问题具有重大意义的那些特性"①。那么小说类型学则是研究小说的现代方法论体系，其研究对象"是时间上具有一定历史延续、数量上已形成一定规模，呈现出独特的审美风貌并能够在读者中产生相对稳定阅读期待和审美反应的现代小说集合体"②。作为新的现代方法论，它有别于从思潮、流派、风格、文体等角度研究现代小说，也跨越从修辞学和叙事学角度研究现代小说的对象域，从类型学角度整体考察现代小说类型的特征、演变，勾勒现代小说的类型谱系，从理论形态上横向剖析小说类型叙事成规，从历史事实上横向树立小说类型形成和发展演变过程中的形式与价值的嬗变轨迹。

小说类型学本身就是一种中观研究方法，作为宏观研究（诸如风格和主题）和微观研究（诸如修辞）之间的中介，建立了抽象和具体的联结纽带，既摆脱了研究中的经验性、局部狭隘性的束缚，又能找到解决问题的深度和尺度，能比较全面地审视事物发展的量和度。其实，柏拉图就是把具有类型意义的"第三者"范畴作为具体和抽象的中间物，以纠正从具体个别直接到抽象本体的逻辑思维的武断和绝对化，进而开展了辩证法的初步思维方法。作为新的人文科学，一方面它恪守了对于人文价值的追求，另一方面它摆脱了以往类型理论经验形态的粗疏和随意，追求研究方法的科学性。为了保证这一新的学术质素和品格，小说类型学倚重从结构主义和文化人类学方法的结构。结构主义研究方法保证了类型研究对类型要素和程序的科学严谨性，文化人类学方法则克服了结构主义研究的封闭性，把类型和价值打通，实现了形式和内容的贯通。

虽然当前文学理论放弃了宏大统一的体系建构企图，但作为现代小说的类型学理论假设，应该有一个相对稳定和开放的体系。本书设想的现代小说类型

---

① 《简明不列颠百科全书》，中国大百科全书出版社，1986年版，第184页。
② 葛红兵：《小说类型学的基本理论问题》，上海大学出版社，2012年版，第31—32页。

学基本框架为范畴论、方法论、发展论、价值论四个密切联系的模块。第一部分是范畴论，小说类型学应该有自己基本概念，本书将拟定如下几组概念：类型与类型学、小说类型与类型小说、兼类小说与反类（型）小说；总类（型）、亚类（型）与子类（型），（类型）正体与变体；叙事语法、叙事成规与创意。在范畴论中，我们将重点研究核心概念的基本内涵，或者说是对现代小说类型的艺术表现形态作"深描"式的分析，并辨析一些容易混淆的概念，规避类型理论自身的混乱。第二部分是方法论，该方法论包括分类学、叙事成规、类型生成与价值蕴藉的对接三个部分。其中分类学讨论拟定小说分类的标准和层次体系，寻找平衡逻辑分类和惯例分类之间的策略，并尝试给中国现当代小说分类的三级体系。叙事成规探讨类型基本句法的联结形态，考察其联结中的可变因素和不可变因素，为类型的程式化和独创性寻找学理依据；考察类型的深层语义结构，寻找特定类型的价值诉求和叙事发展动力与逻辑；研究行动元配制与行动的模态构造，为类型的分化、变异、融合与解体寻找学理的可能性；研究成熟类型和价值蕴藉的内在关联性，以及特定叙事语法从形态构成到价值表达的可能路径。第三部分是发展论，这一部分是小说类型的历史性研究，它要追踪小说类型发生、发展和演变踪迹等，考释类型内在艺术规律和外在历史文化关系。大体来说，这一部分研究包括了如下几个重要命题：小说类型从萌芽到成熟定型的历史与逻辑路径描述；小说类型的正体与变体关系研究；小说的反类型趋向、类型融合和类型解体等考察；旧的类型消亡和新的类型产生的机制探因；时代思潮、传播机制与创作个性心理和小说类型之间的关系。第四部分是价值论，现代小说是现代世界的审美表现，现代性的价值理念如何被不同的类型"分有"，如正义之于侦探小说、欲望之于言情小说、真理之于科幻小说等，这是小说类型价值研究的重点。从艺术形式与价值关系入手，对中国现代价值观念与中国现当代小说类型发展的复杂关系作研究，对中国审美现代性的复杂性和辩证矛盾作深入分析。寻找特定小说类型在叙事模式与价值取向之间存在较稳定的对应关系（即特定价值表达的形式化探求）是价值论研究的重要路径。进而，为了进一步凸显小说类型学的科学性特色，适应该理论指导类型市场的实际应用的可能性，我们还预设了小说创意评估的初步设想，试图从"创义"价值层、"创议"接受层、"创异"比较层和"创意"符号层四个方面做了量化性设计。这四个部分基本上涵盖了现代小说类型学的基本内容，既有共时性的范畴、原理与命题，也有历时性的观察与描述，大体展示了小说类型学可能的学术地图，如果还需要深入的话，则是类型批评实践工作了。

本来，小说类型学作为一种现代学术研究方法，理所当然在现代学术话语体系中了，本书为何还要现代性视野呢？或者说，本书为何要强调以现代性视野开展小说类型学研究呢？

"现代性"是学术研究中的高频词，长期以来学术界对现代性的理解众说纷纭，著作可谓汗牛充栋。这里不妨列举西方几种比较有代表性的说法。波德莱尔给现代性的经典界定是："现代性就是过渡、短暂、偶然，就是艺术的一半，另一半是永恒和不变。"[1] 吉登斯把现代性理解为"在世界范围内产生影响的社会生活或组织模式"[2]。哈贝马斯则把现代性理解为"一种新的时代意识……一种与古典性的过去息息相关的时代意识"，这种新的时代意识是"通过更新其与古代的关系而形成自身的……一个从旧到新的变化的结果"[3]。福柯把现代性理解为"一种态度"，这种态度在陈嘉明看来"主要指的是一种与现实相联系的思想态度与行为方式，一种时代的意识与精神，因此，它关涉到的是某个社会的道德与价值观念、思想方式与行为方式，或者说，关涉到的是某一社会的主流性的哲学理念以及相应的政治、经济与文化方面的制度安排与运作方式"。我国学者对现代性也有自己的思考和认识，周宪在考察西方尤奈库斯和鲍曼等人对现代化与现代性历史的观念后，认为现代性是富有张力的，提出了"启蒙现代性"与"审美现代性"的对立性[4]。综上，现代性首先是和古典相对应的时间观念，指启蒙时代以来不断进步、不可逆转的合目的的发展观；其次，现代性突出了

---

① 〔法〕波德莱尔：《现代生活的画家》，《波德莱尔美学论文选》，郭宏安译，人民文学出版社，1987 年版，第 485 页。

② 〔英〕吉登斯：《现代性的后果》，田禾译，译林出版社，2000 年版，第 1 页。

③ 唐文明：《何谓现代性》，《哲学研究》，2000（8），第 44 页。

④ 周宪：《现代性的张力》，《文学评论》，1999（1），第 135 页。

人的主体性，强调了以人的价值为本位的民主、平等、自由和正义等观念；第三，现代性强调理性，重视科学知识、秩序、程序和整体性等；第四是强调民族国家的形成及其组织机制和效率。

强调小说类型研究的现代性，并不是赶学术时髦或者应景修辞，而是遵循类型学作为现代学术的方法理路与精神意涵，把当下小说的类型学研究与传统的小说的类型研究区分开来。一方面，研究要突出小说类型学是一门新的人文科学，和古典时代的小说类型理论要有所区别。这个区别是既要克服早期类型研究中在精神哲学视野里的抽象性研究弊端，类型观念事实上成了哲学理论与思想的附庸，也要规避类型研究中的经验主义倾向，自觉运用包括大数据方法（至少是统计学）和现代语言学在内的社会科学等科学研究方法，对于小说类型集合作大样本的分析，追求研究对象尽可能的客观与准确。同时，坚持类型向当代社会的开放，重视对于小说类型的价值沉淀的探析，把现代小说作为现代价值的文学表征，现代性价值如何以集体无意识的方式沉淀在现代小说的类型中，或者说现代性价值如何以小说特定的形式化方式隐匿在小说类型中。进一步说，小说的现代化进程，也可以通过类型的形式化变迁或形式要素的增删等得到表征。从传统小说类型到现代小说类型的变化，也是传统价值向现代价值的转型，而同一小说类型中旧的形式类型要素向新的形式要素的变化，也隐含了社会价值诉求的嬗变。这种研究路径和学术价值的追求包含了鲜明的现代性意识和现代学术品格诉求。小说类型学是新的价值之学，是新人文科学之学，不是纯审美的形式游戏，也不是过时的故纸堆学问。

另一方面，现代小说类型学是一门开放的未来之学。在现代性视野里，不仅重视研究方法的开放性和与时俱进，跟上现代学术潮流，也重视研究对象的开放性和发展性。小说类型是充满活力的处于变化中的动态性整体文艺活动，既不是"静止的存在"，也不是"历史的循环"，小说类型是社会生活的有机体，有产生、发展、成熟、衰老和裂变等演变过程。新小说诞生、旧小说灭亡是再正常不过的常态现象。因此，小说类型研究永无止境，对特定小说类型的描述和把握也具有相对性。特别是在现代开放时代，小说的类型呈现了前所未有的繁荣，类型的多样化和价值的多元化相辅相成。一方面，作为文学家族的成员，类型小说要坚守文学固有的价值，比如感应时代发展变化、勾画社会人生百态、探索人性深处的黑洞、追问生命的意义和超越可能等；另一方面，在文化经济时代，审美是重要的生产力要素。最具代表性的是网络类型小说，它在这个时代成为了文化创意产业重要的力量，其 IP（知识产权，intellectual property）化的全产业链改编，成为新经济的亮点。如何促进类型小说从文学性向创意性转化，发挥其产业属性与价值，是类型小说研究在新时代的新使命和新课题。这需要研究者站在新的学术制高点，以自由、开放和进步的现代学术品性和视野，在数字化时代网络文艺咄咄逼人的威胁下把小说类型推向"类型小说"的时代，而不是悲观地发出"小说已死"或"小说终结"的陈词滥调。

第一章

小说类型学的范畴

现代小说类型学应该有自己完整的概念体系，这是进行类型学研究和开展类型学批评必不可少的思维工具。类型学研究的术语和概念既有新的锻造，也有旧的沿用，对于新锻造的概念我们要有清晰的界定，对于沿用的术语，我们需要在新的语境和学术范式下给予重新界定，特别是在当前批评的概念术语极其混乱的情况下，为了保证类型研究自身的科学性与纯粹性，也为了树立现代小说类型批评的学术规范性，我们需要集中对现代小说类型学中的一些重要概念和命题，诸如类型演进、兼类、类型等级、反类型、类型正体与变体、小说类型与类型小说等进行清理和厘定。同时，概念与命题、原理总是相伴而生的，在专门探究这些基本概念的同时也对命题和原理作一定的申述和辨析，以此丰富对现代小说类型学的认知。

第一节　叙　事　语　法

语法是学术热词，包括哲学语法、美学语法、建筑语法、纪录片语法、叙事语法等等。这种称呼似乎意味着，在现代学术语境下，一门学科的成立与成熟，应该像语言学那样，有自己严格的和系统性的规则，也就是说有属于自己的"语法"，凭着语法这把神剑，可以把本学科中那些不讲规矩的元素和成分"清理门户"，从而确立学科的合法性和独特标志。"语法"一说属于外来词，对应英语的"grammar"，"grammar"又来自其他古法语 gramaire（现代法语为 grammaire），尤其用于拉丁语和语文学，拉丁语 grammar 的意思是"拉丁语的规则"。拉丁语 grammar 来源于古希腊语 γραμματική（grammatike），意思是"文字的艺术 / 技术（art of letters）"，可以较为宽泛地指涉语文学，同样也可以指涉文学。grammar 严格限制在"系统地记述语言的规则和用法（systematic account of the rules and usages of language）"的意义上要到古典时期之后，16 世纪有了"说话者和作者必须遵守的语言规则（rules of a language to which speakers and writers must conform）"的意义。由此可见，"语法"一说的要义在于规则，这样它就不仅仅属于语言特有了，任何学科都有自己的规则，也就可以拥有自己的语法。我们通常说的语法指语言的形式法则，和哲学语法相比，属于表层语法。维特根斯坦说："在一个词的用法里，我们可以区分表层语法和深层语法。作用一个词时直接给予我们印象的是它句子结构里的使用方法。"① "相对而言，哲学语法是一种深层语法，而形式语法（这里指语言的语法——笔者注）是一种表层语法"，"形式语法在很大程度上以哲学语法为基准"②。按照维特根斯坦的理解，"本质在语法中道出自身"③，只要作语法分析，本质就在其中显形。不过，小说作为反映社会生活的语言艺术，其叙事语法并不能像哲学和美学语法那样对日常语言剥离，而是既包涵形式语法，又指向深层语法。

维特根斯坦说："某种东西是哪一类对象，这由语法来说。"④ 小说类型学面对的研究对象是高度相似的某一类小说的集合体，也应该由其语法来说。作为语言的艺术，每一部小说都是相对完整的言语行为。同时，这个言语行为要符合特定语言符号的系统法则。语言学的普遍语法分析法则自然是可以作为类型学研究的方法依据的。作为特定小说类型集合体，我们要认识其类型艺术特征，要通过一定的方式方法来寻找其在叙事上的共同性特征。这些共同性特征既是其作为某一类型的规定性标识，也是其区别于其他类型的手段所在。如何寻找这些特征呢？源于索绪尔结构语言学的启迪，经由普罗普对神奇故事的形态学分析，加上鲍·托马舍夫斯基的形式主义分析、格雷玛斯的深层语义分析和托

---

① 〔奥地利〕维特根斯坦：《哲学研究》，陈嘉映译，上海人民出版社，2005 年版，第 496 页。
② 王峰：《美学语法》，北京大学出版社，2015 年版，第 3 页。
③ 〔奥地利〕维特根斯坦：《哲学研究》，陈嘉映译，上海人民出版社，2005 年版，第 496 页。
④ 同上。

多罗夫的叙事句法等研究，叙事语法作为对于叙事文的重要工具和方法就确立起来了。神话、民间故事、小说等作为叙事文，它们在形态学、叙事学和类型学等方面关系密切，并共同分享了一些研究方法和命题，比如叙事语法，既是叙事学的核心基本概念，也是小说类型学的重要基本范畴。

何谓叙事语法（narrative grammar）？作为叙事学的基本概念，是旨在建立一套叙事共同模式的规则和符号系统[①]。叙事语法的目的在于为叙事文形成一套规则和符号体系的形式结构（表层语法）和通过叙事语言显示特定的类型本质（深层语法）。

小说类型学的叙事语法研究的目的在于：一方面要从表层形式出发，探索一类叙事（故事或行动）的基本句法，显示每一个类型小说的文本结构，分析其故事（行动）形成的机制；另一方面，从深层语法出发，探索行动元关系和行动的深层逻辑及文化密码。这样一来，叙事语法就有了不同的层次，不同的层次对应不同的规则和研究方法。对于叙事学来说，它研究的对象是句子，研究句子的叙述语态、语序、语式和时态等规律。类型学研究的则是对象的基础句法、行动元和深层语义结构等。三者有交叉，但各有侧重。事实上，类型学研究方法极大地借鉴了形态学中的分类方法、句子分析和叙事学中的叙事语法思想和方法。

小说类型研究者的基本任务就是寻找某一特定小说类型在艺术形式上的共同性，并考察这些主导型艺术"恒定因素"的形成过程及其意义蕴含。从小说分类的基本思路中，我们已经申明小说类型学不再是传统上开门见山的主题学研究方式，也不再是把文学仅仅视为文字智力的修辞学游戏，而是从形式出发，经由审美心理经验进入人类社会文化的一种真正意义上穿透形式与内容、历时与共时、文本与社会的文学科学研究，这就客观上要求把结构主义叙事学和人类文化学相结合作为小说类型学方法论基础。

探求小说类型的基本叙述语法，达到对小说"类"文本在结构上的独特规

---

① 王先霈、王又平：《文学理论批评术语汇释》，高等教育出版社，2005年版，第350页。

律性的科学的形式化的理解和把握，是我们对小说类型研究方法论的第二步，是小说类型学研究的必经之途，也是我们达到对小说类型的文化价值追踪的桥梁。要达到这个形式化的理解，我们必须借助逻辑、符号体系和规则等方式来建模。

小说类型学的叙事语法理论有一个逐渐探索和形成的过程，其先后结合了形式主义、形态学、结构主义等思想和方法，鲍·托马舍夫斯基（主要手法）、普罗普（人物功能）、列维-斯特劳斯（义素结构）、托多罗夫（词类的描写与命名、句子的语式与语序）、罗兰·巴特（作品的层次与结构）、雷蒙斯（句法的序列和逻辑）和格雷马斯（深层结构语义）等主要理论家都对叙事文的规则和符号系统作了专门讨论。尽管各自观点有差异，但他们都表达了共同的基本信念：在千差万别的叙事作品中，都存在着一种深层结构（主题、功能、形态、组合），该结构有利于我们"不仅可以加深对叙事文的理解，而且有助于对人类的认识"①。罗兰·巴特认为："叙事作品与其他叙事作品拥有一个可资分析的共同结构，不管陈述这一结构需要多大的耐心。""为了对无穷无尽的叙事作品进行描写和分类，必须有一种'理论'，当务之急就是去寻找，去创建……按照研究的现状把语言学本身作为叙事作品结构分析的基本模式似乎是适宜的。"②托多罗夫则说："不仅一切语言，而且一切指示系统都具有同一种语法。这语法之所以带有普遍性，不仅因为它决定着世上一切语言，而且因为它和世界本身的结构是相同的。"他们的思想和探索成为我们寻找小说类型学方法的重要思想资源和来源。

鲍·托马舍夫斯基在研究叙事文的基本语法特征时，提出了"主因素"这个关键概念。"主因素"是什么呢？他说："类别的特征，即组织作品的结构的手法，是主要的手法，也就是说，创作艺术整体所必需的其他一切手法都从属于它。主要的手法称为 dominant（主因素）。全部主因素是决定形成类别的要

---

① 王先霈、王又平：《文学理论批评术语汇释》，高等教育出版社，2005年版，第352页。又见〔美〕普林斯：《叙事学》，徐强译，中国人民大学出版社，2014年版，第159页。
② 张寅德编选：《叙述学研究》，中国社会科学出版社，1989年版，第3—4页。

素。"① "主因素"是形成一类小说的基本要素和自我标志。要认识一类小说,首要的工作自然是把其"主因素"抓取出来;同样的,要评价一部长篇小说,也首先要抓其主因素,托马舍夫斯基抓到小说的主因素就是结构手法。中国学者杨义也在《中国叙事学》中提出了"长篇小说,结构第一"②的观点。另一个形式主义批评家雅克布森后来也对"主导"这一概念作了大致相同的界定:"在一部艺术作品中使焦距集中的那个成分:它统治、决定、改变其余的成分。是主导物保证了结构的统一。"③托马舍夫斯基和雅克布森不仅充分认识到了主导物在艺术作品的中心地位,而且认识到它对其他成分的支配作用,唯其如此,才能保证整个艺术作品的"结构的统一"。"主导性"不仅是我们理解一部作品、一个流派和一个时代的文学等整体性艺术的钥匙,更是我们做小说类型研究的首要法门。在构成小说类型的诸种艺术因素中,很多是次要的,处于从属地位的,只有少数处于中心地位的因素决定了类型的性质及其发展方向。我们的工作就是要找到各种类型的"主导",否则的话我们的小说欣赏和批评就不能入门,或者犯"捡了芝麻丢了西瓜"的错误。当然,"主因素"说适合一切的文学,乃至哲学、政治和经济等学说。问题是到叙事文中怎样找到它并且用符号形式抽象表达出来,他们(鲍·托马舍夫斯基和雅各布森的论域基本还是散文和诗歌方面)把这个难题留给了结构主义批评者。

普罗普开创的民间故事(叙事文)"形态学"是文学形式化研究具有重要意义的第一步,后来的列维-斯特劳斯、托多罗夫和格雷马斯等人都从中受惠颇多。在普罗普的民间故事研究中,他采用了形态学方法,即"按照各组成部分和这些部分相互间的关系及其与整体的关系来描述故事"④,他列举了四个故事进行比较:

① 〔法〕托多罗夫:《俄苏形式主义文论选》,蔡鸿滨译,中国社会科学出版社,1989年版,第238页。
② 杨义:《中国叙事学》,人民出版社,1997年版,第34页。
③ 〔美〕罗伯特·休斯:《文学结构主义》,刘豫译,生活·读书·新知三联书店,1988年版,第137页。
④ 〔俄〕普罗普:《故事形态学》,贾放译,中华书局,2006年版,第16页。

（1）沙皇赠给好汉一只鹰。鹰将好汉载到了另一个王国。

（2）老人赠给苏钦科一匹马。马将苏钦科载到了另一个王国。

（3）巫师赠给伊万一艘小船，小船将伊万载到了另一个王国。

（4）公主赠给伊万一个指环，从指环中出来的英俊青年将伊万载到了另一个王国。

普罗普指出："在上述例子中可以看出不变的因素和可变的因素。变换的是角色的名字（以及他们的物品），不变的是他们的行动或功能。由此可以得出结论说，故事常常将相同的行动分派给不同的人物。这就使我们有可能根据角色的功能来研究故事。"[1] 为保证形态学的纯粹性，普罗普规定了一套学术范畴：不变因素 / 可变因素、角色 / 人物、功能 / 行为等。进而，他给出四个核心命题：① 角色的功能充当了故事的稳定不变的部分，它们不依赖于谁来完成以及怎样完成，它们决定了故事的基本组成部分；② 神奇故事已知的功能项目是有限的；③ 功能的序列永远是同一的；④ 所有神奇故事按其构成都是同一类型[2]。比较而言，普罗普把"主导"变成了"功能项"的说法，把具体的故事研究改为故事类型研究。他通过对 100 个俄国民间神奇故事的研究发现：具体故事可以无穷无尽，但是故事中的人物行动（功能）却是有限的，其行动序列是固定不变的，人物功能是故事的恒定因素。在普罗普看来，对故事的研究，首要的是找到故事的角色（或行动元），再沿着行动的序列顺藤摸瓜——理清故事的基本结构，进而描绘出一个叙事公式（图式），把握了故事的基本结构也就掌握了这一类故事。

普罗普的故事类型研究工作是一个系列，从《故事形态学》到《神奇故事的衍化》再到《神奇故事的历史根源》共同构成了普罗普对神奇故事的基本思想[3]。《故事形态学》是最基础的工作，它从类型学的角度对神奇故事作系统的科学描述，即神奇故事的形态学描述。从角色的功能来介入故事的结构，通过故

---

① 〔俄〕普罗普：《故事形态学》，贾放译，中华书局，2006 年版，第 17 页。

② 贾放：《普罗普的故事诗学》，中国社会科学出版社，2019 年版，第 34 页。

③ 这一部分内容和王长国教授有讨论，收获颇多，特此致谢。

事的整体结构来展示这一类故事的形态，让大家看神奇故事的共同特征。这是一种典型的类型学研究思路，抓住事物的同一性，神奇故事之所以为神奇故事的内在规定性。一般来说，同一性研究是神奇故事的内部研究，排除了作者因素、故事发生的环境等外在因素，让文本作为自足的存在。同时，对文本内部中一些和人物角色功能无关或关系不大的因素予以省略，以寻求神奇故事作为类型的纯粹性。

《神奇故事的衍化》则是普罗普要做的第二步工作：对神奇故事形态的变化过程作历史性研究。要考察神奇故事的衍化过程，首要的任务就是确定哪些是基本形式，哪些是派生形式，否则就无从谈起。为了确定故事的基本形式和派生形式，就要把内部和外部研究结合，把故事的外围因素、它的创作和流传于其中的环境结合起来，从故事的外部来考察情节的变体。这些文化因素归结起来，主要表现在宗教和日常生活中。在该原则的指引下，普罗普归纳了神奇故事的基本形式的3类20种衍化（变体）形式：改变（简化、扩展、损毁、颠倒、强化、弱化），替代（故事内部替代、日常生活替代、宗教替代、迷信替代、骨缝替代、文学替代、变形、不明来源替代），同化（内部同化、生活同化、宗教信仰同化、迷信同化、文学同化、古风同化）。虽然这20种神奇故事的衍化形式在很多人看来尚嫌抽象，但它毕竟比单一的总模式丰富多了，初步实现了从同一性到差异性的变化。

第三步工作是通过《神奇故事的历史根源》为神奇故事寻找历史根据，这标志着普罗普从抽象的形式研究走向了内容和形式的结合。对于《故事形态学》和《神奇故事的历史根源》的关系，普罗普作了如下表述："《故事形态学》与《神奇故事的历史根源》就好像一部大型著作的两个部分或两卷。第二卷直接出自第一卷，第一卷是第二卷的前提。"[①] 按照普罗普本人的研究思路，他要逆转以前民间故事研究的思维习惯，把"故事从何而来，它是什么"变为"故事是什么，它从何而来"。《故事形态学》回答了"神奇故事是什么"，《神奇故事的

---

① 〔俄〕普罗普：《故事形态学》，贾放译，中华书局，2006年版，第182页。

历史根源》回答了"神奇故事从何而来",探讨神奇故事起源问题。如此说来,《故事形态学》研究是为《神奇故事的历史根源》研究服务的,"对神奇故事的形式研究和准确的系统描述是历史研究的首要条件和前提,同时也是第一步"。这个前提和基础却是非常重要的,就普罗普故事学思想体系而言,"它以结构形态学研究为先导,以历史人类学探寻为途径,以文化诗学阐释为旨归"①。在《神奇故事的历史根源》一书中,普罗普开展的是神奇故事的人类学研究,"我们想要研究的是历史往昔的哪些现象(不是事件)与俄罗斯的故事符合,并在何种程度上确实决定并促使了故事的产生"。内容的安排上,还是按照《故事形态学》中人物角色与功能类别,考察了故事与上层建筑性质、往昔社会的法规、风俗、仪式、神话、原始思维等起源性问题。普罗普强调起源研究不是历史研究,它先于历史,探讨"发生"问题,不是"发展"问题。经过普罗普的阐释,神奇故事就脱离了简单的故事形态,获得了人类学意味和文化诗学的品格。这也提醒我们,结构主义不仅仅是一种方法,也不仅仅属于科学主义范畴,一旦它向历史维度开放,就充溢了人类学和文化学的"精气神"。整体上,这一规律为人文科学的研究者提供了强大的思想武器和方法论工具,推动了结构主义叙事学的极大发展。

不过,普罗普的故事研究对叙事的功能项基本按照时间顺序组合,未能考虑叙事内部的逻辑。后来的法国学者克洛德·布雷蒙(Claude Bremond)做了重要发展,形成了"叙事的逻辑"。布雷蒙提出了叙事序列的观念,以表明故事功能与功能之间应该存在逻辑关系。叙事的形式结构折射出从欲望产生到付诸行动再到结果实现的各种可能性,将叙事的基本序列归纳为"可能、过程、结果"三个功能,对应于故事中事物变化过程的三个必经阶段。按照叙事的复杂程度,他把序列分为"基本序列"和"复合序列"两类。其中,基本序列由三个功能构成严密的整体:① 可能:一个功能以将要采取的行动或将要发生的事件为形式来表示可能要发生变化。② 过程:一个功能以进行中的行动或事件为形式使

---

① 〔俄〕普罗普:《神奇故事的历史根源》,贾放译,中华书局,2006年版,第481页。

得潜在的变化可能变为现实。③ 结果：一个功能以取得结果为形式结束变化过程。这三个功能如何逻辑化呢？事实上，可能的新情况不必然发生，及时发生了也不一定要采取行动，行动后也不定然产生变化。于是完整的逻辑应该是：

A 可能性
A2a 变为现实
A3a 达到目标
A3b 未达到目标
A2b 没有变为现实

这样一来，叙事逻辑有三种走向，而不是唯一的。叙事就出现了弹性，能克服共时性研究的抽象化，可以强化对于行动元的研究，打开叙事的历史性空间。布雷蒙的叙事逻辑研究和托多罗夫与格雷马斯的句法研究联系更加密切。

　　复合序列是指两个或两个以上的叙事的联接逻辑，它们可以是首尾串联结式，如 A1——A2——A3 ～～～～ B1——B2——B3，即第一个序列的最后一个功能是第二个故事的第一功能，比较常见的类型是侦探小说类型；它们也可以是镶嵌式结构，如 A1——A2（B1——B2——B3）——A3；还可以是左右并联式的（和物理学电路图类似）。这样一来，复杂叙事（故事）的结构也有了合乎逻辑的形态，这个形态按照事态发展向着"改善"升级或"恶化"降解而形成"叙事循环"，但如果是由恶化到改善就成了喜剧，由改善转向恶化就是悲剧，因为改善和恶化的表现形式有很多，具体叙事形式千变万化，展现了叙事的复杂与丰富。

　　布雷蒙对叙述角色的分析也值得重视。他把叙述角色主要分为五种：一是施动者（agent），即故事中的行动主体，通常由主人公来承担，有时也由次要人物来承担；二是受动者（patient），即故事中行动的承受对象，他的状态受到施动者行动的影响，并且发生改变，受动者一般由次要人物承担；三是影响者（influenceur），他可能是人，也可能是物，其作用是影响行动者作出改善或恶化的决定，影响者有四对（告知者和隐匿者、诱惑者和威胁者、强迫者与禁止者、建议者和劝阻者）；四是改善者（améliorateur）或恶化者（dégradateur）；五是获益者（acquéreur）或补偿者（retributeur）[1]。这种叙述角色分类及逻辑关系为类型学的行动元关系研究奠定了基础，不过在进入矩阵分析法后，施动者和受动者进一步明确为反对关系，而另外的影响者和改善者被规定为反对者和帮助者第二组反对关系，它们一同构成矛盾的矩阵关系。

托多罗夫则用句法研究的方式扩展了普罗普的方法论，开创了叙事学，实现了叙事文从形态学向叙事学的改变。托多罗夫的研究奠基在人类语言的"普遍语法"这一假定上，"这个普遍语法是所有的普遍现象的源头，它甚至给人类自身下了定义。不仅仅所有的语言，而且所有的指意系统都遵从这同一部语法。它具有普遍意义，不仅仅因为它为世间的一切语言提供了信息，而且因为它与世界本身的结构是一致的"[2]。普遍语法存在与否不是本书讨论的问题，暂不展开[3]。不过，对托多罗夫这样坚定的结构主义者来说，叙事不过是一组言语可能性，但由于有关结构的这一组超语法可能性中所进行的一次严格受限制的选择，所以他所要的术语比描写一种语言所需要的术语简单，比如句法之于语言学。托多罗夫的句法研究重心在于叙事作品人物行为与语法学中的句法有着对应关系。他的方法是将每个故事还原为一个基本的句法概括，然后对这个概括而不是文本自身的语言进行研究。叙事句法最基本的两个核心因素：以动词谓语（即故事情节和人物行动）为中心的陈述（prepositions）和序列（sequences）的构成。从叙事的深层结构来看，任何叙事作品都由两种单位构成。陈述是句法的基本要素，它包括叙事基本单位的最简化行为，它由专有名词（人物）和谓语结构（行动）以及形容词（特征）组合而成。所有的特征可以简化为：人物身份、属性、状态特征等，状态指短暂的特征，属性指固定内在的性质，身份指外在、不能自主控制的性质。所有行动可以简化为三个动词："改变状况""犯罪"和"惩罚"。序列则是由两个或两个以上陈述结合而成的句群结构。

---

① Claude Bremond. *Logique du récit* [M]. Paris: Editions du Seuil, 1973. pp.131–308.
② 张寅德编选：《叙述学研究》，中国社会科学出版社，1989 年版，第 186—187 页。
③ 鉴于普罗普的故事形态学只是启发了叙事语法研究的结构主义方向，和叙事语法具体方法有较大差别，这里不赘述，有兴趣可以参考贾放：《普罗普的故事诗学》，中国社会科学出版社，2019年版。

一部叙事作品，至少由一个陈述构成。大多数情况下，由多个陈述，即一个序列组构而成。陈述序列一般严格按照相互间的逻辑关系、时间关系、空间关系三种方式组合。托多罗夫的一般叙事语法是通过对《〈十日谈〉的语法》这本书的具体研究来显示的。"通过对《十日谈》各个故事的研究，我们发现所有故事可归结为两大类。第一类可以称为'避免惩罚'型。在这一类故事里，有一个完整的过渡，即平衡—不平衡—平衡。而不平衡总是由该受惩罚的违背法规的行为引起的。第二类可以叫'转变型'……这类故事只有第二部分，即从不平衡到最终的平衡。另外，这个不平衡并不是某个特殊的行动引起的（一个动词），而是由人物的品性决定的（一个形容词）。"[①] 他用符号把该小说集中四个具有相似结构的性爱故事图示化如下：

$$X\text{ 犯法} \longrightarrow Y\text{ 应该惩罚 }X \longrightarrow X\text{ 试图逃避惩罚}$$

$$Y\text{ 犯了法} \longrightarrow$$

$$Y\text{ 相信 }X\text{ 没有犯法} \longrightarrow Y\text{ 没惩罚 }X$$

托多罗夫的叙事语法理论非常抽象，随意性很强，对于怎样设定故事的特征、序列基本由论者自行决定。而且，"平衡—打破平衡—重归平衡"这一模式别说是对文学文本，就连万事万物都可以显示出来，既然如此，这个结构模式有何意义呢？最为关键的是，花费很大精力仅仅为找出这个结构，对于解读文本的审美意义却不甚关心，这种解读的意义又何在呢？看来，割断文本与外部世界的叙事学研究，还需要打开自我封闭状态，以复杂的现实来启迪对于普遍语法下的多种变体可能。

格雷马斯在普罗普的角色——功能理论和列维-斯特劳斯对神话结构分析等的基础上深入而又全面地研究了叙事语法。在格雷马斯看来，叙事文有不同的层次，不同的层次有不同的语法规则，达到不同的需要。他在《论意义》（Ⅱ）

---

① 张寅德编选：《叙述学研究》，中国社会科学出版社，1989 年版，第 186 页。

里把叙事语法分为四个流程：深层结构（符号方阵）、叙述结构（基础语法和表层语法）、话语结构（角色、形象、主题等）、语言表达。根据类型学研究的需要，这里简要介绍一下它对叙事文的结构认识。在《论意义》里，它把叙事语法分为基础语法和表层语法两大部分，基础语法"由分类模式提供的基础词法和对预先互相确定的分类项进行运算的基础句法构成"[1]，表层语法组成行动组合系列。基础语法具有逻辑性质，表层语法具有人形性质[2]。深层语法则借助句中行为序列（模态化）使得意义实现，他又在普罗普总结俄罗斯民间传奇故事的31种"功能"的基础上，从句式的横向轴上把行动模态划分为三个阶段，第一阶段是"产生欲望"（"欲"），第二阶段是要"具备能力"（"知"或"能"[3]），第三阶段则是"实现目标"（"做"）。这三个阶段逻辑关系很强，不能彼此孤立，该逻辑保证了情节的有机性和完整性，其中的"实现目标"应是核心。"实现目标"就是要让一种状态向另外一种状态发生转变必不可少的行为。

按照托多罗夫对于叙事文情节结构的研究，"一篇叙事文中就会有两个序列：一个是描写某种状态（平衡或失衡），一个描写一种状态过渡到另一种状态。第一个相对静止，可以说是重复的：同类行为不断地重复。与之相反，第二个呈动态，原则上只出现一次"[4]。静态的用形容词，动态的属于动词。格雷马斯选定的是动词序列。强调的不是故事状态要"恢复"平衡，而是"转变"。在托多罗夫举出的佩罗内拉偷情的例子中，女主人如果要恢复故事平衡状态，和丈夫、情人都相安无事，只有采用隐瞒办法，让情人成为买桶的人，不让丈夫"捉奸"。这就是静态处理语法的办法，背后的价值是每个人都有权利实现自己的欲望。但如果要转变女主人公和丈夫、情人的关系，对于不合法的欲望给予"惩罚"，则就要使状态发生转变。一个行为如果能使状态发生转换，那么这一

---

① 张寅德编选：《叙述学研究》，中国社会科学出版社，1989 年版，第 102 页。
② 在格雷马斯看来，叙事文从"概念"到"形象"中间有"人形"过渡，即从基础语法到表层语法有句法行为，这个行为有人化的主语和具有双重人形化运算的行为。——笔者注
③ 在格雷马斯的分析中用"知"和"能"。——笔者注
④ 〔法〕托多罗夫：《散文诗学——叙事研究论文选》，侯应花译，百花文艺出版社，2011 年版，第 59 页。

行为者必须具备一定的能力，这就是情节到了"获得方法"阶段（佩罗内拉的丈夫就不能被蒙蔽，要获得方法或者能力去"识破"或"掌握""抓到"妻子和奸夫，从而惩罚妻子的不忠，重申法律正义或伦理的尊严）。这里需要用到"行为方式"这一概念。行为方式一般分两种：潜在的行为方式与现实的行为方式。潜在的行为方式"指的是想做和必须做，即行为本身还处于憧憬阶段，并没有实现"①；现实的行为则指的是"能做和知道怎样做，我们称它们为现实行为是因为：一旦获得了它们，施动者就可以实现他的行为，行为也从憧憬阶段过渡到现实阶段"②。不过，仅仅有了实现目标和实现目标的能力还不够，从逻辑上讲还需要推动者存在，也就是说要有一个施动者（行动元）在行动前产生了实现该目标的欲望，于是就需要有"产生欲望"的阶段并置于叙事逻辑之首。这样一来，基本完整的句中叙述序列就形成了：

"产生欲望"——→"具备能力"——→"实现目标"

格雷马斯说："这样一个叙述语法，一旦完成，就应该同时具有演绎和分析的形式。它将描绘出意义表现的各种路径：首先，深层语法的基本操作借用意义现实化进程之路，然后，表层语法的横向组合序列各种拼接组合，它们都不过是上述操作的拟人表征。内容，借助语中行为之媒介，获得了叙述性陈述的形式，这些陈述犹如链条上的一个个环节，通过一系列逻辑蕴含，被组织成前后相连的标准的线性陈述意义段。当我们拥有了这样的陈述意义段，我们就能想象——借助一门修辞学、一门风格学和一门语言学——被组织成叙述意义的语言表现。"③

托多罗夫的句法研究和格雷马斯对文本深层结构的语义分析存在一定程度上重合。托多罗夫的"避免惩罚"型（平衡—不平衡—平衡）接近格雷马斯所

---

① 刘小妍：《格雷马斯的叙事语法简介及应用》，《法国研究》，2003（1），第200—201页。
② 同上。
③〔法〕格雷马斯：《论意义》（Ⅱ），吴泓缈等译，百花文艺出版社，2005年版，第176页。

谓的"状态"概念。而"转变型"则相当于另一个基本概念"转变"。这启示我们，尽管他们从不同路径分析艺术作品结构，但"殊途同归"，这明示了叙事语法作为对小说基本结构研究的有效性。把握这二者的具体研究路径有利于我们在小说类型中对叙事语法作词组型的归纳和找寻；而托多罗夫对句法中形容词的特征表示，比如人物身份、属性、状态特征等，这是具体文本所不能化约的。这提醒我们充分注意每一个具体文本可能具有的差异性，提醒我们做共时性研究中应具有历时视野和具体文本基础，否则的话，后来的追随者真的要落入反对者的诟病中了。

通过以上的分析，叙事文（主要是民间故事、神话和童话等）结构的分析和模型的建构虽然存在这样或那样的问题，但却是我们建构小说类型学重要的思想资源。作为小说类型学的叙事语法，一方面要充分借鉴形式主义对于文学形式化方法建构，叙事文叙事语法对于句子基础语法和序列的状态研究思想和成果，以及结构主义对神话的语义研究模态的建构原则和方法；另一方面也要有针对性地进行调整，聚焦类型研究的目标，以叙事的艺术成规和价值诉求为中心，从表层句法、行动元关系和深层语义等维度展开探讨，把类型学的叙事语法作为小说类型学的微观诗学，实现从基本理论和范畴向方法工具的转变。

第二节　小说类型的成规与创意

研究小说类型，类型成规和类型创意是一对绕不开的范畴。古典论者重视艺术成规，把类型的纯净视为艺术律令，比如朗基努斯对崇高类型的判定。反对类型者强调艺术的个性创新，把独创性视为艺术的使命，比如歌德和克罗齐。在特定语境下，无论是对于成规的强调，还是对创新的推崇，都无可厚非，但从类型的共时诗学看，成规和创新是辩证的，它们都以对方的存在为前提。艺术的成规是形成该艺术的基本构件，也是创作者和接收者进行创作和阅读的必备"知识"，缺少这些成规性知识，作家很可能就像不懂得棋规的棋手，无法落子。虽然他可以乱走一气，但观棋者却云里雾中一般无法观看。没有了成规作背书的创新是无意义的，成规是创新的参照系，也是衡量其创新程度的尺子。没有了尺子和参照系，谁也无法判定是不是创新，或创新程度多大。

说到艺术创新，我们要明白人文艺术领域里的创新是不同于自然科学的创新的。自然科学属于物质领域，其发明创造大体是从无到有的创造，比如手机和电脑等是信息技术革命的产物，是全新的创造（手机和电脑的升级换代，则可能属于"创意"了）。人文科学领域属于精神领域，其创新是从有到有的创新，任何艺术的创新都有以往艺术的奠基，比如在作为中国世情小说的杰作，代表中国古典小说高峰的《红楼梦》上可以看到《金瓶梅》的影子，很多人说"《金瓶梅》是《红楼梦》的祖宗，没有《金瓶梅》就没有《红楼梦》"，而德国伟大的哲学家尼采就断言"成规是伟大艺术产生的条件"①。这种情形在艺术史或文学史上是常识了，但很多人可能把自然科学领域里的创新和人文艺术领域里的"创新"混淆了。用自然科学的创新苛求人文艺术创新，不仅带来了观念上的混淆，也不利于推动创作。

为了辨别这两种不同类型的创造，我们把艺术领域里的创造称为"创意"，创意和成规相对。所谓成规，按照《辞海》的解释就是"前人制定的规章制度"。类推之，小说类型成规就是特定小说类型在长期发展过程中形成的一套由叙事要素和制约其组合的规则组成的系统。而"创意"则是在成规基础之上，按艺术法则对原先艺术要素和构成结构进行智慧性改造和提升，进而推进艺术发展水准，给读者带来新审美经验的创造行为。长期以来，人们偏爱创新，而对成规则更多予以否定，以至于成规就成了贬义词，也成了民族思维习惯。历史上的改革（改良）和革命者总是获得道德的高位，而保守者和保守行为则成为被后人批判的对象。其实，人类历史上保守成规的时段是远远大于改革和革命时期的。这可能是人类喜新厌旧的心理本能在作怪，也可能是成规属于静态的常态，充分日常生活化了，而创意（创造）属于动态行为，是要审美化行动，

---

① 〔荷兰〕D. W. 佛克马：《文艺理论中的成规概念与经验研究》，斯义宁等译，《文艺研究》，1987（6），第131页。

变化能激起情绪和热情，因而受到人们的青睐。这样带来的现状是人们已经对于成规带给他们的好处习以为常而难以察觉，相反对于创意则充满热情期待和欢呼。由此不难看出，人们对于成规的正面认识远远不及对它负面的理解。在艺术领域中这种怪现象尤其盛行。陈平原在研究类型理论时就试图扭转这种偏狭的审美认知。他说："一方面，正是与那个传统背景发生对照时，创新才可能被理解被接受；另一方面，正是由于部分偏离作为形式化的传统艺术成规，创新才可能实现。也就是说，每一部成功之作都是既保留了传统，又突破了传统。"[①]

有必要重新对于艺术成规的客观合理性和内涵特征做一下梳理。小说是对社会生活的审美认知和反映的艺术。按照马克思主义的审美反映论观念，艺术源于生活而高于生活。作为文学艺术源泉的社会生活，是由法律和伦理道德规范等制度构成和规范的人类关系体。人类社会漫长的发展过程就是一个对于自然规律不断发现和利用的过程，也是不断加强和规范社会秩序的过程。社会性成规不局限于社会事实，它承担的是社会发展的规律之真和社会伦理之善，这种"真"和"善"的社会性成规也必然要反映到小说之"美"上。大体说来，从审美经验的诉求来看，社会性成规要和小说的成规在更高的精神与情感层次上协调起来。比如命案必破是社会普遍的伦理道德规范，虽然理性和社会事实会冷静地告诉我们，有些命案可能会成为千古之谜，但破除命案作为基本的伦理道德诉求，是社会成规，政府意识形态在宣传中也反复强化"法网恢恢疏而不漏"的道理，那句"正义也许会迟到，但从不会缺席"也成为每一次冤假错案得到纠正后最鼓舞人心的结束语。

成规也在艺术形式上得到更明显的体现。姑且不说古体诗写作有严谨的格律规定，词曲有固定的词牌规范，就连公认形式最为松散的散文也有制式要求和情景处理法则。小说的故事标准呈现出正态分布的弧线，由阐释、上升动作、高潮、危机和解决等基本组成。不同类型的小说在叙事上也应该有成熟的叙事语法，比如陈平原在研究武侠小说时，不是按照西方结构主义叙事学那样，从

---

① 陈平原：《小说史：理论与实践》，北京大学出版社，1999 年版，第 150 页。

行动元关系、基础句法和语义结构来分析，而是采用了中国智慧式的成语和俗语或固定短语句式表达。用"浪迹天涯""笑傲江湖""快意恩仇""仗剑行侠"做了基本的艺术成规归纳，精炼而老到，令人信服。这四个陈述句在武侠小说中各有其特殊功能："'仗剑行侠'指向侠客的行侠手段，'快意恩仇'指向侠客的行侠主题，'笑傲江湖'指向侠客的行侠背景，'浪迹天涯'指向侠客的行侠过程。"[①]

自然，武侠小说的基本叙事语法只是基础性的工作，更重要的是讨论叙事者为什么不约而同地选中这些"主要手法"或"核心场面"。也就是说，"开掘某一小说类型基本叙事语法的文学及文化意义"才是类型研究的中心任务。指出武侠小说中充满着"仇杀"的场面，这不需要专家的艰辛考证，大部分武侠小说迷都能脱口而出。专家的任务在于分析"仇杀"这一文化符号在武侠小说这一文学系统中的功用及意义，以及武侠小说家选择这一文化符号对整个小说类型艺术发展的制约[②]。陈平原从通俗小说可说可读的特点出发来研究武侠小说的文化意义。其可读的根源在于："① 使用程式化的手法、规范化的语言，创造一个表面纷纭复杂而实则熟悉明朗清晰单纯的文学世界（而不像纯文学那样充满陌生变形和空白暧昧，召唤读者参与）；② 有明确的价值判断，接受是非善恶二元对立的大简化思路，体现现存的社会准则和为大众所接受的文化观念（而不像纯文学那样充满怀疑精神及批判理性）。"[③]前者指向武侠小说的文学意义，后者指向武侠小说的文化价值。进而，他认为，武侠小说除了体现流行的审美趣味外，更重要的是体现了大众文化精神。武侠小说的根本观念在于"拯救"，"写梦"和"圆梦"只是武侠的表面形式，内在精神是祈求他人拯救以获得新生，和在拯救他人中超越生命的有限性。这样一种研究思路，使得武侠小说的基本叙事语法与积淀于文本中的文化模式对应起来，一方面为武侠小说建立了具有悠久的文化史背景，另一方面沟通了文本与历史、文学与文化。

---

① 陈平原：《千古人文侠客梦——武侠小说类型研究》，新世界出版社，2002年版，第204页。
② 同上书，第203页。
③ 同上书，第205页。

从读者接受角度看，小说成规也是阅读经验的重要组成。接受美学强调了期待视野，以之作为接受得以发生的基本条件，阅读经验促成了期待视野的产生。而阅读经验包含了小说所反映的社会生活内容的成规性认知和情感经验与小说艺术成规的理解和把握。如果读者面对的艺术品所反映的内容没有基本的成规经验垫底（比如科幻世界的基本知识对于阅读科幻作品构成了基本条件），这种阅读基本无法进行，这有点像穿越小说设计孙悟空来到当代社会，他以前的本领和知识全部失效，现代生活必需的物质设备都不会使用，不会过马路，连电话、手机等都不会使用，他从古代英雄变为现代白痴。穿越后的孙悟空的悲剧在于缺少现代社会的生活经验、缺少现代生活成规这些期待视野，阅读视野受挫。同样的，不懂得基本的艺术成规，是难以阅读这类艺术的，我们不能想象一个连基本绘画艺术和先锋艺术成规都不懂的人，能看懂毕加索和梵高的作品。事实上，很多人在具体的阅读和欣赏行为中，往往忘记了成规所起到的奠基性作用。

这里有必要探讨一下成规的基本特点。关于小说的成规，葛红兵在《伟大的成规》中精到归纳了小说成规的根本特定，指出小说成规是一种生成性成规。一方面，它和其他文化成规一样，以习得性为基本特征；另一方面，它不同于文化成规的承袭性，而是具有生成性，也就是说"生成性成规不直接规定行为本身，它不是直接的行为规则，而是规定一套'生成行为的原则'，这些原则可以带领你生成一套行为"①。他举了一个很形象的例子，国际象棋规则就是一套生成性成规，下棋的人都必须遵从这套规则，但不同的人则会走出不同的棋局，这就是棋局的生成性规则。同样的棋规，不同的棋手可以走出完全不同的棋局，即便是同一个棋手，在不同的对弈语境下也能走出不同的棋招。这就暗示生成性成规内涵了创造性要求。

其次，小说类型的成规具有协调性。小说是对社会生活的审美反应，成熟的小说类型承载了相对稳定的社会文化价值规范。文化价值规范不同于自然科

---

① 葛红兵：《小说类型学的基本理论问题》，上海大学出版社，2012年版，第123页。

学规律，后者不以人的意志转移，而前者则不具有逻辑的必然性和自然的必然性，而是在特定文化区域内，人们在长期的社会生产生活中协商形成的传统、规约。有了这些传统和规约，人们对于自己的行为及其后果可期，因而产生文化认同感和归属感。最常见的例子就是行路规则，中国千百年来的规则是行人靠右走，每个开车的人都必须遵守这个规则，否则的话就无法驾车。为何要靠右行走呢？这就是我国人民在生活中协商而成的传统。这个传统规则到了英国则改为靠左行走，英国人不会怀疑和否定这个成规的逻辑性和必然性，因为他们知道这是约定俗成的。小说写作中很多规则也是约定俗成的，不一定有逻辑上的必然性和自然上的必然性，比如中国小说有一个大团圆的结局。对于这个艺术成规我们可以作很深刻的文化习惯、民族心理和思维形式等方面的解读，但其实它就是协商性的成规，没有必然的要求故事的结尾一定是"从此我们的王子和公主过上了幸福的生活"，这表明了成规不过是民族文化心理的定势而已。

　　如何分析小说的成规呢？有研究者把小说的成规按照文本结构分为五个层面：语言层面的成规、叙事层面的成规、叙事修辞层面的成规、叙事视角层面的成规、叙事声音层面的成规[①]。这是从文本层次的现象学视角分析的，系统而严密。但如何从类型学出发研究呢？我们以为还是要从类型学研究方法入手，从类型叙事的表层句法、行动元关系以及生成语义结构出发作探析。这里不妨以这几年兴起的职场小说这一新类型作叙事成规的研究。

　　职场小说是伴随我国现代公司制的普及而出现的，以反映白领职场人生历练和职业"心经"，审美地折射其生存感悟与困惑的新小说类型。职场小说既是时代生活的催生物，又是类型艺术交融的产儿。说它是时代生活的催生物，是指现代职场成为年轻一代中国人普遍的人生境遇和生活方式，这一新的生命形态客观上要求与之适应的文学形式。进入 21 世纪，很大一部分中国人（特别是年轻人）身份发生变化，涌现出了农民工和公司职员等新的社会身份。新的职

---

① 葛红兵：《小说类型学的基本理论问题》，上海大学出版社，2012 年版，第 113 页。

场群体的兴起，新的意识和观念需要与之匹配的艺术形式来满足这一阶层的审美需求。职场小说是职场人对自我生活和工作状态的一次集体艺术写真和情感抒发，是白领阶层文学审美趣味阶层化的必然反映。

从艺术本体上讲，职场小说是从成熟小说类型中自然分化演变出来的文学现象，是类型小说融合创新的产物。历史地看，过去很多小说在反映现代生活的过程中，不自觉有了今天所谓职场小说的影子。比如 20 世纪 90 年代早期，邱华栋的都市小说展示了如自由撰稿人、制片人、公关人、时装人、持证人、推销人等新城市人符号，敏感预示了新的职业人群将要在文学艺术上占有一席之地。由于艺术形式与时代发展的滞后性，20 世纪 90 年代的作家尚不能找到反映新兴职业和新型人群的艺术形式。80 后代表性作家郭敬明和孙睿抢先一步获得职场意识，他们的创作不自觉突破了校园小说视野，把一代人的成长与历练拉到了实习和初涉职场的时空，《草样年华》以颓废青春的笔调描绘了大学生步入社会寻找工作的挫折人生，以清纯的视角折射了现代职场的灰冷，在成长的天空抹上了异常冷峻的一笔。商业巨子传奇、商战小说和官场小说等从横向为职场小说提供相对广阔雄浑的职业背景，财经小说则以特有的金融视野聚焦输入了现代职业理念和竞争法则。尽管 20 世纪末以周励《中国人在纽约》为首的华人小说有类似风格，最直接的样板恐怕要算海外华语职场小说的引诱，2002年华裔作家裔锦声的《华尔街职场》是其先声。考虑到如上种种因素，职场小说是在都市小说、商战小说、官场小说、成长小说和言情小说等既有类型基础之上融合出现的一种小说类型。

但是，从小说类型基本的类规定上看，职场小说不能属于其中任何一种类型。如果不明白这一点，我们对很多小说的判断难免整体上失误。如很多人就把职场小说和官场小说混为一谈。不能否认，职场小说和官场小说有相似之处，职场也有政治，如复杂的人事关系、利益的争斗、森严的等级和圈套陷阱等。但二者内在区别甚大。官场小说是通过一定的行政场域，围绕权与权、权与法、权与民、权与情、权与钱等关系，揭露官场的腐败现象及其滋生的制度性缺陷和人性阴暗面，展示现代官场精神生态，拷问官场中人人性的艺术类型。职场小说的重心是图绘现代公司场域下的科层制景观和展示职场中人的职业定位及其生命形式探索的心路历程。

职场小说也不同于成长小说。成长小说展示的是年轻主人公经历了某种切肤之痛的事件之后，或者改变了原有的世界观，或者改变了自己的性格，走向真实而复杂的成人世界。更重要的是，按照巴赫金等人的设想，成长小说还承担着隐喻民族国家诞生的宏大主题，个体主体的获得和现代国家的生成具有同一性。职场小说所指涉的场域是成熟的现代意义上的国家和地区，从更高端的视野上看，它是全球化和国际化的。而开放的国际背景，使得现代职场既不同于家族企业，也迥异于国企。很多职场小说的主人公都是在外企环境下工作，比如杜拉拉系列的前三部、《浮沉》和《圈子圈套》等。从绝对意义上讲，生命本身就是不断成长的过程，职场中人自然也是要"成长"的，但是这种"成长"是职场里职业能力和素养的提升，是主人公从"菜鸟"变成老练的职业经纪人过程，在这一过程中，虽然爱情是不可缺少的叙事元素，但已经不占据重心和主导性叙事因素，更没有了成长小说中必然要涉及的"生理"成长这一环。也正是因为有主人公职场成长过程这一叙事重心的客观存在，使得职场小说不同于老练的商业巨子运筹帷幄之恢弘叙事气势和纵横生意场的惊心动魄场面。在职场小说中，这些巨子和高手成为故事的配角，心甘情愿成为年轻职场选手们的引导人和教导者。正是从这个意义上讲，《圈子圈套》还不能称为严格意义上的职场小说。

如何在艺术本体内解读职场小说呢？我们不妨从类型学方法入手，寻找其具有内在规定性的基本叙事公式、行动元关系和叙事语法等。按照现代读者对故事性的要求，借用普罗普的故事形态学方法，正典形态的职场小说可以归纳为一个简单的主谓宾结构的句子：渴望成功的年轻菜鸟们在好心的职场前辈的指点下，经过"人生三课"的历练后，具备职场素养和能力，终于成为"白骨精"（或职业经理人）的心路历程。用叙事转化公式表示：

（身份、属性、状态）主人公 —→ 行动 —→（身份'、属性'、状态'）主人公'

这里，"——→"表示"转化"的意思，"身份'""属性'""状态'"中的"'"表示主人公在系列行动（比如"改变状况""犯错"和"惩罚"）后"转变"成，或"过渡"到新的特征，达到了新平衡或者复归旧的平衡秩序中。故事性强的小说基本是关于变化（转化）的。变化性要求小说内在行动序列围绕如下逻辑展开："产生欲望"——→"具备能力"——→"实现目标"。欲望是行动的发动机，具备能力是实现欲望的基本保障，实现目标是行动的方向和旨归。所有职业新手的基本欲望就是渴望成功，比如要自食其力（《杜拉拉4：与理想有关》）、干一番事业（乔莉）、获得理想的职位（《杜拉拉1：升职记》）、找一份体面的工作（Sugar）等等。但是，在残酷的竞争中，想获得成功，是要有很大付出的，小说里的反面角色想不付出艰辛努力取得轻松成功，如靠出卖年轻的色相（Sugar、黛西、琳达）风光一时，但自尊的菜鸟只能靠自己的勤奋、苦练，获得现代职场的能力要素和心智，最终以喜得大订单、升职加薪等叙事形式实现目标，体现"天道酬勤"的文化智慧。这是职场行动的动态法则，与之相应的静态法则是主人公的基本属性、身份和状态的转化，由菜鸟而白骨精、由稚嫩而老练、由软弱而坚强、由浮躁而沉稳等等。唯一不应改变的是主人公人性中的善根，比如良好的社会道德责任感、基本的社会伦理规范和恪守法律的精神等，这是职场主人公获得成功的内在护法器。作为对立面的角色先天性缺少这一护法器，最终在职场以失败告终。如此有效地把传统文化精神与现代商业精神结合起来，这是中国式现代职场小说最为吊诡的地方。

小说叙述的重心主要是职场新人现代职业精神（竞争、创造、敬业）与基本素养（合作、定位、人际、宽容、原则）的练就，这是商业社会对现代人基本品格的形塑，也是现代人生存的圣经。当然，职场类型不同，对于现代商业品格的要求是不同的。同样，不同的作者，对于这些品格的认知度和获得途径也是不同的。这样，就形成了职场小说丰富的子类型，或者类型的衍化，实现了类型小说应有的丰富性。客观上，在促进类型的丰富性上，出版商也有贡献。聪明的策划编辑们在充分的市场调研基础上，根据市场细分的经销原理，有侧重地引导作家去不断丰富一些职场小说的子类型，比如陕西师大出版社的策划者不仅成功推出了杜拉拉系列，还推出了《浮沉》等职场小说。对于不同的小说，策划者的基本定位是不同的，力求不同的小说展示职场小说的可能叙事向度，以满足市场读者的阅读需求。这里，不妨摘录策划人的一段话："同是职场小说，《浮沉》又该如何区别于《圈子圈套》《输赢》和《杜拉拉升职记》呢？《圈子圈套》定位的是'白领的职场必读指南'，《输赢》定位的是'中国第一部可用于培训的精彩商战小说'，《杜拉拉升职记》定位的是'中国白领必读的职场修炼小说'。从这个问题出发，我们内部提出了两个不同的概念：职场成长和职场生存。"[①]

我们不妨顺着这个思路，以反映现实职场的内容（职业发展的阶段）来划分，职场小说有三个基本的子类型：职场生存小说、职场成长小说和职场征战小说。目前成长类的有：《杜拉拉1：升职记》《杜拉拉2：年华似水》《杜拉拉4：与理想有关》《杨小杨求职记》《我的IT五年——一位女经理人从销售到管理的成长记》《大猫儿的IT奋斗史》和《丁约翰的打拼》。生存类有：《裁员的日子》《白领突击》《不认输》《无以言退》《浮沉》《秘书》和《办公室风声》。征战类有：《圈子圈套》《夺标》《做单》《乙方》《纵横》等。这一点，我们可以从小说的行动元关系上得到同样答案，总体来看，职场小说中行动元关系也是相对恒定的。围绕目标（锦标），在公司内外自然形成了两组行动元：追求者与助手、竞争者与控制者，这两组行动元处于矛盾或者冲突的关系中。对于具体小说来说，行动元角色的多寡和彼此关系的强弱可以影响故事类型，比如助手作为长者对追求者的关系强大，控制者和竞争者关系弱小，且不对追求者构成强大障碍，这种小说基本属于成长类；如果单一的追求者要面对很多的竞争者，且他们形成势均力敌的关系，小说基本就属于生存类了；如果人物关系不在一个公司内，成为两个公司的竞争的话，小说属于征战类的可能性就很大了。

很多人意识到了"职场小说设计的内容不外乎以下几个方面：职场政治、人际关系、办公室情感等'几板斧'"。确实，职场小说有自己的"几板斧"，从

---

① 张应娜：《职场小说还能走多远——我也〈沉浮〉》，《出版广角》，2009（5），第42页。

小说类型学上讲，"几板斧"应称为类型成规。这是特定小说类型建立自己的类属性的根本所在，其为自身的"是"。很多人看到的成规不过是如上的人际关系、职场政治和办公室情感等，这很表面，说明作家们还没有真正形成属于自己独特的职场小说叙事成规。叙事成规的沉淀是小说类型成熟的基本标志，比如成长小说的叙事成规——他人引导（情节方向）、饱经考验（过程）、长大成人（目标）；爱情小说的叙事成规——男女般配（爱情的先验前提）、饱经考验（好事多磨，患难见真情）、有情人终成眷属（好人一路平安）；英雄传奇的叙事成规——英雄本有出处，自古英雄多磨难。

可惜的是，由于中国现代职场的刚刚兴起，专业作家队伍的薄弱以及文学批评理论的滞后，目前职场小说未能形成这样的成规，职场小说远远没有成熟。2015年热播的电视剧《杜拉拉升职记》在类型成规叙事上犯了根本性错误。具体来说：

第一，题材重心上，把职场成长写成了情爱故事，颠倒了电视剧类型。按照影视类型剧划分，《杜拉拉升职记》当属于现代职场类，它的叙事骨架应该建立在职场叙事的基本语法上，展示杜拉拉从职场"菜鸟"到"白骨精"的职场经历和职场心经。也就是说，电视剧的剧情基本要围绕职场事务和职场人事关系推进。但是，遗憾的是，该剧却出现了类型倒错，把它拍成了一部职场言情剧，甚至是青春偶像剧。不同的类型剧，它们讲述人的故事不同，故事的讲法也是有差异的，推动剧情发展的因素更是有区别，如果你混淆了这些内在的质的规定性，电视剧的类型自然要乱起来。当然，我们并不是说不可以在职场中出现爱情叙事，而是说整部电视剧的基本叙事语法应该为职场成长，其他的爱情维度、偶像色彩只能是起到辅助作用，它们应该是为职场叙事这个中心服务，而不是伤害这个中心，更不能越俎代庖，喧宾夺主。事实上，电视剧没有把握好这个主次分寸及其关系，特别是到了后半部，整部剧情基本都是感情戏——杜拉拉和王伟的分分合合、王伟和前妻黛西的藕断丝连、约翰的拈花惹草、海伦的脚踏两船、李鸿明的家庭苦恼以及欲寻旧爱等等；而作为职场的故事——SOD出台、关闭办事处和辞掉帕米拉等剧情显得轻描淡写而无关紧要。职场色彩越来越少，爱情戏的成分越来越多，让观众怀疑这不是杜拉拉升职记，而是杜拉拉寻爱记，用一个网友的话来概括就是"错把职场当情场"。

第二，价值取向上，把现实基础上的理想主义降格为现世主义的流俗。现代职场文化，应该和传统的官场文化、商战文化区分开来，在认识到竞争残酷和人事复杂的客观现实上，要尽可能剔除其文化劣根性带来的阴暗和灰冷基调。职场叙述的重心主要是职场新人现代职业精神（竞争、创造、敬业）与基本素养（合作、定位、人际、宽容、原则）的练就，这是商业社会对现代人基本品格的形塑，也是现代人生存的圣经。电视剧在价值取向上应该恪守并彰显这一叙事伦理，而具体到该剧，重点讲述的是职场成长，带有明显的励志目的，对于自力更生、天道酬勤之类的价值观念多有倾向。可惜的是，电视剧的重心没放在通过行政部和人力资源部基本业务——招聘、培训、走访、人事纠纷、媒体公关、接待宴请、商务旅游、活动策划等历练中获得经验和技巧，认识现代职场法则和精神内涵，而是把重头戏放在为升职的人际斗争与人物的情爱缠绕交织等这些低俗的滥情故事上，演绎的是职场权力与情爱的欲望现象学，这些滥觞而老套的剧情在爱情剧和官场剧中看得太多，不胜枚举。而且，很多场景的设置和人际关系明显不职业（专业），比如办公室的基本格局布置让人看得云里雾里，公司职员的职场关系不明显，而私人生活很乱套（内部恋爱太多太乱，这是公司最忌讳的），再凭空添置了一个总裁办和行政部并列等，总裁办要向行政部申请置换电脑，而总裁去打高尔夫则不要总裁办而要行政部来预订场地等令人匪夷所思的剧情。为何会出现这样的"职场"怪事呢？我想，不仅仅在于编导和演员对于现代职场组织框架等规则的冷漠，更在于为了设计纷繁的"人事斗争"和连串恋爱叙事这些现世主义趣味而铤而走险、拉郎配。事实上，电视剧中很多人物添置、关系的再设计、故事片段的增设上都和原著大有出入，这些弄巧成拙的"创意"非但没有深化、升华原著的精神追求和审美趣味，相反让读者觉得低俗而拙劣。

第三，主角塑造上，杜拉拉作为职场"白骨精"的专业干练形象没有得到充分提炼和展示。作为成长类的职场叙事，主角杜拉拉承担了80后、90后新职场人，和正走向职场的新青年的职业偶像这一隐性伦理责任。偶像的范导性在于其"白骨精"形象的榜样作用。很多新进职场人和年轻的大学生看《杜拉拉升职记》，就是把它当作轻松版教材来学习的，冲着它的故事性、情节处理、易读性和实用性而来的。杜拉拉得以升职在于她的专业精神和专业能力与素养。事实上，很多学秘书专业学生看了表示：升职前的杜拉拉不是真傻就是装嫩，做了人事和行政经理后的杜拉拉太平庸，怎么看都不像是世界 500 强的"白骨精"。如果说升职前的杜拉拉傻得离谱还情有可原，但是把升职后的杜拉拉平庸化则不能令人接受。作为大公司中层干部，杜拉拉的主要工作能力体现在她的领导力（搞定周亮和麦琪）、协调才能（关闭小办事处、协调黛西的行贿和勒索公司等）、咨询与参谋才能（清除帕米拉、伊莎等）、策划水准（制定 SOD）等。电视剧整体上让人觉得杜拉拉做经理是名不副实，有点"玫瑰再现"的宿命循环，这和升职记的初衷背道而驰。"白骨精"的形象既然立不起来，职场成长的叙事目标理当失败，范导作用也失去了意义。

我们在充分认识小说类型成规的价值和重要性的同时，并不是要否定小说类型的创新和创意。恰恰相反，研究和尊重成规是为了更好的创意。上文在提到成规的生成性特质时就提到，生成性成规内在地包含创造性要求。

何谓创意呢？从词源学来看，汉语中"创意"一词古已有之。如东汉王充的《论衡·超奇》一文写道："孔子得《史记》以作《春秋》，及其立义创意，褒贬赏诛，不复因《史记》者，眇思自出于胸中也。"这里的"创意"和"立义"并置，指的是，作者创作表达的意义与思想，是独创的、自发的，并没有完全重复鲁国的史料。唐代李翱在《答朱载言书》中提出了"《六经》创意造言，皆不相师"的观点，这里的"创意"与"造言"相对。"造言"是指形式上的遣词造句，"创意"就是内容和主题的表达。朱光潜认为，古代文论中的"意"是作者的情感与思想这两种元素的动态组合，情感融合着思想，思想融合着情感。"创意"就是"作者的情感与思想的生成和表达"①。

---

① 参考朱光潜著：《朱光潜美学文集（第二卷）》，上海文艺出版社，1982 年版，第 309 页。

由此可见，古语的"创意"，与艺术行为中的"构思"一词近义，并没有"新颖性、新奇性"等意涵。我们在文学和艺术创作中特指的创意一词，主要源于西方心理学术语。在英文中，与创意一词表述相近的单词有，create（创造、创作）、creation（创造物）、creative（有创造力的）、creativity（创造力）。其实，"创意"一词的表述最初起源于《创世纪》（Genesis）中关于创始（creation）的圣经故事，最早"创造力"（创意）一词只适用于对神和上帝的赞美，人自身的"创造力"是随着文艺复兴、启蒙运动逐渐被确认的。尤其是进入 20 世纪，西方心理学界开始关注人的"创造力"与"创造性思维"的研究，"创意"的概念、范畴和属性逐渐清晰起来[①]。

在心理学上，创意的内涵可以这样理解。罗伯特·斯滕伯格认为：新颖和实用是创意的两个基本元素。何谓新颖？从统计的角度看，它很少见，与其他东西（产品）很不同。从创作主体看，这种新颖性是原创的。从效果来看，新颖性能够带来不可预知性，带来某种惊喜的体验。从程度上看，有些创意只是比先前的产品有了微妙的差别，有的则发生了质的变化。最高水平的新颖性就是一种超越的革新[②]。何谓实用？一件有创意的东西必须具备一定的功能，必须有用，能够最大限度满足人们特定的需求。在这里，新颖（novel）、实用（functional）、不可预知性（unpredictable）、惊奇性（surprised）是创意的基本属性。

如果站在创意产业的角度看，我们可以参照"创意经济"概念的提出者约翰·霍金斯的说法："创意是催生某种新事物的能力……它必须是个人的、原创性的、有意义和有用的……"[③]在这里，霍金斯强调了创意的"个人性"特征（personal），它是相对于"集体"而言，即"创意"是个人的智慧，一个团队的

[①]　高翔：《"文学创意"的内涵与创意价值评估体系》，《世界华文创意写作协会高峰论坛（2016—2017）会议论文合辑》，2018-10-01。
[②]　〔美〕罗伯特·斯滕伯格、〔美〕陶德·陆伯特：《创意心理学：唤醒与生俱来的创造力潜能》，曾盼盼译，中国人民大学出版社，2009 年版，第 10 页。
[③]　〔英〕约翰·霍金斯：《创意经济——如何点石成金》，洪庆福等译，上海三联书店，2006 年版，第 17 页。

合作可以诞生"创意群",但需要承认每个人的"创意贡献"。

综上,我们可以从两个角度确定"创意"的本质。从结果来看,创意就是一种经由思维加工的新颖的、独特的、有价值的、能够满足特定需要的产品。从"过程"来看,"创意"是一种有明确目标和方向的脑力劳动,它又分为隐性和显性两个层面。隐性创意,特指大脑中创意思维的活动,是那个尚未物化的"思想、观念、形象",正如画竹时的"胸中之竹";显性创意,就是我们通常所看到的创意产品,可以是一本书、一幅画、一个发明等等,它是创意思维的显化,是"手中之竹""画上之竹"。

在此基础上,我们可以理解什么是"文学创意"。从过程看,文学创意,就是指作家有意识有目的地运用创意思维,借助口头的语言或书面的文字符号进行创作,这一过程具有"自发性"(强烈的创作动机)和"设计性"(创意思维引导下的构思、策划)。从结果看,文学创意的产品具有鲜明的新颖性、变革性,同时具有产业延展性,文学价值与经济价值并存。具体来说,文学创意具备如下六个属性[1]:

一是独创性与辐射性。首先,文学创意必须是原创的,而且要是新颖的、独特的。从文学史的角度看,它不同于前人已写的作品,在某一个元素上具有创新的特质,提出了新观点,采取了新方法,提供了新经验。从横向对比看,它不同于其他人创作的同类型(题材)的作品,它是作者独有的体悟和构思。其次,一个好的文学创意具有辐射性,即它能创造一种新文体、新类型,甚至创生一个新的流派,带动其他创作者仿效、学习,由单个创意激发出更多的创意,形成文学创意群。

二是变革性与约束性。好的文学创意总是"破旧立新"的,总是采取了一种"实验态度",对前人已有的成果产生"反叛"和"超越",推动文学史的发展。例如,荒诞派戏剧的理念与表现手法就是对亚里士多德式的传统戏

---

① 具体详见高翔:《创意写作视域下文学创意的内涵与创生机制——兼论 IP 价值评估方法》,《雨花》,2017(18)。本处受到高翔博士启发,特此致谢。

剧的一种颠覆，从而产生了戏剧史的变革。莫言的《红高粱》在"个人体验"和"民间视角"方面的创意，革新了历史小说的视野。但是，创意也不是天马行空、无中生有的，在变革性的背后还存在约束性。即一个作家无法完全推翻前人的作品，凭空创造一个全新的东西。创意本质就是"对旧元素的新组合"。

三是延展性与开放性。一方面，一个好的文学创意是有张力的、有弹性的，它可以不断拉伸、延展，改编为其他任何艺术形式，达到"全产业链"的效果。借用当下火热的"IP"概念，好的文学创意就是一个强大的 IP（原创知识产权）。以 J. K. 罗琳的《哈利·波特》系列为例，其被翻译成近 70 种文字，在全球销量达 3.5 亿册。不仅如此，文学创意的载体还由图书延展到电影、游戏、动漫、服装、文具、主题公园，打造了一个"文学产业链"，创造出 1 000 亿元的商业价值。另一方面，文学创意的延展性是与其"开放性"相关联的。正所谓，"一千个读者眼中就会有一千个哈姆雷特"，好的创意文本具有足够的包容性和阐释空间，像一面永不干涸的湖水，不同的读者都能获得滋养。

四是目的性与设计性。好的文学创意必须得到读者的确认。正如黑格尔所说："每件艺术品都是和观众所进行的对话。"[1] 姚斯也说："文学本质上就是作者与读者之间的对话关系。"[2] 从接受美学的角度看，文学文本是一种召唤性的语符结构，尤其对于那些进行创意实验的作家来说，对读者是否接受的焦虑感与渴望读者认同的期待感伴随写作始终。好的作家在写作时已预设了可能的读者，也通过文本在培育属于自己的读者群。

五是地方性与普世性。文学创意虽然是独创的，但不可避免蕴含着历史积淀的文化因子和民族特性。正如小说本质上是一种生成性的地方性知识，文学创意中突破个人性的"地方特征""民族特征""文化特征"可以大大提升创意的深度，建构起一个更为庞大的创意空间。例如，莫言小说所创造的"文学意

---

① 〔德〕黑格尔：《美学（卷二）》，朱光潜译，商务印书馆，1979 年版，第 335 页。
② 中国社科院文学研究所：《文学思维空间的拓展》，工人出版社，1988 年版，第 289 页。

义的高密东北乡"，沈从文用文字搭建的"诗化的湘西"，真正好的文学创意，往往是从"地方性经验"切入，展现"普适性命题"或"普适性结论"。

六是当下性与超越性。套用克罗齐的话说，一切文学史都是当代文学史，一切文学创意都具有当下性。尤其是在网络发达的今天，文学创意一方面总是"应时而生"，最突出的表现就是各种"网络体"的创意段子——淘宝体、马云体、郭敬明体等等；文学创意的时效性越来越明显，各种新的文学类型层出不穷——霸道总裁文、重生文、同人文等等。另一方面，好的文学创意又不拘泥于当下，它能够超越时间的淘洗，沉淀下来。

具体到小说类型，我们如何审定其创意呢？最稳妥的办法还是对应小说类型的成规一一比较。对不同的类型集合体，或者类型文本，其创意度多大，暂无法做定量考量。但陈平原早就指出："一部好小说，很可能百分之九十九都是旧的，可正是那百分之一的新实现了作品的新，比不着边际地赞扬其全面革新更有意义。"[1] 如何寻找到这百分之一的"新"呢？我们认为还是从叙事的表层句法、行动元、深层语义结构开始。

上文交代了，任何类型的叙事句法都可以用一个叙事总公式来表示。在这个公式中，按照托多罗夫的观点，初始语序和终结语序既可以是恢复以前的平衡，也可以是通过改变，实现新的平衡。如《十日谈》中刮酒桶的故事，描写了一个状态（平衡或失衡），佩内罗拉在家偷情（瓦匠之妻无权红杏出墙），丈夫突然回来（家庭摇摇欲坠），她撒谎说情人是来买桶得以逃避惩罚（掩饰），而满足了自己的欲望。这是很普遍的句法形态，或者说是我们所认为的成规。但 2019 年春节期间，微信上热传一个段子：春节临近，某男在网上认识了一漂亮的少妇，少妇告诉某男其丈夫外出，约某男来家约会。春心荡漾的某男来少妇家约会，还没有来得及做好事，其丈夫突然回来，少妇说某男是请来的清洁工，于是少妇和丈夫指挥某男在家干了半天活。末了，丈夫欲给某男工钱，少妇说工钱提前就给了。某男悻悻逃离危险，途中反思整个事情，发现是被套路了。

---

[1] 陈平原：《小说史：理论与实践》，北京大学出版社，1999 年版，第 149 页。

这个故事基本可以说很有创意，但这个创意则是和刮酒桶的成规的有意违背。创意点在：一是主人公行为动机欲望被置换，偷情是假，骗某男无偿干活是实（原故事则是买酒桶是假偷情是实）；二是隐瞒（行为）方向的逆反，少妇和丈夫合伙骗"情人"（原故事是妇人和情人合伙骗瓦匠丈夫）。如果我们不是恢复故事的语序，要打破这个平衡，惩罚偷情行为，比如蒋兴哥重会珍珠衫。丈夫外出经商，妻子耐不住寂寞和丈夫的朋友偷情，丈夫回家发现后休了不忠的妻子，另找他人结婚。这个故事的创意点就是行为从掩饰改为惩罚了，故事进入新的状态。作家不满足于此，而是让原配夫妻之间还保持了深厚的感情，彼此思念。后来蒋兴哥受人陷害，前妻舍命相救，于是蒋兴哥冰释前嫌，二人重归于好。这也是恢复到以前的状态，但在叙事上则做了两次行动转折，也就是否定之否定的行为，创意的复杂度就大大提升了。从后面两个例子来看，故事类型不变，作者只是改变了句式中人物的行动方向，故事的结局和主旨趣味就大为不同，给读者耳目一新的感受。

其次，从角色的状态或性质和角色的关系入手，也是实现创意的常用手法。比如武侠小说是类型化和模式化非常突出的小说类型，处理不好的话很容易雷同化。作为新派武侠大家，金庸的一个通行做法就是对主人公性质进行创意，他笔下的侠客虽然大部分属于孤儿（一个非常具有现代性的形象），但作家把他的系列小说中从儒家之侠（郭靖、乔峰）转换道家之侠（令狐冲、杨过、张无忌）再到佛家之侠（石破天），最后干脆演变为反侠的流氓（韦小宝）。由于人物承载的文化符号及其意义不同，他行动的逻辑和行为方式也就随之变化，于是特定的故事形象世界就大放异彩，尽管主角还是在"浪迹天涯"的大背景下潇洒地"仗剑行侠"和"快意恩仇"（类型成规不变），但具体故事则各有千秋（实现各自的创意）。角色的第二种创意则是在人物关系上，传统的小说中人物关系相对固定清晰，主角是正面人物，对手是反面人物，围绕这对对手关系设置各自的帮手。但是，在近些年来的警匪故事和谍战故事中，人物关系则复杂多变，警察到土匪或黑社会势力中卧底，黑势力买通警方人员，这样人物关系就错综复杂，故事也扑朔迷离起来。在复杂的谍战叙事中，以抗战为大背景，日本侵略方、国民党中统方、军统方、共产党方和民间爱国力量形成五方关系交织，再加上角色彼此卧底穿插，这种人物关系就更为复杂，悬疑重重，故事发展方向呈星形放射，叙事呈现多种可能性，形成了创意叙事的智力游戏。

当然，最困难的创意在于深层语义结构上，毕竟人物关系的设置，表层语法都是为深层语义结构服务的。作品的深层语义需要对小说事件关系和意义进行不断抽象而得出一项二元对立的语义关系。这项语义关系涉及基本价值判断和对于人生难题的思考，这基本属于哲学价值层面了，需要作家有超越常规的较大的智慧了。这里举一例。作为文体大家的沈从文以《边城》为代表创造了田园牧歌式的小说。《边城》无疑是一曲爱情牧歌，但如何解读翠翠的爱情悲剧呢？传统的研究主要是从车路（社会礼法）和水路（自然情感）的二元对立而导致的悲剧。大佬和二佬同时喜欢上了翠翠，大佬走的是传统路子——托人说媒（中国传统的婚姻恪守"父母之命，媒妁之言"），二佬通过唱山歌表白（青年男女自我寻找中意的对象，自我表白，自己做主自己的爱情婚姻）。作为家长的爷爷不表态，让翠翠自己拿主张。而以上一切心意都以含蓄委婉的方式开展。含蓄委婉是中国式"礼"的风格，因了这种礼，大佬默默退出竞争，远走行船而不幸死亡，二佬知道大佬出走的原因后也自责地出了远门，留下翠翠傻傻地等待。这是对于言情小说中情与利对立的常规分析法。但如果我们采用类型学分析的话，可能发现沈从文的不落俗套。运用类型分析法，《边城》里一共描写了三类爱情故事：一类是翠翠与天保两兄弟的"三角恋"；二类是翠翠母亲与当兵父亲的"禁忌之恋"；三类是杨马兵对翠翠母亲的"单恋"。无论恋爱双方和发生的因由及展开的形式如何，但总体上"一切都充满了善，充满了完美高尚的希望，然而到处是不凑巧"[①]。每组故事里的人物都对爱情怀着美好的期待和向往，因为这"不凑巧"，酿成了一个又一个的悲剧。

翠翠的爱情故事是主要的，沈从文将翠翠父母的爱情故事同步铺开，暗中将翠翠的爱情引向悲剧，归结于相似的宿命。小说开篇就交代了翠翠母亲的故

---

① 沈从文：《沈从文全集》，北岳文艺出版社，2002年版，第111页。

事，这个交代是不带感情色彩的叙述，作为翠翠的人物背景来介绍。到了第七章（故事的上升阶段），翠翠心里爱情的种子开始萌动，看着翠翠越来越像某个时节的母亲，爷爷不免想起了旧事，被时光掩埋的悲伤再一次清晰地被唤起。于是，翠翠母亲的故事在老船夫的回忆中再次出现，想起旧事，让老船夫面对翠翠即将到来的爱情充满了忧虑。大佬请人来说媒之后，老船夫询问翠翠，翠翠害羞，误以为翠翠对大佬有意，"他同时想起那个可怜的母亲过去的事情，心中有了一点隐痛，却勉强地笑着"。不知不觉，祖父就说到了死去的母亲，说了一阵，"翠翠悄悄把头撇过一些，见祖父眼中也已酿了一大汪眼泪"。接下来的两章，随着大佬的不断行动，老船夫也越发忧虑，翠翠母亲的爱情悲剧在他心中不断地强化。同时他感觉到了翠翠爱的是二佬，"他忽然觉得翠翠的一切全像那个母亲，而且隐隐约约便感觉到这母女二人共通的命运"。在第十二章中，翠翠还"注意不及"，"日里尽管玩着，工作着，也同时为一些很神秘不易具体明白的东西驰骋在她那颗小小的心上，但一到夜里，却依旧甜甜地睡眠了"。但到了第十三章，翠翠主动问及更多母亲的事情，"似乎心中压上了些分量沉重的东西，想挪移得远一些，才吁口气，可是却无从把那种东西挪开"。这三章连续提到翠翠母亲的故事，这个故事已经完成了由客观的叙述，到成为老船夫心里宿命的预感，最后传递到了翠翠身上的转变。当这个阴影既已成为翠翠心里的重压，这"共通的命运"成为现实也就不奇怪了。

可以说这种不详的宿命感是翠翠爱情悲剧的最大原因。当天在两兄弟得知他们爱上同一个女人的时候，"兄弟两人在这方面是不至于动刀的，但也不兴有'情人奉让'，如大都市怯懦男子爱与仇对面时作出的可笑行为"。他们善良、正直、率真，对待爱情的态度遵循着原始的规则，用公平竞争的方式来获得翠翠的爱与选择。然而，女儿的不幸，使得老船夫对翠翠的爱情充满了戒备和谨慎，正是这样的谨慎和小心，深刻地影响着翠翠对爱情的态度。导致翠翠始终是羞涩、退让的，甚至是害怕的，无法直面自己的内心，更无法顺利地表达，产生了许多的曲折和误会，让故事慢慢走向了悲剧。

沈从文将对手设置为无形的命运，以"悲剧的宿命"一步一步潜入主角内心，让善良与无奈并存，使得悲剧的气质从人物自身散发出来，"让人感受到悲哀的分量"。这里，自然而温婉的人性与无法控制的命运的对立才是形成了《边城》爱情悲剧的深层语义，温婉而不是酷烈的人性，每个人都不把事情和情感说破，每个人都为对方着想，每个人默默地付出和忍受，一切都隐忍地顺其自然，不去积极争取，不去努力改变对于自己不利的现状，让无言的哀婉和忧伤弥漫在整个小说的字里行间，超越时空和具体人事，获得无限的普遍性，让人想到"天地不仁，以万物为刍狗"的巨大宇宙悲情，让爱情悲剧充溢到人间悲情。这样，《边城》就超越了一般的爱情小说，形成了田园牧歌。自然，对于《边城》的解读，最好是从爱情小说开始（成规规定），但又要超越爱情小说的解读（创意促进了小说类型的突破）。

第三节　小说的总类、分类和子类

我国小说自古以来命名随意，分类混乱——或以文体命名，或以题材命名，或以风格命名，或以内容命名，或以时期命名，或以特色命名，等等，眼花缭乱，令人应接不暇。比如清末民初的小说家就非常热衷小说命名，数量繁多，重重叠叠，令人眼花缭乱，导致了一场小说类型命名的"盛宴"，有大家非常熟悉的历史小说、科学小说、武侠小说、侦探小说、神怪小说、冒险小说、言情小说、政治小说和社会小说等，还有一般熟悉的理想小说、哲理小说、家庭小说、教育小说、传奇小说、地理小说、语怪小说、军事小说、滑稽小说、外交小说、剖记体小说、虚无党小说、伦理小说、实业小说、侠情小说、法律小说、游记小说和困民小说等等。有些子目还有更细的分类，如言情小说下面有苦情、侠情、艳情、幻情、奇情、怨情、妒情、烈情和哀情等小说类型，这个名单似乎可一直延伸下去，以至于让人感到泛滥成灾。不可否认，新奇的命名确实能引起读者的新奇感和好奇心，引诱了他们的阅读欲望，开阔了他们的文艺阅读视野，但是，物极必反，这种泛滥成灾也势必引起了当时读者的反感，有人写信给当时影响最大的小说月报直陈这一混乱："分门别类宜有定则，尤不宜过多。近时各小说杂志，每喜多分门类，每类仅三四千言，乃至一二千言，夸多斗靡，自诩丰富，最易令人生厌。《月报》分类较少，病在忽登忽辍，归束无期，且无一定规则，忽而增设一门，忽而减去一门。此虽无伤大体，然以人人信仰之身价，而内容不免嘈杂，此则乌乎可者？窃谓此后宜规定若干类，定期登完；除长篇小说外，自余种种，一篇未完，切弗再登他篇。便利阅者，殊非浅鲜。"①

小说分类和命名的泛滥一方面表明了小说类型创作的繁荣，另一方面也表明了小说类型理论的匮乏，不能有效同步概括和解释小说现象。这就客观上需要科学合理而实用地给予小说分类和命名。否则的话，难以展开小说类型研究。

按照文体学逻辑，类型作为文体的下一级概念，也自然涉及进一步分类的概念。为了更清晰地勾勒小说类型学的地图，也为更好描绘小说类型发展的总体趋势，结合历史上对于主流小说名称的使用，以及分类学知识，我们以为使用总类、分类和子类的三级概念可以作为小说分类和命名的基本概念。这三级命名构成层级主要用演绎法和归纳法相结合的原则。

首先我们需要采用归纳法来考察历史上对于小说分类的实践和命名情况（历史类型），积累小说类型的层级构成基础。古代小说类型观念受传统目录学和考据学的影响，重视分类操作。分类的标准以题材为主，兼及形式因素，涌现了刘知几、胡应麟、纪昀、罗烨等优秀的小说类型研究者，他们的小说分类实践对后世启迪不小，特别是胡应麟，他能突破传统目录学的划分，所设立的"志怪"和"传奇"两个类型名目沿用至今，他还论及了分类的特点和原则，对各类小说的历史发展做了考源工作，对小说类型研究推动不少。而罗烨的小说八类思想确立的是以题材为标准的白话小说分类，包含了中国后来的神怪、英雄和儿女三类小说。晚清小说批评家对小说类型的研究则敲响了中国小说类型研究的现代性"号角"。自 1897 年严复和夏佑尊倡导说部（小说）始，梁启超、

① 陈平原、夏晓虹：《二十世纪中国小说理论资料》（第一卷），北京大学出版社，1997 年版，第535 页。

鲁迅、吴趼人、黄小配、俞明震、徐念慈、黄人、管达如和吕思勉等人对小说类型进行了不同层次的研究，迎来了小说类型理论研究的一个小阳春。他们的分类和类型名称基本上成为现当代小说类型的重要组成部分。这里主要历史性考察几种代表性的对古代小说分类和命名的观点。

黄人首开章回小说分类与命名之举。黄人在《中国文学史》（1904—1907）首次将古代小说纳入文学史，根据小说叙述内容，把明人章回体小说分为神怪、历史、社会、军事、家庭、时事和宫廷七类小说。其中，历史小说、神怪小说和社会小说今天仍广泛沿用，用"历史"取代了"讲史""演义"，符合时趋。军事小说、宫廷小说和时事小说虽今天仍在沿用，但作为类型来讲，内涵不足以支撑其命名。

管达如的《说小说》。管达如在古今小说分类研究成果基础上，用三种视角给小说分类：一是"文学上的分类"，可分为文言体、白话体和韵文体三类，把白话体作为小说的正宗；二是"体制上之分类"，可分为章回体和笔记体；三是"性质上之分类"，可分为"武力""写情""神怪""社会""历史"五类，后增设"侦探""科学""军事""冒险"四类。作者意识到仅仅按题材来划分的问题。他说："英雄、儿女、鬼神，为中国小说三大原素。凡作小说者，其思想大抵不能外乎此。且一篇之中，三者错见，不能判别其性质的；又有其宗旨虽注重于一端，而亦不能偏废其他之二种者。"[①] 如果按照今天的视点审视管达如的小说分类，其实就是按照题材、语言和结构等来划分的，没有多大科学性和创造性。不过，这种分类在当时打破了仅仅以小说题材分类的单调性，开始注入了形式分类的尝试和可能性，尤其是对章回体和笔记体的分别已经有了长篇和短篇的思想雏形，这比后来郑振铎直接引入长篇、中篇和短篇的概念要早，要有现实针对性。

孙楷第古今杂陈的分类与命名。孙楷第的《古今通俗小说目录》是古今

---

① 陈平原、夏晓虹：《二十世纪中国小说理论资料》（第一卷），北京大学出版社，1997年版，第401页。

白话小说目录集大成者，对于卷帙浩繁的小说，采用的办法是横向上的多重标准和纵向上的三级层次。多重标准有小说的单篇和总集目录，篇幅的长篇和短篇之分，题材的讲史和小说之类。层级处理上，讲史分断代、别传、纪事本末，小说分甲部（短篇）、乙部（长篇）。乙部再分烟粉、灵怪、公案、讽喻，烟粉则有色情、才子佳人、英雄儿女和猥亵四品，公案下设忠义和精察两种，风世分为讽刺和劝诫两类。《古今通俗小说目录》属于目录学的草创期，没有前人现存的经验可资照搬，孙楷第只能自己创设，他创设的依据是："余此书小说分类，其子类虽依小说史略，而大目则沿宋人之书。"[1]这里宋人之书指的是罗烨的《醉翁谈录》，小说史略指的是鲁迅先生的《中国小说史略》。孙楷第对于小说分类的处理并无多大创举，问题也多，石昌渝就说："这种分类未能准确地归纳所有的小说，有不少作品的类属都是大有讨论的余地的。"[2]笔者最看中的是他提出小说分类的三个层级做法。他提醒我们，小说分类不能仅仅在一个层面开展，要根据需要和事实进行逻辑分层，但这个分层要有限度，不能无休止分化。面对如此众多的小说，孙楷第先生采用的三层分类，既是适中的，也是可行的，虽然他提供的三级分类尚不是类型学原则和方法。

当代著名小说史家齐裕焜在考察古代长篇小说的时候，从题材和表现方法出发，把中国古代长篇小说分为六大类：历史演义小说（下分历史上兴废争战之事的历史演义小说和反映当代重大事件的时事小说）、英雄传奇小说（下分草莽英雄小说、民族英雄小说、帝王发迹变泰小说）、神魔小说（下分宗教故事演化而来的神魔小说、讲史故事分化而来的理事幻想化小说和民间故事演化而来的神魔小说）、人情小说（下分家庭、才子佳人、猥亵小说和狭邪小说）、讽刺小说（下分魔幻类讽刺小说和写实类讽刺小说）、公案侠义小说（下分清官断案折狱小说、公案侠义小说和武侠小说）。后来，他又说："这六大类，更概括一些，可以归为讲史（包括历史演义、英雄传奇和公案侠义）、世情（包括人情和

---

① 孙楷第：《中国通俗小说目录》，人民文学出版社，1982年版，第2页。
② 石昌渝：《二十世纪古代小说书目编撰史述略——兼论有关书目体例的几个问题》，《南京师范大学文学院学报》，2003（4），第172页。

讽刺）、神怪这三个基本类型，也就是讲历史、写现实、演神怪三个总类。"①

　　按照齐裕焜先生的观察和归纳，中国古代小说有三个总类——历史小说、现实小说和神怪小说（一级分类），历史小说下分历史演义、英雄传奇和公案侠义（二级分类），英雄传奇小说再分为草莽英雄小说、民族英雄小说、帝王发迹变泰小说三类（三级分类）。为便于言说，我们不妨把第一类称为总类，第二类称为分类，第三类称为子类。齐裕焜先生按照题材和表现方法的分类相对合理，既有一定的逻辑标准，也充分考虑了古典小说类型的实际情况。划分范围既不过于宽泛，也不过于狭窄，能被学术界普遍接受。遗憾的是他主要是从经验出发作了划分，但没有对于各类型做基本的类型理论界定。比如为何只能是三类作为小说的总类？早在清末民初梁启超就指出："所谓公性情，一曰英雄，一曰男女。"② 同期的侠人也说："昔有人，谓小说可分为英雄、儿女、鬼神三大类。"③ 鲁迅则以时序为线索，以类型为纬，把我国小说的历史发展轨迹简化描述为：神话与传说（远古）—鬼神志怪书（六朝）—传奇体传记（唐朝）—神魔与世情小说（元明）—人情小说、狭义小说、公案狭邪小说与谴责小说四大流派（清朝）。鲁迅先生对小说成熟前的历史发展阶段和小说成熟基本类型的命名精准，演变脉络梳理清晰，类型定位和特征描绘提炼富有艺术概括力，为后来的研究者提供了难得的范本。从这个线索我们看到，虽然他不是严格按照总类和分类关系明确区分，但结合齐裕焜的分类设想，我们能看到其中隐含的讲历史、说现实、演义神魔的类型总框架。

　　把小说的一级分类按照如上三个种类划分，作为小说类型的总类既有历史依据，也符合古代小说发展历史，也便于对当代小说类型的操作，把新的类型纳入已有的小说类型大框架中（好的理论应该简单、管用）。小说类型体系要符合小说类型发展规律，不能凭空自造体系，也要对当代和未来小说类型具有涵

---

① 齐裕焜：《中国古代长篇小说类型的演变》，《福建学刊》，1993（5），第47页。
② 梁启超：《本馆附印说部缘起》；陈平原、夏晓虹：《二十世纪中国小说理论资料》（第一卷），北京大学出版社，1997年版，第18页。
③ 侠人：《小说丛话》；陈平原、夏晓虹：《二十世纪中国小说理论资料》（第一卷），北京大学出版社，1997年版，第455页。

盖力，不能自我封闭。

从小说发展的历史看，这三大类小说明显呈现阶梯状发展分布态势。按照黑格尔所言的"最早的艺术作品都是属于神话一类"的说法，先秦的神话传说，经六朝的鬼神志怪再到明清的神魔一路发展壮大，以《西游记》作为该类型的成熟代表。英雄小说从六朝的志人、唐代传奇、宋代讲史话本再到明清的历史演义等，以《三国演义》和《水浒传》作为历史演义和英雄传奇类型的代表。儿女小说的情况相对复杂点，从唐人开始，经由传奇与话本小说中的儿女情长书写，到《金瓶梅》的家庭男女情欲纠葛，再到《红楼梦》和《儒林外史》把家庭情感弥漫到社会人情，显示了对于社会的思考（由儿女之情扩展到社会世情）。整个线索基本是神—人—社会的历史推进，这既是小说发展的内在规律体现，也是社会发展的历史进程和客观规定性。恰如研究者所言的"这三类作品正体现了我们人民认识世界和自我认识的艺术历程，也是我们民族思想的艺术再现"①。

这三类能概括古代小说没有大多异议，但它们能否把当代小说包括进去呢？鉴于当代小说对于类型研究的一度冷寂，当代小说史要么演习鲁迅开创的小说史体例，要么以时代为经，以题材、作家作品或者思潮流派为纬开展研究。我们这里以当下最为繁复的网络小说类型为例分析。

中国当代小说学会会长白烨结合现有的作品类型与流行提法，把网络小说"归为十个大的门类，这就是：架空/穿越（历史）、武侠/仙侠、玄幻/科幻、神秘/灵异、惊悚/悬疑、游戏/竞技、军事/谍战、官场/职场、都市情爱、青春成长。如果再细分，还会更多。类型小说过去主要流行于网络之间，现在除去网络之外，还延伸到了传统文学的期刊与纸质出版等领域"②。这十大门类中，架空和穿越总体上具有历史小说特征，武侠和仙侠因突出侠客，把他们总体上纳入讲史一类没有问题；惊悚和悬疑因为和侦探小说关系密切（或者属于它们

---

① 韩伟：《中国古典小说的分类》，《文史哲》，1994（6），第96页。
② 白烨：《类型小说发展失衡》，《人民日报海外版》，2013年4月23日。

的子类与变异），也可以纳入公案侠义小说而划入讲史类；军事／谍战也突出战争中的人，可以纳入讲史一类；官场／职场小说以社会为背景，突出人与人，或人与社会的关系，因此可以纳入世情小说类（儿女类的扩展）；青春成长讲人的成长（当代个人英雄），也可以纳入历史小说范畴；都市言情可以纳入世情小说中的个人言情类型；玄幻／科幻、神秘／灵异以其幻想特质的写意性可以纳入神怪；游戏、竞技类因其是按照市场上游戏和竞技类而制作的，可以是神怪，也可以是励志，属于类型融合或兼类小说，属于三级分类之外。当然，这只是大体对位分类，带有权宜之计的做法。严肃的做法是要等这些类型成熟后，根据其类型艺术和价值表现再作分析后归类。网络小说研究者刘小源和著名通俗小说研究专家范伯群在《跨越百年的对话——晚清通俗文学和当代网络小说》中也提道："我这几天看了一下现在几大主要的文学网站，发现他们的类型划分，其实都是不太规范，大家乱取乱叫。虽然出现了很多新的类型名称，但多数还是从言情、武侠、侦探、科幻等通俗文学传统的极大类型下细分演化而来的。"[①]

有读者可能要追问，总类属于小说类型吗？如何不属于的话，那其类型学意义何在呢？应该承认，如上三大类小说如同华夏大地上三大主流河系，各自有自己的主干和支流，有自己的走势和水文特征。经过千百年的发展，三大类型已经充分成熟，有自己的代表性作品，既对它们可以作小说文体学的研究，也可以作类型学研究，在小说史上也出现了对于这三大类型的专门研究，比如欧阳健的《中国神怪小说史》（1997年）、林辰的《神怪小说史》（1998年）、向楷的《世情小说史》（1998年）等。但更多的则是二级、三级意义上的小说类型研究及研究史，比如陈平原的《武侠小说类型研究》、王海林的《中国武侠小说史》、曹亦冰的《侠义公案小说史》、许道军的《中国现代历史小说论》、谢彩的《侦探小说类型论》、杜建的《官场小说的类型学研究》、杨鹏的《科幻小说类型学》等。即便是神怪小说和世情小说史之大类的通史，基本是文体学意义上的

---

① 刘小源：《来自二次元的网络小说及其类型分析——以同人、耽美、网络游戏小说为例》，东方出版中心，2018年版，第250页。

研究，而不是类型学意义上的研究。个中原因很复杂，但主要原因恐怕在于总类分类的根据是题材和表现方式，其内容的包含对象过于庞杂和对应的意义域过于宽广。随着社会生活面日益拓展，情感领域的日益多样化和价值分化也多样化，简单的三种类型难以囊括生活的多样化、情感的丰富性和意义的多元化，故而做严格的类型学研究既没有必要，也难有可能。

那么一级分类的意义何在呢？刘书成先生认为其意义在"一级类型的确立，为整个类型研究提供了一个总的背景和参照，借此，我们可以从一部部具体作品中分析出其类型特征的主因素"[①]。刘书成在这里提出了一个主因素的概念，这是一个类似于叙事语法的说法。但这个主因素很难是严格意义上的模态或者构型，而是类似导游引导研究者或读者按照这个方向去领略去思考，也就是类型的背景和参照。

从以上的历史考察不难发现，和一级分类不同，二级分类非常丰富，而且有不断充溢的趋势，比如科幻小说可以划到神怪小说的二级类型，但它和民间传说、历史幻想或宗教故事化已全然不同了，传统的神怪指向的是过去，和神话有关，而科幻指向的是未来，和科学有关；前者解释的是世界和人是如何来的，后者解释的是世界和人将走向何方；前者承当的是虚拟的真，后者要展示的是有科学可能的真。把它纳入神怪小说主要是其内容和现实的关系属于表意体系，其浪漫主义风格浓郁，其人与时空的关系离奇。

再比如成长小说（欧洲称为教育小说）展示的是现代社会需要什么样的人，这个现代之子是如何在现代社会形成的过程中，承载着"主体性"塑造这个现代宏大深沉的价值命题。这和武侠小说所要表达的侠义观念已大为不同，侠义更多处理的是人与人的传统关系、人对国家民族的承当，包括草莽英雄、民族英雄和帝王发迹等主要是传统价值的思考和表现（当然可以在新的写作中反思这些主题，但这是类型变体层面的问题了，比如金庸所代表的新武侠小说），成长小说主要是自我成长问题，是自我主体和自我认同的思考和表现。小说二级

---

① 刘书成：《中国古代小说类型体系新说》，《甘肃社会科学》，1996（3），第56页。

类型在一级分类框架下，是在社会生活总体性下的多向度展开，是面上的纵深挺进和深入。理论上讲，随着社会生活的推进，和人们对生活理解和掌握的深入，其类型会越来越丰富。这就是同类小说的纵向延伸情况。

齐裕焜先生举过一个很恰当的例子，他说《金瓶梅》是人情小说，它以市井暴发户西门庆的家庭生活为题材，暴露了市井社会的堕落和官场的黑暗。沿着家庭视野，以家庭关系为叙事焦点，写妻妾纷争、市井龌龊、官场腐败等，于是出现了《醒世姻缘传》之类的家庭小说分类型，而《金瓶梅》发展出的第二个分支是写青年男女恋爱的才子佳人小说，小说写到金榜题名、洞房花烛为止，不涉及家庭生活。当把角色由才子佳人变为嫖客、优伶和妓女时，才子佳人类型就演变为狭邪小说。在笔者看来，分类型能否成立，不仅仅是新的生活向度开掘和新题材的开辟问题，更是小说类型叙事语法中的要素变化和要素关系构成的模态变化问题。新的类型能否在类型史上成立并流传下来，从类型形式上是要素以及关系的变化，也是价值再造的过程。当然了，它是小说家、市场和读者共同选择和塑造的，要经过相当的实践检验，要形成相对稳定的叙事风貌和情调，在读者中形成特定的阅读期待。历史经验也告诉我们，类型之河是动态的，它在外在的时代风潮的吹动和内在潜流的共同推动下永不停歇地运动，平行的二级类型此消彼长，热点轮番展示风采。但"诗只能从别的诗歌中产生，小说只能从别的小说中产生"（弗莱语），二级分类的意义可以帮助我们从同源异流的小说类型中看到类型的同中之异，发现对成规的借鉴中标新立异所在。

子类是分类的下一级，属于三级分类，这是成熟的分类型发展到一定阶段的分化与变异，是类型纵向活力所在，也是小说类型演化的必然艺术节点。子类的出现并受到重视的理论依据是：特定类型在运动中发生分流和转向，就像大河随着岁月变迁总要冲破河堤开出新的支流，以浇灌新的田地，给人们带来新的视野和希望。和二级类型（分类）产生的情形不同，分类多自创出成熟类型，而子类能寄生在成熟的小说类型上进行改良或者演变，显现出变异形态。

分类变异从理论上讲很容易，因为构成分类型的表层句法行动从聚合关系上有多种选择可能，小说的形态的序列亦可以有多种变化，而角色类型和角色性质可能呈现的变数也大。但事实上，成熟的分类的子类是极其有限的。这恐怕还是被艺术成规和价值约定限制了。子类的形成也有其实践过程，它客观上要受到成规的制约，成规是决定该类型的"是其所是"，子类只能有限度地突破，否则就失去了自身。再者，类型事关价值，子类的出现也意味着价值随时代和人们的认识发生新的变迁，但价值具有相对稳定和沉淀过程，是不能随意变化的。

以言情小说为例，才子佳人式在古代男才女貌配型，现代成了男财女貌型，从才到财的语义转换，是时代对于成功内涵的置换，也是时代欲望膨胀的表征。而狭邪小说子类的出现则标识了欲望泛滥，社会秩序失范。到了耽美小说或 YY 小说的爆出，则是极度欲望化后的匮乏和自我空虚的写照。这是自我化过程中人性堕落和社会关系空无的艺术隐喻，是对所谓绝对自我和自由的艺术反讽。任何子类的出现都不是无缘无故的，也不是纯形式自我推演出来的，它必然意味着"有意味的类型"。子类能否再产生新的子类呢？可能有但没有必要，因为按照类型衍生规律，它必须是寄生在上一级的成熟类型上，子类本身不是一级类型，而是类型的变体，如果把分类称为正体的话，那子类就是变体。子类下一级的再变体不就是正体了吗？因此，理论上不大讲得通了，事实上也没有必要。毕竟小说作为人类的精神文化现象，不会像细胞之类的生物体可以无限制地裂变和分类下去。

上文主要讨论的是小说类型的分类情况，在小说发展过程中，更多的是类型与类型的融合出现的混类与兼类情形。这属于小说类型的另外一个范畴了，我们下文会专门讨论。整体上讲，就小说的归属和不同小说类型关系而言，总类、分类、子类和混类、兼类等名称与层级关系有助于我们在琳琅满目的种类命名中寻找到相对科学合理的解决办法。

第四节　小说的正体与变体

中国古代诗文研究很重视"文体"。一般认为文体的基本结构由外至内依次递进，由体制、语体、体式、体性四个层次构成：① 体制，指文体外在的形状、面貌、构架；② 语体，指文体的语言系统、语言修辞和语言风格；③ 体式，指文体的表现方式；④ 体性，指文体的表现对象和审美精神。这四个结构层次中，体制与语体，偏重于外，往往通过感官的观察和分析便可以直观地把握。体式与体性，偏重于内，只能通过仔细的辨析和比较才能深入地体察。明人徐师在《文体明辨序说》里曾论及不同文体具有不同的表现方式，如论碑文说："主于叙事者曰正体，主于议论者曰变体，叙事而参之以议论者曰变而不失其正。至于托物寓意之文，则又以别体列焉。"徐师提出了很重要的三个概念，正体、变体与别体。正体即正统体制，变体即流变体制，别体即个别体制。在徐师那个年代，对于碑文文体以叙事为正体，以议论为变体，但是在碑文的文体内，议论是有限度的，要以"叙事而参之以议论者曰变而不失其正"，"不失其正"是底线。

这些思想很重要，对我们今天在文体乃至文体的二级分类——类型研究中具有很强的指导意义，当然要排除其中可能包含的等级思想。普罗普在研究俄罗斯神奇故事的形式中，发现了故事类型中延伸出一些新的形式，结合阿尔奈的芬兰学派的分类法，赞赏阿尔奈引入亚类的概念，在他看来，"因为划分出类、体和变体，在他之前还不曾有人做过"[①]。于是提出了类、体和变体等。这表明类型的正体和变体是中外文本都存在的客观现象，并且大家都不约而同使用了大体相同的概念。

在小说类型中引入"正体"与"变体"这一组概念[②]，主要是想把小说类型研究中的历史诗学和共时诗学勾连起来，把理想模式的建构和现实实态的描述结合起来，使得我们对小说类型的研究既具有高度的理论概括力，又具有较强的现实阐释力。

小说类型的正体，一般指的是某一类成熟的小说类型具有相对稳定的叙述模式、审美表意阈值和能给读者较为明确的审美期待的类型元素（类型常数）。

---

① 〔俄〕普罗普：《故事形态学》，贾放译，中华书局，2006年版，第19页。
② 我们认为别体在小说类型内暂时不能直接对应，它更多地可以和跨体或混体对应，该书另处有专门论述，此不赘述。——笔者注

类型元素大致包括了叙事总公式、基本叙事语法、情节模态和明晰的价值传达等。一种小说类型之所以区别于其他小说类型就在于这些类型元素作为其自身的规定性。"体"既是小说类型的体式、风貌和格调等（它和文体的体差不多，当然我们对小说的研究不能像对诗文研究那样从体制、语体、体式和体性那般机械），又有内在的精神和审美指向，这内外因素是相互依赖、不可分离的，就像一枚硬币的正反面。正是因为有这些元素的存在，小说类型才获得自我身份。

类型小说的研究，首先是要把这些"元素"或者"常数""指认"或者"构造"出来，为它们颁发身份证。这些元素并不是先天存在或者不证自明，就像小说的发展和成熟有一个漫长的过程一样，这些元素也是慢慢在小说类型的写作过程中渐渐"显身"（或许当时的读者和作者并没有意识到它们，至少是没有自觉或者系统认识到），元素要在机缘之下出现，并能彼此兼容形成有机体。也就是说，某些元素并不是为某一类小说所独有。一旦这些基本元素组合成一类小说并获得市场的认可（相应读者的消费能力是这种类型生命力的重要指标，读者的消费能力主要体现在时间维度、消费量以及改编成其他影视等媒体的可能性等），就会形成机制，具有很强的稳定性（有时甚至是超稳定性），后来的作者就会按照这种模式来运作，比如孔庆东在研究20世纪40年代的言情小说时，发觉尽管该类型在"历经磨难"这一环节做足文章，但是基本的模式却很难改变。而这些基本不变的元素或者常数就是支撑言情小说的骨架或者基因。一旦这类骨架或者基因散架或污染变异，很难说这类小说还能存在。难怪当年武侠小说大家梁羽生说武侠小说"宁可无武，不可无侠"，尽管今天看来没有武的存在，就很难说是武侠小说，但是，武侠小说在最初诞生的时候也确实还没有添进武侠的因素，从这个意义上讲，很多研究者对金庸的小说《鹿鼎记》是不是武侠小说的争议是没有多大意义的，主人公韦小宝并没有什么不可一世的武功，但是他的侠义气却使得天地会诸英雄和武林高手们对他赞誉有加。

找到某一小说类型的正体是类型小说研究的基础性工作。一般来说，有的研究者认为我们可以从归纳法入手，通过大量阅读小说，从它们中间提取最小公约数那般来寻找这些常数或者元素。这自然是不错的。阅读大量的小说是基本功，不然的话，正体就没有具体的小说基础，如普罗普对 100 个俄罗斯神奇故事的解剖，许子东对 50 部知青小说的解读等，都是基于这一基本认识。我们不得不承认这一做法的局限性，那就是它是一种不完全归纳法，还是带有一定的演绎色彩，毕竟即使你知道 100 个故事的结局，但是仍有第 101 个故事可能会例外。这就是说，对于某一类小说正体的寻找不仅仅是发现，还带有构造的必然性。不然托多罗夫想通过对《十日谈》这样一部具体小说集的解读，来寻找关于小说的叙事语法的想法就是"痴人说梦"了（托多罗夫说他在《十日谈》的语法谈论的是"一般的叙事结构，而不是一本书的叙事结构"①）。其实，我们千万不要相信托多罗夫真的只是通过这一部小说集就能创立叙事学了，作为一名批评家，我们完全有理由相信他对小说的阅读量，只是他选择了用《十日谈》作为对象来演绎他心中存在的小说叙事学。与其说叙事学是归纳出来的，不如说是托多罗夫构造出来的。在归纳和构造之间，我们很难一刀切。这就告诉我们，对小说类型的正体的基本元素打捞工作，是寻找也是构造，这也从侧面证实了小说类型理论的假设性。和一般读者的经验（对正体元素的经验性的感觉）相比，它多了目的性、自觉性和系统性而已。

今天，我们面对的大量小说类型，其中很少是如此循规蹈矩地来照着正体的模式依葫芦画瓢。事实上这也是小说家的大忌。如果这样，正体倒真成了创作生产力的桎梏。那么，我们强调某一类小说的正体模式的构造和归纳，意义何在呢？笔者以为，找到某一小说类型的正体至少具有如下两点意义。

确立某一小说自身存在性。上文已经说过，某一小说类型作为一个类型的存在是有着自我规定性的，这些自我规定性不妨说是我们所指涉的公共元素和常数。不确立这些元素和其他小说类型相区别，这类小说也就难以确立起来。那样的话，我们的所有研究将失去范围和对象，成为没有边际的漫游，这不符合学术研究的科学性规定。

---

① 张寅德编选：《叙述学研究》，中国社会科学出版社，1989 年版，第 6 页。

为开展小说类型研究提供基本参照。小说类型研究作为一种中观研究，在某一类小说类型中开展这种研究，需要确定基本参照系。正体则是我们所要求的这个参照系。有了这个参照系作基础，我们才能按图索骥，寻找各种变体，开展具体小说的批评研究。

如果说小说类型的正体具有理论模型色彩的话，那么，小说变体则更具有现实已然性。正体作为理论原型，不免具有简单化倾向。现实中小说类型则更多是变体。

所谓变体，是指小说类型在既有的正体基础上，保持类型规定性（基本常数）的同时，对参数加以适当改动，以表达作家个体对特定时代及社会的认识和思考的一种小说亚类型。小说类型中变体现象是非常普遍也是非常复杂的，不是三言两语就能简单描绘和概括的。我们这里只分析小说变体何以产生及意义。

上文已经清楚交代，正体作为一种理论的基本模态，是极其简单和高度抽象的，它好比是一棵树的躯干，要使得这棵树活起来，生机盎然充满生命力，还得靠枝干和绿叶。这些枝干和绿叶的形态和色彩的不同，就使得树有多种可能性，不同的可能性就是不同的变体。产生不同变体的原因可能有如下几种因素。

一是作家精神劳动的个体性。创作小说不是拟制公文，公文的程式化、规范性、习惯性语式以及惯用语，使得作者自由发挥不得，只能老老实实按照程式和格式来。而小说作为个体精神性很强的劳动，它允许，也需要作家的别出心裁，这个别出心裁是相对于它所属小说类型的正体而言的。一个优秀的作家都是不同程度的类型"叛逆者"，在叛逆中留下自己的个性痕迹。他们会按照自己的个性气质或者对时代理解的需要来改变小说叙事总公式中的一些属性，比如主人公的个性、行动的背景以及结果等，有的连基本元素都进行裁剪，在一些反类型的作品中，比如鲁迅小说中的阿Q的出生和姓名等变得没有来由，而随着举人老爷的乌篷船深夜来到未庄，传记的时间从循环时间进入历史时间。鲁迅对这些人物的属性和小说时间形式的改变是其个性气质和精神的表现，是作家对时代和社会的个人性思考。

　　有的作家不仅要超越业已成熟的模式，而且也要超越自己已有的形式，在这一方面我以为金庸是代表，在很多读者，甚至是一些资深评论家眼中，金庸小说是模式化的俗物。其实只要比较其每一篇小说在正体的大框架下，都有自己的改变，比如对于主人公，虽然他们很多都是孤儿身份，是侠客，但是侠的含义是不同的，有的是儒家之侠（郭靖等），有的是道家之侠（杨过），有的是佛家之侠（狄云、石破天等），不仅在侠客的内涵上做了变体，而且小说的主题也是改变的。射雕三部曲就是英雄的不同典型模式。用作家本人的话最好解释这种情形了："这三部书的男主角性格完全不同，郭靖诚朴质实，杨过深情狂放，张无忌的个性比较复杂，也比较软弱，他较少英雄气概，个性中固然有优点，缺点也很多，或许，和我们普通人更加相似些。杨过是绝对主动性的。郭靖在大关节上把持得很定，小事要黄蓉来推动一下。张无忌的一生却总是受到别人的影响，被环境所支配，无法解脱束缚，在爱情上，杨过对小龙女至死靡它，视社会规范如无物。郭靖在黄蓉与华筝公主之间摇摆，纯粹是出于道德价值，在爱情上绝不犹疑；张无忌却始终拖泥带水，对于周芷若、赵敏、殷离和小昭这四个姑娘，似乎他对赵敏爱得最深，最后对周芷若也这般说了，但在他内心深处，到底爱哪一个姑娘更加多一些？恐怕他自己也不知道。"① 这三个人物性格不同，郭靖是一位正格的人物，是一位理念中的英雄——大巧若拙，较少人间气息，多半是英雄神曲的理念故事；杨过性格中带有三分风流血气，有人间气息，但他的爱人是天上龙女下凡，加之他在深山大海中练就武功使他成了神话般的神雕侠；而张无忌是一个具体的、活生生的性格复杂的凡人，虽然看上去有神秘的传奇色彩，但气味是人间烟火气。由于人物性格设计的不同，带来的故事形体各异，演绎的主题变化，使得这三部小说各有千秋。有的评论者认为："其各有千秋的真正的原因乃在于作家在不断求新求变，而不是将一个故事拖长，将一干成型的人物不断地敷衍铺展。这就比我们许多系列小说或者三

① 金庸：《倚天屠龙记·后记》，广州出版社，2015年版，第1429页。

部曲之类的要高明得多了。"①

二是市场的消费力驱动。文学创作讲究独特性，文学消费和欣赏则追求新奇性。尽管今天有很多作家对文学的市场化持保留态度，但是，不可否认，小说类型也是在长期的消费过程中逐渐稳定和完善的，借助市场反馈，那些定位不明和幼稚落伍的类型受到淘汰或改进。消费性和市场性，决定了优秀的小说类型本身具有不可替代的独特优势和风味，能够形成自己的产品系列。这里的产品系列，在我们看来，就是某一类型小说的不同变体构成的，这里的变，并不是把人物的名称张三换成李四。而是作家根据消费者的口味，对新奇性的渴望做的相应改动，比如情节模式中的一些环节，人物性格、品质，行动的背景，等等，总之，既不能使读者感觉过于陌生而敬而远之，又不能让读者感到过于陈旧而生厌，"熟悉的陌生"对读者的阅读感觉是最理想的状态，有一些熟悉的期待视野是接受的基础，些许陌生则是一定程度冲击和刷新期待视野而产生新的魅力。比如言情小说一直在市场上立于不败之地，从才子佳人传奇（古代），到狎邪小说（晚清），到社会言情小说（20 世纪三四十年代），到革命＋恋爱小说（20 世纪 50 年代劳动＋恋爱），到琼瑶纯情小说（20 世纪七八十年代），再到 20 世纪 90 年代的新狎邪小说体出现。可以看出，言情小说一直在不断变化，这些变化在很大程度上来自市场观众的消费力选择和推动（主流意识形态是不大推崇这类小说的，只有靠市场自身的推动）。这些变体的作家要么在背景上改动（社会言情小说让男女感情走出私人宫闱，男女命运和时代命运集合），要么在主人公身份上改变（狎邪小说的主人公是妓女和恩客），要么在感情上做足文章（纯情小说把男女爱情提纯，男才女貌的现代版本演绎，而革命＋恋爱等则是把爱情扩展到大爱上）。

三是时代和特定社会的推动。小说记述时代和社会生活，传达作家对生活的认识和感受，这决定了时代和社会的风云变幻对小说类型会产生影响。不同时代和特定社会要求小说类型在体式和体性上有所改变。不是说"旧瓶装新酒"

---

① 陈墨:《金庸小说赏析》，百花洲文艺出版社，1999 年版，第 140 页。

不可以，而是旧瓶对新时代内涵的容量毕竟有限，久而久之，不得不对这个瓶进行"整容"。我们还是以言情小说为例，在革命火热的年代里，新的爱情观念激荡着青年男女，影响他们的择偶观念，在左翼叙事的总体框架内，知识女性林道静要成为革命者，她的伴侣也应该是志同道合的同志，抛弃资产阶级学者余永泽，投入革命者（卢嘉川或江波）的怀抱是她必然的选择；《红豆》中江玫对革命的选择（留在北平迎接排山倒海压过来的解放军）与对爱人齐虹的追随（和爱人一起远走美国）是二元对立的，这是人生的十字路口，作家之所以选择一个爱情故事来表现在人生的十字路口的搏斗，这是因为"在我们的人生道路上，不断地出现十字路口，需要无比慎重，无比勇敢，需要斩断万路情丝的献身精神，一次次作出抉择。祖国、革命和爱情家庭的取舍，新我和旧我的决斗，种种搏斗都是在自身的血肉之中进行"[①]。齐虹和江玫的爱情始终是在时局的变化中发展的，始终是在江玫对社会形势越来越关心的背景下变化的，小说中的社会形势（自然也是作家本人所身处的社会形势，一旦这个形势随着政策环境的改变失去了合理性，小说主人公在爱情路上的犹豫就变得很危险，后来《红豆》的被批判就说明了这个问题）不仅主导了小说的情节模式，也塑形了主人公的性格和身份，还重新定义了爱情的内涵。

四是变体的意义。如果说正体使得小说类型得以确立，变体则使得小说类型得以发展。研究小说自然需要整体意识，正体给了我们宏阔的视野。但这还是不够的，我们还需要有历史的眼光，把一种小说的流动性勾勒出来，把流动中闪烁的变体的珍珠打捞出来。对于这些珍珠，我们需要加倍珍视，虽然笔者并不赞成福柯解构一切的虚无主义，但他认为历史的复杂性恰恰在这些褶皱里面并大有深意。同样，我们也可以套用一句：类型小说的魅力就隐藏在这些变化着的体式里面，作家的创造性、时代和社会的变迁、读者因时而变的艺术趣味等都可以在这里找到答案。这是类型的生命力所在，也是小说独特性所在。

---

① 宗璞：《〈红豆〉忆谈》，《中国女作家小说选》，江苏人民出版社，1981 年版。

强调小说类型变体的重要性，鼓励作家求变求新，同时，我们也要为变体设置警戒线。任何类型都有一个度，失去或者跨越了这个度，类型就不是它自身了，就会导致类型的泛滥，那也意味着类型的自取灭亡或自行解体。比如谴责小说变体到了黑幕小说，就失去了本来的意义和写作诉求。在类型的视野里，变体再怎么自由地翱翔也不能挣断类型正体这个风筝之线。

这就要我们处理好变体和正体的关系。打个比方说，正体和变体是源与流的关系。正体提供了一个召唤结构，这个结构是开放性和灵活性的，它等着各种变体的参与和充实，从而使得该类型灵活起来，充溢起来。没有变体，无从谈起正体，就像博物馆的恐龙化石骨架般面目可憎；没有了正体，变体便失去了基本的参照，无从谈体，就像小船在没有航标的河流上失去了方向感。一句话，小说类型的历史是正体和变体互相激发的历史，恰如一个家庭的母亲和她的儿女们的关系一般，虽然我们不一定一眼就看出正体，但是母亲把自己的生命形式隐匿在儿女们身上的血脉和基因里了。

第五节　小说类型与类型小说

人们经常不假思索地把小说类型和类型小说这两个概念混用，但从学理上讲，小说类型和类型小说显然不是同一概念，我们不可混淆，或替换使用，尽管它们之间关系密切，犹如言语和语言一般。

普遍认为小说类型"是一组时间上具有一定历史延续、数量上已形成一定规模，呈现出独特的审美风貌和文化内涵，并能够在读者中产生相对稳定的阅读期待和审美反应的小说集合体"[①]。从定义可知小说类型通常具有四个方面的显著特点[②]：

第一，具有数量众多且时间跨度相对长的作品集合体。既然是"类"，就应

---

① 葛红兵：《小说类型学的基本理论问题》，上海大学出版社，2012 年版，第 31—32 页。
② 葛红兵、肖青峰：《小说类型理论与批评实践——小说类型学研究论纲》，《上海大学学报》（哲学社会科学版）2008 年第 5 期有讨论，本人参与提纲讨论并借鉴成文的部分看法，特此说明并致谢。

该是一个作品的群体，稀稀落落的几篇远远不够称得上"类型"。而且，这个集合体应该是历史地形成的，至少要有时间上的跨度，一般来说，时间跨度越长意味着类型的生命力越强，比如很多小说类型都有很长的跨度，如武侠小说可以追溯到1 000多年前的唐传奇，侦探小说引进了近100年，但其可以回溯到清代的公案小说，而言情、历史等小说都有近200年历史了。

第二，具有一致的主题、题材和时空背景与艺术情调等类型的"调性"。每一种类型的小说都有属于这种小说的"气味"，即该类小说特有的情调。这些情调是由相对固定的题材、故事展开的时空场景、人物关系的构成、小说语言的表达调性等。比如恐怖小说经常出现和谋财害命、冤假错案与人际恩怨等题材有关，西方故事展开的场景经常是废墟的城堡、教堂或老宅等。

第三，具有大致相近的价值取向。小说类型以类型作品集合体的方式表达了特定的社会情感结构，这是小说类型的内在动力与引擎，它内在地规定了类型的情节展开方式和人物关系构成逻辑，小说的叙事语法成为这种价值的总体艺术表达式，每一部作品都是这个总体表达式"大树"上生长出来的"枝干"。

第四，具有稳定的阅读期待。受阅读经验的影响，特定的小说类型能激发读者产生相应的审美心理和审美感受，如武侠迷对于武侠小说中绝世武功的期待，言情迷对于"男才（财）女貌"的幻想，恐怖迷对于阴森恐怖氛围的好奇，等等。

开门见山地给出了"小说类型"的定义和基本内涵并不意味着我们对小说类型的认识是从演绎开始的，真实的情形恰恰相反，这么做不过是为了表述的方便而已。应该说，有了这个定义和内涵判断，我们是不难确定某一小说类型是否具备作为一种小说类型的资格的，比如考察晚清的"政治小说"，我们就可以很快确定其为小说类型的伪命题。近几年中国大陆风靡的所谓"网游小说"缺少小说类型所要求的基本资格，这不过是游戏运营商或媒体随意（或蓄意）给出的一个顺口的专有名而已；而架空历史小说细细品味起来，不过是历史小说的一种变体，或者说是神怪小说和历史小说等小说类型的"混血儿"。

当我们拿着小说类型这柄达摩克利斯之剑来考量各种实际文艺生活中林林

总总被形形色色的人命名为某某小说的时候，对于我们手中的工具来说，与其说我们在发挥它的威力，不如说是检测它的解释的有效性，任何理论的权威性不仅来自其理论的原创性，还来自其操作的简便性和阐释力的广延性。对小说类型特征的把握不是天然创生的，而是经过了对若干具体小说的研究实践，在经验主义的支持下，通过对不同历史阶段相似小说的大量阅读，发现隐藏在这些相似小说背后的总公式和基本句法，探求其相对稳定的审美和文化心理，即为某一类小说画出一个基本的轮廓和形状。应该说有这个形状或者轮廓与没有这个形状或轮廓是大不一样的，否则的话我们是无法展开科学的言说的，因为失去了基本参照，批评家会"怎么说都行"，果真如此的话批评就是"自说自话"了；然后再返诸其身，辨析其在形成各自语法过程中个别作家或者一小群人的"出格"行为，并探究其出格的社会历史原因及个人的创造性，这是小说类型研究的首要任务。在此基础上，再进行类型与类型之间的比较，从更为宏阔的视野对具体小说进行观照，毕竟任何小说都不会如我们的理想——是某一类纯粹的类型，特别是对于优秀的小说而言，混类或兼类小说现象比比皆是，更何况，他者的存在是自我存在和发展的必要前提。正是有了这个小说类型作为理论上的基础，我们才可以进一步展开价值研究，创造心理研究、审美共同性和差异性等一系列由内而外的研究。

表面上看来，小说类型的研究任务已经完成了，即使达到这一点已经是相当不容易了。但是，对小说类型的研究对象和方法作一番反省的话，其缺点也是显而易见的。首先，小说类型研究的对象是一篇篇具体的小说，或小说的集合，也就是说这些对象是实体的，是小说的物质；其次在研究方法上还是认识论。随着当下对物质性的质疑和认识论的怀疑，在这一思想指导下的研究也值得很好反省。小说类型研究的对象是具体的小说的客体。重视客体是小说类型研究的首要任务，但是，客体的客观性何以可能？方法创造客体，"一门科学的客体并非自然产生伸手可得的，而是代表了某一项探索的成果"[1]。说白了，小

---

① 胡经元、张首映：《20世纪西方文论选》，中国社会科学出版社，1991年版，第312页。

说类型研究的对象还是经验主义的，也是主观的，是不自觉的理论预设的结果。由于试图通过文学作品达到认识上的目的，最终导致小说类型学研究还是一种传统释义法的研究效果。这和我们类型研究追求的文学的科学性理想相去甚远，和诗学的标准也大不符合。这就要求类型小说出场了。

类型小说是关于一类小说的总体艺术法则，是抽象而又内在地理解和掌握小说的学科。该范畴设想，任何小说都是一种抽象结构的体现，该结构在铺展开来的过程中有各种各样的可能性，而类型小说则是其中的一种理想的可能性。显然，它关注的是可能性，即理想型的小说状态。在该可能性中，存在着理想的关于这类小说的功能与结构的理论。类型小说关注的是可能的小说而不是实在的小说，现存的小说（小说类型）只能是实施该理论的个别实例而已。对于类型小说，我们要注意如下几点：

第一，类型小说关注的是可能的小说，不是实在的小说。我们不能像以往的研究那样把研究对象放在具体的小说上，否则的话，就会落入认识论的窠臼中，回到小说类型研究的老路上去。

第二，类型小说研究小说中的结构与功能，而不是主题学、修辞技巧等，这种结构与功能构成的艺术总体法则是确定某某类型小说的"类型小说性"的标志，它研究类型小说的小说性所在。

第三，类型小说作为一种关于结构-功能组成的话语理论，是诗学形态，而不是小说的集合体，我们可以说《青春之歌》或者《钢铁是怎样炼成的》体现了类型小说的话语形态，包含了类型小说性，但不能说它们就是类型小说。也就是说，我们可以通过形式直观（直观具体的小说类型）抵达本质直观（对类型小说的话语形态的把握）。

类型小说是现代小说诗学的重要理论范畴，为小说的中观研究提供理论基础和基本指导思想。该理论基于类似托多罗夫的信念：人类语言、大脑结构，乃至宇宙构成中存在着的共同规则——普遍语法。"这个普遍语法是所有的普遍现象的源头，它甚至给人类自身下定义。不仅是所有的语言，而且所有的意指系统都遵从这同一部语法。它具有普遍意义不仅仅因其为世间的一切语言提供了信息，而且因为它和世界本身的结构是一致的。"① 类型小说的理念自然是得益于语言学与言语关系的启示，人们具体的言语行为无论如何千变万化，但是只有一部关于这千变万化言语的内在法则，发现人类言语实践的语言法则就是语言学的任务。具体到类型小说也是如此，某一种类型的小说无论怎样创新和具有作家独特性，但是它总有体现这一类小说的话语特征，发现这类话语所能体现的文学性就是其作为该类型小说的"叙事语法"。虽然这一叙事语法我们暂时还不能坐实，就像我们绝对不能从逻辑上推导"理式""理念""上帝"和"道"等原典性范畴一般。"太初有言，太初有法"，我们不能用实证主义逻辑方式"以子之矛，攻子之盾"，用《〈十日谈〉的语法》中的例子本身来反对并不存在一种绝对的超历史和超经验的语法一样。

的确，对于"偷情"是否违法，以及对该行为的具体处理，不同时代有不同的处理方式：或惩罚、或怂恿、或宽容、或救赎等。但是，这并不意味着构成该语法的结构秩序发生变化：偷情＋结果基本是固定的，就好比上帝下凡尘施舍穷人，不管它是化作什么样的肉身，其结果总是施恩于人类。该指责的根本失误还是来自认识论思维考量本体论域的问题，我们可以在小说类型的论域里审视不同处理结果，从而考察其文化和历史问题。

与其说普遍语法是超历史超经验的元语法，不如说是一种信念语法，我们只有坚信存在这样一个普遍的语法，世界、人类、文本具有同一性结构，人类的认知和实践活动才能诞生，这才是我们所谓的基本前提。涉及类型小说，我们首先要坚信任何一类小说，或一部小说，在其内部总会存在一种结构，它是该小说的文学性所在（某某类型小说作为某某小说的存在，相当于海德格尔阐释的"是"）。这里的文学性（具体的某某小说的类型性）只能靠直观把握，不能实证，如果今天还有人纠缠文学性的实证是不合时宜的，因为从认识论上讲，我们无法把哪些是文学性和哪些是非文学性像白菜和萝卜那样轻易区分开来，更多的情形是如同水和盐组成的盐水。

① 〔法〕托多罗夫：《〈十日谈〉的语法》，牛津大学出版社，1977 年版，第 15 页。

很多论者在批评结构主义的时候，总是喜欢把矛头指向结构主义者对文学性的冷漠。其实，结构叙事学是没有必要回避这个问题的。恰恰相反，文学性恰恰就在作品的结构话语中自我呈现出来，也就是说，结构性话语是类型小说的物自性。物自性不是在经验世界里，不能像超市里的销售小姐把自己要兜售的商品性能和特点一五一十地说得条理分明又头头是道。很多人总是在经验世界里寻找所谓的文学性，给文学下定义，默记关于文学的各种知识，却忘记了从本原上、从本体论的视域敞开文学本身。更为有趣的是，对于"文学性"的讨论，人们多热衷于讨论形式主义者对文学性的认识，也热衷于解构主义者对文学性的认识（20世纪的一头一尾都谈到了它），独独忘了结构主义的文学性，虽然结构主义者只是在不经意中顺便提到①。现在看来，结构主义者把文本自身的结构指认为文学性是最切近文学自身的（虽然结构主义不经意和文学性擦身而过）。结构主义者看文学性既不像经验主义者那样把文学性坐实为具体的文学知识（原理），也不像现象学论者仅仅用"虚无""物自体"等方式说得玄乎其玄。对于前者，他反对在具体作品身上找答案，对于后者，他回避了虚无化的神秘，他只是从本文本身中强调了结构、功能和话语。

强调结构的普遍性却不是否认差异性（早期的结构主义者似乎并没有充分注意到这一点）。每一部小说都是一个类型结构的展开，不同类型的小说自然分享不同类型的结构，这本身就是差异性的表现，就好比各个不同民族的人们都有自己的最高的信仰神，但是他们心中的神却是不相同的，有的是耶和华，有的是安拉，有的是真武大帝，还有的是释迦牟尼，等等。同时，每一类型小说外化时的差异性也是存在的。但是，类型小说的内部差异性问题不是类型小说首要考虑的事情，我们时代的文艺批评的主要遗憾不是对差异性的强调不够，而是对普遍性缺少关注。类型小说首先要从这个普遍性中寻找某种小说的小说性（文学意义上的某某小说之为某某小说的存在），然后，才在这个原则的范围

---

① 托多罗夫在《结构主义诗学》里提到了结构就是文学性，只是没有展开，更没有自觉有意识地从本体论视域展开。——笔者注

内承认结构在具体的实践和操作过程中会发生个体变形等问题。这就像在上帝的眼里人和人并没有区别，但是这并不是说上帝不知道什么是男，什么是女。是男抑或是女并不是上帝要考虑的问题，那是我们凡人要做的事情。对于类型小说而言，它把差异性的具体问题扔给了小说类型去考虑。

至此，我们有必要比较类型小说和小说类型这两个概念。其实，我们在分析类型小说或小说类型的时候，都是以对方作为参照的，这是因为它们确实是一对双生花，各自的存在都是以对方的存在为前提条件的。基于结构主义研究起初得益于语言学转向思潮，我们的比较在思路上部分借鉴了结构语言学和认知语言学成果，这正是结构主义批评的特色，乔纳森·卡勒说得好："一旦语言学不被用作参照启发的手段，结构主义批评顿时失去了它与其他批评相区别的特征。"①

我们甚至不妨作一下类比：类型小说与小说类型的关系类似于语言和言语的关系。从诗学的角度说来，二者就是普遍诗学与历史诗学的关系。类型小说作为小说类型学的元理论，它是在本体论视域里关注小说类型之为小说类型的存在问题，它直指类型小说的"物自身"，这个"物自身"是某一类小说作为其自身内在结构的自我显现，该结构不是人为力量的结果，也不是人的自由意志和历史法则的结合的结果，而是类型小说作为类型小说而存在的"东西"（"元素"）。它和人的主体性无关，但和人具有因缘性和上手性的密切关系，它不断召唤和指引人向它靠拢，向它去存在。从这个意义上讲，它是没有自己的历史和时间的，它也不设定起源和终极目标，而是方向性存在。

同时，它也是抽象的存在，不是一个存在者，尽管它的核心是关系或结构，但是不是某种特定的关系性对象，不是可以界说的实在，同时也不可还原为某种具体的文本，比如作为类型小说的武侠或者言情等。从这个意义上讲，它是小说的普遍诗学，我们不能用下定义的方式或者归纳的手法得到它，虽然它存在于现实的小说之中，你可以时时刻刻感觉，却无法说出所以然来。而现实的

---

① 〔美〕乔纳森·卡勒：《结构主义诗学》，盛宁译，中国社会科学出版社，1991年版，第160页。

某某小说，我们是可以用实名的方式来指认的，这种指认方式是在小说类型的范畴内进行的。正如言语指的是某人使用语言的具体行为，它首先是一个具体对象及其行为。小说类型研究的也是现实中一篇小说或者一类小说的集合体，任何现实的小说都有一个从无到有的过程，都要呼吸现实的空气。正因为它是现实的"此在"，所以我们可以从小说学的学科逻辑出发，在现实和历史的时空范围内，把历史记载和文学想象、社会规定和心理需求、当代视野和文类特征等结合起来，对之进行量化处理和归纳等"实化"研究。

通过一系列的科学处理后，我们找到了它们的恒定结构及其形成过程与成熟后的变体（衍化），用叙事语法来描述它们的艺术规范、审美特征和价值取向。既然小说类型不得不考察一类小说的生成过程，历史语境中各方因素力量的较量、妥协与融合，也会暂时形成一定的艺术规范，该规范一旦形成，还往往会溢出其产生的土壤独立起来，似乎要具有超时空的意味而"永恒"，并相应地培养相对固定的审美情趣和文化心理积淀。对此，我们要清楚地认识到，这种永恒的复杂性，小说类型在形成、成熟的过程中，肯定会充满变与不变的动静结合。变是易于理解的，对于不变，我们既要看到外在的因素，比如外在力量的干预（如组织上对《钢铁是怎样炼成的》和《红岩》的策划），也有内在的艺术自律性形成因素（该类小说之为该类小说的基本特性聚集，比方说《钢铁是怎样炼成的》和《红岩》作为成长小说有小说自身的规定性）。这一点，往往被忽视。

有人会说，既然小说类型通过对具体作品或者作品群的分析和归纳，能够发现其基本结构，并能给出叙事语法，这已经为我们从事具体的作品批评和小说史研究提供了方法论，那我们还需要类型小说这个虚体性范畴做什么呢？表面上看来确实如此，在现实事物中，类型小说似乎真的不能给我们的具体研究提供操作性指导。但是，如我们上文所说的那样，类型小说是在本体论视域里展开的范畴，它给予我们一种更高的视野来指导我们的具体研究——小说类型研究，任何具体的小说类型的研究都是将类型的普遍语法作为指引的，有了本体论这个终极视野后再来从事小说类型的认知性研究，可以在思想、视野和方法上提供指导，就像我们迷失在森林里寻找出路一般，太阳光本身并不能像指南针或者地图那样实用，但是，太阳光却指引我们走出了黑暗的迷沼。其实，在从事小说类型研究的时候，类型小说已经和我们不自觉地打交道了，它强调世界、文本（语言）和人的心灵具有结构性的同一，否则的话，我们何以发现这一结构，并能用语词把该结构"表述"出来呢？尽管，不论表述者的表述能力有多高，但也是难以原形毕现，还得要靠读者去意会。同时，类型小说也离不开小说类型，它最终要靠小说类型来显身，它算是小说类型的灵光，但是灵光终得要附体，要道成肉身。如果失去了小说类型在现实小说艺术世界里的依托，我们空谈类型小说也是没有什么意义的。正是在这个意义上，我们说小说类型和类型小说是一对双生花，在现实世界里谁也离不开谁。

我们还可以从诸多的角度对二者进行比较，比如形而上与形而下、虚体与实体、演绎和归纳等等，但殊途同归。对于我们来说，它们展示了小说现实性和未来性。如果说小说类型是现实的小说的话，那么类型小说永远只能是未来的小说、理想的小说，它像小说天宇里的星星那样，永远诱惑着小说类型不断完善，不断自我修正，永远向着理想的境界开发，这样的小说类型才真的显示了历史与非历史的统一。

第六节　兼 类 小 说

小说类型演变的趋势有如下三种情形：一是某些类型经过它的辉煌发展后逐渐衰落而死亡（类型死亡）；一是新的类型在已有类型的基础上脱颖而出（类型变体）；还有一种是不同的类型在某些具体小说中交叉感染或者兼容并蓄（兼类小说）。其中尤以兼类小说的情形最为复杂。鲁迅先生当年做《中国小说史略》时，面对兼类小说显得力不从心，在小说类型的分类上，他将一些不便归入其他类型的小说堆砌在一起，称之为"以小说见才学者"。固然，这样做显示了鲁迅在类型研究上的审慎态度，但问题在于，以小说见才学者的小说是很难与其他类型并列而成为独立类型的。这种不得已而为之的做法跟一些兼类小说不好或者无法归类不无关系。事实上，即便对某些小说，鲁迅给了它一个类型界定，却仍然是有犹豫的。比如他将《铁花仙史》归入明之人情小说的同时指出，此书"似欲脱旧未案臼，故设事办求其奇……今人以为铁为花为仙者读之，而才子佳人之事掩映乎其闻……事状纷繁，又混入战争及神仙妖异事，已轶出人情小说范围之外矣"①。《铁花仙史》是人情小说，还是才子佳人小说，抑或战争小说或者神怪小说，是很难舍此取彼给出准确的界定的，因为它是一部兼类小说。

何谓兼类小说呢？概而言之，从小说类型学角度，它是指一些小说文本突破了单一类型特征，同时具备两种或两种以上的小说类型的叙事语法和审美风貌的复合态小说②。

兼类现象是小说自身发展规律的必然表现，它历史悠久，伴随了小说的形成和发展过程（小说本身就有从历史等大文学的类型中分化独立的过程），比如早在一千多年前被《隋书·经籍志》归入史部杂传的《列仙传》《神仙传》就是真假共存、虚实相存的，已经初步具有了神怪小说和历史小说杂糅的兼类特征。

但从严格的小说类型学上讲，这只是处于萌芽和趋势状态，当小说文体远没有树立起来，神怪小说和历史小说等类型没有基本定型，它们是算不得兼类小说的。只有到了小说发展到成熟阶段，各种类型小说竞相争奇斗艳时，兼类小说就在各种小说的相互影响和渗透中出现了。

有学者考证中国比较成熟的兼类小说处在明代万历年间到清末③，这个时期

---

① 鲁迅：《中国小说史略》，齐鲁书社，1997年版，第156页。
② 刘书成在《论中国古典长篇小说的跨类型现象》中也给跨类型小说下了一个定义："所谓跨类型小说是指那些兼有表意、拟实两种形态特征，多种文体混杂，题材内容突破其他类型小说界限，将现实、神话、民俗信仰种种因素加在一起，为反映现实、表现理想服务的小说。"见《社科纵横》，1993（1）。这个定义基本上以古典小说为对象，从题材及文学和生活的关系等角度上审视的。该界定有其历史的合理性，但是周启超则认为类型学意义上的类型"已不是一般意义上的题材类型、主题类型、人物形象类型、故事情节类型、题材栏式类型，类型学的类型指的是时空不一的文学现象在诗学品格上的类似"。周启超：《类型学研究：定位与背景》，《比较文学》，1997（3）。
③ 刘书成：《论中国古典长篇小说的跨类型现象》，《社科纵横》，1993（1），第76页。

正是我国古典小说成熟期。鲁迅研究的《铁花仙史》就是明末的兼类小说。此后的很多小说，诸如《女仙外传》《平金川》《镜花缘》《绿野仙踪》《双凤奇缘》和《锦香亭》等，这些小说基本上是中国古代业已成熟的小说类型的兼类。《红楼梦》既是中国古典小说的高峰，也是兼类小说的典范，它是世情小说（世情中包含了社会小说和言情小说两个亚类型），也是家族小说，还具有浓郁的神魔色彩。晚清以来，随着国外小说类型的引进，新的小说类型的催生，小说类型繁复，兼类型小说频现。不仅传统的历史、神怪和世情小说兼类了，历史、英雄和武侠兼类，侠义、武侠和公案小说的兼类，还有侦探、政治和科幻等小说加盟，出现了武侠、侦探和科幻兼类等。可以说，晚清是中国小说发展的又一高峰，也是兼类小说的繁荣期。

在随后的一百年里，随着文学思潮的启蒙和纯文学观念的输入，小说的主流意识强化，很多传统小说类型作为完整的类型艺术形式，受到来自各方面的压力和出版宣传等的限制，其丰富性和多样性有所窄涩，兼类小说势头不及晚清。当然这并不是说兼类小说不存在了，艺术规范应该是开放性的，具有共同性的，只要我们加以仔细审视，客观上还是存在兼类小说的，比如杨沫的《青春之歌》就是革命历史小说、成长小说和言情小说的跨体，属于这种情况的还有《红旗谱》等。但是，我们也要注意到，在相当长一段时间内，长篇小说很难说是繁荣的，这直接表现在类型小说种类的单调和僵化。新时期以来的小说在恢复五四的启蒙传统时，也恢复了一些传统的小说类型。

值得指出的是，无论是作家还是研究者，这一时期的小说类型更多的是用创作方法、流派和风格等范畴来指认的。似乎可以这么说，我们的类型小说创作和研究在过去很长一段时间是走了弯路的。进入 21 世纪以来，在文化市场化的驱动下，小说类型化趋势日渐明显，小说的兼类现象也更加明显，家族、革命历史演绎和成长小说融合（陈忠实《白鹿原》），历史、侦探和推理的混合（麦家《暗算》），战争、神怪和玄幻小说混杂（郭敬明《幻城》），武侠、英雄传奇和成长小说的结合（金庸《射雕英雄传》）等不一而足。随着书写工具越来越便捷，小说的容量越来越大，类型窜味现象愈加明显，很多长篇都可以作兼类的解读。

不独我国小说如此，西方大抵也是如此。弗莱在对西方虚构叙事作品分类时，根据作者的透视视角（外倾的或内倾的方式），将作品分为四个基本的类型——长篇小说、罗曼司、解剖和忏悔录，在这四者之间的混合的亚类型有长篇小说＋罗曼司（《吉姆爷》）、罗曼司＋忏悔录（德·西的作品）、解剖＋忏悔录（《旧衣新裁》）、长篇小说＋解剖（主题小说等），还有的是百科全书式作品（《圣经》和《菲尼根守灵》等）。虽然，弗莱的这种过于逻辑化的推理有生硬之嫌，但也道出了兼类的事实是小说理论无法绕过去的事实。

一、兼类小说的基本特征

小说中的兼类现象古今皆然，审视其基本特征才是我们的当务之急。从感性经验看，兼类型小说一般是长篇小说，它表现的生活容量大，所涉人际关系复杂，呈现的时间和空间跨度大，涵盖的思想主题复杂。只有小说的容量大，才能把人物的人生经历写得愈加丰实，人物的欲望多元化（这是推动小说前进的基本动力），故事也就会多起来（行动也会更多元化）。再加上人物多、关系复杂，小说中的行动就相互缠绕，叙事的序列也就复杂多变，我们很难一鼓作气用一条单一的结构线索把它们说清道明，但我们又有整理和概括它们的欲望。于是我们不得不用不同的方法来解剖它们，兼类正好为我们的多重解读提供了视角和方法。空间和时间的加大给众多的人物及其活动提供舞台，否则舞台太小无法让人物施展手脚。比如《射雕英雄传》是一部集武侠小说、言情小说、成长小说和英雄传奇等类型为一体的大长篇。这部100多万字的书是一系列故事的组合（大大小小分有上百个故事），人物关系错综复杂（敌我、师徒、父女、君臣、夫妻、恋人、兄弟、同门和朋友等），地位悬殊（上至皇帝，下至乞丐），所涉地域广阔（大江南北，长城内外），历史跨度长（两代人的人生历程），背景宏大（江湖和庙堂衔接，社会与家庭勾连），主题意蕴丰厚，人物欲望纷繁（色、权、复仇、真情、救国、扩张、平不平），否则这些类型所必要的行动元素和叙事力度就得不到保证。

从深层上来讲，分析类型小说主要是找出小说内部深层结构和基本语法。结构是小说叙事的结构，也是作家的思维结构，还是时代和社会结构的同一。叙事语法既是对故事行动模态的概括，也是寻找这一类小说的小说类型以及其可能承载的人类精神含量。具体到兼类小说，深层结构本身是活动的，像螺旋曲线可自我旋转，随着其自我旋转，在不同的角度和注视下呈现出不同的组合形状。也就是说，兼类型小说的结构就像活动而不松散的七巧板，不断翻动就能看到不同的组合形式和色彩。还是以《射雕》为例，从武侠小说的类型看，其叙述总公式：《射雕》是关于四位武林奇才（王、洪、欧、黄）及其子弟和儿女们的江湖上的恩怨情仇的故事；从成长小说的类型看，它是笨拙善良的郭靖在武林前辈的指点和教导下，勤学苦练武功和恪守做人的原则，经过一系列的考验，终成一代武学大师的故事；从言情小说的类型看，它变成了憨厚善良的穷小子郭靖和聪明刁滑的富家女黄蓉冲破重重险阻终成眷属的故事；而从英雄传奇的眼光看，《射雕》成了爱国人士郭啸天的遗腹子郭靖牢记父亲遗训，不断修炼品性，苦学武功本领，保家卫国而成为一代英雄的传奇。

这部小说虽然有不同的叙述句法，但却有几点是相同的：

第一，主人公不变。当然不排除多主角的情形，但是主角之间有轻重之别，你可以从黄蓉的视角来看小说，但是她承载不了如此众多的"行动"；如果以杨康作为主角来组织故事结构的话，他事实上只能作为反面主题，作为父辈指腹的义结金兰，他的出生和父辈心愿与郭靖没有不同，但是由于其"贪图荣华富贵"的私心和先验的历史使命不可调和，导致了他只能作为郭靖的反面人物。

第二，事序大抵一致。随着主人公自然的人生年龄生长展开，总体叙述采用的是顺序的。

第三，结局的大团圆，无论是长大成人，还是成为武学宗师、完成父亲遗愿，还是有情人终成眷属，以及成为千古英雄，都是我国民族传统的基本母题。按照托多罗夫的话说，它们的叙事都以平衡结束，完成了一个事序。新的不平衡需要等新的主人公杨过出场，围绕新的复仇和恩怨情仇来说新的一轮行动

（《神雕侠侣》）。

借此，我们不妨再度更抽象地提出总的句法：

（　　的）郭靖，在（　　人）的帮助下，饱经考验和磨难终于达成心愿的故事

用符号表示就是：

$$(e+e'+e'')A'\underline{A}\quad F(B+C+D+E\cdots)——(\quad)A^+$$

A'和A^+是主人公，其中A'是初始形象，A^+是成熟后的形象，A是传统的引导者（包括父亲的心愿、母亲的教导和江南七侠等师傅的言传身教），$(e+e'+e'')$是主人公的初始属性和特征，"$B+C+D+E\cdots$"表示人物的行动，F表示主人公要完成自我转化和新生所要进行的转化，由于转化行为的多元化就导致了他最后会有多种可能性，转益多师学武、主持正义、救人困厄、保护黄蓉、信守承诺、抗击金兵和蒙古大军等等。对于这个公式的理解，我们可以作如下三点分析：

首先，对于郭靖的静态性格或者特征，我们可以用一系列的形容词来界定：

（笨而好学、品质纯正、想学武报仇的）郭靖——武侠小说主人公初始形象

（憨厚善良、待人真诚的穷小子）郭靖——言情小说主人公初始形象

（出身贫寒、心地善良又胸怀大志的）郭靖——成长小说主人公初始形象

（忠门之后、继承先父遗志的）郭靖——英雄传奇的主人公初始形象

以上这些性格或品质可以毫无矛盾地发生在郭靖一个人身上，因为主人公

性格基本上是静止的，不会发生变化。如果要发生变化的话，那相应的元素要协调一致，比如《青春之歌》的林道静在爱情上起先是追求个人享受，思想和世界观是小资产阶级的，但是一旦她要成为革命者的话，她就不能和小资产阶级的学者余永泽恋爱，而是重新爱上江华和卢嘉川等革命同志，唯有如此，这部小说才能把革命历史小说和成长小说的类型融合起来。

其次，小说的动机是多元化的，故事发生的动机（缺乏）：亡国（流落海外）——爱国；父亲被金国和汉奸害死——复仇；青春年少——爱情；儒家思想影响——建功立业。

可以重合的动机是：爱国和复仇同一（家仇国恨）、爱国和建功立业、成为武学大师与成为英雄（武学是英雄保家卫国的标志手段）。这些动机也是没有矛盾地集合到这位男一号身上。一个人的欲望是无穷的，爱情的获得有助于他成为武学宗师，进而成为爱国英雄。对于郭靖来说，他可以同时兼有和实现这些欲望。而他的结拜弟兄杨康则没有如此幸运，一方面他喜欢享受荣华富贵（给他这种地位的人恰恰是出生国的敌人），另一方面他又渴望能拥有有情有义女子的爱情：能够给他荣华富贵的养父恰是杀害生父的仇人，恋人的养父也是自己的生父，这种矛盾的动机决定了他只能在爱情、孝顺与荣华富贵中做鱼和熊掌的选择。

再次，人物的很多行动也是可以融合的。无论是成为武侠大师、成为英雄，还是长大成人，抑或为了获得理想的爱情，我们不妨说古典英雄就是应该有高超的本领（武功了得），而中国民族传统思想就有英雄配美女，或者现代人追求事业爱情双丰收，郭靖最后获得黄蓉的爱情也在情理之中。在《西厢记》里，张生要娶到崔莺莺也要拿到状元这样的世俗通行证，而郭靖拿到的是九阴真经之类的通行证。小说写去桃花岛比武招亲的故事也是无意识说明了这点，事业和爱情的成功本身就是长大成人的标志，对于成长小说而言，不过是要有成长的仪式罢了。至于主人公要饱经考验，和有人引导是在传统的中国文化语境下的基本要素，传统社会人生经验的获得就是靠引导而来的。我们没有西方天赋的天才论，孟子对能任大任者之考验的那段至理名言"天将降大任于斯人也，必先苦其心志，劳其筋骨……"化为一种集体无意识性的民族思维，推动情节的曲折多变，腾挪跌宕。

最后，由于这部小说涉及的人物众多，我们不能不分析这些人物的关系：一般来说，这些人物围绕主人公组成了三角关系：

这只是从总体上而言的，具体到各小说类型关系小有变化。在成长小说中，郭靖的引导者主要有：师傅、黄蓉和洪七公。不过他们在引导中承担的具体功能是不同的，有的引导他获得武功，黄蓉是作为智多星出现的，而他的父母亲主要是完成了他的道德和人格驯化；这里反对者基本上是不存在的，即使是算计他的小人们也不过是设置了考验现场和环节。在爱情小说中，有反对者出现，最典型的就是欧阳克，他是作为郭靖的强大竞争对手出现的（聪明、武学世家、武功比郭靖好）。要是在现代世俗社会，他很可能胜出，但是在传统的文化和精神环境里，人品一票否决。欧阳克心术不正，好色如命注定了他不能获得黄蓉的爱情。另外杨康和穆念慈的爱情悲剧作为主导爱情的见证和强化出现。而到了武侠和英雄传奇中，人物的角色和功能发生具体变化。

也正是主人公丰富的欲望、人物关系的微妙变化（类型、关系、结构）和行动元的多元化，可以让我们做不同的叙事语法的归纳。对于武侠小说，基本叙述语法是：笑傲江湖（行侠背景）、快意恩仇（主题）、浪迹天涯（过程）和仗剑行侠（手段）。成长小说的叙事语法是：他人引导（情节方向）、饱经考验（过程）、长大成人（目标）。爱情小说的叙事语法是：男女般配（爱情的先验前提）、饱经考验（好事多磨，患难见真情）、有情人终成眷属（好人一路平安）。英雄传奇的叙事语法则是：英雄本有出处，自古英雄多磨难。我们不难发现，这些叙事语法的归纳主要是对叙述事序和价值取向的提炼，而且它们基本遵循了中国传统文化的价值取向 ①，和西方的传统价值观是存在一定差异的。

二、兼类形成的原因

长篇小说是文学的重文体，它全方位考验作家的心、智、体。很多作家把写出满意的长篇作为奠定自己在文坛上的地位，就像田径比赛中的五项全能金杯对田径运动员一般。事实上，现实生活本身要比小说艺术复杂百倍，不仅表象的外部生活"剪不断、理还乱"，人的内心的思想情绪更是呈星形放射状。这些复杂的东西要得到形式化的符码转化也是非常复杂的，往往单一的类型无法应对复杂的表达需要，这势必决定了兼类类型的存在是客观的，也是合理的。人类的叙事形式随着现代生活的复杂化程度加剧和人类思维自身的发展，经历了从简单到复杂，由低级到高级的发展过程。从神话传说等故事形态到小说叙述的形式化发展过程，不仅反映了人类的思维形式的变化，也是叙事形式对应复杂社会生活和人类内心复杂化的表现。为何长篇小说到 19 世纪才迎来它的第一次高峰？这恐怕和 19 世纪的社会生活发生巨变有很大关系，那些《一千零一夜》或者《儒林外传》等短篇小说故事集锦的方式已经不能适应新的表达的需要了，即使《水浒传》形同长篇，前大半部分也是诸位梁山好汉故事的叠加，很像是故事集锦。今天，我们的作家已经不满足于对生活做简单的简化和突出性工作了，他们用更有难度的艺术方式面对更为复杂的生活，兼类小说便是艺术随时代发展而探索的结晶之一。

同时，就艺术形式本身的发展过程来说，它有一个规范性与开放性互动发展的辩证过程。类型在艺术规范内也在寻找自我的更生和突破。我们发现一种小说类型在发展的过程中，对另外一种或几种小说类型具有吸附作用。比如传统的公案小说和武侠小说在晚清合流（《包青天》），爱情与武侠水乳交融（《神雕侠侣》），现代的、历史的与推理的合拢（麦家的《暗算》三曲），侦探与武侠的结合（古龙小说），侦探、推理和武侠（或刑侦小说）杂糅，等等。任何一种

---

① 自然不排除具体的小说对这模式反叛，这属于反类型的问题了，请参看类型与反类型这一节。

类型的活力来自类型规范与反规范的互动，这好比河水和河床的关系。

当一种小说类型发展到成熟状态时，它必须实现自我突破，但是自我突破的动力和资源往往来自外部。卡勒早就警告我们，关于文学的理论不能从文学内部产生，只能来自外部。类型的活力也要其他类型的闯入和激活，还有外来类型的引进，对原有的类型嫁接产生新的魅力，比如西方的幻想小说和我们的神怪小说相遇，出现了玄幻小说。这样一来，就防止了原有类型经过了发展和成熟期后，在自身的艺术规范上不能前进而不得不凋零。比如说武侠小说在20世纪五六十年代达到高峰以后，几乎很难突破金庸、古龙和温瑞安等人，一度在小说创作上基本处于滞胀期，近几年在融入穿越和仙侠的类型后，以武侠仙侠的面目出现又火热起来。

新的类型的加盟，不仅激活了原有类型的日趋僵化的程式，新的艺术元素和风景还能唤起新的想象，实现审美想象的转移和间歇。不仅产生了阅读中的新奇，比如武侠和爱情的结合就是一张一弛的审美节奏的调节，而且能产生新的艺术视境，比如当初郭敬明的《幻城》横空出世，很多作家和评论家被这种推理的、家族的和武侠与幻想类型相混杂的新的叙述类型惊呆了。自然，无论是传统的小说类型相互融合，还是新进小说类型与传统小说类型碰撞，形成了小说兼类的事实。但，小说类型融合不是任意的，也不是拉郎配。至少，这些类型之间开始存在某种可通约性，笔者归纳了一下可能有如下情况：

（1）兼类分享共同的叙事语法。在各自的叙事肌理中有部分重合，比如成长小说和武侠小说的叙事语法上都有"他人引导"和"饱经考验"，它们可以在小说主角身上和平共处。

（2）在叙事事纲上它们形成了必要的连环套。比如公案（侦探）、推理、恐怖、武侠等可以联姻，就在于侦探的情节源于凶杀行为。凶杀一般是在黑暗中进行的，它构成了恐怖的背景；事后寻找真相的侦探离不开警探的思维推理对现场缺失的弥补；而和犯罪分子（恐怖势力）作斗争、主持正义需要有手段——武侠则是最具有观赏价值的外在护法器，这样一来，这几种类型混同就具有了内在合法性。

（3）主人公的渴望是多元而统一的（行动的起搏器）。在他未来的生活和人生里面，这些欲望促使他在几条线上同时作战，每一条线随着艺术成规的推进呈现为一种小说类型，比如一个人渴望成名和佳人相伴，在才子佳人或者英雄美女的传统观念下的叙事是英雄传奇和言情小说的结合。

（4）艺术审美节奏的调理。一张一弛是文武之道，是人类心理应有的节奏。情节性小说在行动推进过程中，要和人的心理节奏合拍，要张弛有度、劳逸结合，侠骨柔情就成为人类共同的心理审美期待，武侠小说的刀光剑影和生死一线的打斗场面给人以紧张的视觉冲击（崇高感），而花前月下的柔情蜜意让人逍遥神荡、浮想联翩（优美感），故而武侠言情、英雄儿女成为兼类的黄金搭档。

总之，兼类类型存在内在的合理性，要么是艺术自身逻辑的必然，要么是人类特定心理需求驱使，但在兼类类型的背后，都直接指向了小说的深层的意义系统。对小说意义的追寻不能直接绕开形式，这就需要叙事语法作为中介进入小说的意义系统，让小说"形式"系统生成民族志和人类学等"意义"系统，这是兼类小说终极指向，兼类之类在这里合流，其同一性在这得到最终解释。

三、研究兼类小说的意义

（1）兼类小说是我们解读复杂小说现象的有效手术刀。小说阅读离不开直觉，这是进行小说研究的基本前提，但是仅仅有这个前提还是不行的，小说研究需要有科学的方法来证实和深化这个直觉，否则的话我们难以区分小说欣赏者和阅读者。前文提过小说的科学性有三条标准：理性、逻辑、可生成。小说类型研究是对这种科学性的坚持。不过，一般的类型还只是一种理论假设，是把复杂的小说作提纯处理，带有很大的理想模态成分，现在兼类小说研究强调了正视小说中的兼类现象，用求实的态度正视小说的创作现实（它并不和当前小说类型化趋势相违背，兼类类型也是这种趋势中的表现），还原了小说创作中的复杂事实，它们在方法过程上经历了复杂的事实——→理论简化——→还原复杂性。为了保证对一些复杂的大长篇研究的科学性，不妨用兼类小说理论这把手术刀，一个一个类型提取，分析各自的叙事语法和意义指向，然后进行类型的比较和综合，从形式出发提炼小说深层的结构和意义系统，把握小说的类型史的得失，考量作品的价值和作家的艺术贡献。唯有如此，我们对小说的诸多认识和理解才有坚实的地基，不是凌空舞蹈。也正是在这个意义上，我们支持把《射雕英雄传》这样一部被很多学者所忽视的小说奉为现代经典，选入中学课本。

（2）综合创新，催生新小说类型。创新是我们时代的主旋律和关键词，但是不同的学者对创新的理解是不同的。笔者认同张岱年先生的综合创新的观点，文化创新毕竟不同于自然科学那样，是从无到有的发现、发明，其只能综合古今中外的一切优秀文化成果，创造民族的新文化。"综合创新"论是张岱年先生在 20 世纪 30 年代的中国文化论争中提出的极富价值的学说，后来他和弟子程宜山对"综合创新论"有诠释："抛弃中西对立、体用二元的僵固思维模式，排除盲目的华夏中心论和欧洲中心论的干扰，在马克思主义的指导下和社会主义原则的基础上，以开放的胸襟和兼容的态度，对古今中外文化系统的组成要素和结构形式进行科学的分析和审慎的筛选，根据中国社会主义现代化建设的实际需要，发扬民族的主体意识，经过辩证的综合，创造出一种既有民族特色又充分体现时代精神的高度发达的社会主义新文化。这种综合不是无原则的调和折中，它需要创造精神，是一种创造性的综合，而这种综合又为新的创造奠定了基础。中国社会主义文化必然是一个新的创造，同时又是多项有价值的文化成果的新的综合。"①

小说类型也是如此，我们只能在既定的小说类型基础上，吸收外来的小说类型，结合中国当下的文化与文学土壤，实现兼类类型的创新，以及兼类类型综合催生出新的小说类型。单一的小说类型发展的空间毕竟有限，更多的小说类型要发展，估计要走的还是这两条路子。《白鹿原》作为 20 世纪 90 年代以来最重要的小说之一，其在小说类型上的创造是不容忽视的，它综合了家族小说、革命历史小说和成长小说与英雄传奇等类型，这种综合带来的是家、国、人合

---

① 张岱年、程宜山：《中国文化与文化论争》，中国人民大学出版社，1990 年版，第 391 页。

一的兴衰沉浮，成为我们民族的"秘史"，这个秘史结构中的意义系统生发出诸多的意义供我们作多层级和多元化的解读。这既是《白鹿原》的魅力，也是兼类类型小说的魅力。《白鹿原》作为一种宏大的兼类类型乐章，它综合的小说类型都是现代小说家族中重要的显类型，其综合因而具有现代小说的类百科全书角色，具有了史诗的气魄，在未来的若干年度可能形成一座高碑。另外，利用类型综合创新为新的小说类型也是新世纪小说的重要收获。当前出现了不少新的小说类型，比如玄幻小说、穿越小说、仙侠小说和解密小说等等。比如最近获得茅盾文学奖的麦家的小说就是一种新的类型——解密小说。这种小说融合了传统的推理、革命、历史和特工小说等类型，但是已经不能用这些类型的叠加了，它们被化为一种新的类型，这种类型带来的审美惊奇是明显的。

第二章 小说类型学的方法

作为一种新的学术范式，现代小说类型学要有自己的研究对象，有自己的方法论基础和价值体系。对于现代小说类型学的研究方法，我们认为它作为"文学的科学"，要摆脱旧有的类型思路，首先要注重研究方法的基本科学性，走出感觉的和经验主义的习惯。葛红兵把类型学研究作为小说科学的必由之路，并对小说研究的科学性初步提出了纲要性看法，他认为小说研究的科学性至少有如下三条标准："一是理性——小说研究不能仅仅停留在对经验的描述层面，而是要提升到理性层面的思考；二是逻辑——问题的研究和表述要有严格的逻辑性，包括起点、中介和终点等形式的逻辑踪迹，对象种属关系、类属划分、观点的层次等要有体系和原则，论述要规范，要体现法定'程序'；三是可生成——研究的方式与结果是生成性的，是普遍可操作的生成系统，就像棋谱一样，这个系统可以指导每个棋手下棋，但每个棋手棋局都是不同的。按照这三个标准考量，我们当前的小说研究与批评算不上科学，不过是未分化的、描述的经验学科。"[①] 为确保小说类型学能成为一门科学，类型小说批评能成为一门批评之学，现代类型学的研究方法应该在理性、逻辑和可生成性上下功夫。为此，我们把小说类型学的研究方法暂时定为三层。

第一层是建立小说类型分类的原则和方法，这是现代小说类型学要做的首要工作。方法创造客体，客体（无论是表达形式的符号，还是表达内容的符号）和方法具有对应性。作为对象的现代小说不仅要和传统小说相区别，而且也应该和同时代那些暂时还不具备现代品格的小说作"示别性间隔"（格雷马斯语）。

---

① 葛红兵：《关于建立小说类型学的几点意见》，新浪博客，http://blog.sina.com.cn/s/blog_473d280c0100b4qy.html。

这都离不开对小说分类，恰恰是在这一点上，我们现当代小说的研究是非常落后的，甚至落后于古典文学研究界。我们有过很悠久和翔实的艺术分类体系、文学分类体系，而古典小说界对下一级的小说分类探讨也是层出不穷，恰恰对现当代小说分类倒是很少有学者做探索和尝试①，现在我们要补上这一课。

第二层是找出小说类型的深层语法结构，研究其意义的语法。小说类型是一个多层意义系统：表层看是表意系统，这个表层由语音、句子、语段组合而成；中间层是符号体系，这个符号体系有内在的结构，也有它们和所指之间的关系，在这个层面我们看到的是语义符码的聚合，这个符码当然有结构、有系统、有组合法则；小说深层的意义系统——这个意义系统是有类型的，有一个底层的基本结构。传统的小说形式研究一般只触及第二个层次，而真正的小说类型研究要介入深层结构——类型及深层结构。我们要在表达和内容之间建立对应关系，小说类型研究寻找句子和语义对深层意义的分解方式和存在方式。

第三层是对小说的深层结构进行价值观照。把结构、审美和文化联系起来，实现从形式结构到价值意义分享呈现的同一。陆谷孙先生曾经说过："语言学是一楼，文学是二楼，不要走到二楼就把一楼忘掉了。"董小英加了一句，文化研究是三楼。由此认为文学研究是分层次的：语言学—文学—文化研究。语言学是文学和文化研究的基础②。小说研究要真正深入，要进入这个第三楼，对小说类型深层结构通过原型解码等方式进行文化学、人类学的解读。不同小说类型在价值意义上既是传统的（它承载了民族的、人类的集体无意识），又是现代的（打上了现代人的精神人格烙印），体现了小说真正是人类（至少是民族的）精神和情感的老家。

这就是我们说的类型小说研究方法"三步曲"。这三步层层推进，以价值为

---

① 各种原因自然是很复杂的，比如研究对象在时间上太近，现代小说类型远远比古典和其他艺术类型复杂，解构主义思潮让人们失去了对体系的冲动，次一级的分类难度本身就比上一级难。
② 《叙事学的中国之路——全国首届叙事学大会综述》，《漳州师范学院学报》（哲学社会科学版），2005（1），第2页。

最终指向。建立小说类型的分类原则，是科学地确立我们的研究范围的基本保证；结构的寻找是我们通向意义的根本途径，是保证我们对小说研究做的是文学的工作，而不是其他。没有这一步，我们的意义价值分析将失去附丽，和社会学、文化学的研究也很难区分开来，搞不好要成为空中楼阁的自我演绎。从这个结构的变体等诸多因素的分析，我们能发现很多直接的文化批评研究很难发现的东西。

第一节　小说分类的方法与实践

小说类型学方法论的第一步是要解决分类问题，这是保证小说研究科学性的前提，普罗普初年非常重视分类的作用："正确的分类是科学描述的初阶之一。"[1] 虽然，作为人文科学的小说不必像自然科学那样精确而细密，连普罗普也承认"事实上不存在精确的类型划分，它常常只是一个虚构的东西"[2]。小说类型学依然要处理分类原则和方法的问题。过去的中外小说史虽然重视分类，但是更多注重的是分类实践，相对轻视分类理论本身的建构。这恐怕和小说本身的发展状况不无关系，在小说种类本身不胜丰繁还不需要科学分类加以解决的时候，传统的经验能力就可以对付。但是当越来越多的小说类型涌现，超出了经验的极限；当没有基本的分类理论作为指导时，很多研究者要么在前人的分类基础上扩容，要么随心所欲贴标签，再要么干脆以时代为序，按作家的重要性来安排体例。分类的混乱是可想而知的了。这种混乱的分类直接影响了我们对小说整体性的研究。过往的阅读经验告诉我们，即使在一些很重要的小说史之类的著作里，一些重要的小说类型，甚至经典型作品都被遮蔽了，其完整性和权威性大打折扣，名与实出入较大。个中缘由虽多，但小说分类的粗糙或许难咎其责。

---

① 〔俄〕普罗普：《故事形态学》，贾放译，中华书局，2006 年版，第 136 页。
② 同上书，第 137 页。

一、分类的基本原理与思路

积极吸收现代科学分类的思想和办法，结合研究对象的特殊性——类型小说这一人文科学，推进小说类型学研究的科学性，建立现代小说分类学，或许是每一个类型学研究者的梦想，它有助于尽早结束小说类型命名混乱不尽人意的状况。或许现代小说分类学仅仅是个美妙的想法，很多恪守人文性的学者从根本上抵制或排除这种他们看来是过于依赖科学性而违背了自由和独特性的生硬做法。或许，我们虽然没有必要生搬硬套采用植物学或者动物学那样的分类方式，过分拘泥于逻辑性，不顾基本的经验，但是有较为深入的分类思想是可以促进我们对小说的构成格局、历史缘起、演变轨迹和深层构成的把握和理解。综合历史上小说分类的经验与逻辑学上对分类的要求，我们认为小说类型分类应把握下面几个基本思路和原则。

（一）分类的基本思路

从认识论上讲，分类是一种认识、构造事物乃至世界的方式。通常来说，人类认识事物有两个路向：一是希望知道事物的来龙去脉，它是如何生成的、如何发展的，将来又会走向哪里？这个方向是"历史研究"；二是希望知道事物的特点是什么，能够通过特征把此事物从彼事物之中区别出来，也就是说，通过把握对象的区别性特征，把对象从其他事物中指陈出来。这两种研究路向都很重要，难分轩轾。而后一个研究，离不开分类。一个事物区别于其他事物的特征，需要比较，更需要区分，在特征比较和区分的过程中自然就有了分类。很多人认为事物的特征是自然而然的事情，分类也是自然而然的，不需要我们用什么方法人为区分，这就是历史上（包括现在）还有很多学者崇尚自然分类的体系的缘故了。但是，这个认识是不够深入的，特征并非自然存在，特征与其说是被认识的自然物，不如说是思维的构造物。这种误解一方面表明了把思维自动化和认识行为自然化了而已，另一方面警告我们，这是非常粗浅的认识，我们需要经过数理逻辑训练进入高级阶段。小说作为叙事的艺术（特别是现代复杂的叙事形态），它是人类思维形式高度发达的产物，不同类型的小说，它见证了人类思维力的水准和分享了思维的多元化。这就要求我们去深化这个"自然的分类"和"自然的特征"，要在特征上多做文章，工夫越深，分类越清晰，小说分类的谱系就越严密和丰富。

从逻辑上讲，事物之间的差异性和共同性构成了分类的客观依据，共同性构成"种"的归类依据，差异性构成"属"的分类依据。要找出其"种"和"属"来，小说在分类体系中的位置就相对明了得多。如何定位"种"，种的内涵丰富性如何，其能持续的能量多大？这是个重要的大问题。比方想要区分现代小说和传统小说分类的界限，就是个种的问题。比如《狂人日记》之所以被尊奉为中国现代小说的开端，主要是因为它创造了现代人——狂人形象，这个新的符号负载了中国现代性价值之一——过去对瞒和骗的世界真相的揭露、叛逆和宣告终结者，对新的时代（"将来是容不得吃人的人"）的想象性预告。与这个现代性形象相适应的新的艺术表达是现代心理分析和片段化叙述以及看与被看的视觉结构。我们把"种"定位在小说的深层结构和价值取向上[①]。

"属"是某一类型的下一层级的子问题，我们主要是考察"种"下面小说的差异性，同中求异，考虑这个"异"的集合体在主题和结构上的合理性，和艺术上的自足性。进入到这一步，就是小说类型的亚类型阶段。"种"和"属"是相对而言的，其分类的逻辑要求如下：第一，同一级内种之间相互排斥；第二，同一级内种须穷尽邻近项；第三，分类标准必须统一；第四，分类的层级（种属）不能交叉。在遵守如此逻辑上的分类的基本形式是：总类——分类——子类……理论上这个逻辑层次可以无穷无尽推演下去，但是实际上却不可能，它离不开人类目前已有的经验能力和艺术水准。

就分类类型而言，结构—功能—价值的标准属性和实用性（事实性、操作性）相关，或者说根据对象内在意涵及发出的表征符合内涵分类的要求。分类

---

① 当然我们并不赞成用现代小说和传统小说这样比较粗浅的分类形式，事实上这种分类对小说类型的研究并无推进意义，这里只是举例子从逻辑上说明"种"的含义。——笔者注

的标准和方法可以多种多样，对于类型小说而言，却只能走内涵式的道路^①。我们所希望的分类不能仅仅止于分类行为，如果是这样的话，那小说类型就是很简单的工作了，它甚至谈不上研究。小说分类之所以是类型学的第一步工作，在于它确立了研究对象。精准对象的确立为类型研究开了好头。刚才举的例子，如果我们仅仅根据容量来定分类的话，它表面上符合分类的基本原则，逻辑性超强，但是，我们可以再进一步做中篇小说类型学之类的课题吗？似乎还没有，因为类型和艺术的容量没有必然的关系。

　　类型的分析需要走普罗普那样的形态学路子。为避免对故事分类无休无止而且无益处的纠缠，普罗普采用形态学分类取代了故事遗产学的 AT 分类法。形态学一词意味着关于形式的学说，在植物学中，指的是植物结构的学说。对形式进行考察并确定其结构的规律性。他按照组成的成分划分民间神奇故事，然后用组成的成分开展故事比较分析，于是就形成了普罗普式的形态学，以此对故事进行描述。形态学研究的对象是以"类"为分析单位，自然首先要用分类的方法来确定对象。他认为分类的原则有二：一是内部材料分类原则。如果按照外部材料分类的话，不仅破坏了故事分类规则，还导致了分类的永无休止。历史经验证明那些按领域、时代和地域和篇幅来分类小说既不科学，也无必要；二是相似性原则。类型不等于本质，世界上并不存在两个形态一模一样的文本，它们只能是具有相似结构的类似文本，就像维特根斯坦的"家族相似"理论。后来，普罗普用"组合"一词替换"形态学"，可能是因为"组合"一词"更能体现故事的组成性'规则'，是相似性的表现，不是'规律'之本质主义表现，更显人文科学特征"^②。"形态""组合"或"结构"，意指大致相同，小说组的结构相似，在小说审美表意链上会形成相对稳定的表意功能和价值取向。小说的整体结构往往不如修辞学的手法，比如反讽、隐喻等那样明显，它经常是隐而

---

① 这是因为很多分类方式对于类型小说的研究毫无帮助，比如按照反映生活的容量把小说分类长篇、中篇、短篇等类型，基本上不过是植物学上的分类标签而已，对进一步的类型研究的推进并无裨益。——笔者注

② 王长国：《小说类型学：从普罗普再出发》，《时代文学》，2008（5），第 183 页。

不显的，除了非常敏锐的直觉外，需要我们通过细致的分析工作来发现，这就要求我们的结构具有可上手性，最好能够通过一定的文学训练让大家都能掌握，破除长期萦绕在很多人心中的神秘梦想。

小说类型终极指向的是价值，小说类型分类最好能建立在民族志的范围和层级之上，表达民族的集体审美价值取向和精神追求。表征民族的集体价值理念也是小说类型分类学的目标。在这一方面，历史上的亚里士多德、黑格尔、卢卡奇、巴赫金和弗莱等在文类分类和价值取向上作出了有意义的尝试，虽然他们的研究基本在艺术或者文学的层面上展开，但在思路上对我们启发甚大。海外学者王德威对晚清小说类型的研究更接近我们的设想。王德威在《被压抑的现代性——晚清小说新论》通过对60多部作品的解读，在晚清（自鸦片战争以来）视为新兴的文化场域中，围绕世变与维新、历史与想象、国族意识与主体情操、文学生产技术与日常生活实践等议题展开了对话，展示了中国小说和文化现代性蕴含的欲望、正义、价值、真理（知识）等话语，以此证明了晚清小说的现代性诉求。对每种小说类型和它在新的文化场域中的现代性指向一一对应：如狎邪小说之于欲望，狭义公案小说之于正义，谴责小说之于价值，科幻小说之于知识，这种把小说类型和其文化意味对应起来，为叙事类型与价值关系研究做出了成功的探索。

当然，这仅仅是一个乐观的想象和愿望，我们暂时还不能确定民族的价值和小说类型之间究竟会存在何种关系，以及它们之间的隐秘通道。但是，这无疑是一个充满诱惑的课题，至少一些通俗的小说类型，如言情、武侠和侦探等类型吸引了一代又一代的读者，至今仍焕发着勃勃生机，可以肯定地说是因它们流溢着民族集体无意识的价值。价值是无形的，它们只能附丽在特定符号上，不同的价值功能表现为不同的写作意图，决定小说类型的主旨提炼、质料裁剪、结构安排、言语选用等诸种构成要素的不同，这些慢慢会演化为相对稳定的类型特征。不过，话又说回来，同一价值的类型可以在不同分类标准中使用，不同价值功能的类型可以在同一标准中使用。

以上关于小说分类的思路，是层层递进的，首先要认识到小说分类是我们认识事物的主观需要，是一种意义的构造。作为认识事物的现代方式，它要我们遵循基本的逻辑准则，体现人文科学性；分类应建基在地方志之类的文化价值上（文化价值是分领域的），把小说的深层结构与价值联系起来（价值构造有结构形式），这样顺理成章形成了：分类←→结构←→价值的理路。

（二）分类的基本原则

小说分类主要有如下四个基本原则。一是内容和形式相结合的原则。韦勒克和韦因斯坦先后都提出把文类的内、外在形式相结合以作为分类的基础。显然，分类的基础远非如此，巴赫金就指出过用传统诗文的一些修辞学知识来解读现代小说是不着调的，但是把小说内容与形式结合起来对小说进行分类却可以成为原则。这里的内容不仅仅是题材，还有主题和创作动机、时代背景和民族文化传统等，而形式则包括了人物基本关系、情节模式和叙事的时序和语法等。类型小说作为一门小说的艺术，它是离不开形式的，类型当然有自己的形式特征，形式上的特征也可以作为类型的标志；又由于现代小说的兴起是现代日常生活引发的，现代类型小说的类型特征更是由其内容来承载的，这就要求我们在考察小说类型时把二者结合起来，不能像古代诗歌那样仅仅靠形制就能分类。

二是可变性和稳定性相结合的原则。这主要是就同一类型的历史变化而言的。古代的纯粹类型学是用静止的、不变的和绝对的思维对待类型的，小说的时空关系基本也是封闭和静止的，人物性格多是凝固的。现代类型学在承认类型的基本特征的同时，坚持类型的开放性和流动性。没有稳定性，我们无法对类型进行认知。没有变化，类型便失去发展的活力，最终被淘汰。小说类型在承认自己的类型归属的同时，也能发展出诸多变体。不认识到这一点，类型学就难以发展。同时，某些类型虽然保持了小说和生活关系的基本特征不变，但时代内涵会改变和催生出新的类型。比如幻想类小说有神魔、科幻和玄幻等历史类型。

三是规律性和相对性相结合的原则。小说的类型有没有可能像门捷列夫的元素周期表那样有规律可循？这估计是小说类型学上的"哥德巴赫猜想"。未来小说类型谁都无法估量，为小说类型的乐观未来起见，我们宁愿信其有。我们鼓励作家去创造新的小说类型和时代生活契合。随着社会阶层的分层化、读者趣味的多样化，社会生活的分领域倾向越来越明显，我们有理由相信出现与之相适应的新的小说类型来，今天的都市小说、网游小说等的出现估计可以说明这一点，相信理论家推演出的不少类型未来会被证实。但是，可能性不等于必然性，某一小说类型的形成是多方面力量的结果，不是读者的愿望加上作家的努力就可以的，还有新类型的价值定位、结构艺术摸索等。它们最终能成为一种类型要靠时间来检验和审判。那些市场定位不准、价值指向不明、结构不完善的小说类型最后只能昙花一现。

四是逻辑性与自然性相结合的原则。小说类型研究一方面要非常重视分类方法、标准，分类谱系的确定，另一方面也不能过分地拘泥于这种研究。分类研究是逻辑的，也是经验的，分类也要依靠经验的主观依据。前人对小说的经验性分类今天看来依然有价值，我们花很大篇幅梳理历史上的分类经验也考虑到了这一点。所以二者的结合很重要。在这里，有必要再提一下陈平原对分类的基本看法，他认为逻辑的方法和归纳的方法很难见出高下，不如结合起来，"从理论中推导出来的样式必须得到文本的验证，从文学史中遇到的样式必须交由一个前后一致的理论去说明，这一事实描写和理论抽象之间的永不间断的循环，使得小说类型研究兼有实践性和理论性"[1]。

综合如上原则，我们不得不说，文学（包括小说）的分类虽不能过于随意，也不必过于僵化，应该把分类作为一种使用的策略或虚构方法。著名的民间故事学家阿尔奈对情节类型索引的分类法实践虽然被普罗普诟病，但也承认其"本意并不是创造了一套科学的分类法，他的索引的作用是为故事研究者提供一个有实用价值的指南"，"准确的类型划分事实上并不存在，它常常只是一种虚构"[2]。今天看来，这种"虚构"就是一种表意策略。近年来，我国有学者在考察

---

[1]　陈平原：《小说史：理论和实践》，北京大学出版社，1999年版，第147页。
[2]　贾放：《普罗普的故事诗学》，中国社会科学出版社，2019年版，第27页。

文类分类的历史后，认为大体上经历了从经验性到实用性的过程，并提出"审美策略论"的主张，并认为当前策略论"反映的不仅旨在对文学作品类型属性作机械、静止归类的现成论思维模式，而是以富于动态、多变性的文学分类为现实基础的生成论认识方法的显现。它不仅是对文类自身特质的核心提示，也是对文学作品与文类之间复杂关系的本体建构"。

二、现代小说分类的三层次构想 ①

小说类型的分类需要从三个层面递次展开：第一个层面，从文体学上以体裁为标准，把小说和诗歌、戏剧和散文等非小说题材区分开来，确立对象的纯粹性，体裁是上位概念，小说类型是下位概念，不可混淆，通过第一层的分类处置作小说和非小说的区分是必要的。第二个层面，需要对小说类型范围内做第一次初步分类。这个标准要从小说表现的内容的向度来分，以小说内容上的人文价值诉求和叙事成规形态等来区划出小说的类型。第三个层面，从叙事语法的内部分化与变迁来进一步辨析和梳理分类型小说内部的子类（变体类型）。从研究目的上说，小说类型学的分类就是要在各个层面上探索特定小说的类型共性和子类型与具体作品的个性，为探讨小说的深层结构和人文价值开辟绿色通道。

把小说和其他文学形式区分开以建立以小说为专门对象的研究，这是多数研究者的共识。我们有非常发达而丰富的版本学、文体学、流派学、叙述学、修辞学和史学等研究成果。但是我们缺少小说分类学，而且艺术、文学的分类问题也受到不同程度的忽略。以大学专业的文学理论或艺术概论教材为例，对这一基本知识都是不证自明地给出三分法、四分法或五分法，再简单说明一下了事。受苏联文艺理论体系的影响，把文学和艺术长期混在一起作为一门学科——文艺学学科，把艺术和文学的上下位关系倒错处理，让艺术成为文艺学

---

① 部分观点受益于和上海大学许道军博士讨论，事后他专门撰写《小说分类的原则和方法》一文，本书有参考借鉴，特此致谢和说明。

下的二级学科，把影视剧本和戏剧等艺术形式统统放在文学理论内部来讲，这不仅是认识的混乱，更带来了研究和实操的麻烦。幸亏 2012 年艺术学升门，成为一级学科，才免除了这一方面分类的尴尬与无奈。

艺术和文学关系的"拨乱反正"，表面上看是一个分类纠错的常识性工作，实际上却是一次艺术的大解放，这几年艺术研究和艺术教育的大发展和艺术与文学层级关系的厘清有很大关系。所以，我们重申和强调分类是非常必要的，这是保证研究科学性的基本前提，把小说和戏剧、散文与诗歌作为文学类型之下的二级并置分类，看似多此一举，却是大有必要。反对分类者可能会说，只有文学，没有所谓的这种分类。我们相信在实际的创作过程中，各种文体相互穿插、彼此渗透，小说会灵活地打破各种文体界限，为我所用地征用散文、诗歌和细节的手法，实现了所谓的"文体的兼类"。比如史铁生的《我与地坛》，至今说不清是散文，还是小说。但是，从研究出发，我们还是要作文体区分，区分就是为了帮助识别，为了更好地综合，这是有效的研究方法。

在二级分类中，我们用叙事与虚构等特征把小说和其他文体分开，防止文体类型的混用而带来的麻烦，比如学术界长期是历史小说和散文不分，"文史合一"竟作为优秀的批评传统被很多学者津津乐道，以至于有学者把《三国演义》中的人物形象和历史上的真人混同起来，以艺术价值取代历史价值。这样倒逼历史小说家陷入艺术虚构和历史真实的挣扎中，如果这样的问题不能很好地解决，历史小说是难以获得突破性发展的。从这个意义上讲，这几年穿越小说的出现也就是突破了历史真实的羁绊，把虚构的权力还给历史小说的结果之一。再比如，有学者解读废名的小说时，注意到了废名小说的跨文体特征，不坚持用小说特征对其作基本解读，结果是忽略了废名小说与其散文和诗歌之间的差异性，小说类型的自我特征无形中被消解（或者说，我们在研究废名的小说时，注意到了其小说中有诗歌和散文的影子，但如果我们在研究其散文和诗歌的时候，是不是可以忽略其小说性呢？这样做的一个可能后果是文体的混淆）。

如上情况都为进一步的类型解读带来障碍。巴赫金之所以提倡建立现代修辞学，就是发现"传统修辞学的所有范畴，及其所依据的艺术诗语，都不适应于小说语言。小说语言成了整个修辞学探索的试金石，它发现这种探索过于狭窄，也无法适应艺术语言的一切领域"①。巴赫金认为传统诗歌艺术的修辞和现代长篇小说的修辞不同，敏锐深刻地认识到不同的文体，都有自身的规定性，在艺术修辞上不能随意穿插或"移植"。这对于研究小说类型是有启示的，我们要坚持小说本体论，在小说本体内谈论类型问题，这是研究的一个重要前提。

现代小说是作者通过语言来记述社会生活感受和传达社会生活理想的复杂的文学类型。现代生活本身纷繁复杂，时空关系是我们把握艺术的重要抓手。如果从时间纬度看，世界可以分为现实世界（现在）、历史世界（过去）和幻想世界（未来），作为反映社会生活和表现社会生活理想的小说艺术，可以相应分为"世情小说""历史小说"（也称为讲史小说）和"幻想小说"，关于为何只分三类，我们在前面的"总类、分类和子类"一节中，从历史经验和现实逻辑上作了基本分析，这里正好从时间上再次做了印证，从另一理论视角证实了上文研究的可靠性。这三个大类并不意味它们是三种类型，我们只是从时间向度做的初步划分。从类型学理论出发，我们很清楚表现生活各个方面、各个题材的小说，也一定会成为小说类型，小说类型的形成因素诸多，不是时间维度和题材领域等就能决定的，这一点韦勒克和沃伦在《文学理论》中清楚地强调了。

以上只是从时间维度对小说做的第一次分类。这种分类虽然必要，但是很粗糙，至少这三类并不都是小说类型，那说明我们还要进一步细化，做第二次分类。很显然，第二次分类要以小说类型的生成为目标，否则的话分类就没有意义了。第二次分类不能以反映生活的向度为标准了，这是因为反映生活的具体向度非常丰富，这可能意味着小说的类型也可以无穷丰富，事实上能成立的小说类型极其有限。

小说类型的生成有两个核心标志性要素——叙事语法和价值生成。类型学研究要把"类型的语义因素"和"类型的基本句法"结合起来判断。既强调同一类型的小说在取材上的相似或相近性，考察组合题材的叙述结构上的同一性，

---

① 〔苏联〕巴赫金：《小说理论》，白春仁等译，河北教育出版社，2002年版，第39页。

又强调它们聚合成的价值要有相关性（或累积沉淀）。而小说在实际的创作中，也自觉不自觉地沉淀下了约定俗成的叙事语法（也称为成规）。叙事语法在上文已专门有了分析，这里再次强调的是成规不一定要上升到叙事语法的层面。把叙事成规作为二级层面小说分类的依据，它"既引入了外部标准，又从小说内部将材料导出。这与既往小说研究中采用思潮、流派和风格分类，或题材、手法和创作风格的分类相比，小说类型学的分类方法体现了继承与超越的统一"①。它既继承了前者的成就，同时又与前者保持了必要的疏离。思潮、流派和风格或题材、手法和创作风格因碍于贴近小说的本体，也不利于整体掌握小说，"类型理论是探讨任何局部—整体关系的基础"②。

第二层级小说类型的划分至关重要，它奠定我们对小说类型格局的基本设想和期待。我们需要有"瞻前顾后"的历史视野和"左顾右盼"的空间视野。小说类型的命名和划分很难脱离前人的工作而"另起炉灶"，至少很多小说的命名已经约定俗成，成为了约定性成规。对小说的类型划分和命名要充分尊重历史，大可不必为新造新。坚持当下尤其要注重逻辑性与自然性相结合的原则。一方面，小说的类型梳理与类型划分是以实际创作为基础的，我们主要研究的是成熟的小说类型，对于现实中存在但命名混乱的类型，我们不妨在新的分类体系中重新给予归类。另一方面，小说的分类要有发展眼光。时代在发展，生活总是不断在新变，新的小说类型也会出现。而小说类型的主流与非主流化也会有交替的时代命运。幻想类小说一度没落，但在今天科技为王的时代，以科幻小说为主力军的幻想小说则成为主流性类型。"我们对小说类型的理论演绎、逻辑分类，就是为了更好地去说明和鉴别一些新的小说类型的消亡和出现。"③因为现有的小说分类理论的滞后，人们对新的小说类型的出现缺少理论预期和接受的心理准备，导致在阅读和评论，乃至命名上往往出现了失语或错认。比如

---

① 许道军：《小说类型：分类原则和方法》，《时代文学》，2008（9），第 181 页。
② 〔美〕拉尔夫·科恩：《类型理论、文学史和历史变化》，韩加明译，《天津社会科学》，1996（5），第 81 页。
③ 许道军：《小说类型：分类原则和方法》，《时代文学》，2008（9），第 181 页。

《新宋》在出版时，该出版社在封面把它命名为"历史小说"，封底又称它"新历史小说"。那《新宋》到底是什么小说，今天我们自然知道，它属于历史小说下的一个新的子类——架空历史小说。如果没有架空历史小说的理论准备和新的视野，谁又能对它准确命名呢？

现代小说类型重视小说的发展和变化，而不是把类型做静止的处理。我们坚持认为，成熟的小说类型（分类）内部会分化出更具体的子类型小说，是小说类型学分类的第三级分类。这种分类的依据何在呢？我们以为还是类型的叙事模式和类型价值内部衍生新意。成熟的小说类型有稳定的叙事成规，但这个稳定指的是模态化的存在，其内部则是富于流动和变化的。这种流动和变化是由社会生活的丰富性和变化性决定的，这也是小说类型具有活力的表现。但同时也要清楚，子类型再怎么灵活、富于个性，但它是在总体所属的类型下的灵活，即所谓"随心所欲而不逾矩"。

这似乎又回到柏拉图意义上的"分有"说，子类型是"分有"了所属类型的成规，是成规不完美的体现。小说类型的演进规律显示，具体小说类型会与时俱进产生出不同的"变体"，出现不同的具体小说样式，满足了不同时代和类型读者的需要，也折射了价值因时代和群体变化而产生的微妙变化，这是小说类型多样化的另一种表现和形态。

一种成熟的小说类型只具有一个相对稳定的叙事模态（正体），但会有多种叙事形态（变体），比如托多罗夫就认为侦探小说按照发展阶段分为推理小说、黑色小说和悬疑小说三种子类型。三个不同子类丰富和发展了侦探小说家族，而不是摧毁了侦探小说，无论这三类小说怎么富有个性，或刻意创新，它们都要服从于侦探小说对于真理的追求，破案和说案是基本成规。当然，这种变化也是有一定限度的，当子类型不能在小说类型中自我更新，可能就是这种小说类型的消费力耗尽了，预示了该类型寿命已尽；或者是子类型过于创新，原有的分类不足以涵盖其艺术特征，这就是反类型小说的出现契机，在反类型还没有建立自我分类型的时候，它就处于无类型命名状态。历史上的实验小说、先锋小说和探索小说等，就是它们的称谓。当然，"新类型的诞生，并非不破不立地一定要摧毁旧类型，而是作为一个不同的特征体，和旧类型和谐相处"①。

对亚小说类型的划分，是对小说变体的确认与归类。每一种亚形态都是在共时性层面展开的，作家对时代精神和价值的思考与读者趣味审美通过具体文本的积累而集体折射出来，他们的审美汇合就是价值变化，价值变化必然引发小说形式变化，相应的叙述语法和句法形式变化也是必然的。在我们这样一个变动频率极快的国家，细细考察同一小说类型视野下不同时代的作品群体，找出变体的亚类型是可以期待的。不妨说，从这些亚类型我们可触摸现代中国的一些方面。某种意义上，我们可以说小说类型的生命力就是来自其亚类型之间的冲撞，类型发展得充分与否和其亚类型的发达有关。故而，我们的小说类型的划分至少要走到这一层，它既是小说类型广度的所在，也是其深度所在，很多丰富的意义都在此交汇。

三、中国现代小说分类的基本框架

（一）现代小说史上的分类体系检略

我们今天思考小说分类的基本理论，不能舍却前人的努力。前代学者对小说的分类是实践性大于理论探索，如唐人刘知几、明人胡应麟和宋人罗烨等在编辑前人或本人的小说集时进行分类，用陈平原的话来说，重视了"原始"与"选文"，而在"释名"和"敷理"上语焉不详，具有目录学特点，"这不免严重影响了小说类型的理论深度和理论价值"②。以今天的眼光来看，它们的分类观念基本停留在对小说题材和内容的关注上，对各类型内容的逻辑层次关系却并无深究。现代早期的学者如黄人、管达如和吕思勉等人在西方文艺理论思想的启发下，注重了对小说分类。他们的分类特点主要表现在：一是分类方法的多样化；二是重视了小说的形式体制；三是加强了分类的科学性③。客观而论，现代

---

① 〔法〕托多罗夫：《散文诗学——叙事研究论文选》，侯应花译，百花文艺出版社，2011年版，第17页。
② 张永禄：《论陈平原的小说类型研究》，《理论与创作》，2007（6），第32—36页。
③ 具体详情请参看前面导论内容。

小说的分类从科学和学理的角度而言，不仅比古代进步了很多，比起当下的分类也毫不逊色。但是，我们不得不承认，有些分类可能在读书市场上可用，但对小说类型并无实质性推进意义，比如吕思勉"自其所叙事实之繁简，分为复杂小说与单独小说"；"根据主题有无主义，分为有主义小说和无主义小说"[①]。

当代学者对于现当代小说的分类似乎并不很热衷，笔者暂没有找到专文论述，只能从小说史和文学史教材中寻找。笔者在翻阅了近20部中国现当代小说史、文学史教材基础上[②]，感觉我们对中国现当代小说的命名和分类基本上是按照以下四种方式来划分的：

（1）按创作方法，划分为浪漫主义小说、现实主义小说、现代主义小说。

（2）按流派、思潮、风格划分，典型的是严家炎和杨义先生的现代小说流派史。

（3）按主题、题材划分。按题材划分是当代小说史或文学史中最常见的分类做法，而这又以十七年（1949—1966年）小说最为显著。在十七年小说题材格局中主要是农村小说、革命历史小说、历史小说、工业题材小说等。然后在题材的目录下再分类思考小说形态，比如农村小说的当代形态又有三种走向：一是以赵树理为代表的反映从传统到现代进程中，农村伦理调整的山西作家群，二是以柳青为代表的反映"新的世界，新的人物"的山西作家群，三是以周立波为代表的反映农村开展运动和政策实施来选取题材和确立主题的写作[③]。

20世纪80年代基本上取流派和思潮分类。对于20世纪80年代的小说分类，则明显地体现社会思潮特色，一反十七年的题材特色，而是按时间先后还

---

① 吕思勉：《小说丛话》，陈平原、夏晓虹，《二十世纪中国小说理论资料》（第一卷），北京大学出版社，1997年版，第397页。
② 有人统计了近20年来高校自编教材不下100部，但是在编写和知识上有着惊人的重复和雷同，故而我们选择20部小说作为研究对象是能反映整体状况的。——笔者注
③ 20世纪50年代"题材为王"的写作氛围是有客观所在的，它和当时我们的文艺政策理念、导向、文学理论以及批评重点是分不开的。恰如洪子诚所言，在当代，小说题材的选取具有特殊的重要性。题材被认为是关系到对社会生活本质反映的真实程度，也关系到文学方向确立的重要因素。国家的主人是工农兵，决定了农业、工业、军事题材对知识分子等非劳动人民的绝对压倒优势，现代小说中的言情、侠义、侦探等通俗小说作为封建性和买办性文化的体现，由于过于强调文学的阶级性而被排斥。——笔者注

有以类似题材的命名，依次大致是伤痕小说、反思小说、改革小说、文化寻根小说、新潮小说、新写实小说，还有军旅小说、市井小说、知青小说等。20世纪90年代，由于整一性世界观念的丧失，对世界破碎感认识的强化，无论单纯对形式，还是对内容的探索都无法像20世纪80年代那样靠以思潮和流派对这一时期的状况进行划分，加之时间的迫近，很多小说史的写作暂时还不能进行分类概括，分类更没有人做，命名的混乱态势更凸显。

（4）按审美类型划分。20世纪80年代审美主义的兴起，使得一些研究者试图从审美角度来给小说类型命名和分类，这方面主要是金汉先生等人做过努力[1]，不过影响有限。审视这些类型的命名和划分，我们认为它基本上属于自然体系的分类，很多研究者把中国现当代小说的世界看成一个自然而然的体系，按照归纳、实证的方法，探讨和概括艺术体系，其优点是贴近文学事实，注重小说历时状态考察，便于操作；其缺点则是逻辑混乱，不利于理论概括和科学纵深研究的推进。

有些作家试图从逻辑上对现代小说进行分类，比如施战军在《中国现代小说的类型生成与嬗变》中，对现代小说的分类问题就是采用逻辑分类的方式。论者对小说类型建构的基点是"人文魅性"的小说类型，该类型是在"天地人"内在视界融合并符合现代小说创作实际的分类，其准则和目标是要开辟和建构"新的学术天地和学术范型"，作者从人和时空关系出发，找到了四种代表性的类型："乡村小说""城市小说""革命小说"和"成长小说"。应该承认，这一划分确实是"有机"的，也是"及物"的，逻辑上十分严密，大致也符合中国现代小说实际情况，至今他们还保持着鲜活的创作势头，也符合"人文魅性"诉求。

但是，在给出自己的立场之前，施战军对现代小说类型做了大大的减法，既剔除了充分历史化的小说类型（山药蛋派、沦陷区小说、知青小说），请走了创作方法类的划分（现实、浪漫、现代、后现代等），那些没有历史化的"武侠

---

[1] 金汉：《中国当代小说艺术流变史》，杭州大学出版社，2002年版。

小说""言情小说""恐怖小说""玄幻小说"等作为流行读物则被清理门户了。论者的这种行为与其说是观念的偏狭，不如说是单纯逻辑体系使然。把整个小说世界看作一个合乎逻辑的整体，按照演绎的方法，从某种统一的原则、标准、观念和学说出发，自上而下对小说世界进行划分，他不得不提纯再提纯。其优点是逻辑性强，便于理论推导、展开哲学探讨和建构严密的理论体系，比如类型研究。但是缺点不容忽视：难以涵盖（有的人根本遮蔽）整个小说类型的基本面貌，挂一漏万之处多多。因其过分执念于内在理路的纯粹性，对现代小说类型整体不大关注，做了为我所用的减法处理却是不能小看的话题。我们迫切需要新的思想和方法对现当代小说做一个相对客观和全面且符合基本逻辑的体系性划分。

（二）中国现代小说分类的基本框架

现代小说走过了百年历史，命名和分类状态依然很乱，在今天的小说市场这种混乱的命名和分类尤其明显，这恐怕令从事小说史研究的人深感不安，它直接影响了小说史或小说宏观研究的成绩。或许有的思想者会说，自解构主义以来，人们对普遍的宏大的体系早已失去兴趣，任何体系的建构终将被历史的风浪倾覆。但是，笔者还是想冒着这个被倾覆的风险对中国现当代小说的分类体系做不自量力的构想。在笔者看来，这个体系本身并不再重要，只是它有助于我们对类型小说研究做基础性的建基工作，也就是说进行分类不是目的，建构体系也不是目的，走向小说类型才是我们的远大诉求。

（1）小说分类的起点：三类布局。我们拟定遵守小说分类的思路与原则，按照小说分类的三步构想来操作。作为记述社会生活和传达对生活感受的文体，小说和生活的关系是我们考虑的第一要点。这表现在：① 社会生活从实践维度上包括了三个方面，历史世界、现时生活和幻想境界；② 人的社会生活有真实和幻化的差别；③ 小说的表现形态上有两种基本形态：以人生为蓝本，合乎现实逻辑，以生活基本样态来表现生活的拟实小说；以表意为指归，内容上符合幻想逻辑的表意小说。以上三点认识构成了小说分类总类型起点。

小说的首次分类考量艺术内容与生活的关系。根据人的实践方式，我们把小说世界分为如下三个方面：幻想世界、世情世界和历史世界。从逻辑上看，不同的世界包含了人们不同的知、情、意。幻想世界关注的是未知领域的探索，激发了人的好奇心和对知识的渴望，思考人类在宇宙中的位置和存在方式，发展了人对想象力的思考。世情世界执着于对现实世界以人为中心的思考，培育人观察和体认时事世界的能力，对人与人之间、人和世界、世界之物等关系的探索和思考，发展人的意志力。历史世界传达的是我们对过去世界的回忆和认识，增进人的反省能力，以期对当下有所指向。

从我国小说的历史看，这三类符合中国小说发展的历史事实，上古神话遗传变异产生出了神怪小说；讲史小说从史传文学中脱胎出来；明中叶诞生了世情小说，并分别出现了四大名著等代表性的经典著作。小说的类型像河水一般流动变化，但不脱离这三个主河道，时至今天人们对它们的基本认识都没有改变。从历史和逻辑相统一的原则看，把历史小说、幻化小说和世情小说作为中国小说的三大母类型是合理的。这三个母类型并不是必然成为类型小说、能形成独立的叙事陈规与语法或在深层结构上会一致等。它们更多的时候不过是从题材和范围意义上来讲的，仅仅是从反映生活的向度而言的，并不具备小说类型学的意义。但是，我们又不能因为它们最终不能从类型学（或者我们所认为的类型学）来研究而放弃，理想的状态是小说分类和小说类型学对接。但事实远非如此，或者，这些名称一方面是小说史的约定俗成，我们在未能从学理上证明它的类型学意义之前，还是不要冒天下之大不韪。它们目前于我们的意义仅仅是分类的整体性上的桥梁作用而已。没有这个桥梁，我们无法对整个小说类型进行体系性的安放。

（2）二级分类：类型扩张。随着社会生活的发展，它的广度（世界的面上）和深度（时间的纵深度上）都发生扩张，在这三个总类型基础上发生细化，出现了分类情况。杨义在考察古代小说时说："能在'类'中分'种'，就是类型学的有益尝试，说明这一文体已有自己独立的领域。"[①] 随着文体的发展，类型划

---

① 杨义：《中国古典小说史论》，中国社会科学出版社，1995 年版，第 23 页。

分更加细致化、精确化以及更富有自觉性，这就要求我们在总类基础上对分类进行细化，实现小说类型的层级化。对于这种细化，我们向两个维度展开。

一是历史文类的积累（时间流），不同时代出现不同的小说类型。比如幻化世界，由于人们对世界的认识是在发展变化的，古代社会的人对世界认知能力有限，不能解释世界现象，就想象出一个神的世界来规划和管理人间，对鬼神世界顶礼膜拜，于是神怪小说作为小说的出现是必然的。武侠小说的出现大抵因为人们对现实体制的不公平却无能为力，而幻想有个江湖世界来伸张正义。近代社会自然科学的发展促进了科幻小说的出现，晚清对科幻小说的引进，使得科幻小说成为现代小说中的一个主要品种。科学的发展也引发了人的逻辑思维的发达，推理小说也应运而生。近年来在神怪、武侠、侦探小说等基础上出现了新的小说类型，如玄幻小说等。尽管这些小说出现的时间有先后关系，但是它们在小说结构和具体精神追求上是不同的，从类型特征上并无多大联系。按照分类型的小说在幻化世界中的"视界"与现实生活和情感方式的关系，这些小说的分类型可以划分为科幻小说（虚构未来世界）、神怪小说（想象灵异世界）、恐怖小说（虚拟心理世界）、武侠小说（想象江湖世界）和推理小说（呈现思维世界）。从逻辑上讲，这些分类型各有艺术特色和价值取向，彼此不能取代和覆盖。它们在各自特定的领域抒发了人类对世界的理解和想象情状及可能，审美地呈现了这些情感和价值取向。哪怕是人们认为风马牛不相及的"科幻小说"与"神魔小说"，作为成熟的小说类型，都有自己独立的叙事语法、价值取向和审美风味，二者不能彼此取代。哪怕是科学昌盛的今天，一方面是科幻小说恰逢其时，另一方面也是灵异小说大放异彩。无论如何，它们都构成了我们对于现实小说，进而是现实世界的重要艺术参照。由于玄幻小说的组成比较特殊，作为一种从域外引进的小说类型，也综合了以上小说类型的特点，我们把它单独作为一个类型和以上并置。

二是分类型的症候提炼（特征块）。为了更好认识艺术世界中的生活向度，需要对总类小说构成做进一步的分化，这种分化可以是横向的切块，也可以是纵向的分段。按照相对成熟的特征和价值生成做第二次划分，然后予以命名和亚类型的语法和价值归纳。以大家熟悉的历史小说为例，它是人类对逝去了的世界的艺术再现、回忆与反思。历史的内容大体可以分为历史人物（帝王将相和英雄豪杰的丰功伟绩）与历史事件（风云变化的时代场景与行动）。写历史人物和历史事件虽然都受制于历史观等价值的引领，但二者的写作重心和具体思考则是有较大差别的。写历史事件，大体有按照正史观念来写的正统的历史叙事，如再现历史大事和王朝演绎（《雍正王朝》），还有按新的历史观念来试图重构历史的新历史书写（《花腔》），也有从民间小传统的视野揶揄和反讽式的历史叙事（《明朝那些事儿》）。不管是正统的历史书写，还是新历史书写，抑或民间视野的历史书写，都是聚焦于历史事件，历史中的人物、历史的结构、历史的结局不变，故而它们分享了历史事件这一分类型。历史人物的分类型也是如此，无论帝王将相，还是英雄豪杰，虽然对于历史推动的作用和表现方式不同，但在整个历史发展中的功能是相同的，背景也是确定了的，它们分享了同一亚型的叙事语法。

现实世界可能是最复杂的生活面向度，对它的分类困难较大。这是因为创作者和读者都处在现实生活中，对于当下生活有自己的体悟和认识，这些认识和体会尚都没有过滤，原生态强，就显得比其他总类都复杂了。借用鲁迅先生的叫法，我们把反映现实生活为主体的小说统称为世情小说，以其叙事的主体在人和事两个方面区别，因而把世情小说划分为两个子类型：社会小说和人情小说。社会小说主要是描述和思考社会关系诸维度，比如人与自然的关系（《怀念狼》）、人与人的关系（《繁花》）和人自身的探讨（《一个人的战争》）等；人情小说聚焦于个体的情感世界，如家庭伦理（《家》）、男女情感（如言情小说）等。

小说类型经过第二次分类，在总类之下出现了较为丰富的分类，这意味着小说的分化更加明显，可以开展小说类型本体研究了。一般来说，这个层次的小说可以视作类型学意义的小说类型，而不仅仅是一种逻辑分类的需要。当然，有些小说类型，从逻辑上讲它属于这个层次，比如社会小说，其数量众多、影响巨大，小说类型学既不能忽略其存在，又暂时不能按现有类型理论对其开展完整的研究，只能是暂时存目。对于那些没有现实影响，又没有类型学气质的小说则不妨不录入分目录中。而对于有了类型学意味的小说类型，这表明它们有叙事语法和价值表达式可能，比如武侠小说、神怪小说、侦探小说、言情小说和成长小说等，这是二级分类的目的所在。

不过，鉴于幻化小说与历史小说在第一次分类中就实现了分类目的，可以找出叙事语法和价值目标，我们暂时不宜对它进行分化处理，即在二级分类中研究其变体。自然，也有学者并不认同历史小说就是类型学意义上的小说类型，是因为其下面可以分为历史演义（事件）和帝王、英雄传奇等（人物），对于历史事件的演义和历史人物的类型分析差别很大。

二级分类最大的难点也是焦点的，还是世情小说下的目录问题。世情小说可以分为社会小说和人情小说两类。人情小说主要关注人的情感与伦理，情感与伦理在对象和范围上涉及人性心性、男女情感和家庭情感等，按照小说创作事实可以让它们对应为自传小说、言情小说与家族小说。其中，有研究者把自传与传记合并，我们认为是不合理的。虽然自传小说和传记小说关系密切，但从历史经验看，传记小说面向过去的世界，属于历史小说，自传小说则专注个体的心理情感的轨迹，属于人情小说范畴，这也是为何我们把成长小说放在历史人物类下面的缘故了。这里面还有一个分类的技术处理问题，一般对离散性事物分类比较简单直观，而绵延性事物分类较难。事物呈现连续状态，无法确定内含多少可分割的个体，很难从下而上归类，只能从整体出发逐层向下划分。但即使是这种划分，也要面对"既属于……又属于……"的问题，"既是此类又是彼类"或者"既不是此类又不是彼类的"的问题。

由于人情小说涉及复杂的情感伦理领域，主人公在个体情感、男女情感和家族伦理三方面是经常缠绕的。比如《红楼梦》既属于家族小说，又属于言情小说。这种连续性的粘连在相近领域里还可理解，一旦溢出到不同领域的交叉就是混类小说或兼类小说了。至于社会小说，虽然它影响很大，但不能作为独立类型。我们只能继续分类，在三级分类层次上找类型学意义上的小说类型。按社会发展变迁与人际结构关系看，目前有都市小说、乡土小说、军旅小说、知青小说、打工小说、职场小说、法治小说等相对成熟的类型。理论上讲，社会生活有多么广阔，就可以有多少种小说类型，比如曾经热闹一时的工厂小说等，但是这样分下去的话，小说类型就有被题材泛化的危险，韦勒克曾警告过不能按题材标准划分小说类型。题材能否入类型，关键是要看有无确定的叙事语法和价值生存。因此，在这个层次上，我们需保持谨慎的开放态度。

（3）三级分类：小说变体发掘。不同于二级分类，三级分类是对于二级成熟类型小说的变体的确认与分类处理，是对成熟的小说类型在发展过程中艺术变体的确认与研究，是严格意义上的小说类型学和批评学的分类。这个分类的理论前提是小说类型的正体与变体关系处理。历史上一些小说类型非常活跃，艺术生命力旺盛，比如言情小说、侦探小说和历史小说等，但在小说史长河里，它们的生命活力在于类型变体（子类）的丰富与多样。对于这些子类型的归类与层级定位有助于我们对类型的把握，帮助我们更深入理解小说发展的态势和发展方向。例如，言情小说在晚清就经历了才子佳人小说—纯情小说—狎邪小说等多种变体的演进过程。成长小说则有十七年的新人成长小说、20 世纪 90 年代新生代成长小说和新世纪 80 后成长小说三种变体。历史演义有认同历史小说、思辨历史小说和虚无历史小说三类。当然，对于子类（变体）的研究，需要牢牢把握小说的分类与其下子类型间的辩证关系。

子类小说的变体主要不是类型的叙事结构等语法，而是行动元身份及关系的变化，这很可能使小说叙事句法中的成分和人物状态的类型变化。比如历史小说写的历史之人，是关于主体的故事，这个主体有霸者、智者、武者、成长者，它对应的就是帝王传奇（王者）、英雄传奇（智者和武者）。而传记和成长小说，因为也是对历史之人的叙述，我们不妨也把它们安放在历史小说里面。同时，有的按照属性来划分的，比如丁帆把乡土小说分为乡土性格小说、乡土文化小说和乡土精神小说三类[①]。

————————

① 目前对于都市小说和乡土小说类型的研究很兴盛，成绩很大。研究者也一般作的是审美分析或者文化分析，找出其审美特征和种类，以及发展阶段。客观上说这也算是小说的类型研究，和我们提倡的类型小说研究不同，特此说明。

（4）跨体：小说的分类和子类是理想状态，也是小说类型发展的早期阶段。在小说的百花园中现代小说很难说它属于哪种分类型或子类型，更多的情况属于各种类型的混合和跨类小说。从逻辑上讲，如果是子类层面的混类小说或跨类小说，我不妨把它们并置在子类的上位层次（这种情形比较少，比如玄幻小说），如果是分类层次的混类或兼类，那就要并入和总类同位的位置了。至此，小说类型经历了从总类到分类再到子类的三级分类历程后（从分到合），又要逆向开始从分到合的综合过程，如玄幻小说、社会言情小说、武侠言情小说、侦探惊悚小说等。于是，小说分类体系在逻辑上实现了总—分—总的过程，体现分类的科学性与艺术性的统一。

在对中国现当代小说分类有一个基本框架性构想后，为了直观起见，我们列出了表2-1，作为本节写作的结尾。

表2-1　中国现当代小说分类体系表

一级分类（总类）	幻化小说	历史小说		世情小说	
二级分类（分类）	科幻小说 恐怖小说 武侠小说 神怪小说 侦探小说	历史演义	人物传奇	人情小说	社会小说
三级分类（子类）		历史虚无小说 历史思辨小说 历史认同小说	传记小说 英雄传奇 帝王传奇 成长小说	自传小说 言情小说 家庭小说	都市小说 军旅小说 法治小说 乡土小说 ……
兼类					

第二节　小说类型的形式构型

小说类型的外表形态千姿百态，但内部存在既定不变的艺术法则，就好比变形金刚，你可以摆置出千奇百怪的姿态来，但是其关节点却是固定不变的。

小说类型学研究小说类型法则，就是要找出成熟小说类型的一般形式规则（我们又称为叙事语法），反过来，用这个规则去检验和判定小说类型的成熟与否和成就高低。对于小说类型学的叙事基本语法可以从三个方面来建构：句法合成、深层语义结构与行动元关系。

一、小说类型的句法合成

托多罗夫的句法研究和格雷马斯的表层结构分析在一定程度上重合。托多罗夫的"避免惩罚"型（从平衡—不平衡—平衡）接近格雷马斯所谓的"状态"概念，而"转变型"则相当于另一个基本概念"转换"。这启示我们，尽管他们从不同路径接近艺术作品的结构，但"殊途同归"，进而明示了叙事语法作为对小说基本结构研究的有效性。对于这二者的具体研究路径，我们完整故事的演绎过程，有利于对小说类型研究中对叙事语法做词组型的归纳和找寻；而托多罗夫对句法中形容词的特征表示，比如人物身份、属性、状态特征等，这是具体文本所不能化约的，提醒我们充分注意每一个具体文本可能具有的差异性，告诫我们做共时性研究中应具有的历时视野和具体文本基础，否则后来的追随者真的要落入反对者的诟病中了。不论托多罗夫用句法的方式研究叙事语法也好，还是格雷马斯用语法结构研究也罢，单独照搬他们的方法来作小说类型的叙事语法恐怕不行，我们不妨加以综合，整合出一条新路子。

首先，任何小说类型都是一类故事，作为一类故事，它可以简化为一个主谓宾组合或者主谓组合的句子。用叙事转化公式表示：

（身份、属性、状态）主人公 ⟶ 行动 ⟶（身份'、属性'、状态'）主人公'

"⟶"表示"转化"的意思，"身份'""属性'""状态'"中的"'"表示主人公在系列行动（比如"改变状况""犯罪"和"惩罚"）后"转变"成或"过渡"到新的特征，达到了新平衡或者复归旧的平衡秩序中。比如鲁迅的《在酒楼上》中的主人公魏连殳在接受新思想后处处碰壁，最后不得不像苍蝇一般飞了一圈回到原点，"躬行先前所反对的一切，反对先前所躬行的一切"，这就是主人公的特质经过一番行动变化后又恢复到先前；而巴金的《家》中的觉民作为大地主家的少爷经受新思想的洗礼后叛逆家庭，走向革命，变成了新人（新的状态特质和新的平衡）。在该句法中，人物的特征变化（或者背叛或者在游离后恢复）背后隐藏了社会和文化语法。从魏连殳背叛后的失败和觉民背叛后的成功，我们可以引发对故事背景的辨析，生发对辛亥革命和社会主义革命等不同的认识。可以这样说，正是主人公这些特质的变化或者特质的复位包含了丰富的历史语义和社会学内涵，叙事语法的政治学在这些缝隙里诞生，这也是结构主义的开放性活力所在。

其次，对于人物的行动，我们不能像托多罗夫那样简单用一个或两个动词来概括，所以不妨借用格雷马斯对于行动模型建构。叙事语法在格雷马斯的文本层次中属于表层结构，指的是义素层面上的行动模式。它为深层结构中的整体形态结构的句法研究打下了基础，格雷马斯在句法研究中采用了符号学矩阵方法，用具有逻辑—语义特征的意指结构。基本叙事语法是对行动模式的研究，它把行为/功能做了大幅度的简化，以有利于对故事表层结构的精准和简明把握。使得我们对从具体故事到故事类型的抽象提炼又大大前进了一步。

但是，如上三个模态是我们把握故事行为和建构故事情节的基本阶段，却并不是我们在寻找归纳叙事语法的时候一定要生搬硬套的三个阶段，它还可能会根据情节的繁简而压缩或者衍化。比如笔者在研究成长小说的基本叙事语法的时候概括出"长大成人""他人引导""饱经考验"三个叙事语法。"长大成人"则对应了格雷马斯的行动模态中的"得到奖赏"和"转变目标"两个语法。我们在归纳叙事语法的时候也不能僵化，一方面，叙事语法在类型发展的过程中会有演进趋向和变体出现；另一方面，我们恐怕还不能仅仅局限于行动本身，要引进历史的眼光和文化因素，以便于我们对叙事语法的研究保持开放的姿态，避免理论在封闭中自我窒息。用行动做模态分析，根据情节动力学分化阶段，用逻辑来勾连，使之完整、严谨和合理，真正使行动的分析科学化。行动模态划分为三个阶段，即"产生欲望""锻炼能力""实现目标"。如果要进一步完整化，应当还有序曲和尾声：主人公在起先的平衡状态中但不无遗憾和欠缺，这是欲望产生的内在心理机制。而在达到新的平衡后（或恢复旧的平衡后）"得到奖赏"或"受到原谅"。这样，完整的行动模态应该是：

（心有欠缺）──→产生欲望──→锻炼能力──→实现目标（失败）──→
〔得到奖赏（受到原谅）〕

举个例子，《流星花园》是一部典型的当代版灰姑娘和白马王子的爱情故事。主人公道明寺作为台湾首富之子和道明家族的继承人是英德学院师生敬慕的对象，让他感到不快的是贫民子女杉菜却瞧不起他，斥之为"人渣"（"心有欠缺"）。他于是想尽办法刁难和折磨杉菜，让她对自己屈服（"产生欲望"）。在长期的斗争中，道明寺爱上了杉菜，为了让杉菜对自己产生好感，道明寺不得不改变自己以前令人讨厌的富家公子的形象（"锻炼能力"）。好不容易得到了杉菜的认同（"实现目标"），但是却遭到母亲道明枫的强烈反对（"目标失败"），道明寺和杉菜与以母亲为首的反对派进行了艰苦的斗争，最后母亲放弃自己的坚持，承认了他们的爱情，现代的白马王子和灰姑娘走到了一起（"得到奖赏"）。很多文学故事都可以用这一形式化的行动模型来分析。不过，对于行动模态的建构要注意以下问题。

（1）模态推进的强度由"实现目标"的欲望力和目标的现实性这一中心环节来决定。对于叙事文来说，人物的行动有强有弱，这就直接反映情节的紧张和松弛，或者说矛盾冲突的激烈程度。在《家》中，觉新和觉民都有逃离腐朽封建家庭的欲望，但他们的欲望强度是不同的。觉新采取的是妥协和忍让，在读书和选择结婚对象上都听从了家长们的安排，他只能借助笛子来宣泄自己的不满和悲哀（弱行动）；但是觉民则不同，他直接按照自己的愿望，采取了出走的方式来反抗（强行动），故而前者没有实现自己的人生目标，沦为腐朽家庭伦理的牺牲品（目标失败），而后者获得了新生（实现目标）。同时，目标的现实性也对行动的强弱产生影响。一般来说，目标的难度大，对于行动元的欲望激发就大，对其能力要求就越高（无论是知识的"学者型"还是能力的"英雄型"）。比如在《青春之歌》中，林道静最初逃离封建家庭的欲望较之于投身革命、成为革命者的理想就要小得多，对她的行动能力要求也就不同，前者只要她逃离家庭，逃离小学校长的阴谋就可以了，而后者则需要崇高的理想信念和丰富的斗争经验，乃至流血牺牲，《青春之歌》的壮丽华章也在后一部分。

（2）并不是所有的故事都要有完整的结构，行动模态完整与否一般不构成对故事艺术好坏的评价标准。传统的小说对行动结构的完整性要求较高，这从亚里士多德对情节的要求可以印证。但现代小说则不尽然，反情节是现代小说区别于传统小说的一大特色，事实上，很多小说在故事结构上只是大体相似，结构中的行动要素和模型有出入。该模型只是一个理想型，它仅对现实小说中的行动结构起到参考作用而已。既然如此，行动模态的完整与否就不能成为对具体小说艺术性好坏的评价标准。相反，更多的时候，行动结构的艺术性在于作家本人对这一结构模型的合理有效的冲撞所带来的新奇感及其蕴含的艺术创造。对于研究者而言，我们在完整模型的参照下，要进一步探究作家本人在具体的创作中省去其中哪些环节，为何非如此不可，艺术效果怎样等问题。这样一来，我们就明白，对普遍语法的追求仅仅是一个理念而已，语法的"变形"是现实中常见的现象，也是我们研究的重点所在。

（3）越是结构复杂的故事艺术，越应该是很多种行动模态的组合，按照逻辑、空间和时间关系形成模态中套模态（模态循环），或者模态的平行等格局。以上的行动模态一般来说是以某个主人公为对象进行的线性序列的组合。即使是单一的故事，如果主人公不同，它们的序列不变，模态就会不同。在斗争型故事里（比如侦探、警匪和武侠故事），英雄的胜利就是小人的失败，他们的欲望和锻炼能力以及得到奖赏惩罚都是相反的。有趣的是，以上研究者研究的对象基本都是行动模态比较简单的故事，长篇小说往往是非常复杂的艺术，时间跨度大、人物众多、行动多姿多彩、结构庞大。有的小说内容非常丰富，但是模态极其简单，不过是模态在某些环节的简单重复，比如《西游记》和《水浒传》之类的九九八十一难的考验或众多好汉被逼上梁山的语法。有的小说的行动欲望多元化展开，行动遵循了不同的模态语法，比如很多武侠小说是复仇、寻宝和爱情欲望推动的行动多元化，这往往形成了兼类小说的理论基础。

（4）非叙事性环节和内容（描写或对话）不适应本模态，它不妨规划到形容词状态等静态特质中去。但是，这并不意味着这些静态型特征在小说中不重要，也不意味着它们和情节不具有同一性。恰恰相反，在笔者看来，我们强调对行动模态的研究，不是要舍弃静态特质，它们是并重的，只不过是它们不适合用同样的方法来套用，而是需要用别的方法来做，最终使得二者相得益彰。而且，对于具体文本的行动模态研究一般都是在封闭状态下进行的，而静态特质的研究则是开放性的，这就是为何笔者在对句法研究中，也强调了对主人公最初和结束的身份、属性和状态的对比研究的原因所在，我们期待对其行动模型的研究中，加入行动元的因素，使得具体小说的整体性更强、有机性更高。对行动模型的建构不能脱离意义，这一点格雷马斯给予了重视，他就专门对小说中描述性做了研究。比如他以莫泊桑的《绳子》为例，研究其中的情景描写后得出这样一个富有启发性的结论："莫泊桑文本中的纯描写部分——与之对立的一般都是专门用来叙述的部分——实际上是按照叙述性的标准规则进行组织的，它的组合进展代表了一种极易辨认的叙述结构。……由此可见，被我们命名为'描写'的意段实际上是一个小叙事，它包含了一个关于社会的完整故事：建立集体主体，生动的和自愿的主体，介绍它的社会行为，社会审判，总之，它的得胜行为（最后表现为所得价值的自毁）。接下来，这个小叙事变成全述子程序，被纳入《绳子》范围的总叙事中：两种知识的冲突，两种都真，但却相互矛盾。"[1]

只有当对行动进行微观解剖后，再结合主人公的状态、身份和属性等特质，我们才可以相对完备描绘出每一类小说的基本句法和相应的句法变体模式，并用汉语特有的词组方式归纳特有的叙事语法，完成对小说类型的基础性分析工

---

① 〔法〕格雷马斯：《论意义》（Ⅱ），吴泓缈等译，百花文艺出版社，2005年版，第158—159页。

作。虽然，从理论上讲，我们的各种模式和公式肯定是演绎性的，但是，在面对实际的作品类型或具体作品时候，其归纳性是很强的。当然，有的人可能要追问小说类型的基本叙事语法是文本类型内在的，还是由于文本中结构关系中产生的，这是叙事语法、文化模式与价值范式的课题，超出了本节研究范围，我们在后面专门研究。

二、小说类型的深层结构

尽管我们对小说文本的表层结构做了很详细的研究，但却无法充分说明文本的深层组织。小说类型研究如果不能涉及和揭示深层意义系统，就会落入到平庸的研究。在这一点上，我们赞同列维-斯特劳斯对普罗普的批判。普罗普认识到许多故事其实由一个深层叙事模式构成，他解释了表层话语的意义及其逻辑构成规律，但是没有能力阐释表层话语背后可能存在的深层转换意义。列维-斯特劳斯对神话结构的研究正好弥补了这一缺陷，推进了对叙事文的结构研究，具有强大的方法论意义。列维-斯特劳斯利用语言学的二项对立模式和转换公式，将各种神话汇集到一个共时的系统之中，把它们分解成神话素，把那些相同或相近的单个词或象征码用二项对立的方式连立起来，进入"大构成单位"（神话素）中，再研究连立后的转换意义和隐含意义。列维-斯特劳斯据此给神话结构总结了三个特点：① 如果神话有某种意义的话，这个意义不可能存在于构成神话的孤立话语单位，只能存在于将部分组成一个整体的形式之中；② 神话的语言具有非同一般的特性；③ 这一特性只能在高于"一般语言学"的层次上找到[1]。我们不妨借用列维-斯特劳斯的方法和格雷马斯的符号矩阵的方法寻找小说的深层结构[2]。这里以鲁迅的《阿Q正传》为例，我们把阿Q的故事分解成如下12个子故事：

---

① 〔法〕列维-斯特劳斯：《结构人类学——巫术·宗教·艺术·神话》，陆晓禾、黄锡光译，文化艺术出版社，1989年版，第46页。
② 这里主要是运用了其思维方式，程序和步骤做了很大的改动，毕竟现代小说和神话有很大区别，特此说明。

1. 阿 Q 说自己姓赵而被赵太爷打嘴的故事；

2. 阿 Q 因为头上长癞子被闲人们取笑的故事；

3. 阿 Q 赌博赢钱却被赌徒们哄抢的故事；

4. 阿 Q 要和王胡比捉虱子被王胡教训的故事；

5. 阿 Q 骂赵秀才被打的故事；

6. 阿 Q 调戏小尼姑被诅咒的故事；

7. 阿 Q 要和吴妈"困觉"被赵秀才惩罚的故事；

8. 阿 Q 向抢他饭碗的小 D 复仇而不得的故事；

9. 阿 Q 偷尼姑庵的萝卜被狗追吓的故事；

10. 阿 Q 在城里作偷儿被未庄人敬而远之的故事；

11. 阿 Q 要投降革命被赵秀才等一伙拒绝的故事；

12. 阿 Q 因莫须有的罪名被枪毙的故事。

当然以上故事并不是完全独立的，不仅它们有共同的主人公，而且部分故事是有缠绕的，比如投降革命被拒绝以及在城里做偷儿的故事，和最后被杀头做冤死鬼的故事有渊源。在这 12 个故事里面，阿 Q 的行为目标有：自称姓赵、长癞子、骂赵秀才的辫子、赌钱、捉虱子、调戏小尼姑、要女人、向抢饭碗的小 D "复仇"、偷萝卜、做偷儿、投降革命、被杀。这 12 个行为按照施动和被动来看，只有长癞子和被杀是被动的，其余均是主动行为。如果用精神和物质来分类的话：

精神性：　　　　　姓赵、骂秀才、捉虱子、调戏小尼姑；

物质性、生理性：　长癞子、赌钱、向小 D 复仇、偷萝卜；

精神性和物质性兼有：要女人、进城做偷儿、投降革命。

我们进而在具体项和抽象项取中观状态的话，不妨把精神性目标归纳为：高贵；那么物质性目标则是：富裕；就是说高贵和富裕是阿 Q 渴求且主动追求的状态，即他想要达成的人生新状态是和目前阿Q的自身贫穷且低贱的生存状态截然相反的。这样，高贵与低贱、贫穷与富裕构成了两组基本对立的神话素。用语义阵来表示：

$$e（贫\quad穷）——f（富\quad裕）$$
$$\underline{f}（低\quad贱）——\underline{e}（高贵）$$

这两对基本对立语义即为故事的深层结构，它们的组合关系构成了故事的基本模态：

$$A^{①}= e + f （真实）\qquad 阿Q的最初状态$$
$$B = f \rightarrow \underline{e} \quad（谎言）$$
$$C = e \rightarrow \underline{f} \quad（谎言）$$
$$D = e \rightarrow \underline{e} \quad（谎言）$$
$$E = f \rightarrow \underline{f} \quad（谎言）$$
$$Z = \underline{f} + \underline{e} \quad（虚假）\qquad 阿Q的目标状态$$

A是阿Q的最初状态，Z是阿Q的目标状态，在传统小说的深层是要完成从A到Z这样一个转变，是为一个完整的故事。故事一开始，主人公S1处于A状态，一个缺失的状态中（等于分类模式重属关系的一方）。像所有民间故事的主人公一样，阿Q都是不甘于现状的，梦想成为Z状态（等于分类模式重属关系的另一方）。从旧状态到新状态（提供了句法具有方向性的组合序列的可能性），需要经过行动（从析取到合取，从时间、空间和逻辑上的客体价值和客体

---

① 其实，把贫穷和低贱再紧缩的话就是贫贱，而富裕和高贵紧缩成富贵，让贫贱和高贵成为一组二项对立项，这样我们可以按照格雷马斯的符号矩阵来表示。
　　贫　贱——富贵
　　非富贵——非贫贱

价值的转移）。

在这个故事系列的行动中，它可能包含了 B、C、D、E 等可能的逐步行为转变（这些不同转变的尝试和展示是为了增加行动的难度和情节的可观赏性，也就是什克洛夫斯基所说的"阻缓式结构"），但是多方转变在故事里面，主人公 S1 基本上都是失败的，有些行为似乎要奏效了，比如故事 1 和故事 10，当阿 Q 说自己也姓赵的时候，确实令旁边的人"肃然起敬"了；当阿 Q 向未庄人说自己在城里举人老爷家做工，显示自己很有见识的时候，大家对他是比以前尊敬多了。但是，赵太爷不准他姓赵，村里人知道他是偷儿时对他敬而远之，他以前的话就成了事实上的谎言，他暂时提升了的身份和状态一下子被打回原形。由于阿 Q 事实上的转变行为都无一例外以失败告终，他想成为 Z 的状态就不过是一个梦，痴人说梦而已。也就是说，对于阿 Q 来说，他是无法完成从 A 到 Z 的转变的。原因何在呢？无论是在童话里，还是民间故事中，行动元要实现这个转移都必须经历这样一个必要的叙事语法环节："具备能力"（智者主体获得知识，英雄主体获得能力），但是我们的阿 Q 明显缺少这个阶段，加之没有行动元中的帮手（外界力量的帮助很重要，像童话《灰姑娘》中就有仙女的帮助），小说里似乎有一个契机，那就是革命了，但是没有一个革命者来通知他。故而阿 Q 无法完成这个转化就是必然的了。

虽然无法达到转换，故事却要走向平衡，否则就是欠缺的。S1 事实上还是回到了 A 状态，不独如此，每一次的行为，他似乎都为此付出了惨重的代价，在一系列故事中，他得到的是：

故事 1：赵太爷打嘴、地保训斥，"知道的人都说阿 Q 太荒唐，自己去招打"；

故事 2："闲人们还不完，只是撩他，终而至于打"；

故事 3："白花花的洋钱不见了"，被打了；

故事 4："被王胡扭住了辫子，要拉到墙头上照例去碰头"；

故事 5：被赵秀才的哭丧棒打；

故事 6：小尼姑骂"断子绝孙的阿 Q"；

故事 7：赵太爷狠狠惩罚了他："订定了五条件：一、明天用红烛——要一斤重的一对，香一封，到赵府上请罪。二、赵府请道士被除缢鬼，费用由阿 Q 负担。三、阿 Q 从此不准踏进赵府的门槛。四、吴妈此后倘有不测，惟阿 Q 是问。五、阿 Q 不准再去索取工钱和布衫。"

故事 8：这一场"龙虎斗"似乎并没有输赢；

故事 9：拔了三个萝卜，被狗追着跑；

故事 10：村里人对他敬而远之；

故事 11：不准革命；

故事 12：被杀头。

总而言之，阿 Q 的每次行动，非但没有把他往好里送（接近 F），而是让他陷入更糟糕、更艰难和更尴尬的境地了（比 A 还差），直到把自己的性命搭上了。作为一个贫贱的农民渴望变得富贵起来是自然共设的欲望和权利，但是对于阿 Q 却是不可能的"虚妄"，相反他为此丢了命，这是一重悲剧。而更大的悲剧还在后面。

按照二项对立的要求，"现实的失败"，只能和"感觉的胜利"连立起来。小说在每个失败故事后补充了人物的心理活动，让阿 Q 自身获得平衡（第二次平衡）：

故事 2：阿 Q 也心满意足地走了，他觉得他是第一个能够自轻自贱……状元不也是第一个么？

故事 4：转嫁欺负小尼姑；

故事 5：忘却，或欺负小尼姑；

故事 11：阿 Q 越想越气，终于禁不住满心痛恨起来，毒毒的点一点头："不准我造反，只准你造反？妈妈的假洋鬼子，——好，你造

反！造反是杀头的罪名呵，我总要告一状，看你抓进县里去

杀头，——满门抄斩，——嚓！嚓！"

故事 12：唱戏文，做出英勇就义的样子。

阿 Q 无法扭转现实人生的失败，也找不到肯定的现实替代物，要想继续活下去，他只能靠自我安慰，靠很多研究者所认为的"精神胜利法"作为心理的平衡器。这就是化现实的失败为精神的虚妄的胜利[①]。在貌似平衡的背后演绎了更大的人生悲剧结构。

三、行动元模型建构

尽管上面的结构语义分析帮助我们掌握了文本的深层结构，但稍嫌简单和孤单，对于复杂的小说文本还是捉襟见肘。以上的句法和词法研究基本上是着眼于行动，但任何行动都离不开行动元[②]，行动元在叙事文中作用重大。格雷马斯认为："在整个语义世界中，述谓先验地预设了行动元的存在，但在微观世界的内部，一个完整的述谓清单则后天地构成了行动元。"[③]无论是从先验的逻辑推论出发，还是从微观现实出发，一切意义的产生都必然和"行动"有关，有行动就必须有行动元。很多研究者都对行动元做了研究。泰聂耳和马丁内在语言学的句法研究中提出行动元概念，指人参与任何过程或作为谓语之主语的事物，他们并根据人物"是什么"经验地给出三种行动元：施动者、受动者、受益者。普罗普则注意到相同或相似的故事情节可以由不同的人物来担任（根据人物"做什么"），他把俄国民间神奇故事中所有角色概括为"七个行动范围"，

---

① 连接起来，故事的基本公式就是：$S1 \cap A \longrightarrow Fa [S1 \cap F \cup A] \longrightarrow S1 \cap A$（F 表示转化）。具体可以看看上面的叙事句法，特此说明。

② 按照结构主义的术语要求，我们有必要区分一下角色和行动元的关系。格雷马斯说："行动元属于叙述语法，而角色只有在各自具体话语里表达出来才能辨认。"这就是说，行动元是语法概念，角色是话语概念。行动元和角色是不一致的，"一个行动元在话语里能有几个角色表现出来，一个角色可以同时是几个行动元"。见〔法〕格雷马斯：《论意义》（Ⅱ），特此说明。

③ 〔法〕格雷马斯：《结构语义学》，吴泓缈等译，百花文艺出版社，2001 年版，第 173 页。

初步具有了结构主义人物构成理论特征，格雷马斯则在这二人的基础上，利用二元对立原则建立了三对行动元范畴：

主　体 ←——→ 客　体
发送者 ←——→ 接受者
辅助者 ←——→ 反对者

　　三组孤零零的行动元范畴可以编织进故事叙事中去，用形式化的句法符号表达式表现[1]。为了更好地突出行动元之间的共时关系，格雷马斯认为："我们要做的不是给语义内容穿上一件句法形式的外衣而是找到一个方法，把句法抽象成语义，把千万事件剥离成结构。从简单孤立的行动元抽象句法研究，向文本叙事理论靠近，必须考虑文本各行动元之间的共时结构。"[2] 为此，他进一步运用结构主义思维，设计了一个"行动元模型"[3]：

发送者 ——→ 客　体 ←—— 接受者
辅助者 ——→ 主　体 ←—— 反对者

　　对于这一个模型，有学者作了通俗明了的解释："'主体/客体'居于模型的中心，主体是'欲望'的发出者，客体既是'欲望'的对象，也是交流的对象，其他两对行动元起辅助作用。这一整体代表了一个表达意义的微观世界：从文本表层话语方面讲，一切叙事文本都可以抽象出这一模式（特殊情况下可视为

---

[1]　有论者做了阐释，若把它们简化为符号的标记 A 同时编为 1 至 6 号，则有主体 A1；客体 A2；发送者 A3；接受者 A4；辅助者 A5；反对者 A6，用形式化的句法符号表达式则可表示为：F/Q（m；a）〔A1；A2；A3；A4；A5；A6〕（A= 行动元，F= 功能词，Q= 品质词，m= 表情态词，a= 状态词）。具体见李广仓的《结构主义文学批评方法研究》，湖南大学出版社，2006 年版，第 200—201页。笔者以为这种研究除了说明这些行动元范畴具有历史性特性外不能说明其他什么问题，特此说明。
[2]　〔法〕格雷马斯：《结构语义学》，吴泓缈等译，百花文艺出版社，2001 年版，第 185 页。
[3]　同上书，第 264 页。

个别行动元缺省）；从抽象结构方面说，在这一相对封闭的结构内，一切意义都可以由它演化出来。"① 行动元模式是一个高度形式化的意义生成结构，只要赋予不同的内容，给予不同的解释（即主题赋值），它就会表现出不同的形态。所以格雷马斯很期待这个模型，"模型的存在方式，就是微观世界存在的方式。不过模型同时又比具体内容更一般，有点像是不变量，它们构成了微观世界的意义组织的一些固定、图式，对其内容进行具体赋值的才是变量"②。格雷马斯把"行动元模型"看作构成微观世界（封闭的文本世界）的常量（不变量），对模型的变换值（不同的赋值）看成变量，这对叙事文的形式化研究具有很强的操作价值。不过，后来格雷马斯在行动元模式基础上进行了抽象化，形成符号矩阵。由于该矩阵形式化程度很高，因此能被广泛运用到文学、法学、史学等研究领域，并获得高度评价："研究者把它当成一种意义构成模型，因为用它可说明表现层上一切意义组织和表示叙事结构中诸意义制约因素间的相互作用。"③ 在该符号矩阵的启发下，很多学者根据自己的理解做了修正，比如张开焱提出了元角色系统的三元结构（图2-1）和五元次角色系统（图2-2）④。

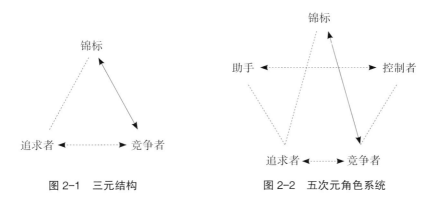

图 2-1　三元结构　　　　图 2-2　五次元角色系统

在笔者看来，这些意见大同小异，都在各自特殊的研究对象上显示其优

---

① 李广仓：《结构主义文学批评方法研究》，湖南大学出版社，2006年版，第202页。
② 〔法〕格雷马斯：《结构语义学》，吴泓缈等译，百花文艺出版社，2001年版，第243页。
③ 李幼蒸：《理论符号学导论》，社会科学文献出版社，1999年版，第434页。
④ 张开焱：《角色结构与范畴再描述》，《湖北师范学院学报》（哲学社会科学版），1996（1）。

势，我们在对小说行动元进行研究的时候需灵活把握。在现代复杂的小说文本中，主角、对头以及锦标很容易看出，帮手—反面帮手（或者助手—控制者）的作用及变化性很复杂且具隐蔽性，对文本产生很大的意义，比如李广仓就认为帮手的设置会引起如下变化："① 众多的帮手引起情节的扑朔迷离。敌我双方帮手众多，各显其能，'帮手移位'（互相卧底）现象突出，故事情节曲折离奇。② 帮手力量的强弱悬殊引发不同审美效果。③ 从'帮手'的设定及其所代表的意识形态维度，可以窥见文本及作者的'政治无意识'（political unconscious）心理。④ 从帮手的设置，还可以窥见作家的创作心理。"[①]

为了更清楚地把握行动元对于小说结构的作用，我们还是以《阿 Q 正传》为例。该小说的固定主人公是阿 Q（S1），他的对立面是特指的赵太爷（2 次）、赵秀才（2 次）、地保、王胡、小 D、小尼姑、吴妈，加上不特定的未庄的闲人们、赌徒们和村人（我们不妨把他们统称为 S2）。从一般伦理逻辑上将整个小说的行动元矩阵不妨是图 2-3 所示，实际的情形则是图 2-4 所示。

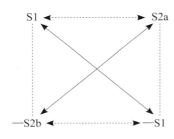

图 2-3　革命逻辑情况下的行动元矩阵 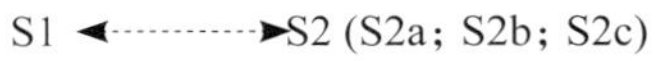　　　　图 2-4　现实状态下的行动元矩阵

图 2-4 也仅是大体上的，其实行动元之间关系经常位移，整个行动矩阵是非固定的。对于这种活动的关系，我们做一下辨析工作就能清楚看出，S2 和 S1 构成的析取关系并不一致，其中，赵太爷、赵秀才和地保（S2a）是最强势的，S1 对他们既恨又敬畏，有时候还羡慕，我们不妨说是 S2a > S1。王胡和小

---

① 李广仓：《结构主义文学批评方法研究》，湖南大学出版社，2006 年版，第 209—210 页。

D（S2b）以前是被阿Q瞧不起的，但王胡力气比他大，可以揍他，小D则抢了他在未庄的饭碗。他们的关系是 S1 ≤ S2b（未庄的村人、闲人和赌徒们基本上属于这一类，但是一旦他们以复数的形式出现，力量也是强大无比的），而对于小尼姑和吴妈（S2c），他们的力量是无论如何不及阿Q的，他们之间的关系是 S1 ≥ S2c（当然在婚姻风波中，吴妈因为赵太爷以保护人的身份出线，惩罚了S1则另当别论）。

也就是说，阿Q在未庄所形成的人气场是属于绝对劣势的，所有的人都孤立他，他是未庄不受欢迎的人（是不是让我们联想到阿Q是原子式的个人呢）。如果他想在未庄安身立命的话，要么像小尼姑靠对神的信仰里寻找寄托，要么像小D、王胡和吴妈他们那样，心甘情愿靠出卖自己的力气生存。但是，阿Q是一个不甘命定的人，他需要改变自己，阿Q改变自己的行动路径有如下几种探索：

（1）S1向S2a俯就。要赢得未庄人的尊重，他说自己姓赵，和赵秀才是本家，"他和赵秀才原来是本家，细细排起来他还比秀才长三辈呢"。在未庄这样一个封建宗族社会语境下，和未庄最有身份的人同姓，且赵秀才考上了秀才，是族人的荣光，是乡里人的荣誉。和赵秀才能沾亲带故，阿Q本人的社会身份当然也就提高了，故而听到阿Q讲到自己也姓赵，"旁听人倒也肃然的有些起敬了"。这正是阿Q想要的效果。其二，当知道整个未庄人——秀才太爷们，连城里的举人老爷都害怕革命的时候，他也想革命。阿Q是不知道革命为何物的，在他的意识里充其量就是造反，"造反是要杀头的"是他受到的一贯灌输。但是为了提高自己的社会地位，阿Q是顾不上这些的，原始的、自然的破坏冲动激发了他向往革命的冲动，可是向谁投降革命呢，他知道的革命人士只有赵秀才了，他不得不去向赵秀才投降。事实上这是不可能的，按照当时的社会经济结构，赵秀才只能是革命的对象，和阿Q处于敌对位置，而阿Q敌我不分，错把对手当作帮手，其荒谬性可想而知了。

（2）S1贬低S2b。在行动元关系方面，在投降赵秀才之类的革命党失败后，阿Q则错把帮手当作对手。他把S2b和S2c对立起来。S1为了显示自己的地

143

位，要和自己经济地位差不多的 S2b 拉开距离，表明自己要比他们高明，这样自然就接近村里受尊敬的人们了，S1 主动向 S2b 出击。

（3）S1 调戏 S2c。在 S1 看来，S2c 是其可以为所欲为的对象了，他调戏她们，把小尼姑作为他博取大家笑的材料，让他产生高人一等的自我满足感。

（4）成为城里人或者革命党。阿 Q 以城里人的身份讲见闻，来貌视未庄人的孤陋寡闻，偷城里人的衣物廉价卖给他们，受到他们尊敬。"他摇摇头，将唾沫飞在正对面的赵司晨的脸上。这一刻，听的人都凛然了。但阿 Q 又四面一看，忽然扬起右手，照着伸长脖子听得出神的王胡的后项窝上直劈下去……阿 Q 这时在未庄人眼睛里的地位，虽不敢说超过赵太爷，但谓之差不多，大约也就没有什么语病的了。"要是革命了呢，他的经济状况、社会地位、个人问题统统都可以解决，"这时未庄的一伙鸟男女才好笑哩，跪下叫道阿 Q，饶命了谁听他！第一个该死的是小 D 和赵太爷，还有秀才，还有假洋鬼子，……留几条么？王胡本来还可留，但也不要了。……东西……直走进去打开箱子来：元宝，洋钱，洋纱衫，……秀才娘子的一张宁式床先搬到土谷祠，此外便摆了钱家的桌椅，——或者也就用赵家的罢。自己是不动手的了，叫小 D 来搬，要搬得快，搬得不快打嘴巴……"这个浪漫大胆的想法是不错的，但这需要一个前提，那就是阿 Q 要"具备能力"（成为智者或者英雄），小说所有的故事都把这一环节省略掉了。由于这一必不可少的环节被作者毅然省却，从以上人物关系和力量对比来看，S1 和 S2 始终处于析取关系，不能形成契约关系，没有达到一般小说的合取状态，主人公从来没有进行过转化，从旧的状态进入新的状态。换句话说，阿 Q 是无法改变自身处境的。原子式的阿 Q 是无法和他们对抗的，不安分的他除了失败，还是失败，最后把身家性命搭上了，糊里糊涂地死去[①]。从小说的行动元关系就可以清楚知道阿 Q 悲剧性存在的必然性了。毛泽东在分析中国社会阶级状况时说："谁是我们的敌人，谁是我们的朋友，这是中国革命的首要问题。"阿 Q 没有搞清楚，导致了一个革命故事应该有的行

---

① 用公式表示就是：S1 ∪ S2 —→ S1 ∪ S2，而一般的民间故事都是遵循：S1 ∪ S2 —→ S1 ∩ S2。

动元系统缺失，从图 2-5 直接简化到图 2-6。

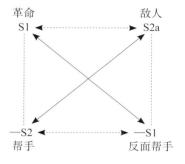

图 2-5　革命故事原有的行动元系统　　　图 2-6　缺失后的行动元系统

　　这样行动元关系的变化，不仅导致了整个故事运算方向的逆转（目标失败和得到惩罚），也调控了文本的悲喜剧审美效果（让阿 Q 在未庄舞台和人生的舞台上翻着悲剧、喜剧、滑稽和荒诞的跟斗或者说是上演"变脸"剧）。

　　小说类型学研究范式上的独特性，即探求每一种小说类型的基本叙事语法成为从事小说类型研究的首要且必备的工作，这就好比一个驾驶员开车前必须熟悉交通规则和车辆启动操作程序一般。叙事语法的寻找，是小说类型学基本工作，我们可视其为小说类型学的微观诗学。本书对小说类型的基本叙事语法的寻找主要是借助了结构主义对文学形式化方法的讨论，从基本句法的研究探讨了表层语法，对故事基本意义的找寻，发掘小说深层的结构，而对小说行动元的矩阵分析中，再次进入文本意义生成结构。应当清楚，句法研究、词义研究和行动元的矩阵分析彼此不是截然分开的，它们是互为支撑的，这一点可以从我们上面论述中的穿插看出。同时，我们的分析既考虑了形式化和符号化的逻辑性要求，也注重了具体文本的特殊性，我们的举例用一个文本，而不是一类文本类型的目的不仅仅在于增强基本语法的实证性，也在于检验其可能的弹性。这样一来，对于小说类型的基本叙事语法探寻是以文本意义的生成规则为轴心，以抽象形式、符号矩阵和行动元模态为横轴，以具体文本为纵轴的坐标系的方法体系，从而能达到原理和文本互文的综合性解读。

145

第三节　类型成规的意义凝定

我们借助结构主义的方法对小说类型的形式化分析，是从表层语法、深层结构和行动元三个层面展开的，基本目标是指向小说类型的结构。但如果我们的研究目标仅仅止于找到小说的结构，那么我们就没有走出很多评论者对早期形式主义和结构主义的局限评论。后来者在批评结构主义时认为结构主义只是对文本作封闭研究，不涉及外部研究。这种指责不无道理，但少客观。无论是对于普罗普、列维-斯特劳斯还是格雷马斯来说，他们的思想早就走出这一层，他们很看重结构的意义，注意从历史的线索和视角看问题，只是没有来得及具体专门展开。在笔者看来，他们的研究最大的遗憾是过于抽象的非文学化倾向，后来的研究者大多生搬硬套，使得结构主义的文学批评过于程式化和技术化，类似做数学应用题一般而被很多人丢弃。加上解构主义思潮的冲击，逐新赶潮的人们更是对结构主义作为过时的理论厌弃。

这里需要再认识一下结构的含义。列维-斯特劳斯说："结构没有特别的内容，它本身就是内容。"[1]在列维-斯特劳斯看来，人类大脑有一种对世界万事万物进行领悟和把握的能力（康德所认为的先验能力），人脑以分门别类的方式赋予周围世界以特征，反过来再用这种特征作指导来拆解、组合和解释这个世界。经过大脑整理的有关世界的内容就是各种类型和各种关系所组成的"无意识结构"。很显然，这里的内容就是形式，形式就是内容，它们是不可分割的，更不是对立的，它们都是人类先天思维的产物，结构将它们有机地缝合起来了。对于小说艺术来说，我们的思维走到结构，特别是深层结构这一层面，就和内容不可分了，结合列维-斯特劳斯的著述，我想这句话还包括这么一层意义：结构显示意义。文学的结构，特别是深层结构，是意义的隐喻或者转换。小说的研

---

[1]〔法〕列维-斯特劳斯：《结构人类学》（卷二），俞宣孟等译，上海译文出版社，1999年版，第114页。

究走到结构这一层并没有结束，它必须对这个结构进行翻译，让其所代表的意义显示或绽放出来。自然，我们对小说类型的研究方法就到了第三步：类型小说的文化意义阐释。

作为对现代人类生活和意义的诗性表达和把握方式，小说的结构在总体上企图达到对世界宏观领悟和把握的可能。虽然，在小说类型的领域里我们不能像卢卡奇那样对世界整体有结构性把握，但是局部的、分领域把握的可能性还是有的，因为类型作为一种思维方式，本来就是坚持了对世界图像及其价值的"分门别类"。为了把这个小说类型化的表达方式及其隐蔽的特定意义显示出来，我们坚持在研究方法上走结构—文化的道路。这里的结构还是走的结构主义的结构思想，而文化是一个非常宽广的能指，它包括了一切政治的、经济的、心理的、历史的、人种的、地方志的和人类学的，等等，总而言之，它是一切人类精神力量的总和，它们共同形成强大的传统之海，或者滋生成意识暗流或者情绪片段的浪花，通过特定作家的艺术表达隐身在作品中。小说类型研究就是要做除魅和赋值工作。这样一来，作家和批评家之间展开的是一种特殊的审美游戏，是艺术上的侦探与反侦探关系，他们之间的张力形成审美，这个审美包括了欲望的、工具的和智慧的话语。

为何要采用结构—文化的研究方法呢？采用这种方法的目的是想把小说的内部研究和外部研究真正有效地结合起来，让小说类型批评成为一门批评的科学。在叙事文的内部，普罗普开创的形态学、列维-斯特劳斯的结构神话学、布雷蒙的叙事逻辑、托多罗夫的叙事语法、格雷马斯的结构语义分析和罗兰·巴特在作品的层级结构上都做了精彩的探究，几乎可以说使得文学形式化的研究到了登峰造极的地步，但他们对传统的外部研究关注较少，毕竟文本是作家创造的，文本不能在真空中流传和产生效果。

传统的社会学研究是不可缺少的，它把文学和深广的社会历史结合起来，用它独有的方式记录和思考时代历史政治。但传统的外部研究，特别是庸俗社会学，往往无视文本自身的基本规则，把它当作一个没有自主权的小姑娘随心所欲地打扮，或者把它当作一辆装有政治、经济、哲学等内容的马车，让文学为它们打工，使得文学失去其自主性，其结果是"终结"文学。现在，通过结构—文化的方法，把小说的内部和外部研究结合起来，形成一种综合的方法。既要保持文本的文学自足性（让文学结束打工的流浪身份，返乡回家），文学的审美品格得到保证和彰显；又要让文学接通世界（让文学破蛹而出，呼吸大千世界的空气），这样文学的历史文化承担才不会被淹没和遮蔽。通过内外勾连、里应外合，文本保持了永不凋谢的生命力。如果果真我们的小说类型批评能做到这一点的话，它成为小说批评的科学就是当之无愧的了。对于小说类型的结构研究，我们上一节已经做了交代，这一节主要是在结构分析的基础上做文化上的意义探寻。

小说类型的文化意义怎么探求呢？对小说进行文化的解读是一个屡见不鲜的话题，从 20 世纪 80 年代后期兴起的文化热，到今天的文化研究热，人们持续不断地对小说进行文化解读（当然两个文化概念是不同的）。前者从传统经典、历史文献和风俗等知识进行对位性解读，阐发生命体验和人生意识；后者是利用了现代政治学、经济学和社会学等原理，从隐喻、反讽等修辞手法，达到对社会历史意识的批判。应该说这两种文化批评都是很有价值的，难分轩轾。一般的研究者因对文化的理解和所倚重的思想资源不同，将这二者分得很开。笔者认为，我们不妨从更为宽广和开放的意义上理解和运用文化概念，二者并行不悖，在可能的情况下使之能出现在同一文本或者同一小说类型中，以丰富我们对小说世界的理解。我想，这个同一点是可以落实到小说（小说类型）的结构焦点和小说艺术的形式化轨迹和规则上来的，使得在大文化视野下人"类"（个体）的生命体验和人生意识既获得形式化和科学化的逻辑呈现，又获得审美表达的灵动和飘逸。

杨义曾说叙事作品的结构是一个动态性的生命过程，"寻找结构以此在词源上的动词性，实际上乃是寻找结构的生命过程和生命形态"[①]。同时，结构是以语言的形式展示特殊的世界图示，并作为一个完整的生命体向世界发言的，它

---

① 杨义：《中国叙事学》，人民出版社，1997 年版，第 36—37 页。

是一个可以进行内在分析的独立存在。这个"独立存在"的结构统摄着程序和语法，又"外在地指向作者体验到的人间经验和人间哲学，而且还指向叙事文学史上的已有的结构"[①]。根据小说类型结构二重性，即小说类型的"先在结构""文学史上的结构"（结构的离心性），和小说类型的具体文本性（结构的主体性），我们一方面探究小说类型在整体结构上表现出来的人间经验和人间哲学；另一方面则是在总体结构的参照下，对亚类型的"结构变动"或具体小说的"结构叛逆"做历史话语探源，以探求其时代意识和个体精神诉求，乃至历史的困惑。小说类型批评的结构—文化研究方法期求在这两个方面有所表现。我们花开两朵，各表一只。

一种小说类型区别于另外一种小说类型，从文学的形式化理据上看，就是以叙事语法为标识的。也就是说特定的成熟小说类型有自己独特的叙事结构、语法形式和行动元关系及深层结构指向。形式的理据又以表达它对人和世界关系的独特思考，人在世界中不同位置的生命体验和人的生命意识。自然，这是一个"类"的中观看法，它对于人类的整体性看法而言是个体性的和有意识的，相对于个体人而言是"集体无意识"的。这一中观层面的类型追求可上可下，向上可以再抽象，参与人类整体意识建构；向下可以再具体，见证个体生命之思。

基于这一基本认识，我们会看到传统的小说类型，比如才子佳人小说（言情小说）、公案小说、武侠小说、家族小说、历史小说和神魔小说等绵延数千百年而不衰，新的小说类型如成长小说、科幻小说、侦探小说、革命小说、政治小说等不断涌现。它们在艺术形式上不断完善、改动，但是其基本的结构和模式却不大改动，这些相对固化的艺术程式和结构传达了稳定的文化价值观念，或者说传统文化的价值观念赋值其上，和这些艺术形式像糖和水般融合在一起，不可分离，共同成为一个民族的文化无意识和白日梦。如武侠小说的基本叙事语法被陈平原归纳为"浪迹天涯""快意恩仇""仗剑行侠"和"笑傲江湖"，虽

[①]　杨义：《中国叙事学》，人民出版社，1997年版，第40页。

然不甚精准，但是他确实抓住了这一小说类型背后隐藏的中华民族特有的侠文化及其代表的精神诉求。尽管，游侠的精神气质和替天行道的壮举在现代安邦定国的法治社会是"无处容身"了，但他们所代表的民族传统的英雄气质和精神诉求化作了千古文人和大众自我拯救和抒怀的集体梦。知道了这一层，我们就不难理解电影《少林寺》、电视剧《霍元甲》和《射雕英雄传》等在 20 世纪播出时万人空巷的奇观了。

同样的，言情小说无论如何改造，但男女主人公的"男才（财）女貌（善）"品质属性，或者白马王子爱上灰姑娘身份错位配对不仅中外皆然，且古今难变（虽然在中国小说史上出现过革命加恋爱模式、劳动模范加恋爱的模式等，但是和这一强大的观念比较起来还是很微弱）。这反映了人类根深蒂固的爱情和婚姻观念及无意识的男权观，而白马王子爱上灰姑娘（或落难公子巧遇富家小姐）则是广大平民男女青年的爱情财富梦。那公案小说中对清官凭智慧和正义为民伸冤的形象塑造，反映了受尽屈辱和不平的下层老百姓对正义的梦想。

这些小说类型结构上可以一再重复，不断复写，只要换一下人物，改变一下角色关系，调整一下情节，就能成为新的故事或文本，就能一次又一次激发读者的情感，一次又一次唤起读者心中的梦想，一次又一次浇灌了他们贫瘠得不能再贫瘠的心田。不错，重复是小说创造的大忌，但是对于大众来说，他们可顾不了这么多，试想哪一个人会对美梦生厌呢？幸福美好的生活重复一千次他们也不嫌多。如此看来，上述故事类型基本上都是写的不同的梦，是梦之文化。在行动元关系、深层结构和表层语法上，它们都承载了各自相对固定的文化意味和追求，即使它们可以相互融合，形成综合态势。文化心理的形成有一个慢慢积淀的过程，同样的，这些文化在小说类型上找到合理的艺术形式也有一个过程。如果说文化心理的形成是历代无数大众共同形成的，那么，与此相应的小说类型形式也是几代（甚至数代）作家共同努力的结果。它们在小说的艺术和审美上相互辉映，相互成就，过去的小说研究往往不大注重二者之间的互文性，要么有的研究者丢开艺术形式的路径直接进入了文化层面，要么有的研究者就仅仅停留在结构的探求上，不愿再往前走，导致了小说艺术结构寻找和意义寻求是两张皮，这是文学批评的大忌。

以上分析的对象多是传统型很强的小说类型。那对于现代产生的小说类型，我们的思路有没有可操作性和阐释力呢？笔者认为同样有效。现代小说类型的产生和现代价值追求有千丝万缕的联系。在现代性视野下审视新生的小说类型，比如科幻小说和侦探小说等，它们在深层结构上表达了作家集体对现代的想象与表达。科幻小说指向的是知识（真理），随着自然科学的兴起，世界图景空前广阔，对未来乌托邦世界的美好热望，科幻小说承担了让大众学科学爱科学，树立科学和知识让人类更美好的信念。而侦探小说取代传统公案小说则预示了传统向现代过渡的价值转型，传统的伦理价值被现代法理精神取代，对现代法制正义和民主的推崇，教育人们良心、正义、公道不能建立在传统个人的人格、血缘伦理和传统道义基础上，人的一切行为都要经过法律的天平审视和规约。

我们说现代文学是启蒙的文学、人道主义的文学，启蒙的主题不仅体现在知识、正义、欲望等现代价值命题上，更重要的是对现代人之确立的思考，那革命英雄传奇（包括革命小说）和成长小说则是伴随这一人学命题出现的小说类型。以成长小说为例，在巴赫金对长篇小说的话语理论的研究中，认为在18世纪的下半叶出现的德国教育小说（即成长小说）有着重要的历史意义。在德国，成长小说通常表现一个人通过克服自己的幼稚缺点后，把自己改造成一个"成人"，一个被社会尊敬的人。某种程度上，该类型小说是为了象征民族国家的"成长"。同样，中国的成长小说也是对现代中国人的呼唤和形塑（欧阳海、梁生宝和雷锋等），以及对"老"中国儿女的改造（朱老忠、林道静等）。

无论是有着悠久历史传统的小说类型，还是现代新生的小说类型，它们各自都有着相对稳定的文化价值取向，审美地传达了特定的生命意识和人生体验。但，这种价值取向和人生体验从来就不是铁板一块，找到某一小说类型的总体性的"意义"是相对于其他不同小说类型而言的，但是仅仅在不同的小说类型之间展开比较是不够彻底的，我们还要在同一小说类型内部深耕，这就需要我们再次从抽象的意义返回到具体的文本。具体文本会随着时代变化、社会更替，以及作家个体的创作心理发生变化，抽象意义被发生"变形"。或许，经过这样一次文本—抽象—文本的辩证过程，我们的方法才算彻底。那么，意义的"变形记"怎样寻找呢？自然，我们还得从叙事语法的"变形"开始，因为语法形式和意义是相互呼应的。鉴于上文的思路是把叙事语法分为三个方面来分析，我们与此对应展开。为了便于理解，我们辅以例证。

一是句法亚类型意义的管窥。也就是说小说类型在叙事语法上出现亚类型，并相应产生不同的意义。这里以成长小说为例。成长小说（initiation story）是讲述年轻的主人公经历了切肤之痛的（系列）事件之后，或改变了原有的世界观，或改变了自己的性格，或二者兼有，经过生理、心理、认知和情感的多重变奏后摆脱了童年的天真，稳健地进入真实而复杂的成人世界的故事类型。在考察了50多部成熟的成长小说之后，我们发觉在千差万别的具体故事情节背后总存在着这一小说类型共同的叙事结构、基本语法或叙事模式。成长小说所具有的相同故事结构、基本叙事语法保证了它作为一种小说类型区别于其他同级层次小说类型的艺术个性和精神魅力。成长小说的故事结构用语言学的句法形式大致可归纳为下面一句话：

主人公在他人的引导下，经过系列的考验（教训）后，终于长大成人的故事①。这样一则高度抽象和概括的句子标识了成长故事的事序结构。直白地说，成长小说是同一故事、同一结构。尽管我们可以说每一篇成长小说里的个体都是独特的，其成长经历和故事情景是不同的，但是它们在结构上无一例外地分享了同一叙事范型。前者是表层形态，后者则是深层结构，表层形态各异（差异性），深层结构却是单一且雷同（同一性）；前者展示了艺术的创新性，后者突出了艺术的成规与共性，二者彰显了成长小说的差异性和同一性。

对成长小说的句法作进一步的拆解，并分别用相应符号表示。名词是主人公 A'和他人 A，动词是引导 B、考验 C 和仪式 D，对主人公所加的修饰限定的形容词分别用 e 和 f 标识，那么，其句法公式则为：

---

① 我们还可以把它进一步压缩成"主人公长大成人的故事"。由于信息压缩过多，不便于做叙事研究，故而不取，特此说明。

$$（e）A'\_\_ \rightarrow〔（f）A－B〕\rightarrow C \rightarrow D$$

成长小说的句法包含了三个基本叙事语法："他人引导""饱经考验""长大成人"。"他人引导"是主人公成长路上的范导者或者精神导师，预示叙事的方向，就是说 A'要变成 A 才算长大；"长大成人"是故事目标和叙事动力，D 是故事终点，它们一般是主人公接受命名等成长仪式来完成大结局；"饱经考验"是主人公要化蛹为蝶的基本路径和关隘，是叙事基本功能所在，C 自然构成了叙事的主干，就情节而言，它构成了整个行动的高潮，往往为了强化动机，叙事功能会单一而重复。

很显然，作为一种新小说类型，现代成长小说是关于现代人的成长问题，它既不同于传统武侠小说的"快意恩仇"主题，也不同于狎邪小说的欲望主题、狭义小说的正义主题、科幻小说的知识主题等。现代之不同于古代，就在于现代性是流动的。于是，在恒定的句法和基本叙事语法的逻辑下，我们又不能不清楚地认识到，现代成长故事尽管都是同一故事和同一结构，可毕竟主人公是在不同环境下成长的，外界的引导力量是不同的，讲述者也是不同的，当这些外在因素参与到成长故事的讲述中来，构成了讲述结构的不同。讲述结构的不同不能仅仅视为文体学研究中的修辞等表现技巧，而是不同力量对成长的不同"记忆"、不同"说话"和不同"认识"。一句话，是同一结构的不同变体，从序事结构到讲述结构的变迁表征了成长小说的丰富性和复杂性。中国当代成长小说走过了 50 多年的风风雨雨，深深吸附了时代的风云际会，艺术形式上有三种变体，或者说是亚叙事模式。

（1）新人成长小说模式。贫穷善良的年轻主人公在成熟的共产党员的引导下，在革命大熔炉的锻炼中克服了种种困难和考验，顺利完成任务，加入中国共产党。

（2）新生代成长小说模式。20 世纪 60 年代出生的大学生接受现代西方思想后，改变了先前的世界观，成为了新的市场环境所需要的"那个个人"。

（3）"80 后"成长小说叙述模式。富足而娇贵的中国的"小皇帝"和他的伙伴们经历了校园内外的一些人、事后，性格和情感发生了大的转变，独自面对复杂的社会和人生。

比较以上三种亚叙事模式和基本叙事模式，其基本句法和叙述语法不变，只是限定词（e 和 f）发生了变化，主人公的身份变化是最为明显的，十七年成长小说的主人公是来自底层的善良穷人（抑或地主官僚家庭的逆子贰臣）；新生代成长小说中的主人公是"文革"期间出生读大学时赶上了改革开放的"天之骄子"；"80 后"则是中国第一代"独生子"。主人公们身上都烙上了各自时代鲜明的印记，他们分别代表了 50 年来中国三代人的成长。时代不同，作为社会关系缩影的人际关系也发生了变化，表现在成长小说里，就是成长主人公成长路上的引路人的不同。在十七年的新人成长里，优秀的共产党员是成长者的精神父亲；而对于新生代来说，林林总总的西方现代哲学思想家（特别是尼采、萨特和弗洛伊德等的思想）成为他们的精神导师；"80 后"的引路人明显阙如，这就注定了"80 后"无法最终长大成人，始终在他们的艺术世界表演"半成人"形象①。引路人是一个大主体（A），他召唤和形塑小主体（A'）脱胎换骨变成 A。杰姆逊说第三世界的文学都具有隐喻性的，我国当代的成长小说总体上隐喻的是现代中国人是怎样形成的。大主体 A 作为隐喻，昭示了我国现代性方案在不同阶段对人的设计和期待。这样一来，由于现代性主潮在不同阶段的诉求不同（现代性是一个流动的能指），主体的差异性就是必然的了。于是，成长小说在人的成长大主题下，三种亚叙事模式也就承担了相应不同的意义模式。

（1）新人成长小说：新人与新中国一同成长。在"新人"成长小说中，新人主体的成长作为一种宏大叙事，它基于这样一个伟大的目的性写作诉求，即毛泽东作为新中国的伟大缔造者对新人的理想，新中国该由新的人来缔造。该小说是"一种公共性的国家知识，成为国家伦理奠基与现代知识转型的极其重要的社会动员工具，一种重要的现代性组织形式"②。作为现代化组织形式的成长

---

① 张永禄：《论"80 后"小说中的"半成人"形象》，《辽宁师范大学学报》（社会科学版），2008（5）。

② 樊国宾：《主体的生成——50 年成长小说研究》，中国戏剧出版社，2003 年版，第 9 页。

小说，首要的任务是塑造现代之人。这一类成长小说中的"新人"特征：出生于底层贫苦家庭、单一而明晰的信仰、高位格的道德境界和由"被范导者"成为"范导者"。这四大特征不仅内在规定了新人成长的革命逻辑，暗示了新人成长的唯一路径，还隐喻了新人成长小说的文化机制。来自底层的贫苦家庭是对新人来源阶级的合法性诉求，单一明确的共产主义信仰是主人公最后成为新人的精神性导航明灯和指归，高位格的道德境界保证成长者在成长的实践中可以为信仰献身，这是他们经受考验的内在护法器。这三大要素缺一不可。如果主人公不幸出生在一个地主家庭里，比如林道静，那她一定要先"赎罪"以获得和底层穷苦者同样的新人资格。在新人的成长中，"精神父亲"形象，作为新人能够成长的范导者，如林红之于林道静（《青春之歌》）、老宋之于潘冬子（《闪闪的红星》）、公社党委书记之于梁生宝（《创业史》）、周排长之于欧阳海（《欧阳海之歌》）等，其政治上成熟、意志坚定、目光远大，有着丰富而坎坷的人生阅历，他们给成长者以启蒙，让他们幽昏蒙昧的心渐渐"明亮"起来，去勇于探索真理，或者按照真理来生活。有了主人公来源的合法性和精神父亲的指引，主人公的成长基本上是"万事俱备，只欠东风"——在实践中完成成长。这个实践行动要由两个前后一致的相关项组合——成人考验和成人仪式。主人公一定要冒险独立完成一种或几种任务，这是所有中外传统成长小说都必须要设计的一环。这一关键环节是锻炼和考验主人公是否真正具有坚定单纯的信念和意志力。在该斗争场域里，主人公要在思想和情感上经历痛苦的斗争和决裂，要和自己的软弱品格和狭隘性作决绝斗争。从考量上讲，他们要处理好个人和集体、家和组织、爱情和事业、身体发育和身体受难的矛盾。只有当最后选择了集体、组织、事业、身体受难时，他们才能圆满完成任务，比如梁云的成长考验是冒着生命危险炸毁敌人的细菌炸弹库，林道静舍却个人情感义无反顾参加一二·九运动，等等。主人公在这场党和人民交付的艰巨任务的考验中，自我角色和党的历史使命完全同一，思想境界、思维方式、个人品质和行为能力完全达到了新人的标准，他们才算"成熟""长大成人"了。

（2）新生代成长小说：市场经济建立需要个体的诞生。新生代指向的"那个个人"是新时期自我指认的理性镜像——由改革来驱动，建造一个现代性中国，新的现代性构想方案的精神诉诸个体对主体意义的自由理解（现代性的标准首先是自我决定和自我实现），社会被设定为对自由的压迫力量。新生代出生在 20 世纪 60 年代，作为红色时代的遗民，成长的眼睛洞穿父一代的道德宗教性话语的霸权、虚伪和空洞，"精神父亲"事实上已无法成为他们的引路人，相反成为压制他们的力量。从兄一代轰轰烈烈的红卫兵运动和上山下乡运动里，新生代本能感受到了历史的某些谬误。在困惑与彷徨中，20 世纪 80 年代读大学期间的他们普遍接受和迷恋西方现代的思想和物质成就，对尼采、萨特和弗洛伊德等人的理论比较熟悉。本质上，这些理论家都是个体主义者，是自我至上者，他们把这些人奉为精神上的导师。西方个体思想资源的诱发、西方物质成就的刺激和当下青年的现实处境形成了强烈对照，他们像哥伦布发现新大陆似的找到了"自己"，从新人们习惯穿行的公众场所中淡出，退回到自己的私人家居（小屋和自己的房间是普遍意象），回到个人的日常生活中来，正视和释放私人的、心理的、身体的、欲望的部分（身体诉求是回到世俗性的普遍行为）。这一切原先被"父一代"所压制。现在，他们要让舍勒的"内在个体优位论"成为成长的基本伦理公式，他们要回到自我、获得自我，不再生活在"父一代"的影子下，以父亲的儿子身份出现和存在，而是以个体人的身份存在和发声。在他们的故事里，父亲总是作为"我"的他者而存在，是被解构、嘲笑和讽刺的对象。他们毫不犹豫地挖掘父亲身上和人格中丑陋的一面，毕飞宇的《那个夏天，那个秋季》中，主人公耿东亮的父亲是"肉联厂永远不会转正的临时工，身上永远伴随了肉联厂的复杂气味，有皮有肉，兼而有屎有尿"，陈染的《私人生活》中倪拗拗的父亲代表一种衰退的人格，"父亲是指望不上的……我长大后一定不要嫁给父亲那样的男人"①；李冯干脆就借主人公之口说道："直到今天我才意识到爸爸性格中隐藏的小丑的一面，他是一个笨拙的小丑。"②在成长的环节

---

① 陈染：《私人生活》，江苏文艺出版社，1996 年版。
② 李冯：《碎爸爸》，长春出版社，1998 年版。

设计上，不仅要有"叛逆"这不可缺少的细节，还要在成长的关隘上体现和传统成长的不同。新生代成长的关隘不是经历考验、克服困难这些环节，而是试错演进，屡次在生活的教育下长大。没有作为过来人的精神父亲指引，这一代只能摸着石头过河，挫折也就在所难免。但主人公只有经过挫折才真正认识其处身世界（世俗的现世社会），最后大多数个体伤痕累累地和这个世界和解。绝大多数人和现实社会的和解则是体认了市场经济所要求的价值上的利益主导、主体上的青年主导、审美上的感性主导之要求。

（3）"80 后"成长小说：消费主义时代"小皇帝"们的青春期在无限延长。

作为中国前所未有的独生一代，又生长在社会主义市场经济刚刚建立的语境之中，他们既不可能按照传统的方式被引导成长（像十七年小说中找到精神父亲），又不能获得足够的力量自我引导（像新生代从西方的现代物质和思想获得力量自我引导）。外在引导和内在引导的双重缺失，导致了"80 后"一代暂时还不能长大成人，只能是"半成人"。所谓"半成人"，是既区别于儿童，又区别于成人而言的，它处于二者的中间状态。这种过渡性的人格状态是模糊的、不确定和难以名状的。这种过渡性是具有粘连性的，即它一头连着人的儿童性：天真、软弱和依赖性；另一头通往了人的成人性：坚强和独立。这种粘连状态就势必使得人格具有某种分裂性的特征。这种分裂性至少有如下三种表现：独立 / 依赖；坚强 / 脆弱；狂欢 / 孤独。从故事艺术上来讲，"长大成人"是成长小说应有的大团圆结局，否则故事就没有结束，小说就没有写完。但是，对于个人生命史而言，这种必然阶段有其合理性，几乎没有谁能从儿童一夜之间变成大人。换言之，没有"半成人"，何来成人？这就是这一类小说作为成长类型的合理性所在，以上两类小说没有详细展示这一因素。从事理逻辑上讲，我们可以说"80 后"成长小说是"未完成"式的成长路上小说，是不同于以上两种形态的成长叙事的另一种变体模式。自然，按照严格的叙事模式和基本语法来套，其残缺性是显而易见的。但是，该残缺性包含的丰富的历史语义发人深省：小皇帝们生长在物质丰腴的环境下，没有人引导他们成长，只有和自己的同伴们在情感上相互取暖，彷徨在成人世界的大门外，青春期被无限拉长。年轻主人公行为的物质消费性暗示了消费主义时代背景，郭敬明们宣称金钱是他们的情人，张悦然们毫不掩饰自己对物质的狂热，"我终于知道物质可以让我真正高贵，满身都长出触角想要触摸昂贵的物质"。小说充满都市物质主义的视觉描写，播撒着德波眼中的景观符号，不时提醒读者这是一个物质盛宴的时代，小小主人公则是这些符号的追逐者、占有者和挥霍者。富裕的符号是父辈提供给他们的，习惯享受的他们不可能冒着失去物质享受而叛逆上一辈，他们的思想是物质化的流行文化孵化出来的，生活理想被流行文化侵蚀而空心化，生活方式被时尚均质化，他们宁愿永远躺在大人筑起来的物质里自我腐烂，也不愿意独自创造属于自己的天空。遇到困难，他们无力独自面对，无一例外的处决方式是逃避或出走，出走——归来成了基本的情节。他们一任青春在依赖和逃避中拼命拉长，让"长大成人"成了童话想象。这样，相应的艺术结构断裂也在情理之中。

从共时层面对成长小说叙事模式及其语法的归纳，证明了该类小说作为一种新小说类型的艺术自洽性，其稳定的结构语义指向现代人的成长和生命样态，显示了成长小说意义诉求的"合时"。语法上的自立与规范，和语义上的合时与合理，共同宣告了成长小说进入当代小说类型家族的合法性。而历时具体考察叙事模式的各种变体及其相应的模式意义让人感受到成长小说叙事的灵活性与开放性，用发展的视野期待成长小说的明天。因而，作家和研究者也定会对成长小说的旺盛活力和诱人前景充满信心。

二是行动元模型考量。一般来说，一种小说类型在行动元关系结构上是相对稳定的，这种稳定包括两个方面：一是重要的行动元数量，二是行动元之间的关系。如果在变体中或者具体小说中，行动元数量出现了变化（增加、减少或缺失），或者关系发生变化的话（行动元位移），那么小说意义也就会发生变化。还是以成长小说为例。根据成长小说的基本句式：主人公在他人的引导下，经过系列的考验（教训）后，终于长大成人的故事，我们可以从中找到行动元的基本关系（见图2-7）。

以《青春之歌》为例，成长者林道静作为一名小资产阶级女性，她向往革

命和真理，而林红、卢嘉川和江华作为
坚定的共产党员则是林道静成为新人
的导师，林道静和这三人构成包蕴关
系，他们都是革命同志。而小资产阶
级学者余永泽是林道静成为共产党员
的障碍，他们之间是私欲的低俗关系，
国民党反动派是林道静要打倒的对象，

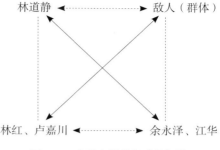

图 2-7　成长小说的行动元矩阵

他们构成了对立关系。相应地，余永泽和国民党反动派也构成了包容关系，余
永泽和江华等是矛盾关系（在私人领域里是情敌）。总体而言，小说中的行动
元关系就是如此。这种关系基本构成了整个新人成长小说的基本行动元模型。
行动元之间的彼此关系突破了矛盾对立等逻辑关系，进入叙事理论及其意义阐
释领域。

　　范导者和反面帮手关系的设置及其力量对比，在成长小说中作用重大，从
叙事的角度讲，这一对行动元是为"制造文本的幻觉"（詹姆逊语）。格雷马斯
则认为它们的主要作用有二："① 第一类功能有助于欲望的实现，它有利于交
流;② 另一类反之，它制造障碍，阻滞欲望的实现，它妨碍交流。"[①] 如果说在新
人成长小说中，范导者和反面帮手在制造文本幻觉时，其实都是在争夺成长者
这一"锦标"，只是结果是按照当时的预设理念，成长者的长大成人只能是成为
前者，和后者决裂。但是，这种角色关系在新生代成长小说里虽然没有发生变
化，但"势力""能量"对比发生了变化，最后结果也是逆转。文本的意义在这
种力量对比悬殊和结构逆转中绽放。考察新生代成长小说，我们不难发现其普
遍属于三元结构包围之下，传统的家长制、革命意识形态和市场经济（从某种
意义上，革命意识代表了以前的革命范导者的精神取向，市场代表了以前的小
资产阶级的物质取向）三者都在争夺和形塑成长者，经过这三个行动元对成长
者这个锦标的争夺，最后是市场获胜。著名作家毕飞宇的《那个夏季，那个秋

———————

① 〔法〕格雷马斯：《结构语义学》，吴泓缈等译，百花文艺出版社，2001 年版，第 254 页。

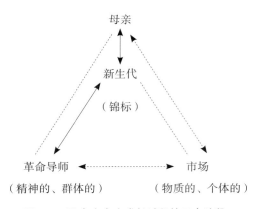

图 2-8　耿东亮人生成长过程的三个阶段

天》比较好地表现了这一主题[①]。该小说讲述了音乐系高材生耿东亮如何在市场的蛊惑下放弃成为男高音歌唱家的梦想，而成为市场上走红歌手的成长故事。本书则试图通过展示耿东亮在人生成长过程中经过传统伦理规训、意识形态征询和市场经济诱惑这三个阶段的遭遇与挣扎，来探讨"道术已为天下裂"的市场经济时代，个体成长获得主体性的艰难（见图 2-8）。

在这部小说里，围绕主人公的成长，作者设置了三组行动元。溺爱儿子的童惠娴，信誓旦旦要把耿东亮培养成男高音歌唱家的音乐教授，蛊惑耿东亮下海成为走红歌手的生意人李建国、酒鬼和董事长罗琦等，这三类人分别代表了 20 世纪 90 年代中国社会的三种力量和思想价值取向，在这三种力量的交织与斗争中，代表欲望的市场大获全胜，以此隐喻一个全面世俗化时代的到来，个体成长将更为艰难。母亲童惠娴是传统家长制的隐喻，她把孩子作为私有财产严格地保护和对待，以弥补她失败的爱情和对于理想恋人的情感寄托。但母亲秘而不宣的私心却是以伟大无私的母爱形式显示的。

小说是通过两个仪式来渲染母亲对儿子不可争辩的软性控制来实现的。中午赶到幼儿园给儿子喂奶和逼迫上大学的儿子周末回家吃鸡蛋，这两件非常日常生活化的行为，或者说就是仪式，在意识层面是无私母爱的见证，而在无意识层面却是母亲对儿子的权威性象征。畸形的母爱把孩子成长的天空编织成了蚕茧，耿东亮不满这种爱，采取了消极反抗和出逃。表现之一是本能地咬妈妈

---

① 在毕飞宇近二十年的创作生涯中，《那个夏季，那个秋天》是一部很特殊的文本，可以说是其创作风格的一个节点，因为它标示了毕飞宇创作风格的重要转变，即在经由了先锋漂泊和新历史主义的哲学感悟后，其创作路向由此转到了现实尘世的书写上，正如作者本人在这本书的再版序言里所说的那样："当我回忆起它们的时候，我意外地发现，《青衣》和《玉米》的源头就在这本书里。"这一节的引文均出自本书，不再做注释。这一部分内容是本人和王长国博士讨论的结果，特此致谢。

的乳头或拼命地吸奶；表现之二就是考上大学以摆脱母亲的控制，"只要迈出去，一切就解脱了，明亮了，通畅了，自由了。目光可以驰骋，心情可以纵横，呼吸可以阔开了"。恰如有研究者认为的，"童惠娴爱的行动逻辑动力则是千百年来家族制作风和思想：孩子是家长或家族血脉上的链条，是家长精神和感情的延续。与其说童惠娴爱的是孩子，还不如说她爱的是她自己。……传统的家长制最大的弊端恐怕就是无视和扼杀了子一代的自我性和主体性了"①。

大学教授炳璋则是学院派精英主义代表，在他发现了耿东亮的音乐天赋后，试图把他培养成著名的男高音歌唱家。他不遗余力全身心地对耿东亮进行训练和改造，包括他的日常饮食与行为举止。小说是这样描述这对师生从精神气质和举止行为的相似性和精神继承性："炳璋一点儿都不掩饰自己，他像一位真正的父亲，寻找与光大'儿子'身上的遗传基因，看着'儿子'一天天长大，一天天'像自己这样'，炳璋的习惯行为越来越多地覆盖在耿东亮身上了，耿东亮的走姿和行腔都越来越像炳璋了。耿东亮在许多时候都有这种感觉，在他做出某一个小动作的时候，突然会觉得自己就是炳璋，仿佛是炳璋的灵魂附体了；借助于他的肌体完成了某种动作，耿东亮说不出是开心还是失落。总之，他越来越像炳璋了，不是可以模仿作的，只能称作耳濡目染，或者说，只能是炳璋的精心雕刻。"② 但时间一久，耿东亮就不认同这个所谓的"精神父亲"了，"感到自己不是有了一位父亲，而是又多了一位母亲"。尽管童惠娴和炳璋对耿东亮的溺爱和教育表现方式和做法不同，但根本目的相同：都把耿东亮当作自己的私有财产，当作自己精神和情感的替代物。

于是耿东亮开始反抗了，这次的反抗是通过厌学和打游戏来体现的，这似乎是对当前学校的应试教育的反讽。恰恰在这个他厌学的时候，作为市场经济的生意人李建国、酒鬼和董事长罗琦成为他的新导师，李建国用物质和现实的名利给他洗脑，酒鬼通过对流行歌曲与美声的对比帮他解构了美声的崇高和精

---

① 王长国：《寻找那个个人：评毕飞宇的〈那个夏季，那个秋天〉》，《当代文坛》，2005（6）。
② 毕飞宇：《那个夏季，那个秋天》，作家出版社，2005年版。

神乌托邦，让他从"挣扎的、控诉的、呐喊的、反抗的"流行乐找回了"自我"；而董事长罗琦则手把手教会他男女之性爱。经过人生三课后，耿东亮毅然退学，当起了歌厅里的走红歌手，坦然与市场经济，和世俗的欲望握手言和。

对于这部小说的解读，如果从行动元关系的变化来试探形式变化背后的意义，可以更好帮助我们理解该小说的主题。耿东亮在近20年的岁月里，从家长眼中的"好孩子"到老师心中的"好苗子"，再到生意人手中的"好牌子"。经过三番折腾，他已不再逃避，也不挣扎，更不反抗和拒绝，彻底和现实握手言和。在当下中国叠合的文化和思想语境下，伦理道德、意识形态和消费主义等多方对于开展捕获或征询，绝大多数人注定像耿东亮一样，成为时代和他人预设的私有物、替代品或玩偶。

三是类型的价值规约。对于小说类型的历史考察，我们不难发现这样奇怪的现象，有些类型基本属于"长生不老"型，有些属于"昙花一现"型；有些类型在一种文化语境里面属于类似主导型，大受欢迎，而到另一种文化语境中则会要么"见光死"，要么发生严重畸变；有的类型虽被不同的文化民族分享，但是旨趣差异甚大。这些现象深刻揭示了最终决定特定小说类型命运的是小说类型承载的价值。小说类型的价值问题非常复杂，本书的价值论部分作了专门论述，这里我们只要确立这样一种信念：小说类型本身就是价值信号，应该花力气对具体类型本身进行文化解密，我们强调对小说类型做民族志和人类学研究的依据就在于此。反过来，我们对小说意义的探寻，也可以从特定的类型出发。对于从小说类型的判断上寻找价值，我们不能像句法研究或者行动元模型那样通过比较细致的技术分析得出结论，毕竟价值和类型对位的抽象性决定了它在方法上要相对粗略，不过方向性的路标还是有的，至少我们觉得可以从人类学和文化心理学两方面寻找。

在人类学方面，加拿大原型批评家弗莱和苏联学者巴赫金给我们做出了有力的探索和证明。弗莱按照亚里士多德所提出来的书中人物和普通人的水平比较标准，把虚构文学作品分为神话、浪漫传奇、高模仿、低模仿和反讽五种模式。这五种模式代表西方的叙事结构，弗莱认为西方文学的叙事结构从总体上看，都是对自然界循环运动的模仿。自然界的循环周期大体可分为四个阶段，即晨、午、晚、夜，或者是春、夏、秋、冬，等等。与此相应，文学叙事的结构也可以分为四种基本类型：喜剧，即春天的叙事结构；浪漫传奇，即夏天的叙事结构；悲剧，即秋天的叙事结构；反讽和讽刺，即冬天的叙事结构，而神话则体现了文学总的结构原则。弗莱的原型批评对文学类型的人类学价值研究具有相当深度，而且人类学价值的得出是建立在结构的程式和套式上，又具有了很强的科学性。

如果说弗莱的研究对象还是文学类型，和我们研究的小说还有一定的差距的话，那么，巴赫金对欧洲小说的研究则更具有考察价值。巴赫金研究欧洲长篇小说的历史类型时，按照主要人物形象的建构原则，"小说的一切要素是彼此互为制约的，某种建构主人公的原则总与一定的情节类型、对世界的一定见解，与长篇小说的一定布局结构相联系"[1]。借用了生物学中的"时空体"概念来把这种复杂展现在时空中的现实的历史的人，根据人和时空的关系（或者说人在时空中的表现）把历史的小说分为：漫游小说、考验主人公小说、传记（自传）小说、教育小说四种类型。不同的小说类型及其变体在特定时空表现了不同的价值取向，比如漫游小说暗含了"世界就是差异和对立在空间的毗连，而生活则是各种差异对立状态的交替"；考验小说是考验主要人物的"忠诚、英勇、果敢、品德、情操、虔诚等等"。对于不同的变体而言，考验的重点是不同的；传记小说则是抒写一代人进入真实的历史时间（不同于神话时间和传奇时间），具有现实主义的特征，"在描绘世界时，它便克服了漫游小说的自然主义的分散性，又消除了考验小说的异域情调及抽象的理想化。由于同历史时间、同时代的联系已初露端倪，便可对现实进行更加深刻的现实主义的反映"[2]；而典型的教育小说则具有德国启蒙时代的最典型的现象，隐喻了现代国家的诞生与成长和人的成长的同一。

---

① 〔苏联〕巴赫金：《小说理论》，白春仁、晓河译，河北教育出版社，2005 年版，第 214 页。
② 同上书，第 216 页。

在文化心理学方面，王晶对西方通俗小说的价值探讨作出了有趣而到位的尝试。王晶根据通俗小说类型所蕴含的传统母体来分析其与人类丰富复杂社会心理之间的关系，从而使人们清晰地把握通俗小说如何满足大众读者的心理需要的复杂过程，也可以让人们从另一层面认识通俗小说巨大的社会价值。王晶采用的心理学的理论依据是广为人知的美国人本主义心理学家马斯洛的需要理论，他认为英雄传奇的心理价值是成功欲的体验，言情小说是自身情感的投射，暴力、恐怖小说是反社会情感的转移和宣泄，传记、历史小说是认知与角色认同，神秘、侦探小说是焦虑情感的释放和未解之谜的诱惑，科幻小说是探索心理的实现[①]。

尽管王晶对如上通俗小说类型的文化心理归纳不一定精确，但是特定的小说类型确实符合民族的、人类的集体心理，是该民族审美心理结构的表现，具有了母题的意味。正如有的论者指出的，"母题不是单一作品中表现的某种作家个人化的或偶然的思想观念或情感体验，而是具有人类普遍性与历史延续性的情感模式或经验模式（正因为这样，母题学研究能够从一个特定角度把文学史上诸多的作家作品纳入一个相互关联的语义、文化、心理场域）。因而分析一个民族的文学母题，常常能够揭示该民族的审美心理结构"[②]。成熟小说类型的一个标准就是能不能折射出其所归属民族的特定审美心理结构。这也就回答了为何西方的骑士小说不能进入我国读者的消费视野，而侦探小说和科幻小说在晚清引进我国时被当时的翻译家做了大幅意译，其时创作的侦探小说和科幻小说有点不伦不类的感觉，因为它们要符合东方民族的审美心理，有一个民族审美心理调适和转化的问题。接下来的问题是，是不是大众文化更适合表达民族的审美心理结构，而所谓的高雅小说因为具有探索性，更多表达的是作家的个人心理和感情而不具有这一点功能呢？我们认为所谓的高雅小说只要它能成为类型，经过岁月的洗礼能保存下来也是民族审美心理结构的反映，比如我国

---

① 王晶：《西方通俗小说：类型与价值》，云南人民出版社，2001年版。
② 童庆炳、程正民：《文艺心理学教程》，高等教育出版社，2001年版，第241页。

的现代乡土小说，它是乡土中国及其子民的家园和土地意识、天人观念的集体无意识。

第四节　用算法提升类型学研究的科学性

在小说类型的确定与研究方法中，类型确定的量化研究一直存在一个秘而不宣的问题。不得不承认，我们对类型的认定缺少数量统计的支撑，采取多大样本来确认和统计类型特征，在很大程度上源于研究者的经验与直觉，比如为何普罗普采用的是 100 个俄罗斯神奇故事的解剖，而许子东解读的是知青小说 50 部呢？为此许子东避免个人爱好选择研究对象，决定采用"别人的标准"，列举了很多条件来遴选，以保证这 50 部小说的代表性。虽然历史条件限制，但随着交叉学科兴起，量化等研究方式越来越得到人文学科研究重视，特别是随着大数据的普及和推广，数字人文研究方法日益渗透到各个相应学科。当我们说小说类型学具有很强的科学性时，也必然意味着我们需要与时俱进利用大数据的算法来进一步提升其科学性。同时，随着网络文学的兴起并逐渐成为当代文学的主流，面对海量的网络类型小说，仅仅强调大量阅读已经不管用了。

网络文学因数字技术而生与兴，网络文学批评在方法上理应自带数字化基因。结合网络文学的类型化特征和近年兴起的数字人文研究方法，我们认为，作为量化研究利器的大数据管理，与深耕文本定性研究的类型学方法结合是当下文学批评和研究的重要方向。网文批评界对类型学批评较为认可，但对算法批评却认识不足。这既与观念有关，也和人文批评的技术区隔相连。所谓文学文本的算法批评，是利用电子大数据和软件程序的帮助，按照一定的目标设定和试验测试，对数量庞大的文学文本进行数据挖掘，以精确呈现文本规律性和变化特征的量化批评方法。作为数字人文研究方法的有机组成部分，算法批评伴随了人文科学的学科化和科学性发展历程，走过了从文献研究中简单的统计学方法发展到对复杂海量数据的人文计算，再到今天借助人工智能手段的可视化模型化的复杂验算与呈现三阶段。

165

虽然目前算法批评在整个文学批评尚处在辅助性的弱研究阶段，但却暗示了人工智能批评时代的远大前景。算法批评和批评的产生根本上是为满足人文学者在文学批评和研究中对对象的客观性和全面性把握的科学诉求。严肃的人文科学研究试图借助这种实证思维和方法，以克服研究者的"小阅读"与"大对象"，主体的主观性和客体的客观性之间的矛盾诉求。如我国早期提倡历史统计学的梁启超先生所设想的，"统计学的作用，是要'观其大较'。换句话说：是专要看各种事物的平均状态，拉匀了算总账"。当代网络文学的文本批评急切需要算法批评，是因为批评家个人和要批评对象之间存在的客观鸿沟。一方面是批评对象的巨大与批评家个体阅读精力的极其有限。网络文学 2 700 多万部的海量文本和动辄 300—400 万字的超长篇令习惯了"细读"的批评家"望洋兴叹"；另一方面是批评家擅长的追求文学性的批评知识和理论大体上不符合网络文学的"知识状况"，虽然都是共享了"文学"之名，但网络文学的市场化、类型化和网络化属性让其离"文学性"越来越远，网络文学创作中"设定"置换了"现实"，场景切换了背景，类型取代了个性，等等。这也就提醒我们：传统的感悟的、经验的印象式个体批评需要被更现代的客观的、科学的系统性批评取代。

算法批评和研究在一定程度上能满足这种形势需求。事实上，日益发达的人工智能技术为这种基础提供了硬件保证；网络文学的类型化特征从文本创作规律上提供"软件"支撑。从技术上说，随着文学网站对原创文学作品的数字库存处理成熟，数据库建设健全，各类数据统计软件、文学研究软件和 AI 写作软件的建设与开发，都为算法研究提供了数据来源和技术帮助。虽然专业化的编程程序对广大批评者来说技术门槛很高而难以直接上手和推广，但已有的研究成果已说明了开展算法批评是可行的。

从实践上讲，统计学式的数据性批评一直是文学批评中的一股若有若无的潜流。随着计算机的出现，让电子索引、查找大数据变得简便易行，用计算机和"大数据"来考察文化体系的做法越来越被学界认同。2000 年前后以莫莱蒂和马修·约克斯等为代表的西方数字人文研究先驱，推动人文计算向数字人文的提升。在数字人文研究阶段，人与计算机"共同负责解释行为"，"接近于传统文学研究的创造性活动、相对自由的分析及其思索性的本质"（戴安德，2016）。在文学批评领域，用算法开展的分析主要集中在作者身份、人物关系、作家感情、用词习惯、文学手法、主题、修辞手法、文体分类等。莫莱蒂等人的远读理念和社会网络分析与情节分析等方法很快被一群年轻学者引进国内并尝试使用，比如赵薇对李劼人大河小说中的人物功能分析；站玉冰等利用大数据开展故事曲线形态、文体类型的主题特征抓取等。

算法批评初步在网络文学文本批评中运用并有一定成效。这一方面，北京大学和上海大学团队的网络文学批评研究团队率先做了尝试。如北大网文团队中，李强试图从技术视角把握网络文学特征的尝试，提出"网文算法"（俗称套路），从设定、类型与"数据库"三个层面，探求技术与文本生成机制之间的关系；吉云飞运用远读法分析男频升级流中的小说节奏与读者情绪；许婷、肖映萱等对总裁文的亚类型多宝文中角色网络的数字化统计，从角色的升降关系看读者的情感转移。上海大学网络研究团队中，张永禄和杨至元以起点中文网、晋江文学城、纵横中文网与 17K 小说网等大型原创网络小说平台的 2019—2020 年网络武侠小说排行榜上千部作品为样本进行量化分析，观察当下男频武侠小说和女频武侠小说创作的基本情态与不同走势，得出当下网络武侠小说创作虽处颓势却暗藏生机的基本结论；博士生刘赛用 python 等技术对玄幻小说的世界观设定、时空布局、主人公力量等级体系等的统计、对比和可视化呈现。

以上算不充分的案例说明，算法批评和研究对网络文学文本的研究是可行的，它确实大大纠正了文本批评的随意和主观性，极大增强了文本分析的科学性和结论的客观性，成为当下网络文学文本批评的一条新途，得到越来越多青年学人的青睐。但，我们需要认识到，对网络文学开展算法批评仅仅是开始，它远远谈不上成熟。从现有的批评成果来看，要么方式和结论非常简单，得出的结论是常识性的；要么是算法批评处于辅助位置，是对其他批评方法和手段的有益补充。这需要我们客观认识到在现阶段开展算法批评的有限性。

当前开展算法批评的困难主要有二。一是物质技术条件的限制。我们知道人工智能研究的第一基本条件就是足够的算料（数据库）和算法（处理数据的编码程序）。相对于纸面文学，网络文学文本虽然都在网上，但由于网络文学原创文本基本属于商业性的文学网站，只有很少可以免费对公众开放，这对批评者的采样带来限制。对于广大批评者来说，算法批评是有技术门槛的，目前基本上只能依靠常见的统计工具（如 python），或现成的文学研究软件（比如目前大陆流行的由谷臻故事工厂开发的一叶·故事荟软件）。这种算法工具使用上的被动性对批评效果的影响是不言而喻的，软件设计能力高下也直接影响了批评结果。

二是处理机器运算和批评主体的矛盾关系。这是数字人文研究中不能回避的，也是争议极大的问题。网络文学批评是人文研究，批评家的主体性地位是主导性的，但算法批评因对机器人或软件的过分依赖很容易导致批评的工具化后果。使用软件挖掘数据和开展批评试验的成果不仅像做自然科学实验或数学统计工作一般非常枯燥和单调，而且得出来的结论也非常死板和冰冷，我们很难看到批评者的喜怒哀乐，这在很大程度上影响了文学批评工作的审美性和读者的阅读快感。因此，在技术有限的条件下，笔者主张批评主体的主导型地位和算法批评的辅助性地位，算法为批评家服务，而不是批评家为算法服务。理想的批评是实现跨学科的合作，批评家能积极参与到算法程序的设计中，和技术设计人员合作，实现文学的叙事语法、情感语法与人工智能算法的赋值附情融合。当然，也要提倡批评家对于算法结论的个性化阐释，否则千篇一律的批评结论就不是文学批评。高质量的网络文学文本批评应当是算法的"远读"和评价家的"细读"相结合。

限于现有人工智能在文学领域应用的水平，算法批评处于弱量化研究阶段，单纯的量化研究得出的结论很难超过我们的文学经验与艺术直觉。如果算法批评仅仅局限于人物功能、文体学、修辞、情感倾向和叙事节奏的描述和可视化呈现，虽然保证了批评的科学性，但其思想和艺术价值的深度得不到保证。从目前的研究成果看，质性研究的主导性介入，为算法批评提供了基本框架和思想开掘的战略地图。结合笔者的研究，参证李强、站玉冰、吉云飞等青年学者相关研究成果，我们认为算法批评与类型学批评的结合值得重视和推广，因为类型学的叙事语法为算法批评提供了基本句法、人物关系等分析模型，而类型演变与价值变迁的对位比较则保证了批评的思想艺术的复杂性阐释，叙事的形式结构与社会文化历史结构互文阐释能把网文批评导向时代需要的深度。

当前的算法批评尚处于起步阶段，主要是做词频研究、人物关系图示等。本节试图对近 5 年来的网络武侠小说研究做一个量化和质性结合尝试。为科学全面地描述网络武侠的当下情势与走向，我们尝试以爬虫软件——后羿采集器爬取晋江文学城、起点中文网（后简称"起点"）、纵横中文网、17K 小说网等在 2019—2020 年网络武侠小说排行榜上千部作品作为样本，以 Excel 和谷尼舆情图悦（picdata.cn）热词分析工具做量化分析，结合小说类型学相关理论，观察当下男频武侠和女频武侠创作大趋势，并对其中一些逐渐成熟的网络武侠小说子类型选取全网（增补咪咕阅读、豆瓣阅读、不可能 de 世界等网络小说平台）代表作品进行定性分析，梳理其叙事类型的变迁及其潜藏的读者文化心理变化，从而在一片"武侠已死"的唱衰声中挖掘出网络武侠小说潜藏的活力与生机，从而指导网络武侠作家的创作，使得武侠回到一个更加优化的发展态势[①]。

相较于传统武侠小说，网络武侠小说的一个鲜明特质就是女性武侠小说的出现与发展带来的性别阅读差异化：男性重武功，女性偏言情，由此出现了网络武侠的基本分类，即男性向武侠与女性向武侠，分别被网络文学平台归入男频网文与女频网文中。因此，我们以"男频武侠"与"女频武侠"来分类观察性别阅读差异对网络武侠小说迥异审美特征与气质的影响。

一、男频武侠相位：承继传统，幻想升级

男频武侠小说主要以男性受众为目标读者，基于男性立场展开叙事，一般偏重于外在的物质和功业追求，服务于符合男性审美偏好与审美趣味的网络武侠生产与消费。近两年男频武侠的创作阵地主要在起点中文网、纵横中文网、

---

① 该研究尝试为笔者和研究生、武侠作家杨至元合作，特此说明。

17K 小说网，其居于主流的是幻想武侠与传统 / 历史武侠两个子类型小说。

（一）以起点中文网为主要阵地的幻想武侠小说

经对起点中文网的武侠小说于 2019—2020 年登上收藏总榜的 70 部作品进行数据采集，其子类型数量占比如表 2-2[①] 所示；并对这 70 部作品的文案内容进行词频分析，统计结果中的高频词前 15（因篇幅限制，表格仅展示部分，以下同上）如表 2-3[②] 所示。

表 2-2　起点中文网 2019—2020 年武侠小说收藏总榜子类型数量占比

作品类别	作品数量	占　比
古武未来	0	0.00%
武侠同人	0	0.00%
传统武侠	4	5.71%
幻想武侠	65	92.86%
国术无双	1	1.43%

表 2-3　起点中文网 2019—2020 年武侠小说收藏总榜 70 部作品文案高频词前 15

关键词	词　频	权　重
世界	51	1.000 0
武侠	31	0.998 7
江湖	34	0.986 1

① 采用后羿采集器工具对起点中文网作品收藏总榜进行数据统计的日期为 2020 年 11 月 3 日，权重计算方法为，以每一子类的作品数量为分子，以所有类别的作品总数量为分母，进行百分比计算，精确到小数点后两位。
② 此处采用谷尼舆情图悦热词分析工具对起点武侠收藏总榜的 70 部作品文案进行词频分析，TF 热词词频指标是指一个词在文章中出现的次数，采用的方法是大词优先，Score 热词权重指标是指一个词在文章中的重要性，主要由 TF 热词词频、IDF 倒转文档频率、Other 其他三个指标决定，IDF 倒转文档频率表示词的区分能力，Other 指词在文章中与其他词的语义聚合程度，导出的 EXCEL 默认按 Score 热词权重 Z—A 排序，是前 150 位的词，精确到小数点后四位，本书因篇幅限制，表格仅展示前 15 位。其中，热词权重为 0.909 1 的"书友"、0.871 3 的"新书"、0.862 2 的"书友群"为信息杂项，从前 15 高频词里剔除，以后三位补足。

关键词	词　频	权　重
穿越	29	0.973 8
武道	15	0.940 0
诸天	17	0.894 9
天下	17	0.886 7
一世	13	0.879 1
重生	12	0.873 9
游戏	15	0.863 0
武学	10	0.862 5
神功	10	0.862 2
故事	13	0.844 7
玩家	10	0.825 6
武侠世界	9	0.818 3

由上可见，幻想武侠小说的创作形势以绝对性优势压倒击败传统武侠小说等其他子类型，成为起点武侠小说最突出的特色子类型。通过作品文案的词频分析，可以在某种程度上窥见幻想武侠在背景架构、人物身份与故事元素等方面的偏向性，比如"世界""穿越""重生""诸天万界""洪荒""游戏""种田""高武""金手指"可归为背景架构特色，"玩家""BOSS""锦衣卫""妖魔""英雄""女妖""神佛""天帝""农夫""侠客""弟子""大爷""宗师""道人""美人"可归为人物身份特色，"融合""长生""至尊""强者""通天""威震""修炼""技能""任务""神武""遮天""虚空""元气""横行"可归为故事元素特色。

不妨根据小说类型学中句式研究方法[①]初步勾勒近两年幻想武侠小说的叙事

---

① 具体方法请参见张永禄：《类型学视野下的中国现代小说研究》，上海大学出版社，2012 年版。

总公式：

> （　　的）主人公重生穿越至（高武世界、诸天万界或游戏等）异
> 世界大陆，在（　　等）系统金手指的帮助下，经过修炼武技打怪升级
> 等心路历程与历练，终于登上武道巅峰的成功故事。

幻想武侠小说是"玄武合流"的产物，与玄幻小说类型很接近，以"爽"为第一要义，以升级叙事为主。周志雄认为武侠小说与玄幻小说、仙侠小说的故事模式、叙事手法、人物塑造、价值取向等并无太大差别，不同之处主要体现在小说的世界构架和功法系统[①]。庄庸也提出了类似观点，其认为新武侠与玄幻的根本不同之处，并不在于"类型文"本身对故事、模式、人物的不同设置，而是在它们创造世界、秩序和第二人生时迥异的"设计体系"，以及设计这种世界体系时，所根基、局囿或超越的观念[②]。我们观察，起点幻想武侠小说在2019—2020年主要分为以下几种创作潮流：以封七月《拜见教主大人》《通幽大圣》为代表的暗黑向杀伐果断爽文，以萧舒《雷霆之主》《剑从天上来》《白袍总管》《超脑太监》、王存业《从锦衣卫到武林至尊》《提前登陆武侠世界》、剑气书香《长生大秦》等为代表的重生穿越高武爽文，以咸鱼洁南《横扫大千》《无限世界投影》《玄幻模拟器》、天帝大人《武侠仙侠世界里的道人》《穿越诸天万界》《诸天一页》、食盒《诸天武道从武当开始》、青匆客《诸天武道强人》等为代表的诸天无限流升级爽文，以佳男《金刚不坏大寨主》为代表的肌肉猛男横推流，以墨宣纸《我与我的江湖酒馆》、三天两觉《盖世双谐》为代表的轻松日常向玩梗流。

上述列出的 20 部作品有 17 部皆为升级流，1 部无敌流，2 部轻松玩梗流，其中升级流幻想武侠基本为起点武侠大神持续创作的上百万字大长篇，代表主

---

① 张珍珍：《网络武侠小说的发展及其特色》，青海师范大学，2017 年版。
② 庄庸：《从新武侠到后玄幻时代：网络文学的三次"世界大战"》，《博览群书》，2015（11）：第40—46 页。

流风向。该风向因功利性较强，同质化程度也比较高，其多以底层民众为受众，隐喻了在当下阶层固化、难以上升流动的社会环境中，底层草根知道在现实中基本无法通过努力奋斗实现逆袭，只能在突破现实等级的幻想世界里实现个人的人生净化，其对权力的迷信和对人生巅峰的崇拜，甚至代入施暴的一方，在杀伐果断的扮猪吃虎和矫揉造作中，释放其现实中压抑许久的负面情绪，作品大多并没有超越性的共同追求，我们阅读到结局得到的是主人公到达权力巅峰后的空虚，这种"爽"终究只是虚幻的低级的"爽"，不是努力奋斗后精神情感得到高度和谐统一的真实愉悦。因而，幻想武侠小说在 2020 年出现轻松玩梗流新转向。

纵观 2019—2020 年起点武侠小说排行榜中，有两部轻松日常向玩梗的古龙风武侠小说在满纸杀伐之声中杀出重围，分别成为 2019 年度武侠小说爆款与 2020 年度武侠小说爆款，即非玩家角色的传统武侠小说《贼人休走》与三天两觉的幻想武侠小说《盖世双谐》。《贼人休走》的主人公是轻功天下第一的侠盗（类似楚留香与陆小凤合体），故事以主人公江湖游历日常为主，处处设梗，风格慵懒幽默，加之文字功底极佳，颇受读者欢迎；《盖世双谐》则是评书文风，用嬉笑怒骂讲相声和不停玩梗的叙事方式讲述鱼市巨子孙亦谐、蜀中三绝黄东来等在赶往英雄大会的路上发生的一系列有趣的故事，该小说主角代入感较弱，但群像塑造鲜活，一改升级流武侠的人物脸谱化。此类武侠小说风格向前追溯 50 年能寻到古龙的《欢乐英雄》，其散文化幽默笔法，抒写一种情调、一种感觉、一种心情，而不仅是一个首尾完整的传奇故事。吉云飞在 2018—2019 年男频网文综述里提出，《诡秘之主》为代表的男频文里对力量的无限崇拜和偏执追求被消解，力量由目的转化为工具，开始为获得和守护一种更好的生活服务的观点 [1]，在升级流幻想武侠小说中也同样适用，其不再一味打怪升级，而是沉醉于普通的人间温暖与世俗幸福中，追求欢乐精神。虽然此类

① 吉云飞：《寒冬之中　别开生面——2018—19 年中国网络文学男频综述》，《文艺理论与批评》，2020（1），第 108—121 页。

武侠小说在当下幻想武侠小说中仍属少数，但其已开拓出新的大方向，期待不出几年会引领新的大潮流。

我们也要清醒认识到的是，起点幻想武侠小说近两年的创作已隐约进入瓶颈期。封七月、萧舒、王存业、咸鱼洁南、天帝大人等长期耕耘幻想武侠小说的大神作者已走上自我复制、套路化的道路，而其他作者也盲目跟风，缺少独创性，作品同质化问题相当严重，新老读者在评论区纷纷表达不满，可窥见一斑。幻想武侠小说如今一直处于高不成低不就的尴尬状态，因"重武轻侠"甚至"有武无侠"被武侠迷指责挂羊头卖狗肉，对世界观的架构和人物剧情的设计又远不如玄幻奇幻小说类型放得开手脚，颇有些画地为牢的窘状，作家们若不奋起突破此困境，那么这一子类型的艺术生命力很容易被耗尽。幸而，轻松日常向武侠小说的兴起给幻想武侠小说打开一个新的突破口，若幻想武侠小说能将"武"与"侠"平衡好，吸纳更多类型的要素，为侠义精神服务，相信会挽回流失的读者，得到长足发展。

（二）以纵横中文网、17K 小说网为主要阵地的传统 / 历史 / 新派武侠小说

我们对 2019—2020 年纵横中文网传统武侠小说、新派武侠小说总收藏榜各 1 000 部作品，17K 小说网总收藏榜传统武侠小说 1 113 部作品、历史武侠小说 570 部作品，进行数据采集，提取以上全部作品文案内容进行词频分析，统计结果中的高频词前 15 如表 2-4、表 2-5[①] 所示，因两平台的传统 / 历史武侠小说创作风格相似，故一并作统计分析。

---

① 此处采用谷尼舆情图悦热词分析工具对纵横中文网传统武侠、新派武侠各 1 000 部，17K 小说网传统武侠 1 113 部、历史武侠 570 部的作品文案进行词频分析，TF 热词词频指标是指一个词在文章中出现的次数，采用的方法是大词优先，Score 热词权重指标是指一个词在文章中的重要性，主要由 TF 热词词频、IDF 倒转文档频率、Other 其他三个指标决定，IDF 倒转文档频率表示词的区分能力，Other 指词在文章中与其他词的语义聚合程度，导出的 EXCEL 默认按 Score 热词权重 Z—A 排序，是前 150 位的词，精确到小数点后四位，本书因篇幅限制，表格仅展示前 15 位。

表 2-4　纵横中文网 2019—2020 年武侠小说收藏榜 2 000 部作品文案高频词前 15

纵横传统武侠小说 1 000 部			纵横新派武侠小说 1 000 部		
关键词	词　频	权　重	关键词	词　频	权　重
江湖	779	1.000 0	江湖	720	1.000 0
武林	152	0.869 9	天下	192	0.864 5
天下	152	0.848 2	少年	164	0.861 8
少年	141	0.842 2	武林	109	0.844 7
故事	130	0.818 2	武侠	90	0.833 7
乱世	74	0.815 4	世界	166	0.832 3
武侠	70	0.803 9	故事	140	0.830 5
武功	62	0.788 3	乱世	58	0.797 4
恩怨	53	0.783 3	穿越	62	0.783 5
一剑	52	0.782 1	一剑	50	0.782 8
情仇	46	0.781 9	庙堂	38	0.778 6
世界	77	0.762 6	武道	35	0.776 7
英雄	58	0.759 8	恩怨	46	0.775 5
阴谋	43	0.752 1	情仇	40	0.774 2
庙堂	30	0.749 9	武功	44	0.762 3

表 2-5　17K 小说网 2019—2020 年武侠小说收藏榜 1 684 部作品文案高频词前 15

17K 传统武侠小说 1 114 部			17K 历史武侠小说 570 部		
关键词	词　频	权　重	关键词	词　频	权　重
江湖	937	1.000 0	江湖	327	1.000 0
武林	208	0.884 9	天下	120	0.885 7
少年	176	0.848 4	武林	75	0.871 4
天下	169	0.833 9	少年	70	0.844 5
故事	150	0.817 4	乱世	46	0.834 3

第
二
章

小
说
类
型
学
的
方
法

175

17K 传统武侠小说 1 114 部			17K 历史武侠小说 570 部		
关键词	词　频	权　重	关键词	词　频	权　重
武功	73	0.791 3	穿越	52	0.826 8
武侠	67	0.787 6	武侠	43	0.821 5
一剑	59	0.780 6	情仇	34	0.815 7
情仇	48	0.775 0	世界	68	0.815 0
世界	99	0.771 6	恩怨	32	0.796 5
阴谋	59	0.769 4	历史	50	0.791 9
乱世	51	0.768 2	英雄	37	0.780 2
纷争	50	0.761 7	末年	27	0.779 1
绝世	47	0.759 7	庙堂	22	0.777 9
恩仇	38	0.756 1	武功	28	0.773 0

从表 2-4、表 2-5 的四份高频词可以看出，纵横中文网与 17K 小说网的传统 / 历史 / 新派武侠小说创作大致趋同，风格也很鲜明，与起点幻想武侠小说呈现出截然不同的风貌。通过作品文案的词频分析，可以在某种程度上窥见传统 / 历史 / 新派武侠小说在背景架构、人物身份与故事元素等方面的偏向性，比如 "穿越" "重生" "大明" "大唐" "北宋" "蒙古" "世界" "乱世" "庙堂" "武林" 可归为背景架构特色，"少年" "英雄" "侠客" "高手" "皇帝" "大侠" "剑客" "刺客" "百姓" "将军" "师父" "公子" "盟主" "红颜" "书生" "美人" 可归为人物身份特色，"生死" "灭门" "仗剑" "儿女情长" "门派" "修行" "江山" "群雄" "神兵" "复仇" "大漠" "追杀" "战乱" "中原" "魔教" "世家" "兄弟" "苍生" 可归为故事元素特色。通过表格，很容易看出传统 / 历史 / 新派武侠小说近两年的一般叙事公式：

（　　的）主人公重生穿越至（大唐、北宋或大明等）过去的王朝，在（　　人）的帮助下，在浪迹天涯的过程中，仗剑行侠，快意恩仇，终于成为一代武学宗师的故事。

据统计，近两年纵横中文网 1 487 部传统武侠小说中，只有 9 部作品点击过十万，比率只有 0.6%，2 069 部新派武侠小说中只有 19 部作品点击过十万，比率为 0.9%，比前者略高。也就是说，无太多幻想因素的传统武侠小说和新派武侠小说虽然依旧拥有武侠老粉的市场，但近乎 99% 的作品都被充入书库无人问津，点击不足万。传统武侠小说仅有寒稽古的《魏晋风云》点击过百万[①]。新派武侠小说情况略好，有双人渔的《雪夜行》[②]、猪象的《杀局》[③]、大荒散人的《求道武侠世界》[④]三部作品点击过百万，三观犹的《大侠萧金衍》点击破五百万[⑤]，为近两年唯一爆款，但与其上一部点击近两千万[⑥]的作品《在七扇门当差的日子》相比，热度却显得后继乏力。作者也在后记中表达类似困惑，"是我的写法有问题，还是武侠真没有市场？是坚持自己的风格？还是要迎合大众口味？下一本是否继续开武侠？"三观犹作为纵横武侠的顶流大神，多年来持续创作轻松搞笑段子式武侠，《在中原行镖的日子》《在七扇门当差的日子》《大侠萧金衍》三部长篇皆有不小名气。从以上两部爆款代表作品的创作方向可以看出，传统武侠小说写作方式与悬疑推理和轻松搞笑两大元素的巧妙融合为传统武侠小说的承继革新带来新的思路。

近两年来，17K 小说网的 570 部历史武侠小说中有 8 部作品阅读数破十万，比率为 1.4%，1 114 部传统武侠小说中有 23 部作品阅读数破十万，比率为 2%，总体成绩比纵横中文网好些，但 98% 的充书库率依旧暗示了传统历史武侠小说的困境。历史武侠小说仅有雨月夜《武侠问道》[⑦]与庞德耀斯《武侠世界的小配

① 寒稽古.魏晋风云［EB/OL］.［2021-6-16］.http://www.zongheng.com/book/870529.html.
② 双人渔.雪夜行［EB/OL］.［2021-6-16］.http://book.zongheng.com/book/948792.html.
③ 猪象.杀局［EB/OL］.［2021-6-16］.http://book.zongheng.com/book/648737.html.
④ 大荒散人.求道武侠世界［EB/OL］.［2021-6-16］.http://book.zongheng.com/book/511940.html.
⑤ 三观犹在.大侠萧金衍［EB/OL］.［2021-6-16］.http://book.zongheng.com/book/779260.html.
⑥ 三观犹在.在七扇门当差的日子［EB/OL］.［2021-6-16］.http://book.zongheng.com/book/639927.html.
⑦ 雨月夜.武侠问道［EB/OL］.［2021-6-16］.https://www.17k.com/book/1199504.html.

角》①阅读破百万，前者讲述中医世家出身的叶枫重生穿越至天龙八部低武世界、大唐双龙传高武世界、风云高武世界、白蛇篇、宝莲灯篇、西游篇、封神篇、洪荒世界等一系列武侠世界，追求修仙修佛得长生的故事；后者讲述草根宅男徐阳意外拥有系统，在现实主世界和越女剑世界、雪山飞狐世界、笑傲江湖世界、天龙八部世界来回穿越打怪升级，逐渐走向无敌，并改变书中人物命运，弥补遗憾的故事。传统武侠小说有吴宸亮的《绝世少侠》②、非语逐魂的《武侠世界的慕容复》③、小蝴蝶亲的《秦时明月之天明崛起》④、梦若浮华的《秦时明月之魅舞天央》⑤四部作品阅读破百万，其中前两者破五百万，为近两年 17K 小说网传统武侠爆款。从以上头部作品的内容可看出，17K 小说网的传统历史武侠小说以同人和综武为特色，依旧以升级叙事为主，借助已有武侠经典的世界观和人物剧情等进行二次创作，力图打造爽点更强、更为庞大的武侠大世界，以此吸引原作的读者群，并进一步满足其意淫需求，这些小说的受欢迎程度高过同期纯原创的武侠作品。

由上可见，传统 / 历史 / 新派武侠小说的市场被进一步压缩，虽有武侠老粉的支持，此类作品不至于消亡，但不得不承认其处境艰难，作者要想获得市场认可，似乎只有两条路可走：要么不为名利，甘受寂寞，拿出十年磨一剑的精神来，创作出优质而纯粹的传统历史向武侠小说，自然会得到武侠老粉的支持，但这对作者心态与实力要求很高；要么选择改变，吸纳其他类型的新元素，紧跟潮流，走轻松诙谐穿越综武向路线，这条路相对而言更容易些，但难出经典，易同质化。

二、女频武侠频谱：恩怨情仇，CP 狂欢

女频武侠小说主要受众是女性，这类小说是基于女性立场展开的叙事，更

---

① 庞德耀斯．武侠世界的小配角［EB/OL］．［2021-6-16］．https://www.17k.com/book/2672952.html.
② 吴宸亮．绝世少侠［EB/OL］．［2021-6-16］．https://www.17k.com/book/3143943.html.
③ 非语逐魂．武侠世界的慕容复［EB/OL］．［2021-6-16］．https://www.17k.com/book/2742863.html.
④ 小蝴蝶亲．秦时明月之天明崛起［EB/OL］．［2021-6-16］．https://www.17k.com/book/766098.html.
⑤ 梦若浮华．秦时明月之魅舞天央［EB/OL］．［2021-6-16］．https://www.17k.com/book/486347.html.

侧重于内在的精神反思与情感书写，是服务于女性审美偏好与审美趣味的网络武侠生产与消费的书写类型。全网 2019—2020 年女频武侠小说创作以晋江文学城与咪咕阅读为主要阵地，其最主要的两个子类型为言情武侠中的江湖古言小说和耽美武侠小说。

（一）数据分析

我们以"武侠"与"江湖恩怨"作品标签的并集，筛选晋江文学城 2019—2020 年网络武侠作品收藏排行榜的 8 399 部作品并对其进行性向与类型统计①，如表 2-6 所示。为观察头部作品的创作倾向，进一步筛出排行榜前 500 部作品（表 2-7）、前 100 部作品（表 2-8）、前 50 部作品（表 2-9）进行性向、类型、视角与风格的统计分析，并提取前 500 部作品的文案内容与一句话简介进行词频分析，统计结果中的高频词前 15 如表 2-10②所示。

表 2-6　晋江文学城 2019—2020 年网络武侠小说收藏排行榜的 8 399 部作品

划分标准	作品类别	作品数量	占　比
性　向	言情	3 839	45.74%
	纯爱	3 349	39.90%
	百合	463	5.52%

① 采用后羿采集器工具对晋江文学城作品收藏排行榜进行数据统计的日期为 2020 年 11 月 3 日，权重计算方法为，以每一类别的作品数量为分子，以所有类别的作品总数量为分母，进行百分比计算，精确到小数点后两位。因作品标签设置存在一定误差，其中，表 2-5 以性向为划分标准的作品共有 8 394 部，因有 5 部作品类别为随笔，不计入分析对象；以类型为划分标准的作品共有 8 392 部，5 部随笔与 2 部童话不计入分析对象。因个别作者在数据统计后删掉作品或者作品被屏蔽造成数据重算时的误差，比如一百二十七万的《活色生香录（沙雕爆笑）》与《千叶桃花蛊》，晴空烁的《死对头看我的眼神变了》，导致"是否签约"与"作品视角"两类具体信息缺失，实际统计作品数量为 497 部。

② 此处采用谷尼舆情图悦热词分析工具对晋江武侠收藏总榜的 500 部作品文案和一句话简介进行词频分析，TF 热词词频指标是一个词在文章中出现的次数，采用的方法是大词优先，Score 热词权重指标是指一个词在文章中的重要性，主要由 TF 热词词频、IDF 倒转文档频率、Other 其他三个指标决定，IDF 倒转文档频率表示词的区分能力，Other 指词在文章中与其他词的语义聚合程度，导出的 EXCEL 默认按 Score 热词权重 Z—A 排序，是前 150 位的词，精确到小数点后四位，本书因篇幅限制，表格仅展示前 15 位。其中，热词权重为 0.991 4 的"文案"、0.985 7 的"预收"、0.897 1 的"完结"为信息杂项，从前 15 高频词里剔除，以后三位补足。

划分标准	作品类别	作品数量	占　比
性　向	女尊	85	1.01%
	无 CP	658	7.84%
类　型	武侠	2 334	27.81%
	爱情	3 394	40.44%
	仙侠	1 112	13.25%
	剧情	643	7.66%
	奇幻	408	4.86%
	传奇	160	1.91%
	轻小说	166	1.98%
	游戏	40	0.48%
	悬疑	115	1.37%
	惊悚	16	0.19%
	科幻	4	0.05%

表 2-7　晋江文学城 2019—2020 年网络武侠小说收藏排行榜的前 500 部作品

划分标准	作品类别	作品数量	占　比
性　向	言情	160	32.00%
	纯爱	219	43.80%
	百合	92	18.40%
	女尊	6	1.20%
	无 CP	23	4.60%
类　型	武侠	170	34.00%
	爱情	244	48.80%
	仙侠	29	5.80%
	剧情	23	4.60%

划分标准	作品类别	作品数量	占　比
类　型	奇幻	11	2.20%
	传奇	10	2.00%
	游戏	4	0.80%
	悬疑	6	1.20%
	轻小说	3	0.60%
是否签约	已签约	346	69.62%
	未签约	151	30.38%
作品视角	男主	38	7.65%
	女主	132	26.56%
	主攻	77	15.49%
	主受	151	30.38%
	互攻	38	7.65%
	不明	61	12.27%
作品风格	正剧	273	54.60%
	轻松	209	41.80%
	爆笑	10	2.00%
	悲剧	5	1.00%
	暗黑	3	0.60%

表 2-8　晋江文学城 2019—2020 年网络武侠小说收藏排行榜的前 100 部作品

划分标准	作品类别	作品数量	占　比
性　向	言情	22	22.00%
	纯爱	55	55.00%
	百合	18	18.00%
	女尊	1	1.00%
	无 CP	4	4.00%

划分标准	作品类别	作品数量	占 比
类 型	武侠	25	25.00%
	爱情	63	63.00%
	仙侠	5	5.00%
	剧情	3	3.00%
	游戏	2	2.00%
	悬疑	2	2.00%
是否签约	已签约	98	98.00%
	未签约	2	2.00%
作品视角	男主	4	4.00%
	女主	22	22.00%
	主攻	15	15.00%
	主受	42	42.00%
	互攻	12	12.00%
	不明	5	5.00%
作品风格	正剧	44	44.00%
	轻松	51	51.00%
	爆笑	5	5.00%

表 2-9　晋江文学城 2019—2020 年网络武侠小说收藏排行榜的前 50 部作品

划分标准	作品类别	作品数量	占 比
性 向	言情	12	24.00%
	纯爱	26	52.00%
	百合	10	20.00%
	无 CP	2	4.00%

划分标准	作品类别	作品数量	占　比
类　型	武侠	12	24.00%
	爱情	34	68.00%
	仙侠	2	4.00%
	剧情	1	2.00%
	游戏	1	2.00%
是否签约	已签约	48	96.00%
	未签约	2	4.00%
作品视角	男主	1	2.00%
	女主	13	26.00%
	主攻	8	16.00%
	主受	20	40.00%
	互攻	6	12.00%
	不明	2	4.00%
作品风格	正剧	20	40.00%
	轻松	27	54.00%
	爆笑	3	6.00%

　　由以上四个表格可以看出，近两年随着晋江文学城武侠小说排行榜作品的前推，言情性向占比从 45.7% 降至 32% 再降至 22%，最后稳定至 24%；纯爱性向占比从 39.9% 增至 43.8% 再增至 55%，最后稳定至 52%；言情武侠小说从品质和数据上皆有衰落趋势；耽美武侠小说风头正盛，优质作品已占据头部的半壁江山，近乎是言情武侠小说的两倍。从子类型主题偏重来看，武侠从 27.8% 增至 34% 降至 25%，最后稳定至 24%；爱情从 40.4% 增至 48.8% 再增至 63%，最后稳定至 68%，侧重爱情主题的武侠小说成绩更好、创作者更多。从作品视角来看，男主视角从 7.6% 降至 4% 再降至 2%，女主视角从 26.4% 降至 22% 再增至 26%，主攻

视角从 15.4% 降至 15%，最后稳定至 16%，主受视角从 30.2% 增至 42%，最后稳定至 40%，互攻视角从 7.6% 增至 12%，最后稳定至 12%。由此可见，最受欢迎的视角是主受和女主，最易被女性读者接受，其次主攻，男主跌落，互攻增长。从作品风格来看，正剧从 54.6% 降至 44% 再降至 40%，轻松从 41.8% 增至 51% 再增至 54%，轻松向武侠小说相比之下更受欢迎，渐成创作潮流。

综上所述，可初步得出结论：近两年，偏重爱情的主受视角轻松向耽美武侠小说在当下女频武侠小说最受欢迎，其次是偏重爱情的女主视角轻松向言情武侠小说（江湖古言），第三是偏重武侠的主攻 / 互攻视角正剧向耽美武侠小说和偏重爱情的互攻视角轻松向百合武侠小说，最后是偏重武侠的女主视角正剧向言情武侠小说（女主向武侠）和无 CP 武侠小说，此两者已朝着"文青向"的趋势发展。

表 2-10　晋江文学城 2019—2020 年武侠收藏总榜 500 部作品文案与一句话简介高频词前 15

晋江 500 部文案词频			晋江 500 部一句话简介词频		
关键词	词　频	权　重	关键词	词　频	权　重
江湖	353	1.000 0	立意	319	1.000 0
反派	145	0.982 4	江湖	64	0.800 3
魔教	138	0.979 3	故事	29	0.708 3
女主	207	0.943 4	反派	14	0.694 5
男主	188	0.934 4	魔教	13	0.686 3
教主	108	0.925 2	少年	16	0.665 3
魔头	90	0.919 9	武侠	13	0.660 6
武林	118	0.912 9	女主	13	0.647 5
师父	104	0.909 9	人生	14	0.644 8
美人	108	0.896 4	救赎	9	0.639 6
武侠	93	0.896 3	教主	9	0.636 1
主角	104	0.885 0	火葬场	7	0.629 0

晋江 500 部文案词频			晋江 500 部一句话简介词频		
关键词	词　频	权　重	关键词	词　频	权　重
故事	132	0.884 1	谈恋爱	9	0.626 4
重生	81	0.883 0	魔头	7	0.617 2
穿越	94	0.881 7	男主	9	0.615 0

　　从表 2-10 的高频词可以看出，晋江文学城女频武侠小说创作风格鲜明，与男频武侠小说呈现出截然不同的风貌。通过作品文案和一句话简介的词频分析，可以在某种程度上窥见女频武侠小说在背景架构、人物身份与故事元素等方面的偏向性，比如"穿越""重生""架空""游戏""种田""穿书""探案""金手指""朝廷""武林""江湖"可归为背景架构特色，"魔教""魔尊""魔头""盟主""师父""徒弟""师兄""师姐""美人""公子""少年""少女""女侠""神医""影卫""皇帝""太子""王爷""剑客""杀手""少侠""将军""掌门""郡主""小姐""世子""阁主""叫花子"可归为人物身份特色，"命运""游历""自由""恩怨情仇""慢热""救赎""炮灰""傲娇""腹黑""失忆""沙雕""高冷""相爱相杀""正经""年下""病弱""女装""复仇""可爱""清冷""暴躁""宿敌""暗恋""火葬场""偏执""死对头""大腿""忠犬""戏精""女扮男装""马甲"可归为故事元素特色。

　　至此，女频武侠小说近两年的创作特色已有轮廓浮现出来：人物设计感很强，人物被解码为具有一组"萌属性"和"后设叙事性"的"人设"，叙事时相对主人公个人的历练升级，更注重人物身份之间相互联系或对立而碰撞出的火花，如盟主与魔尊正邪之间，同一门派中师徒、师兄弟、师姐弟之间，朝堂与江湖两路人之间等。两个主人公的关系则从宏大叙事的爱情神话变成两个"人设"的"CP"搭配，对各种亲密关系可能性的想象和试验[①]，读者的共情方式也

---

① 肖映萱：《"嗑 CP"、玩设定的女频新时代——2018—19 年中国网络文学女频综述》，《文艺理论与批评》，2020（1），第 122—132 页。

从代入女主逐渐转变为置身事外去嗑一对攻受CP。

（二）以晋江文学城与咪咕阅读为主要阵地的言情武侠小说（江湖古言）

可将主题偏重爱情的言情武侠命名为"江湖古言"小说，其叙事类型的一般公式可归纳为：

（　　的）侠女们（在盛大的江湖中）与（英俊潇洒的）少侠们相逢，谈一场（或啼笑皆非或刻骨铭心或相互治愈的）恋爱，传达了当代青年轻江湖义气重儿女情长情绪的故事。

"江湖古言"最传统常见的路子是在较为纯粹的古代江湖背景里，以女主为视角展开一系列惊心动魄的邂逅相逢。如咪咕阅读中，米螺的《解佩令》讲小乞丐阿虞与出逃的六皇子萧珏初遇时情愫初生，重逢后两人虽相互爱慕却因身份而相互防备，最终排除万难才终成眷属；明明如月的《执鱼》讲述了新婚之日被丈夫抛弃的江执瑜以占卜师的身份入江湖千里寻夫，"神算执鱼"料事如神却独独算不出自己未婚夫下落，历经磨难终查明真相，有情人终成眷属的故事。晋江文学城中维和粽子的《一朵花开百花杀》则讲述了霸王花魔教妖女花焰和纯情缺爱人间兵器陆承杀大侠的爱情故事；有狐大人的《无疆》讲述了家养女杀手与病弱贵公子的爱情故事；明尔南也的《他扒了窝边草》讲述了满肚子坏水的道长与冷淡性子嘉宁郡主的爱情故事；青梅可尝《锦上添酥》讲述了暴力粗俗看不出性别的小叫花子和外冷内热的永王殿下的爱情故事。此类作品是言情武侠诞生以来经典的写法，但随着近年来读者对穿越类沙雕小甜饼的阅读转向，绝大多数作品失去热度，仅有米螺和维和粽子等早先已有名气的言情作家凭借其庞大读者群为作品扩大了影响力，从而被更多读者欢迎。

近年来，将"穿越"设定玩得炉火纯青的轻松爆笑类江湖古言小说一跃成为最新流行，主要代表有：穿进小说里和反派男主逆转乾坤谈恋爱，如晋江文学城中溪果的《养成反派小狼狗》、秦灵书的《反派男主总想杀我》、逃家西公子的《穿书拯救悲惨反派》、追蜻蜓的团子的《大佬，我攻略错人了》、甜仙贝的《女配是妖孽》、咪咕阅读中悉见的《这个江湖不正经》等，该类处处可见"穿成书里十六剑挑断男主筋脉又被报复一百六十剑制成人偶的女主""戏精本精与影帝本帝""穿书后每天都在后悔自己虐得太过分的奶凶护短女主和重生后渐渐无心毁灭世界只想谈恋爱的偏执深情男主"等戏剧性极强的人物关系，本质上它们都是沙雕甜宠文；穿进游戏里开挂升级谈恋爱，如晋江文学城中省略号挪挪的《游戏外挂使我登顶武林》、少地瓜的《江湖鬼话》，秦灵书的《我的纸片恋人》，等等。此类作品写主人公爆笑玩转江湖的同时，收获小甜饼爱情，这相比传统路子的江湖古言小说更受欢迎。

当然，还有一类言情色彩稍淡、武侠色彩更浓些的江湖古言小说，它们不以女主行侠成长为叙事核心，亦不以男女主爱情为重头戏，而是以女主视角去书写不同主题的核心事件，作为受害者或见证者或改变者，通过她们展现出朝堂江湖的恩怨纷争。这类小说世界的格局极大，写作难度相应也高，若写好了便是言情武侠难得之作。如晋江文学城中 Twentine 的《镜明花作》、遗忘 li 的《论如何刷负秦始皇的好感度》和谈树的《匪类》等值得关注，此类作品剧情流居多，擅长时代背景展现与群像描写，常带有悬疑色彩，对作者笔力要求很高，除却已成名的大神作者如 Twentine 能轻松驾驭，新人作者还未成熟，有很大上升空间。

（三）以晋江文学城为主要阵地的耽美武侠小说

2019—2020 年的女频武侠头部作品中，耽美武侠小说已远超言情武侠小说成为高口碑高数据的一匹黑马。其作为耽美小说的一个子类，核心叙事功能是满足女性读者的个人欲望，打造理想化的男性同性恋爱的江湖世界。她们通过塑造形象各异的男性角色而获得"凝视"男性的机会，成为观看"男性客体"的欲望主体，以此完成自我性主体的建构，其女性主义精神相对言情武侠来说，更为先锋和尖锐。其叙事类型的一般公式可归纳为：

（　　的）少侠们（在朝堂、江湖、战场中）与（　　的）少侠们相逢，谈一场（或啼笑皆非或血脉偾张或相互治愈的）恋爱，传达了当代青年轻江湖义气重儿女情长情绪的故事。

人物设定的萌属性预设与"嗑 CP"现象是耽美武侠最鲜明的特点，女性读者对文本的共情方式已从代入女主转变为作为旁观者去"嗑"一段亲密关系。从耽美武侠文案里放置的攻受 CP 设定就能看出这一点：比如语笑阑珊的《一剑霜寒》里镇国将军王爷攻 × 风雨门门主受，《江湖那么大》里凶神恶煞江湖第一攻 × 雪白一蓬富家公子受；熊米的《臣不得不仰卧起坐》里心狠手辣偏执帝王攻 × 大智若愚腹黑臣子受；轻风白杨的《说好成为彼此的宿敌呢》里武林新秀侠二代攻 × 魔教圣子小鲜肉受；岫青晓白的《春山夜带刀》里清冷美人受 × 毒舌攻；如似我闻的《怀刀》里一心只想退休攻 × 聪颖孤僻受；不落不落的《刀斩山河》里强大别扭有心理阴影攻 × 高冷心机偏执受、偏执腹黑太子攻 × 刀客强受；《仗剑当空》里暴躁洁癖师兄攻 × 疯批师弟受，等等。从以上优秀代表作品的 CP 设定即可窥见，耽美武侠的叙事核心更侧重以攻受为代表的人物立场（正与邪、庙堂与江湖等）、人物身份（君臣、宿敌、皇子与侠客、师兄弟等）、人物性情（心狠手辣、偏执、大智若愚、腹黑、沙雕、聪颖、孤僻、别扭、高冷、暴躁、忠犬等）之间碰撞出的侠义探讨与恩怨情仇。与传统男频的双男主武侠不同，耽美武侠的攻与受吸引女性读者之处不仅在于江湖义气，更在于两个美好男性之间或细腻动人或血脉偾张的爱情幻想与性张力。

言情武侠中的"江湖古言"子类大多数作品中的女性角色依旧难逃男权江湖谱系，尚未完成女性主体意识的彻底觉醒，耽美武侠以激烈的姿态去夺权，试图打造独属于女性审美偏好的亲密关系与理想江湖。不过，耽美武侠亦有与江湖古言相似的困境，许多作品中爱情叙事的倾斜使得江湖泛化为谈情说爱的背景，武侠叙事内核则顺势被消解。

总体上看，在大数据时代，如何与时俱进地将海量文本的量化统计与特定文本定性研究结合起来，统摄类型文本的内容与形式，打通文本内部研究与外部研究，以从类型本体上推进其研究的科学性和系统性，是摆在包括网络武侠小说在内的网络小说研究者面前的重要且紧迫的课题。我们认为，从文本维度对网络武侠小说创作走势与问题做定量考量与定性分析相结合的研究是颇有前景的学术生长点，可为后来者提供一种研究模型的参考。但是，鉴于算法水平的限制，目前结合的水平并不高，基本还是词类研究，而句法、行动元等还没有找到有效算法。

　　对小说类型研究的方法总体上作如上四步设计，每一步又细化和分解成若干环节，使得小说类型研究和批评工作非常流程化了，给人的感觉是你只要掌握了这一套工艺流程，在专业师傅的指点下，经过一段时间的培训就能"出师"，成为批评家了。实际的情况远非如此，小说批评和研究是一门非常复杂的智力和审美活动，以上的方法论只是一个非常基础和必要的活儿。在笔者看来，类型方法论是我们进入类型批评和研究的门槛——一个必不可少的门槛，就像学数学要先掌握九九乘法口诀和加减乘除等基本运算法则一样，现代的数学家虽离不开这些学科基本的思维和推演的工具，但是早已远远超越了它们。我们做小说类型研究工作同样如此。以上方法也是我们的基本工具，优秀的批评家是在遵守一定法则的基础上又大大超越了法则的自我创造性发挥，批评家的创造性恰恰在于本着自由心性的张扬和人类智慧的发掘，对法则进行合理的冲撞和改造，它应验了古人所言的"文有法"—"文无定法"—"无法乃为至法"的辩证法。所以，我们既要重视类型批评这个基本的工作，又不能拘泥于这个工作。但是，当下的问题是我们太不重视这个基础工作，特别是当代小说批评领域的过于感觉化的自说自话式不良批评风气的盛行，很多批评家的争论没有基本的学理通道和准则，我们提倡不妨重返这些基本方法论场域，重建人文科学批评的科学和学理性是一项紧迫且必要的基础工程，这也是我们开展这项基础性工作的现实目的所在。

第三章

小说类型的发展演变

小说史是小说类型史，小说类型史是小说类型的演进历史。

类型学作为一种理论假设，仅仅是引领我们走进小说密林的指南针，是我们解剖具体小说的手术刀，面对古今中外层出不穷的小说和小说类型事实，我们必须开放视野。否则的话，我们打开了一扇门，却无意中关闭了很多大门，虽凿开了一丝光亮，却失去了整个太阳。小说世界是流动的海洋，比任何小说理论都复杂生动，小说类型理论只能开放、动态和发展性地描绘它，尽可能贴近它的复杂性和丰富性。一种小说理论与另一种小说理论的高低比较，就在于谁更贴近复杂的小说世界本身，谁能发现别人发现不了的秘密。小说类型理论作为一种理论假设，它的生命力要经得起小说现实的检验，能够解释小说史上的诸多现象和问题，而不能躺在理论的实验室里孤芳自赏。事实上，在小说类型形成发展的过程中，并不是简单的透明而纯粹类型晶体（理想模态），而是在内在规律（自我逻辑演绎）和外在干扰因素（文化观念、社会历史语境等）共同作用下曲折变形的过程，我们不妨称之为小说类型演进中的"变形记"（现实模态）。

第一节　类型的演进

小说类型是共时与历时的统一，共时是从成熟的形式内部寻找基本叙事语法，历时则是考察其语法在不同历史时代的形成与变体过程，它们共同构成小说类型研究的坚实基础。我们在考察特定小说类型的基本叙事语法的同时，还要从历时角度来追踪它的历史脉络，这就涉及小说类型演进问题。粗略考察历史上小说类型的演进情况，大体呈现如下情形。

一、单一小说类型的艺术演进

  小说的成熟往往表现在类型的成熟和稳定。一般来说，任何一种类型都不是一蹴而就的，而是有一个相当长的历史积累过程。和人类的自然规律一样，艺术规则也需要几代人的努力，我们不能指望某一天柏拉图式的"天才"借神灵凭附让我们"豁然开朗"。任何一种成熟的小说类型都是历代作家共同努力的结果，经典作品往往是它的代表或集大成，《水浒传》《西游记》等漫长的成书过程都说明了这一点。比如《西游记》，它源于唐僧玄奘只身赴天竺取经的史实，弟子辩机写成的《大唐西域记》记载了玄奘西行途中的艰险和异域风情。后慧立等弟子所撰的《大唐慈恩寺三藏法师传》对取经事迹作了夸张的描绘，并插入一些带神话色彩的故事。此后，随着取经故事的在社会中的流传，虚构成分增加，情节性变强，传奇色彩变浓，还加进了猴行者、深沙神等神通人物。到元末明初完整的《西游记》出现，其基本骨架形成，孙悟空、沙和尚和猪八戒都入列，故事情节完整，"只是描写还不够精细"①。等到明万历年间，吴承恩的一百二十回《西游记》就成熟了。作为神话小说的《西游记》，应该是从唐到明四个朝代的无数无名的民间故事家、说书人、戏剧家等集体智慧的结晶，最后借吴承恩之妙手整理而成。正因为如此，毛泽东就曾独具慧眼看到了《金瓶梅》和《红楼梦》之间的联系，说前者是后者的祖宗，没有《金瓶梅》就没有《红楼梦》，因为它们作为世情小说，存在继承与发展的艺术关系。

  如此看来，从艺术创造本体上讲，艺术发现和创造本身是艰难的，特别是在类型萌芽和产生阶段，艺术家基本是在艺术的黑匣子里独自摸索，参照系少、引导少，自然困难重重，花费的时间就长。但走过初期发展的艰难阶段，后面的进程会快得多。总体来说，类型大厦很难靠一人之功臻于完美，它需要同时代的艺术家集体攻关，更需要几代艺术家前赴后继地接力。个体艺术家穷其一生也只能为类型大厦做点添砖加瓦的工作，即在构成该小说类型之艺术

---

① 张培恒、骆玉明：《中国文学史》（下），复旦大学出版社，2005 年版，第 271 页。

链做有限的发现与创新，但这种做添砖加瓦工作的人多了，时代积累久了，也就建成了类型的大厦。我们看到的特定小说之类型大厦，自然是以成熟的类型作为代表的。但如果我们能耐心对构成大厦的构件做历史性的分析工作，大体是可以找到其历史影子的。如果缺少历史的纬度，猛一看难免会有全新创造之错觉。

当代批评流行印象式和感悟式批评，与因缺少类型及其历史维度眼光和方法有很大关系。今天一些心急的类型小说家迫不及待"创设"某种小说后，兴冲冲给它命名，以此宣告新的类型诞生了。这是违背类型小说演进规律的，最后不过是一场小说类型生产的"大跃进"罢了。清末民初的新小说家就犯过这方面的错误，在以小说新民新国的激进思想催发下，从1902年到1910年间先后出现了50多种新的小说，最后能在小说史上留下来的除了引进的侦探小说和科学小说外，基本上还是历史上流传下来的历史小说、言情小说、武侠小说、世情小说等。梁启超兴冲冲从国外引进政治小说而身体力行创作了《新中国未来记》，虽热闹一时，但终于不了了之。为何？韦勒克和沃伦说得好："这样把政治小说和基督教小说当作文学类型是不对的。这种根据题材的不同来划分的方式，纯粹是一种社会学的分类法。循此方法分类，我们必然会分出数不清的类型。"[1] 没有经过时间的艺术积累，不去做艺术上的发掘和创新，仅仅靠题材之新的类型是无法自我立身的。晚清的新小说家创新新类型的毛病在100年之后的网络小说家身上再一次得到体现。什么宫斗小说、宅斗小说、种田文、耽美小说、百合文、女尊文等等，如雨后春笋般涌现，叫人应接不暇，但细细研究，这哪是什么新类型呢，其实大体并没有脱离"儿女""英雄"和"神魔"三大类型。在小说发展漫长的岁月中，我们能看到成熟的小说类型不过寥寥几种，而且这些成熟的小说类型基本都经历了从发展到成熟的漫长过程。

比如武侠小说是中国独有的小说类型，它有1 000多年的历史，可以上溯到唐代的豪侠传。陈平原在归纳武侠小说的基本叙述语法前，考察从唐代的豪

---

[1] 〔美〕韦勒克、〔美〕沃伦：《文学理论》，刘象愚等译，浙江人民出版社，2018年版，第230页。

侠小说开始，到清代侠义小说，到民国的旧派武侠小说，再到新派武侠小说这一漫长的历程。这一历程中，武侠小说的活的生命体艺术范式有一个逐步的成型过程，比如"侠"的观念形成，从历史记载到文学想象，从精神风度到行为方式，从实录到抒情再到幻设，进而英雄化的倾向；"武"则经历了从剑术到技击、道术和药物的发展，从实证到想象和观赏的虚化等艺术形态。唐代豪侠小说在行侠主题、行侠手段、描写技巧等方面有贡献，仗义、报恩、比武的主题在该时期确立，这些核心要素的初步确立奠定了唐代豪侠小说作为武侠小说开端的历史地位。清代侠义小说则着重探讨其从公案小说中借鉴的长篇小说的结构技巧，从英雄传奇中借鉴打斗场面的描写和侠义主题的表现，从风月传奇中借鉴对于"情"的表现，从而融"情"入侠。如上小说因素的交融汇合，最终导致武侠小说作为一种独立类型的确立。

可以说，没有唐代的豪侠传，没有清代狭义和公案小说以及风月传奇，是没有今天的武侠小说的基本框架。一般来说，经过中国现代作家向恺然、郑证因、朱贞木和王度庐等改造，武侠小说在形式上基本成熟，再经过港台金庸和古龙等融入现代意识等成为现象级类型，形成了成熟的叙事语法。但不得不说，现代武侠小说到金古温梁一代，特别是以金庸为杰出代表在纸媒时代到达了顶峰。然而，随着电子文学时代的到来，在黄易等新生代武侠小说家的努力下，促进玄武合流（即玄幻小说和武侠小说的融合），特别是烽火戏诸侯等创造的《雪中悍刀行》（以下简称《雪中》）为代表，把武侠小说带到智性写作的境界，他们丰富了武侠小说的艺术表现手法，扩大了武侠小说的内容容量，发展了武侠小说的类型形态，因而让武侠小说在网络文学时代具有了新的气象，在玄武合流的大潮中确立了网络武侠应有的地位和尊严。这里不妨以《雪中》为个案，体会玄幻小说独霸网文写作时代，武侠小说创作的一些进步演进因素。

（1）丰富了武侠小说的表现手法。这种艺术手法的丰富体现在三个方面：一是在继承诸如武术和场景描述中的文化化和场景化的同时，增加了奇观化与视觉性，使得小说符合影视和动漫等方面的 IP 产业化改编的便利性。二是作为网络小说，它因时顺势吸收了网络小说常见的金手指、码人法和升级叙事等新的网络艺术手法，促进了武侠说法创造的与时俱进，让传统武侠艺术融合新机。三是人物形象塑造的综合创新。无论是主角还是配角，都以鲜明的个性、独特的行为方式给人留下深刻的印象。但《雪中》的这些人物大都能在中国文学和历史人物画廊中找到影子。比如主角徐凤年的身上，既有混迹胭脂堆而流氓气十足的韦小宝身影，也有对美人女人都用情很深、被动走上功名之途的张无忌影子，也有思维缜密、运筹帷幄的乔峰的英雄气概，还有世子之身、逍遥四方的段誉情状，也不乏令狐冲的至情至性与洒脱自然，当然其作为真武大帝的转世说，更是为人物形象平添了几分神秘性。再比如李淳罡身上有无洪七公的影子？而姜泥身上我们是否看到了小昭的微笑呢？整体上，有原型的影子，增加了读者的熟悉感和亲近感，但这些鲜明的艺术形象又不属于历史上任何已有艺术形象，而是个性鲜明的艺术新创造。

（2）扩大了武侠小说的世界容量。武侠小说有固定的时空套路，一般写江湖世界的快意恩仇，写人性的贪嗔痴，写民间的正义和人间情怀。但《雪中》用皇皇460万字的篇幅营造了一个宏大的架空世界，用"以虚写实"（网络武侠普遍的模式是"以实写虚"）手法，百科全书式地呈现中国社会景观，这个社会没有具体朝代，但你似乎感觉它分明存在于历朝历代。这个架空世界通过徐凤年的两次出游和几场大决战，打通庙堂与江湖，联结帝王将相、世人门客、江湖门派、底层流氓等，空间地图上遍布东辽、北莽、西蜀、北椋州、中原帝都、江南世族等。它在宏观上明线是围绕权力之争，写朝廷和藩侯的明争暗斗，国民族之间相互觊觎，诸侯间相互窥视；但暗线则沉入日常生活中，以参差的对照方式呈现中国人的人性生态与世情组成的情感结构，比如君臣、同僚、父子、兄弟、姐妹、主仆、夫妻、朋友、官兵、将士等人世百态，它试图通过大容量高密度的信息来预示现代人的自我选择之路。这一宏伟的世界构造是以往武侠小说所不及的，其纷繁复杂的人世关系是通俗小说中罕见的，众多个性鲜明的配角的多姿多彩的演绎更是很多网络小说所不曾具备的繁复。从这个意义上，有人说《雪中》有《红楼梦》的味道，是很有道理的。

（3）发展了武侠小说的类型形态。《雪中》是玄幻小说？是武侠小说？还是成长小说？抑或历史演义小说呢？这虽然见仁见智，但从叙事语法来看，我们认为它是一部以武侠小说为基底的兼类小说。说它是武侠小说，它虽在复杂的朝纲权力斗争的大视野展开系列故事，但故事发生的绝大部分空间是江湖世界，快意恩仇是基本主题（家仇国恨具有同一性），仗剑行侠是行为方式，以及浪迹天涯的叙事结构。但460万字的容量让它又溢出了单纯的武侠小说语法范畴。我们可以把它看成主角徐凤年的个人成长史，讲述锦衣玉食的纨绔子弟经过几番游学，练得绝世武功后磨砺意志和健全心智人格并走向成熟，终成为一代枭雄；它可以是架空历史小说，展示了群雄争霸中此消彼长的政治权利斗争，演绎中国政治的王道与人道；同时，它还可以是一部家族小说，以徐凤年为中心呈现了家庭伦理中的父子、母子、兄弟、姐妹、主仆、夫妻之间至纯至性的美好情感；当然，它被网站平台作为玄幻小说来看，也不无道理。因小说中徐凤年转世的神仙身份，玄幻小说的叙述风格、场景和故事奇异的展开方式、江湖绝顶高手修道成仙的人生理想等无不充满玄幻色彩。因此，有了武侠小说的叙事骨架，在叙事事纲上不断融合奇幻、成长、历史演义、世情小说的类型元素和叙事肌质，让《雪中》的世界变得华丽多姿，意味众声喧哗，而成为小说类型的复调。

总之，《雪中》的智性化写作，一方面显示了作家用知识成就文艺的创造才华，另一方面也对读者的阅读提出较高的要求。在网络文艺时代的程式化写作和惯性阅读的审美语境下，该小说成为网文的"文青"写作也在所难免。这就势必带来智性写作的一个不可避免的难度，作者在挑战了读者的阅读心智的同时，也不得不接受无以数计读者的尖酸的挑刺和无休无止的"捉虫"（金庸小说也不能避免此命运）。可以预测，烽火戏诸侯和粉丝围绕《雪中》展开的智力游戏是没完没了的。

当然，小说类型的演进并不是一个艺术自足的过程，要受到社会历史发展进程和读者需求的影响。换言之，社会生活发展变化进程直接影响小说类型发展的进程。毕竟任何一种小说类型都有其产生的社会文化土壤，有的研究者认为小说类型可以作民族志来研究是没错的。社会风气和情绪对小说类型成熟的进程起到了相当重要的作用，也就是说一种小说类型之花在适合的社会文化土壤下就能发芽生长（类型出现的文化基因或者气候），如果气候的营养、温度和水特别好，那它就会生长成熟得比其他时候要快些。

中国主流之一的神魔小说，其源头可以追溯到魏晋南北朝的志怪小说，但在漫长的历史阶段发展缓慢，一度销声匿迹，只有到了明朝才勃兴，以《西游记》为代表标识了该类型的成熟。这固然有长篇小说作为文体到了明代才成熟的艺术原因，但作为类型主要还是受到了明代三教同源思想的影响和推动，在《西游记》的带动下，成批神魔小说出现，形成了其作为类型发展的一个高峰。但随后走向冷寂，即便是晚清出现了小说创作的又一个高峰，但神魔小说因与时代的启蒙和救亡的思潮匹配而没有进一步发展，因而在整个现当代小说史上处于边缘位置。只有到了 21 世纪，随着文学多样化时代的到来，在西方玄幻小说的刺激下，神魔小说在新思想的带动下，结合新的艺术技术（网络、动漫等）出现了新的审美形态，进入历史发展新阶段。相反，有的艺术类型即便是时代思想主潮呼吁和推动其发展，但整个社会的读者接受水准不到，其类型发展也不会快。

比如科幻小说作为晚清大力引进的新的小说类型，当时受到翻译的影响，热过一阵，鲁迅先生还亲自翻译和推介科学小说，但其艺术发展水准和接受热度一般，远不及言情小说。在 20 世纪 50 年代和 80 年代，这两个中国小说发展的重要时期并无令人满意的表现，科幻小说只能沿着少儿科普和爱国强国的思维惨淡经营。只有到了 21 世纪，随着高科技走进国人的日常生活，造成了人们生活和情感的巨大变化，极大冲击了我们对文学的想象力，引发了科技对人类命运及人自身的深刻思考，中国科幻小说发展获得强大的内驱力，涌现出了以刘慈欣、郝景芳、韩松、王晋康等一大批优秀的科幻作家，出现了《三体》《北京折叠》《流浪地球》等可以和世界优秀科幻相媲美的成熟科幻小说。2019 年被著名科技文化史家江晓原称为中国科幻元年，科幻小说为 IP 衍生出的科幻热成为当下文学艺术消费的重要热点之一，电影《流浪地球》短短 2 个月票房冲破40 亿元，为中国科幻小说的发展和前景写上了重重的一笔。

对此人们不禁要问，为何只有到了今天，科幻小说才走向成熟呢？这固然有刘慈欣等科幻小说家的艺术才华和努力起重要作用，但在我们看来，其根本的推动力量还是时代，套用恩格斯的话来说，"这是一个需要科幻小说并产生了科幻小说的时代"。这些年中国经济的高速发展和高科技日新月异地应用到我们的生产和生活中，特别是人工智能、虚拟现实和基因编辑对普通人不再是电影中的奇观。于是，"看科幻小说终于不再被认为是脱离现实的幼稚行为，反而成了某种程度上的'先锋'与'时尚'。对未来的思考，对于人文、伦理与科学问题的关注已经成了社会的热点话题，这为科幻小说提供了新的发展平台。与此同时，随着互联网的兴起，中国文学的结构也由传统'现代性'的'主流'和'支流'的分野转化为传统的'纯文学'、类型文学、网络文学的三足鼎立。这种变化为作为独特类型的科幻文学带来了新的可能性"①。是的，当人们享受高科技带给我们的便捷与幸福时，看科幻小说成为人们内在的需要，对未来的思考也成为社会的热点，如此种种合力推动了科幻小说的成熟。神怪小说和科幻小说的发展历史与现实客观上展示了小说类型演进，走向成熟需要有社会发展提供内在动力，它并不是一个简单的艺术内部的自动更新或自我循环问题，更不是仅仅凭借天才的创造就能实现了的。

同时，一种成熟的小说类型要形成自己独特的审美风貌和艺术法则（深层结构和叙事语法），要得到读者的认可（抑或它需要一定的时间来培养自己特定的读者），并受得住来自不同方面的考量，这是要有相当长的历史跨度的。一方面是类型培养了读者，另一方面也是读者培养了类型。成熟的小说类型最终是艺术家、读者和世界的三位一体。

考察类型小说的发展历史，在承认社会历史发展的需要和艺术的内在规定性以及读者的突进作用的同时，也要严肃对待优秀艺术家的创造性作用和功绩，研究小说类型恰恰要重视对于类型小说经典文本及其作家的研究。因为特定小说类型的成熟是要以优秀的代表性作家及其作品隆重登场来作为标志的，没有

① 任冬梅：《中国科幻小说的现状与前景》，《当代文坛》，2018（3），第141页。

经典作为类型的标注，这样的类型在文学史上是站不住脚的，其艺术生命力也不会久远。当我们说中国古代有神魔小说、世情小说、历史演义小说和英雄传奇小说四种基本类型时，是因为我们出现了相对应的四部优秀的杰作：《西游记》《红楼梦》《三国演义》和《水浒传》。做小说类型研究，自然要以成熟的个案为对象，它具有代表性和典型性，可以帮助我们少走弯路。开展类型批评的时候，也要以经典的同类小说作为参照系，马克思就说过高等数学是分析初等数学的工具。通过对经典的成熟类型文本的分析探究其独特的类型特征，我们更能准确便捷发现其艺术规定性和独创性。从经典文本得出的艺术探讨也能贴近艺术本身，具有权威性和普适性，这也是为何学校教育要重视经典教育的原因所在。一旦某一类型的创作出现了经典，标志了该类型的成熟，它也就有了示范作用，接下来不仅作家本人会不自觉地效仿，形成创作惯性，更多的同代或后代作家也会纷纷模仿和借鉴，形成该类型的创作热潮，出现大量和经典高度类似的作品。

艺术创作永远处于运动发展变化之中，类型小说的成熟并不意味着它可以一劳永逸了。成熟的类型不是僵化的，类型本身是开放的、流动的，其内在地隐藏着活跃因子，这些活跃的艺术因子在不断破坏和侵蚀其寄生的成熟体制，迫使其发生新变，以满足人们求新求异的审美心理，于是既定类型受到了威胁，发生变体或者和新的类型融合。

从上文武侠小说等类型的理论的抽象和简化的历史描述中，我们不妨再抽象出类型小说形成和发展的历史大致经历：类型倾向—初具模型—模型成熟—类型变体—反类型—新类型……在小说的源头，当初的小说今天看起来虽然可能幼稚，但它们只要是小说，就可能成为某一类小说的源头。学界一般把唐传奇作为中国小说的发生，其基本的判定依据是唐传奇开创了虚构叙事。这主要是从文体学视角而言的，但从类型学角度而言，我们则认为中国主流小说的儿女、英雄类型都可以追溯到这个源头。或者说，从唐传奇开始有了小说的类型倾向。后来的发展过程中，它们经历了艺术丛林法则的竞争，不断从其他艺术形式中吸收营养，形成自己相对稳定的情节结构、事序和语法以及表达相应的人类意义指归和价值取向，这样特定的类型就正式确立和成熟了。当然，小说类型在吸收它者时候，自然会有一个调试期，艺术生成过程也许并不是自足的，它往往是艺术家、读者和世界共同妥协的符号结果。

二、小说类型的变体与变异

小说类型的发展并不是直线性的，有一个最终的理想和完美的模式等着人类去"发现"和"获取"。否则的话，小说就和自然科学真的无异，找到类型的规律就万事大吉了，这意味着人人都可以成为小说家，小说研究也因此走向"终结"。我们把小说分为一个个类型，并为之界定，说到底是理论的假设，是为研究和言说的方便。任何假设都有其范围设定，有"简化和去杂质"的技术性过程。实际的小说中，那些被简化或者过滤了的成分依然存在，它们是类型的"敌人"，时刻寻找机会对核心元素和主导型程序形成威胁和抗争。这种威胁和对抗对于成熟的类型小说来说，并不是坏事，它如同鱼群里的鲶鱼一般带来了小说类型的活力，让类型小说处于运动之中。

同时，既定类型中的某些核心元素和主导型程序并不是固定不变的，组合关系也处在发展之中，加上作家的个性艺术灵动（类型研究并不是纯粹结构主义者认为的"主体离心"）。这样一来，很多小说尽管在整体创作中套用了某个基本类型结构，遵循了类型的基本原理，但是在个别的叙述事序和语法安排上发生了"移植"或者"修正"，表面上看来还是认可它属于某种类型，但是又不全然相似。这就是类型之变，是小说类型中较为普遍的现象。

以往的研究者很早就注意到了小说研究中的"出格"，只是没有自觉用小说类型理论来处理具体小说的历史变化，而是用叙事模式的变迁，或者手法的创新说法。不过，这说明研究者内心还是有一个既定的参照来做标底的，而变迁和创新就是变体。也有学者能自觉从类型角度看到小说在发展过程中的变体。比如齐裕焜就注意到古代长篇小说演变中存在同类小说的纵向延伸。他举了人情小说这个类型发展变异的例子。

起初的《金瓶梅》是一部家庭小说（三级分类），以市井暴发户西门庆的家庭生活为题材，揭露了市井社会的堕落和官场的黑暗。在传承家庭妻妾纷争和世家弟子堕落的家庭小说之外，作家们发展出了两种变异，一支是发展了《金瓶梅》中自然主义的描写，渲染了赤裸裸的性描写，引发了《肉蒲团》之类的猥亵小说；另一支是以男女青年的恋爱为题材，写才子佳人的理想爱情故事，是为才子佳人小说。等到了曹雪芹写《红楼梦》，"融《金瓶梅》等家庭小说与才子佳人小说于一炉，把恋爱婚姻与家庭生活结合起来，……把暴露文学与理想文学结合起来……把北方雄浑的风光与南方秀丽的景色结合起来"[①]。今天很多研究者把《红楼梦》作为世情小说类型的经典对待，也认识到了《金瓶梅》和《红楼梦》之间在类型上的传统关系，笼统称之为人情小说或世情小说，却都没有注意其类型的变异与发展。齐裕焜进一步指出，"在《红楼梦》的影响下，才子佳人小说变为狭邪小说，如《品花宝鉴》《青楼梦》《花月痕》等把才子佳人变成嫖客、优伶和妓女，把青年男女正当的恋爱变为婚外恋或同性恋。……到了民国初年，狭邪小说又演变为鸳鸯蝴蝶派了。在《红楼梦》的影响下，有意无意地与《红楼梦》唱反调，把儿女与英雄气结合起来，把人情小说与侠义小说融合在一起，发展为儿女英雄小说"[②]。

　　不独古代小说学者有此发现，现当代学者比如陈平原和孔庆东等在对比古今言情小说时也有大体类似看法。言情小说在古典时代以才子佳人为正体，其极端的叙事模态是发展了独具特色的"私定终身后花园，落难公子中状元，奉旨成婚大团圆"的"三圆律"程式。但《红楼梦》发展为世情小说，它在批判地继承了《金瓶梅》和才子佳人，保留言情气的同时，结合了政治、伦理和社会与哲学小说，把爱情的描写作净化处理，把爱情婚姻同反映社会、揭露世态结合，把批判现实和理想探索结合起来，成为后来难以为继的高峰，这是一变。到了晚清，"原有的主题和模式已经丧失消费再生能力，需要再一次深化和综合使它完成跨时代的转折"，在儿女和英雄的比例上做足文章，重视英雄轻视

① 齐裕焜：《中国古代长篇小说类型的演变》，《福建学刊》，1993（5），第47—48页。
② 同上书，第48页。

儿女，成了"无情的情场"（陈平原语）；或者在"情"上下功夫，要么走出儿女私情（以家国情怀取代儿女情），要么深化儿女私情（为儿女真情舍却家庭亲情）。

早期的人情小说从家庭小说，分支发展为猥亵小说、才子佳人小说、狭邪小说、鸳鸯蝴蝶小说等各种亚形态，反映了社会生活的多彩风姿，和世间男女情感往不同向度发展的可能，给读者带来的不仅仅是对于生活丰富性的理解，更是带来了多彩的审美风貌，满足不同的审美期待。作为小说史家，齐裕焜以其丰富的阅读经验和艺术素养能看到人情小说在这二三百年间的发展变体。从类型学研究角度看，这种变异主要发生在人性主题的创意上，要么是从家庭关系或者社会人际关系的暴露转变为男女情感的描绘，要么是从男女纯真爱情堕落到欲望宣泄，或性与金钱交易，等等。虽然都是对于人性、人情的展示，但行动元的状态和性质变化（人物精神和情感的格调与境界），或者行动元关系变化（妻妾关系—恋人关系—妓女与嫖客等关系），或结构语义关系切换（真情—欲望）等。

同类小说的纵向变化还有一种形式，就是利用续书或移植扩大的办法，繁衍出新的类型形式，促进原有类型的发展变化，展示了既定类型的可能叙事发展空间与多样化审美。齐裕焜总结了这种历史上续书现象中的变异形式："父亡子继，奋斗不息"的继承法；还魂转世法；借题发挥法①。这种变异是以中国特有的续书现象来体现的，对于 21 世纪以来兴起的网络小说发展有启示和借鉴意义，比如继承法写作催生的三部曲或互文性小说，还魂转世之于同人小说等。这种情形对于小说类型学的形式建构意义不大，不宜做过多的发挥和强调，但确是中国小说类型在发展过程总出现的不能回避的变异形象。

如何科学评价特定小说类型在历史发展过程中的变异或变体呢？我们在小说的变体与正体部分会专门讨论，但这里要说明一点，小说的变异有正面的，也有负面的。如果是正面的，则表明它能作为一种亚类型或子类型在小说类型

---

① 齐裕焜：《中国古代长篇小说类型的演变》，《福建学刊》，1993（5），第 48 页。

史上存留，以审美的方式折射人类精神的一隅。负面的则表明艺术家在类型艺术发展之路上走了歧路，给后来者提出此路不通的警告，更为重要的是，它摆明了没有崇高的精神情感作为引领的类型小说探索是没有前途的，迟早要送进文学历史的垃圾堆。

三、旧类型的消亡

小说类型发展史上，一方面是新的类型或者亚类型与时俱进而生发出新枝，给读者带来审美的惊喜，另一方面则是业已存在的类型在艺术和价值上已失去存在的合理性，随岁月流逝而风吹雨打花落去。历史地看，小说类型的消亡大体有三种情况。

（1）社会意识落后、艺术水准粗糙、审美取向低俗的"类型"昙花一现，时过境迁则遭无情淘汰。我们在界定小说类型时，提出了一个重要的时间维度，小说类型要经得起时间的考验。对于人文科学来讲，因鲜明的主观性特色，其价值不能像自然科学那样有严格明确的评判尺度，因而只能借助时间的自然淘洗。小说之河永远处于发展变化中，对于小说类型发展的可能形势来说，既要对它的未来充满信心，也要对其会走弯路的可能持宽容心态。历史上产生过一些亚类型，比如上文提到的在《金瓶梅》之类家庭小说的影响下，对于性的自然主义描写的沉醉与宣扬，出现了《肉蒲团》之类的猥亵小说，它以满足部分人低俗的性欲望为指归，放弃了通过性来折射人的堕落和社会风气的败坏的暴露使命，社会意识落伍，不利于人性欲望朝着健康美好方向发展，不宜助长而成为禁毁类型。再比如晚清讽刺小说发展到官场谴责小说，到了极致的黑幕小说，因"徒作谯呵之文，转无感人之力，……其不者乃至丑诋私敌，等于谤书；又或有谩骂之志而无抒写之才"，故而只能"旋生旋灭"①。

有的小说类型虽在思想取向上有助于社会进步，代表了时代趋势，但可惜艺术探索上没能找到对应合理的表现形式，不能形成自己特定的艺术成规，终

---

① 鲁迅：《中国小说史略》，齐鲁书社，1997 年版，第 236 页。

究没有生命力而退出历史。"政治小说"的概念是梁启超从日本小说里引进的，当梁启超维新起事失败，在逃亡日本的船上和《佳人奇遇》相遇之时，注定了"政治小说"在中国的命运。在所有外国小说里，无疑政治小说最对梁启超的胃口了，恰如他所言："在昔欧洲各国变革之始，其魁儒硕学，仁人志士，往往以其身之所经历，及胸中所怀政治之议论，一寄之于小说。于是彼辍学之子，黉塾之暇，手之口之，下而兵丁、而市侩、而农氓、而工匠、而车夫马卒、而妇女、而童孺，靡不手之口之。往往每一书出，而全国之议论为之一变。彼美、英、德、法、奥、意、日本各国政界之日进，则政治小说为功最高焉。"① 梁启超本人对政治小说寄予了极高的期望。他不仅从理论上阐释政治小说，以翻译的《佳人奇遇》写序在国内推广政治小说，还亲自操刀写政治小说《新中国未来记》，甚而还创办《新小说》杂志为政治小说的译和著提供发表的园地。在梁启超等人那里，小说的社会地位得到了很大提高和改善，但是，这并不等于政治小说就能在中国生根并繁荣起来，它实际上不过是"昙花一现"，10年就凋零下来。今人在指责政治小说各种缺点的时候，也是从艺术上归因的，不过这个归因也仅仅是修辞学上而言的，它主要是指过于教条，动辄是长篇大论，没有连贯的情节，缺少情趣，味同嚼蜡。这些指责自然是事实，但是它并不能构成一种小说类型的软肋，因为这些指责从叙事句法上来说，它们不过是托多罗夫意义上的主谓宾或主谓句型组合中的特质性的身份、气质和属性而已，不构成对行动的根本冲击。再说了，特征性诗化小说也没有一以贯之的情节，笔记小说在抒情和议论上也很出色。

作为新小说的首席代表——政治小说之所以不能生根发展的原因是它在晚清没有形成自己的类型特色——恒定的叙事语法，或者叙事模式，而这是一种小说区别于其他小说的基本艺术规范。话说回来，小说类型"是一组时间上具有一定历史延续、数量上已形成一定规模，呈现出独特的审美风貌并能够在读

---

① 陈平原、夏晓虹：《二十世纪中国小说理论资料》(第一卷)，北京大学出版社，1997年版，第37—38页。

者中产生相对稳定阅读期待和审美反应的小说集合体"。近 10 年来，短短的 40 多篇标识为政治小说的小说（25 篇系翻译），还包括一些没有完成的小说，如《新中国未来记》等。它们既没有长时段的历史延续，英法被称为政治小说的小说不如称之为"具有政治倾向的小说"。明治维新之后，维护自由民权运动在引进欧美小说的时候，诸如司各特、大仲马、莎士比亚等人的作品，也被冠以"政治小说"之名翻译进来，数量上远远没有成为规模，更不用谈有什么独特的审美风貌。即便是当时影响最大的《佳人奇遇》和《经国美谈》两书，其创作目的不在审美鉴赏，而在配合政治斗争。具体来说，就是要借助小说来扫除封建旧观念，促进资产阶级维新运动的深入发展，为资产阶级反封建的斗争大造舆论。政治小说不仅最终从实践上没有发展起来，也没有得到理论上的支撑。看来，韦勒克反对把政治小说作为独立类型来研究不无道理。

（2）旧有的小说类型被新的类型取代。在小说类型发展史上，存在一种奇怪的现象，就是一些民族的小说在发展过程中，由于地缘的限制，它们在并无交集的情况下出现相同或者类似的小说类型。这些类型在类型成规和价值取向上有较大的相似性，这种情形是比较研究中平行研究的重要对象，如中西方文学史上都曾出现过言情小说、历史小说、家族小说等同类型小说，他们彼此平行，在开放时代能彼此沟通影响而共赢。但还存在一种被取代的情况，典型的案例要数我国古代的公案小说被晚清引进的侦探小说取代。

公案小说是传统的小说类型，是清官"虚张正义"的舞台，但它到了民主科学的时代就明显不适应时代环境了，那种"辨色断案"和"凭智办案"的方式不得不被侦探小说取代。中国传统审案方法"动以刑求，暗无天日"的弊端就明显暴露出来。中国古代刑律重在人治，缺少制度保证维护其公正。涉讼者只能寄希望于"包公"一类清官的正直与聪察。近代西方侦探小说这一新兴的小说门类，在内容上"尊人权"、重证据的"刑律讼狱"制度，客观上开阔了人们的视野，促进了社会的文明进步，此为内容之"新"；形式上之"新"则是引进了侦探小说的一套叙事模式，为了彰显法之精神，凸显科学之魅力，在叙事人物上要有改动：犯罪分子依然存在，作为主角的"侦探"要取代"清官"，华生之类的旁观者要取代全能的说书人声音。行动元的改变意味着人物行为的改变，由"审案"变为"查案"。一字之差，谬以千里，"审"意在展示庭上清官、受害人和犯罪人之间的"对话"，从谎言中寻找真实和正义。"查"则是重在行动，从蛛丝马迹中寻找整个事件的脉络，重现事件的过程和再现真相。行动元变化，则行动随之变化，导致了侦探小说的叙事语法开始确立；同时，出现华生之类的旁观者角色取代以前说书人全知全能的角色，就是要整个案件的真相在读者一方看来保持在似知未知的神秘状态，让好奇心停驻在读者心中作为阅读下去的动力，最后让华生代替读者问出侦探的推理和智慧，满足我们的好奇心，也就是说解谜的过程比谜底本身更重要。

而在传统的公案小说里，一开始真相就掌握在作者和读者的视野里，整个小说要展示的不过是贪官和罪犯的勾结，以及清官的正义和聪敏。对于读者而言，不是要冲破重重迷雾找出案件真相，真相他们早已知道了，他们要的是有一个清官来主持正义，让受害人早日雪耻，让坏人和贪官受到惩罚。对于公案小说来说，主题比过程更重要，按照行为模态来说，"实现目标"比"锻炼能力"更为重要。而侦探小说的行为模态中，最重要的行为模态是锻炼能力。为了增加谜底的神秘性，小说作家在文本情节中会施加很多障眼法误导读者，如果在叙事视角上传统的全知全能视角无法完成这一使命，侦探小说就要设置华生这样一个角色作为侦探的助手，助手即是故事和案件告破的记录人和见证人，又对侦探的侦破与推理行为不能全知道，破案行为本身和助手保持了一定距离，这样就使得叙事成为限制视角，限制视角的写法出现，有利于故事情节的曲折发展。内容和形式的双重"进步"导致了现代侦探小说取代了传统的公案小说。

（3）随着时代而失去存在必要的小说类型自行消失。那些在特定时代产生并一时风行的小说会随着时代退隐，其存在的合理性也会失去。老黑格尔说凡是存在的都是合理的。在特定历史时期，甚至是相当长的一段历史时期，作为对社会生活审美反映的小说，在反映独特的社会中出现了特殊的小说类型，反映了那个时代的某种精神症候，比如西班牙的骑士小说、美国的西部小说和我国的肃反反特小说等。

一般来说，这些类型承担了特殊的时代与政治使命，因其初期合理借鉴和吸收以往小说类型的艺术形式，具有一定的艺术趣味而具吸引力，但随着时代语境变迁，该类小说的思想主题失去了现实价值，艺术形式也对读者失去吸引力而退出阅读市场。新中国成立之初，敌对势力觊觎新生的人民政权，从农业到工厂再到社会治安等领域开展破坏活动。新中国成立后国内政治运动不断，肃反反特小说因带有特殊政治使命而成为政治运动的宣传品，在苏联肃反小说的影响下，我们出现了近20年的反特小说类型现象。反特小说是"以侦破和抓捕潜伏特务、派遣特务、反革命分子为题材的"小说类型[1]。这一类小说艺术发展空间有限，很快出现了创作单调、情节模式化严重、人物脸谱化等问题。"尤其令人难以容忍的是，这些肃反反特中的那些犯罪分子的身份大多数是知识分子。……让我们看到了当时时代的政治气候、知识分子的地位，以及作家处理敌我关系时所表现出来的潜意识。"[2]当阶级矛盾不再是社会的主要矛盾了，肃反反特小说也就冷落下来，其合理的艺术形式就转化到其他类型小说中了。时间是最苛刻和最公正的审判师，那些被历史淘汰的小说类型终究是因为其艺术上的粗糙等原因而被出局。

相反，因人为原因被压制而被迫"退场"的小说类型会随着压制环境的消除而成为"重放的鲜花"，比如神魔小说（《西游记》除外）在五四以来作为封建的、反科学的"毒草"一度消亡多年，这几年在文化市场的繁荣下重新获得活力，属于这样的小说类型还有恐怖（惊悚）小说等。

四、小说新类型的诞生

小说作为反映社会生活，表达人民对于生活思考的重要叙述文学样式，它在形式与类型上会随着社会生活的变化而不断变化。当与特定时代紧密相连的社会生活退出历史舞台了，相应的类型（文体）也逐渐随着消亡，而时代风云

---

① 汤哲声：《中国现代通俗小说思辨录》，北京大学出版社，2008年版，第244—245页。
② 同上书，第252—253页。

际会，新的时代内容与情感结构更生出新的生活形态与气息，这在客观上也催生出新的小说类型来反映相应的新生活。纵观小说发展的历史，我们认为新小说类型的出现大致有如下四种情况。

一是域外新小说类型的引进。这是小说发展最快捷的途径。在和域外文学交往中，从异域民族文化里拿来新的小说品种之花，快速丰富本土小说的花园。历史地看，域外新的小说类型引进一般有"三步曲"过程。第一步是大量的译介，以打开读者的视野；第二步是生硬模仿，快速填补类型上的空白；第三步是域外小说类型与本土类似小说类型融合成为新的小说类型。晚清小说界的一个重大进步就是从日本引进了科学小说、政治小说、侦探小说。除了政治小说外，另外两种小说不仅在我国生根开花，还对我们的本土小说产生了重要影响，特别是侦探小说对我国传统的公案小说进行了改造，成为民国最为流行的小说类型之一。引进新的小说关键要看水土服不服，也就是说要有一个接受和转化过程。西方的骑士小说和哥特小说就和中国文化差异比较大，中国历史上没有骑士阶层，只有侠客，因而中国发展出了武侠小说，那骑士小说就很难进入中国文坛。中国也没有与哥特文化相似的文化传统，哥特小说也很难引起翻译家和作家的兴趣，故而这两种小说类型就难以引进。

那些能引进的小说类型需要有相似的文化心理或文化需要，且有一个本土化过程。侦探小说进入中国并慢慢流行和本土的公案小说文化土壤不无关系，这个引进过程也需要本土化。起初侦探小说进入我国，但"中国的现实社会科学和法制都不健全，缺乏一个侦探活动的公共空间，……中国作家的侦探故事大都不是来自现实生活，而是来自外国作品的启发"。侦探小说在引进过程中出现走形变样等情况，如我国的侦探小说把侦探推理所蕴含的科学精神简单地归结为启智；把本来不够充分的移情功夫集中到情节上，忽视人物塑造，从侦探身上看不到时代性与民族性。后来中国的侦探小说家在切近中国的实际生活和符合中国读者的阅读胃口的前提下，形成了自己特有的叙事模式和价值理念，形成了中国侦探小说的独特性：在家庭的小背景内展开，以血缘为纽带的错综复杂的家庭关系仍是中国社会结构最基本的元素。犯罪往往是因为这些复杂的家庭关系而起，侦破往往也是理顺家庭以及围绕着这个家庭四周的仆人的关系而得手的；主要表现的是都市中下层人民的生活，案件的主角常常是舞女、职员、青年学生、婢仆等小人物，明显不同于欧美侦探小说将暴发户和没落贵族作为案件主角；表现出强烈的平民意识：站在平民的立场上看待社会评价社会；对现行的法律不满，抱怨之词常常出现在小说之中；存在着显隐两条价值标准，显的一条是法律原则，隐的那条是中国传统的伦理道德标准，在显隐两条标准之中起决定作用的往往是隐的一条。如果两者之间实在难以调整和搭配的话，作者往往会利用私人侦探和官方法律保持着一定距离的特点，让道德审判高于法律，或者只查明原因不追究责任，或者隐瞒真相、惩恶助善，或者私放真凶、另寻活路①。

　　科学小说在中国的遭遇也大体相似，尽管五四前后中国大力鼓吹"科学"，但因为中国没有科学文化的土壤，科幻奇谭小说在晚清民初的创作中出现了一些奇怪现象。一是把科幻和神怪奇谭混淆起来，把科学发明视为奇观而不是情节本身。是的，科学小说对于民众进行科学的启蒙特点和作用是"不知不觉间，获一斑之智识，破遗传之迷信，改良思想，补助文明"，但是，很多晚清科幻作家连科幻和科学、科幻和神怪等的区别也是不甚清楚的。把电话机视之为顺风耳，望远镜视之为千里眼，脚踏车视之为风火轮之类虽然不乏神奇想象，但是事实上却是无法落实。那些固守中国中心心态的人用博大精深的中国传统文化来消化西方的现代发明不免令人啼笑皆非：吴用以为白瓦尔罕发明的"奔雷车"脱胎于古代的"吕公车"（《荡寇志》），把飞车当作庄子笔下的大鹏鸟等（吴趼人《新石头记》），更有甚者认为西方的任何发明都敌不过中国传统超自然的神力（《年大将军平西传》的"胭脂巾"力克无敌的"电器鞭"）。晚清那些名为"科学小说"的创作把科幻和神魔混淆得很是频繁，此为其时科幻小说在小说类型上的一大弊端。其二，把科学发明仅仅视为奇观来看，而不是情节本身，它从根本上不构成叙事中行动的模块，而是形容词性的特征，比如《新石头记》

① 汤哲声：《中国现代通俗小说思辨录》，北京大学出版社，2008 年版，第 267 页。

中贾宝玉参观文明境界的科技也不过是乌托邦奇观而已：人工调控的气候，使农夫一年有四次收成；各种机械人打理日常家务；神奇的药物可以提高脑部功能；温室花园全年提供四时蔬菜，改良的资讯设备包括"时光机""千里仪"和"助听器"。其三，科学小说在叙事时间上是直线向前的未来式，晚清科幻小说在时间上多采取了倒退式（中国式的循环时间观）。尽管科幻小说在现代中国发展艰难曲折，但在艺术和社会生活的深度融合中，经过百年的调整和探索，在新世纪从边缘走向中心，成为我们小说家族的主流性类型，涌现了一批世界级优秀作品。

二是本土小说类型的融合创新。虽说不同类型小说在题材和艺术手法上有明显差别，但在更高的层次上都属于叙事文体，有兼容的可能性。随着社会生活越来越综合，不同类型间的交叉也越来越明显。这种交叉融汇主要是在保持一种小说类型的基本格局中融入其他类型的特征，呈现新的色彩；另一种情形则是类型间的相互吸引和相互吸收借鉴，在兼类的基础上，进一步深化融合创新，当我们无法判定新的小说属于 A，还是 B 的时候，这就标明新的小说类型出现了，这种类型属于 A+B=C，而不是 A+B=AB。比如历史上的公案小说和侠义小说结合，产生了公案侠义小说；新世纪出现的奇幻小说，就是西方的科幻小说与神魔小说融合；穿越小说则是幻化小说与历史小说的结合等。当我们指定其为新的小说类型时，意味着作为新类型，它应该有自己的语法类型和价值取向，尽管在具体的类型化分析过程中，可以适当借鉴以前类型的元素展开审查，但这里是一种更为复杂的视角和分析方式，毋宁说它们是符合视角的综合分析法。比如穿越小说的人设关系是异质时空的，这里的时空观是崭新的，这种新的时空观是后现代主义价值观的表征。在这种后现代的时空观中，历史的意义、人的主体性都需要重新界定和解释。一旦穿越小说为如上价值命题提供了新的审美空间和艺术解释的可能，新类型的价值就彰显出来了。当然，这些新小说类型的最终确立要经过历史的考验。

三是与新生活相应的新类型出现。随着社会生活的变化，原有的类型不能涵盖新的内容和思想，需要新的类型形式与之相适应，经过相当长的艺术实验，新的类型随着需要诞生。中外在传统社会都没有成长小说的类型，只有关于侠客、骑士之类的英雄小说，因为传统社会对于人的展示是静止的，没有人成长的维度，对于人的教育是以英雄为楷模，或者通过道德劝谕小说来实现的。但现代社会来临，由于现代理性对于个体的关注，启蒙主义要对现代人进行塑形，教给每一个人清楚知道人该如何成长，个体生命的价值和意义是什么，这就要求成长小说类型的出现。

歌德开创了以《威廉·迈斯特》为代表的教育小说，也就是成长小说，有学者考证"成长小说"最初来自德语词汇 Bildungsroman，德语中 Bilden 的意思就是"造，构造"，Bildung 的意思是"创造"，本意是"创造一幅画"，兼有"组成、形成、塑造"之意。18 世纪末 19 世纪初成长小说在德国兴起，是因为"国家""主体"的意义对德国而言是陌生的、外来的，德国要建构现代民族国家，必须"创造"和"成长"出这样的"意义"，成长小说便成为承担这一使命的象征物。在德国，"成长小说"通常表现一个人通过克服自己的幼稚缺点后，把自己改造为一个"成人"、一个被社会尊敬的人。某种程度上这种类型的小说是为了象征民族国家的"成长"[①]。美国学者马科斯认为成长小说（Initiation Story）展示的是年轻主人公经历了某种切肤之痛的事件之后，或者改变了原有的世界观，或者改变了自己的性格，或二者兼有。这种改变使他摆脱了童年的天真，最终把他引向一个真实而复杂的成人世界。在成长小说中，仪式本身可有可无，但必须有证据实现这种变化对主人公产生的影响[②]。很明显，马科斯的界定是从个体出发，注重对个人生命史的考察，展示个体生命在人生的河流上经历了怎样的生理和精神的双重变奏和成长，这种界定带有更大的普泛性。德语意义上的界定把个人和国家结合起来，强调个体对现代民族国家的隐喻意义，这不妨说是巴赫金意义上的教育成长小说。

现代科学的兴盛则催生了科幻小说。科学技术是第一生产力，科技的进步

---

① 樊国宾：《主体的生成——50 年成长小说研究》，戏剧艺术出版社，2002 年版，第 47 页。
② Mordecai Marcus, "What Is an Initiation Story?" in William Loyle (ed.), *The Young Man in American Literature: the Initiation Theme*; New York: The Odysry Press, 1961. p.32.

极大地改变和扩大了人类的视野及人类的生活图景，宇宙飞船和外太空的发现带来人与宇宙万物关系的思考，也带来生命起源的追问；生化武器、奔月计划、外星人讯号和物联网技术等带来了人与人关系的思考；机器人的出现和基因编组带来人对于人生命本质的确认和未来命运的思考，等等。科幻小说在处理这些宏大的终极命题上有优势，可以说，每一次新科技的出现和应用都能刺激科幻小说的发展。上文也大体分析了为何中国这几年科幻小说兴盛的原因。

四是新技术催生新类型。在资讯技术的大幅推动下，交流和传播小说的媒介发生巨大变化，在形式上可能锻造出新的小说类型。在艺术理论上有一个命题，就是先进的艺术一定要和先进的生产力紧密联系在一起，一个时代最伟大的艺术可能离不开这个时代的最伟大的科技。小说的兴起是和18世纪先进的印刷术紧密联系在一起的，电影艺术则是20世纪的摄影照相等技术的产物。近20年来，互联网以前所未有的速度覆盖我们的生活，深刻改变了人类的阅读与写作模式，带来了网络小说成为当代小说最主要的写作形式。习近平总书记在2014年10月15日的北京文艺座谈会上的讲话中指出："互联网技术和新媒体改变了文艺形态，催生了一大批新的文艺类型，也带来文艺观念和文艺实践的深刻变化。"[1]

如果说网络小说中的很多类型还是传统类型形式，那网游小说则可能是新的小说类型。年轻的研究者在综合这几年的研究成果后认为：网络游戏小说是"以作者与读者共同的游戏经验为创作前提，将网络游戏的话语体系及基本框架移植到既有的类型小说叙事中，通过描述或制造游戏快感和体验引发读者情感共鸣的网络类型小说。游戏快感、游戏经验和游戏类型叙事是网络游戏小说的三大要素。而'网络游戏小说＝游戏快感＋游戏经验＋游戏类型叙事'则是网络游戏小说的基本范式"[2]。21世纪最流行的艺术可能是游戏，网络游戏小说讲的是今天游戏人的故事，以二次元文化为背景，突出游戏打怪升级之类的数值化

---

① 习近平：《在文艺工作座谈会上的讲话》，《人民日报》，2015年10月15日04版。
② 刘小源：《来自二次元的网络小说及其类型分析：以同人、耽美、网络游戏小说为例》，东方出版中心，2018年版，第182页。

叙述逻辑，整个叙事是对仙侠、武侠、恐怖、耽美、同人、穿越、言情等类型的大移植和组合，同时也是游戏、电影、动漫等艺术形式的大综合，呈现出糅杂的艺术质素，提升了分析把握的难度。比如这两年剧本杀的兴起，就是把沉浸式的游戏与开放式的剧本写作相结合，充分调动了读者（游戏参与者）的主观能动性，让文本成为永远处于动态中的活态化。好在网络游戏小说作为新的小说类型尚处在定型之中，谨慎乐观待之是理性态度。

五、反类型与兼类型小说

布瓦洛·纳尔色雅克曾说："侦探小说的几种类型在文学发展史上形态各异，他们每时每刻均在蜕变进化。"[①] 是的，小说类型的演进并不意味着小说类型是进化的，长期以来的进化论思想对文艺的影响很大，我们推崇对小说史采用类型研究，是为了更加清楚地看出小说内在的发展变化。托多罗夫在研究侦探小说时，发现侦探小说的推理、黑色和悬疑三种子类型"是可以同时并存的，更何况时至今日它们确实是完美地并存着"。进而指出"新类型的诞生，并非不破不立地一定要摧毁旧类型，而是作为一个不同的特征体，与旧类型和谐相处"[②]。

而与之相关的另一个类型学观念，则是要破除古典类型纯净或类型分立观念，摒弃古人认为的"类型和类型之间有性质上和光彩上的区别，而且相信它们之间各自独立,不得相混"[③]。当代类型理论强调类型和类型之间的混杂相处与综合，强调类型的自反性。反类型小说和兼类型小说是小说类型发展到成熟阶段类型创新的成功代表，它包括了小说内部的自我更新（叛逆出新），及几种小说的有机融合（综合出新）两种走向（这也是小说类型的变体概念不能容纳的新境界，经典往往在这里诞生）：

（1）单一小说类型发展到一定阶段，超逸了原有模式和意旨，虽然它本身自觉或不自觉地还有这类小说的影子，但在总体认识和操作程式上有了明显

---

① 〔法〕托多罗夫：《散文诗学——叙事研究论文选》，侯应花译，百花文艺出版社，2011 年版，第 1 页。
② 同上书，第 16—17 页。
③ 〔美〕韦勒克、〔美〕沃伦：《文学理论》，刘象愚等译，浙江人民出版社，2018 年版，第 231 页。

的"叛逆",代表了新的艺术精神和价值取向,在类型之链上它经历了一个正—反—合的逻辑过程;

（2）几种小说类型在竞争和融合发展中,在杰出的作家作品身上安顿,呈现出复杂和多元的艺术风貌和价值形态,给读者以多方面的审美感受和文化启发,实现了艺术类型的对立与统一关系。

反类型小说和兼类小说涉及的问题比较复杂,在范畴论部分已经专门讨论了兼类小说,此处不再赘述,下面重点讨论类型与反类型。

第二节　类型与反类型

近十多年来,小说的类型化创作蔚为大观,占据了大部分的读书与阅读市场。与创作界的火热场面相反,理论与批评界不少学者不遗余力泼冷水,强烈地排斥小说创作的类型化趋势,呵斥其不过是以批量化、复制化、拷贝化为基本特征的现代化文化大生产而已。文学评论家雷达更是将之定格为当前创作的一大问题,即模式化:"每一题材类型几乎都有一套故事框架准备好在那儿,所谓削平深度,消费故事,大同小异,万变不离其宗。写官场雷同,写家族雷同,写底层雷同,写青春雷同,写职场雷同,甚至写动物也雷同,怎么也摆不脱类型化的、似曾相识的影子。"[1] 更有学者将类型创作中出现的问题危害上升到创新能力枯竭与小说即将终结的高度。如果情况果真是如此的话,那么小说创作类型化的罪状可谓大也。但,我们以为这类论调引发我们不得不思考如下几个问题:① 当前小说创作中出现的模式化、复制、批量以致机械等问题是不是真实的,可以用数据来统计和证实吗? ② 如果以上说法可以被证实,那么这些问题和提倡小说类型化有必然的因果关系吗? 提倡小说类型内在地包含了模式化和机械化等命题吗? ③ 小说类型和小说创新是天然矛盾的吗?

对于第一个问题,我们以为这是文学批评和理论界犯下的主观经验主义的

---

① 雷达:《原创力的匮乏、焦虑,以及拯救》,《文艺争鸣》,2008（1）。

老毛病，至少目前我们没有看到有严谨和认真的评论家对这种所谓复制和拷贝的重复创作现象提供一份统计学式的数据。既然没有确切的数据做支撑，仅仅凭几位评论家有限的阅读量做发言的基础，恐怕是立不住脚的。历史上，我们也有这方面教训，五四新文学期间，因为一批文坛革命老将立挺启蒙的文学、为人生的文学，对当时文坛正当旺的鸳鸯蝴蝶派等以模式化和思想守旧为由，将其一棒子打死。考虑到这一时段文学和政治的特殊关系，我们对这种策略性的话语建构行为可历史地理解它。但是到了新时期，文学史进入反思和学理建构阶段期，袁进、王德威等学者对这些小说的重新发现和解读，就有力地校正了这些不实且凝固化了的看法①，让我们看到了更为真实和开放多彩的晚清文学史。再回顾一下，20世纪末围绕金庸小说以及武侠小说热的争论，当时主流或非主流的学者作家痛斥金庸的武侠小说的一点就是模式化（如王朔、袁良俊等），但是赞同者比如严家炎、陈墨等对此做了反驳，并对每一篇文章做了解读，消除了这种模式化言论的不实。今天，我们的很多评论家不愿意下苦功夫，采用大数据做数据分析，也不愿意像严家炎做详细的文本解读，而是凭主观印象轻易下结论。这怎么能说服读者，说服小说作者呢？估计只要对他们吼一声"拿出证据来"，恐怕很多评论家就不敢出庭对质了。

对于第二个问题，我们不得不承认，当前小说创作中客观上存在复制、雷同等现象。在当前前所未有的庞大的创作队伍和庞大的小说数量中，出现雷同和复制现象也是正常的，马相武在《把握类型小说的发生脉络与发展趋势》一文中就认为，"因为类型小说大量出现，本身是一个不争的事实。而数量大到一定比例，其中雷同比例也大到一定程度，说类型化就没有什么太大不妥"。只是它们是不是主流和绝大多数，有待于统计和论证。葛红兵认为雷同化的整体性判断是不确切的，作为21世纪以来一直关注创作类型化趋势的研究者，他在对当前小说类型化趋势的思考中谈道："类型化不能等同于模式化，科幻小说是一

---

① 具体论述看袁进《近代文学的突围》、范伯群《中国近代通俗文学史》、王德威《被压抑的现代性：晚清小说新论》等。

种类型小说，但是，科幻小说并没有'模式化'，没有出现千篇一律、雷同僵化的现象。言情小说也是如此，在不断发展，它有些类型规约，比如爱情必须是推动小说情节发展的要素，但是，说到规约，小说文体本身也是一种规约，有规约不等于就会'僵化''模式化'，就如同足球比赛有规则，但是每一场球赛都会千变万化一样。类型的规约不会阻碍类型小说的个性化、创造性等，相反可以促进这种创造性——服从规则的创造性才是真正的创造性，规则可能是保护创造性、个人性的。类型化甚至可能是丰富化的代名词。新的小说类型诞生（如奇幻小说），旧的小说类型消亡（如黑幕小说），小说类型新陈代谢加快是繁荣，各个小说类型得到深化发展也是繁荣。事实是，这几年，随着读者阶层化、小说类型化，小说格局更丰富了。比如，'文革'的时候，我们只有一种小说——革命现实主义小说。现在，我们有多种类型小说：白领小说、打工族小说、商战小说、官场小说、青春小说、乡土小说、都市小说，等等，这是丰富和新生。这样看，类型化就是好事，意味着小说创作格局的丰富，而不是单一。"①

对于这个问题我们还可以从历史和逻辑两个方面来辨析：类型化趋势是一个历史现象，不是现在才出现的。首先，历史地看，鲁迅先生当年做中国古代小说史研究的时候就注意到这个现象："《红楼梦》以文意俱美，故盛行于时；又以摆脱旧套，故为读者所建所赚。于是续作蜂起，曰《红楼梦补》，曰《红楼后梦》，曰《红楼复梦》，曰《绮楼重梦》，曰《红楼续梦》，曰《鬼红楼》，此外尚多，歌咏评骘以及演为传奇，编为散套之书亦甚众。诸书所谈故事，大抵终于美满，照以原书开篇，正皆曹雪芹所唾弃者也。"②鲁迅先生所列举的这些"续作"，估计也有类型的"嫌疑"或者"疑似病例"，但鲁迅似乎并不以为诟病，更没有把这和类型化联系起来。要知道《中国小说史略》是开创了中国类型小说研究的先河。再者，从逻辑上讲，创作中的雷同与复制和小说类型化趋势没

① 葛红兵：《小说类型化及相关问题的思考》，《中国艺术报》，2008 年 7 月 12 日。
② 鲁迅：《中国小说史略》，齐鲁书社，1997 年版，第 325 页。

有必然联系。按照二者出现的历史时序来看，历史上本来就存在雷同、复制等现象，并不是类型化趋势出现以后才有的；其次，从学理上讲，类型化首先是对一类小说自我独特性的学理诉求，类型虽然强调了某一类小说在结构上、叙述模式和审美期待等的相似性。所谓的类型化是对某一小说类型的创作走向成熟和稳定的艺术标志，或者说是艺术既定的自我规范性。而也就是这一小说类型区别于其他小说类型的"自我性"，这样说来，我们强调的类型化正是出于对某一类小说的独创性的诉求和认同。毕竟成熟类型的出现不是一蹴而就的，它本身有一个漫长的完善过程，这个"化"的过程就是对类的回归和自我确证，它天然地反对了对其他类的复制和雷同。一些具体小说文本具备了在艺术结构上、风貌上、审美情调上的因素，我们方可指认它是某某小说，而不是别的某某小说。这种指认首先是区别性的，其次才是认同性的。或许有人会说，他所指责的雷同和复制是就某一类小说范围内的作品而言的。的确，就同一类小说内部再比较，这些相似性可能突出，但绝不是意味着这些相似性等同于复制和雷同（虽然劣质的小说会如此，但我们不能因噎废食），要真是如此的话，我们怎么在某一类型小说内部进行优劣区别呢？（这也是当年的结构主义者一味的求同思维必然导致反对者的有力质疑）类型小说的目的也是为创新而来的，它和原创性有着共同的目标，差异处仅仅在于学术的起点和理路上。

对于第三个问题，小说类型理论的学术理想不是认同现有的类型化本身，而是有着对小说创新的追求，它本身也是反雷同反复制的。这涉及小说类型论者和一般原创鼓吹者对世界的基本看法的不同。一般来说，原创论者的创造观是从无到有的，他们总是以为所谓的创造就是全新的、天生的，是石头缝里蹦出的孙悟空，或者像魔术师变戏法似的；类型理论者遵循的是一种从有到有的理念，他们认为没有万能的上帝，不相信世界上有所谓的"石头缝里能出孙悟空"。新东西身上有旧的影子，是从旧中慢慢脱胎出来的，所谓的孙悟空也是从猿进化而来的。具体到小说的创造性上，就是一类小说慢慢和别的小说相区别，和别的文类相区别。但是，它是离不开别的小说或者文类的影子的，就像人类再怎么进化，猴子的影子是摆脱不掉的。而这，并不是说人和猴子"差不多"，恰恰说明了人和猴子"差别大"，没有这个参照系，我们怎么能确定我们是"人"呢？创造性的小说与它立足的类型之关系，恰如这个今天的"人"之于"猴子"的关系。没有这个类型的参照系，我们从何处、凭什么说它是创造的呢？想一想今天动不动喜欢定性的批评家，动不动就说这是创新的，那是原创的，我们不禁要问，你的标准、依据在哪里？上帝说要有光，于是大地上才有光。要知道从无到有的创造是上帝才有的本领，可惜上帝只有一个。

以上的疑问归根到底涉及小说类型化理论中一个不能回避的矛盾问题：类型与反类型。在同一小说类型内部要反对雷同或者复制性问题，也要从这里得到进一步的考量。

在小说创作中一直存在类型化和反类型化的矛盾，正是这对矛盾律推动了类型小说的自身发展。很多小说家在创作中经常会出现两难的心理：他正在创作的小说太像他以前的小说（怕别人说他没有进步、原地踏步、缺少创造）；又怕别人说太不像以前的小说（没有稳定性、形成不了风格、不好识别）。说白了，这也是类型与反类型的问题，也是小说创作中的艺术规范与创新问题。以前，我们常常把小说家写小说称为"创作"，今天我们更多地改称为"写作"，相应地把他们中的很多人也不再称为"作家"，而是代之以"写手"。在笔者看来，称呼的变化并不一定是说以前的作家的创造性强，今天的小说中创造性成分少了。其实，这里面隐隐约约暗含了写小说是有一定艺术规则的（虽然这种规则和自然科学中的规律不能等而论之），也大致相当于古人所谓的"文有法"之"法"，散文有散文的法门，戏曲有戏曲的法门，诗歌有诗歌的法门，而小说自然有小说的法门，20世纪80年代不是出版过很多小说写作技法之类的书吗？那时候也出现了很多小说创作之类的培训班。

小说家都要读人家的小说，不管是国内的，还是国外的。今天的很多小说家不喜欢看我们平常认为的经典小说，而是从市场上自己刨来的。他们的阅读和我们很多评论家的阅读视野存在很大错位，这往往会导致我们对他们创作来源出现信息上的"不对称"而误以为是他们的"创造"，这个问题只要我们再心平气和地回顾当年的新潮小说就可以证实。这样说并不是要打击作家的创造，而是要探究一个真相，那就是作家的创作在艺术上是有影子的（"法"），对于那些不够熟练、心智不高的作者来说，他们必须经过相当的"训练"和"模仿"期，他们"训练"或"模仿"的是什么呢？不妨说是熟悉和走进小说的"上手性"，有文体学上的文体之法，有修辞学上的修辞之法，还有类型学上的类型之法，前二者的讨论已是汗牛充栋了，我们只讨论类型学层次上的"法"。寻找一门百科全书式的小说，估计只能是小说家的美好文学想象，有生之年我们只能看到一类类小说的出现。你的阅读兴趣和范围，加上你的气质和知识经验等，决定了你的创作的类型结构（即便是那些创造意识很强的作家，在创作中力图反抗这些被结构化的东西，但是它往往会成为反结构反类型的结构和类型之物，仍然逃脱不了类型的命运，如果说小说还需要一个形式的话），即使是像王蒙这样创作期很长的多面手，他所能运用的类型也还是很有限的：意识流的、成长的、传记体的、知青的等。从类型的视角来看，这个"文有法"之法就是小说的艺术形式和结构具有既定的构型结构、叙述语法和特定审美风貌等。

在追求艺术规范性的同时，艺术的辩证法也随即启动："文无定法。"毕竟，类型并不等同于自然科学中的公式。数学公式只要搞清楚对象适用的范围和条件就可以套用，找到公式是一劳永逸的事儿，对于类型小说，找到类型只是工作的开始，接下来的工作就是展开对差异性、对个性、对作家的反叛行为、创作心理和审美趣味，以及时代的意识形态和大众趣味怎样经过作家的个体接收而形式化等进行系统的分析，这就体现了"文无定法"的内涵，否则的话，类型化就抹煞了作家精神劳动的个体个性，小说就成了复制、雷同和拷贝的同义词，印证了雷达先生所言的，写小说"不过是消费故事，大同小异，万变不离其宗。写官场雷同，写家族雷同，写底层雷同，写青春雷同，写职场雷同，甚至写动物也雷同"[1]。

从辩证法来说，类型化和反类型化贯穿了一个作家的创作始终，也贯穿了小说史发展的始终，它是小说发展内驱力的表征。恰如有些论者所言："古今中

---

[1]　雷达：《原创力的匮乏、焦虑，以及拯救》，《文艺争鸣》，2008（1）。

外，小说向来多以类型形态存在。即使所谓'纯文学'的小说，一般它们也可以纳入某种小说类型之中；如果创新到极端一点的，也难以摆脱为某一类型小说'开先河'或'领军'成为代表作的结果。"① 只要我们承认任何小说类型都有其基本的存在方式，这个存在诱惑，召唤作家和她"相遇"，作家就像摸象的盲人触摸到她的不同局部，只有幸运的作家得以瞧见其"金身"，估计，历史上的很多经典和大作家就是这么幸运诞生的。这就要我们树立开放的经典观念，不同的类型有不同的类型经典，我们不能用《战争与和平》的标准来看待《暗算》或者《射雕英雄传》，很多评论家和文学奖的评委也认识到这点。比如，在2008年对网络文学的评选中，面对网络写手担心评委对纸面文学偏心时，李敬泽表示："我不会用网络或非网络的标准去评选，而会用类型化的标准来衡量。比如一本穿越小说，在这个类型中也有写得好的与不好的。但我肯定不会用《战争与和平》的标准衡量网络小说，那很愚蠢。"②

用类型化的标准评选小说这一信号或许就是暗示经典首先是类型的经典，优秀也将会是类型的优秀。按照我们的理解，经典自然是某语种在类型上达到了技术和思想的双重高峰，接下来，"穿越经典"自然会成为作家下一个目标，他们会随着时代和个体的要求对成熟的形式进行改良，于是变体出现了（比如历史小说出现架空的变体），反类型也出现了。否则的话，经典的形成就意味着这一类小说的死亡。如果是一个具有活力的小说类型，它永远随着时代的发展曲折前进和充满变数，类型—反类型—类型……很清楚，类型并不是一个静止的概念、一个本质主义的所指，而是一种幽灵、一个灵动关系的产物，是一个滑动的能指，它在作家个性、类型规范、时代精神和读者趣味之间组成的复杂关系里游走。

或许，从理论上阐述这个问题有点晦涩，我们想以《阿Q正传》这部具体的小说带动对传记体小说的类型趋势来谈。《阿Q正传》属于哪一类小说？其实

---

① 马相武：《把握类型小说的发生脉络与发展趋势》，《文化艺术报》，2008年7月15日。
② 《传统文学界盘点网络文学　网络写手担心评委会偏颇》，《北京信息娱乐报》，2008年10月30日。

作家本人在第一章的序里做了交代，其属于传记小说。由于中国文史不分的传统，传记文学（传记小说）一直没有受到重视[①]。学者很少从传记类型来考察它。传记小说作为一种小说类型，也是关于一个人的系列故事。传记类型特征大致有五：其一，这个人在历史上真实存在（神仙除外，这或许缘于中国人传统观念里对神的信仰），是历史上曾经存在的活生生的人，对这个人一般的来源真实性是可考的，传记开首当是"某，字某，某地人也"。不独如此，这个真实的人的身份是很特殊的，要么是帝王将相，要么是才子佳人，要么是神仙高人，否则是没有资格"入史"的（如果他先天没有条件，至少也要后天干个轰轰烈烈的大事，比如陈胜、吴广等）。其二，这个人的很多行动有真实性作为依据（真实性的比例依据作者个性特质而定），不然的话，这个人物的真实性就经不住事实的检验而近于虚妄。自然，事实进入小说是不断内化成为经验，指向意义（实事的经验化），再用小说的形式加以结构化序列。其三，和一般的历史不同，传记体小说的语法核心不是指向史实，而是呈现和传达"人自身"，这个自身肯定是独特的、不可复制的生命印记。其四，传记小说围绕一个人来写，要写一个人的一生或者大半生（最少也该是轰轰烈烈的生死记），它必然涉及很多事，这些事情是定向的、以人为中心（主要是集中人的意志、智慧、性格、理想等）的组合。其五，传记小说中的事件是功能性的，它们聚焦于传主的"心灵"。我们不妨把传记小说的基本叙述的序列归纳如下：

　　某一历史人物，经过了一系列的事件（人事）后，（不能）成为他自己的故事。

这是一则高度概括和抽象的句子，它标示了传记体小说的基本事序结构。就是说，不管是帝王将相传还是名人才子传，不管是自传还是他传，也不管

---

① 关于中国传记文学研究的基本状况请参考赵白生的《传记文学理论》的引言，北京大学出版社，2005 年版。——笔者注

是内传还是外传，也不管是大传还是小传，它们基本都分享了这一基本结构和事序。以上所用亚类型的传记小说，虽然传主身份不同、经历的社会背景有别、人物性格和气质有异、经历的自我历史事件也大为迥异，但是在基本结构上无一例外分享基本叙述范型，这是传记小说的基本规范。不同传主身份等的差异性构成了传记小说的表层形态的差异性，这是传记小说的活力所在，它们体现了传记小说同一性和差异性的辩证法。我们不妨把这个基本公式用符号来表示：

$$（e）A \rightarrow F（e'A \rightarrow B + C + D + \cdots）\rightarrow A'$$

这里 A 作为名词表示传主，e 作为形容词是对传主的限制，比如身份和性格特征，A 和 e 共同构成了公式的静态特征，B、C、D 等是人物的行为，属于动态特征。"'"则是对传主的属性变化或强化的暗示标记，F 是功能性转化，表示传主在人生的岁月里经过系列事件完成人生的定位。e 是传主的身份，不同的传主身份，可能其性格、气质和意志力是不同的，而这不同对其大部分人生的行动是具有决定性作用的，同时，系列行为也强化和显示了传主成为自身的所在。

这样高度形式化和符号化地分析类型小说，因不涉及具体的小说文本，很多人会觉得索然寡味，但考虑到对传记小说的类型介绍只是为了我们解读《阿Q正传》的反类型作基本的参照，我们只能简单粗鲁归纳。下面，我们以小说类型的类型特征来考量《阿Q正传》。

鲁迅的小说向来以"形式的特别，表现的深切"著名。在笔者看来，这里所谓"格式的特别"或创造的先锋，姑且可以做如下两层意思理解：一是鲁迅小说格式的特别是不同于以往的（传记小说也不同于他人，它是鲁迅自己的），二是在以往的格式上作了自我创造。那么，鲁迅的小说作了哪些格式上的革命创造呢，我们又是用何种标准来判断其创造性呢？如果真是这样的，我们发现《阿Q正传》的这个先锋性何在呢？这个先锋性就是在小说类型上的反类型特征。

从类型小说的公式上看，首先，传主选择的是反传记的，传统的传主基本上是帝王将相、皇亲国戚、才子佳人，或者世家名流之类的阔人，再不济也是神仙高人，而阿Q不过是"引车卖浆者之流"，现在鲁迅要冒天下之大不韪给不入流的人写传，故而不能取传统的列传之类的称呼，而从不入三教九流之类小说家的"闲话休提，言归正传"中取"正传"来作体例，这是对传统传主类型的反叛。为小人物（确切说是矮化人物）立传，可谓传主的反叛。

再次，从传主的来历上考察，传主基本上是历史上真实存在的人物，小人物再怎么小，但是总得有来历吧。唯独这个阿Q却是没有来历的，"某，字某，某地人也"作为传记事序的第一步，对于阿Q却派不上用场。阿Q的姓氏名号皆不可考，连现代人都不能忘记的籍贯也不得而知。作者花大量的笔墨对阿Q的来历不明作述考，让人不得不怀疑此人子虚乌有。为不真实的人做传，这又构成了对传统传记的反叛（鉴于很多人还在为传记、传记文学和传记小说的概念区分而苦恼，因而它比一般的传记小说更像小说）。

其三，对阿Q成为未庄的短工之前，读者对他的家世和"行状"一无所知，虽然他为摆阔，大放厥词说自己先前很阔，可惜这不是自传，是不足为据的。这就是说，以上三点表明在阿Q展开自己的行为之前基本上是一个"无"，和传统传记截然不同，正是从这一点来说，它是一部现代小说，主人公的身份"虚无"，没有由来，没有归属感，无根的漂泊。阿Q在砍头的一刹那间本能喊"救命"，连同没有人喊他革命的失落感是典型的现代性症候。

其四，阿Q的行为模式和主题反叛了传统的传记。按照传统的思维和观念来看，这是一个失败者的人生形式，阿Q这样一个小人物，一心向往"宏大"的形式出现，他向往出生显赫（"老子先前比你阔多了"），向往宗族社会的大姓和高辈分（"因为他和赵太爷原来是本家，细细的排起来他还比赵秀才长三辈呢"），喜欢成为公众场合的焦点（调戏小尼姑、大肆宣扬自己在城里的博闻、对惊恐的未庄人高喊革命了，以革命者的"架势"自居），梦想着帝王般的荣华富贵（土谷祠里做黄粱美梦），他在临刑前还想象英雄般慷慨就义（"过了二十年又是一个……"），如此高等级的"宏伟"人生形式和这样一个低贱的小人物真实身份形成了严重的错位，就是高级形式的反讽（传统传记是高等级人物的形式，阿Q是配不上这种形式的，文体和人物也是有等级性的）。不独如此，对于阿Q用精神胜利法来消弭这种失败，人生和生命形式的荒诞感就产生了，阿Q的被杀头就和西楚霸王的死不同，不是感天动地的悲剧，而是戏谑和喜剧化了，人们对于阿Q的死丝毫不觉得同情，而是好笑。小说的结尾形式既不能是传统的团圆大结局（如《陈奂生上城》），也不能是悲剧性的（像西楚霸王），而只能是喜剧性的（类似《高祖还乡》），毕竟阿Q从本性和行为上来审视并不是十恶不赦的坏人，不过是时代的小丑而已。从深层上讲，我们还是为阿Q作为工具的命运而不自知感到悲哀的，与这种主题相适应，小说采用了汉堡包式的悲喜剧结构，夹心层是悲剧，外层是喜剧（阿Q的自我喜剧化表演和小说形式的戏谑化构成双层喜剧外壳）。这也是阿Q真正的内在悲剧所在，喜剧形式是阿Q人生失败的形式最高峰。

阿Q失败的人生形式成为多种艺术形式的纽结点，阿Q的行为构了多重的叛逆，反才子佳人、反帝王将相、反英雄、反爱情、反悲剧。从我国类型小说的历史上看，他是反叛了先前的高大人物传奇，创造了矮人传记类型。在对传记形式的改造中，顺势一击，以现实主义的姿态宣告了传统浪漫主义的虚假性，暗示中国小说主人公等级的整体性下移的可能性。小说里的人物都觉得矮化人物阿Q好笑、阿Q该死。是不是我们的作家也会觉得阿Q好笑和该死呢？"哀其不幸，怒其不争"是可以解释作家对阿Q的态度。但是，我们要知道像鲁迅这样精英式的知识分子有必要去讽刺和嘲笑这样一个矮化的人物吗？这是没有多大意义的，他应该去嘲笑那些历史上的高级人物，和当时的现代"文明人"。笔者倒是觉得鲁迅的伟大和高明可能恰恰在这里，《阿Q正传》完成了他对历史上的高等人物和现实里的矮化人物的双重失望，对人性的失望，对理想社会的绝望。也恰恰在这个意义上，我们谈鲁迅思考的国民性和启蒙才有了落脚点，谈艺术的形式革新意味才有了历史的根由。

在反形式的背后（可以这样说，正是形式的变化开始带来对作家个性和文本话语的探讨），深藏着作家本人深深的反思，形式背后承载的意识形态精义一脉相承，反形式也同时意味着作家对意识形态的更新。也正是在这个意义上，我们才可以把《阿Q正传》作为中国现代小说来解读（在西方传记小说发达的倾向下，为小人物作传记要比中国早得多），在鲁迅开创的《阿Q正传》反对传统传记类型的同时，也开创了矮人传记的先河。此后，《鼻涕阿二》《陈奂生上城》等矮人传记出现了。粗略地看，现代小说史上，矮人传记作为一股潜流一直隐形存在着，比如"引车卖浆者之流的"的小说。这股暗潮在新时期的新写实小说和新生代小说的个人化写作中似乎达到了极致，比如《一地鸡毛》《活着》《祖父在父亲心中》《单位》《贫嘴张大民的幸福生活》等。但是，他们的思路却没有了先前的革命性，他们是为矮人辩护，或为矮人的现实合法性作自我辩护，在这些矮人的故事背后是现实的平庸化图景，是人们在精神上对自我平庸的认可和崇拜症候（这成了后现代化的文化景观）。一旦矮人叙述走向僵化的极致的时候，也是它自我裂变和更生之时。20世纪90年代以来，随着市场经济的兴起，商业巨子和新的成功人士越来越多，对财富的欲望吸引读者的目光盯在富商传记身上，影视娱乐业的发达也刺激了明星传记的火爆。传记小说似乎正在走了一条帝王将相、名流雅士和才子佳人的传记—矮人传记—领袖、巨贾和明星传记的正反合（其实，在矮人传记的发展过程中，由于社会主义革命对文学的特殊要求，也在矮人传记出现后的不久，英雄传奇叙述和成长小说演绎也逐渐勃兴，作为矮人传记的对立参照物也是一直存在着的）。

　　反观我国传记小说走过的类型与反类型的道路，我们不能认为它们的不同仅仅体现在人物身份和角色（行动元）的变换上。一般来说，在传记小说的叙事总公式里面，静态特征恰恰是推动动态特征的原动力，行动元的行为也会改变原有的静态，实现新的静态平衡特征（也就是说，传记小说行动元的静态特征的差异决定了行动的差异，于是在这个貌似抽象而雷同的公式之干上，会长出千姿百态的活生生的"生命之树"来）。如果类型的变化仅仅止于人物品质等的变化的话，那类型化就真的成了换汤不换药的模式化、僵固化等"复制品"，那也意味着传记小说的真的死亡。事实上，问题远远不止这么简单，类型有一定的模式、遵循一定的叙事与法则，这都是客观存在的。但是，这个模式从来就不能僵化，也没有僵化过。随着社会的发展，传主在变化，传主的行动方式也在演化（情节形态也千姿万态），传主的社会背景在变化，读者对传主的审美期待等都发生相应的改变。这样就出现了反先前的正在被固化或者行将就木的类型，确立自己的亚类型，给古老的类注入了形式和精神内涵的活力。它们由此参与了时代背景的转化和人类精神的变迁的确证。同时，我们也不能否认传记小说类型在适应时代变化和发展的过程中，有着艺术规律的自我激活和新陈代谢的可能性和过程。否则它们也就会面临着过熟带来的原有艺术形式的自我终结、自我涅槃而催生出新的小说类型来。

类型与反类型比较及其根源

从叙事的行为类型这个微观视角来说，《阿Q正传》是属于穷人发迹故事的反类型叙述，即一个贫穷而卑贱的农民想变得富裕和受人尊敬却不得的故事。按照一般的故事类型的叙述模式来讲，这个故事基本句法是：

$$S1 \cap A \longrightarrow (P) \longrightarrow S1 \cap Z（P表示他人或外力）$$
$$S1 \cap A \longrightarrow Ft [S1 \cap Z \cup A] \longrightarrow S1 \cap A（F表示转化）$$

比较这两类叙述，我们会发觉有如下几点"创新"：

（1）主人公的属性。正典形态里的主人公，要么本来就是富贵人家的后人，因故变穷；要么他心地善良、勤劳朴实，使得他变得富有具有合法性。阿Q首先身份不明确，既无姓无名，也没有由来。自从姓名权被剥夺后，就不知道他姓什么了，只能用洋码字代替，籍贯和"行状"更是无从可考。你可以说这是一种隐喻，他代表了"沉默的大多数"，但是在这个传统性很强的民间故事里，在中国传统文化的大语境下，阿Q是没有变得富有的基因的。其次，他心地善良和勤劳勇敢吗？从以上的10个故事是看不出来的，他欺负小尼姑和小D无论如何就不能说他是善良了；面对富人的唯唯诺诺，也告诉我们他和勇敢无缘；

赌博和做偷儿，都说明了他的品行不正。

（2）小说的结局也是反大团圆的，一反伪浪漫主义的瞒和骗[①]。

（3）人物行动缺少外力帮助主人公实现夙愿的中介。一个故事里，人物关系不能是二元，而至少是三元的：主人公—敌人—支持者。按照民间故事里面的人物关系来说，阿Q要想成功，一定要有人支持，至少是引导者（革命成长小说或者现代传奇等都有支持者，而阿Q却没有支持者，他有的只是反对者，周围的人几乎都是他的敌人"S"），在这样一个二元结构里面，阿Q面对的敌人过于强大，个人力量过于渺小，失败肯定无疑。当然，阿Q在没有人喊他革命的时候，似乎也感觉到了需要支持者或者引导人。但是，他"投降"的对象却是他的敌人——赵秀才之流。这暴露了小说中阿Q不仅敌我不分，而且连革命是什么都是不知道的。毛泽东在调查中国革命的阶级状况时强调，谁是我们的敌人，谁是我们的朋友，这是中国革命的首要问题。阿Q是没有搞清楚这个问题的。历来的启蒙主题从这一点人物关系的残缺中可以找到形式的证明。按照传统的阶级论观点，阿Q应该找小D或者王胡做自己的支持者，而我们的阿Q则对自己的阶级同志是敌视的，这使得他自动失去了自己可能的支持者，在一个现实主义的氛围里，他的渴望就仅仅止于渴望，不可能有超自然的力量来帮助他。

综上所述，我们不妨得出这样一个结论：阿Q的故事核心形式是传统民间故事，讲一个简单而朴实的关于发财和梦想的故事，因而也是一个能牵动众多读者的故事。可是，鲁迅把这个古老的故事变成了现代的故事，在故事内核上做了改良，主体诉求上也做了改变，相应的形式也大为不同，它也完成了从一个大众的故事蜕变为一个现代纯文学小说。在这个不经意的改变中，艺术的规范与创新，作家的个性才昭然若揭。这种形式化的过程和作家对时代与社会的思考息息相关。

---

① 本书在方法论方面有专门论述，此不赘，特此说明。

第三节　类型演进的机制

小说类型演进的形态各异，整体上是由单一类型从萌芽到形成再到成熟的线性演进过程。在这个过程中，具体情况则十分复杂，有不同小说类型此消彼长，还有主流性类型的交替主导小说家族，更有各种类型的混杂错陈。那么，隐藏在其中的机制是什么呢？我们试图从小说类型的内部艺术机制、外部社会机制和读者的消费机制等做简要分析，当然，这些机制并不是绝对分离的，它们之间有交叉，为了言说的方便，故而做这样的分别处理。

一、艺术的内部机制

类型史首先是艺术史，艺术发展有其自身机制和运作过程，基本的机制或规律因历史的跨度使它超越了个人的、民族的和特定阶层的"客观性"，成为不以人的意志为转移的共同体，这就是我们理解的小说类型的内部自足性。中国古代的四大名著《西游记》《三国演义》《水浒传》《红楼梦》是四种小说类型的代表作，我们可以从它们的成书过程中寻觅到艺术内部自我演进的轨迹和艰辛。那就是要无数人反复地琢磨和探索，经过了从简单到复杂，从低级到高级，从笨拙到精致，从集体到个人的大致发展历程。这里以《西游记》700 年的成书过程为例略作说明。

《西游记》以唐僧（玄奘）只身赴天竺取经的故事为原型，虚构了唐僧和他的三个徒弟在取经路途中遭遇种种艰险的故事。唐僧取经本是真实的历史事件。唐太宗贞观年间，年轻的僧人玄奘带领弟子从长安到天竺游学。他历时 17 年，行程几万里路，终于取得 657 部佛经回到长安。归国后，玄奘奉诏口述所见所闻，由弟子辩机辑录成《大唐西域记》，讲述了路上所见西域诸国的佛教遗迹及土地出产、风俗人情、地理交通等状况。作为风俗记录，该文本没有多少神异的色彩，有笔记体风格。后来玄奘的弟子慧立、彦琮撰写《大唐大慈恩寺三藏法师传》时，用夸张、神化的笔调穿插一些离奇的故事于其中，为玄奘的经历增添了更多神话色彩。到了宋代的《大唐三藏取经诗话》则把取经的历史故事引入文艺创作，做了进一步的艺术处理，如把中心人物由玄奘转为猴行者，线索上比较清楚地显示了取经故事的轮廓和基本框架，使之有了一些章回的雏形。

到了元代，西游取经故事又有了很大发展，如《朴通事谚解》一书记载的取经故事已十分丰富复杂，唐僧、孙悟空、猪八戒、沙僧师徒四人取经的故事渐趋定型。另外，在宋元时期，取经故事在话本中逐步定型的同时，类似的戏曲创作也产生了。宋之南戏金院本有《唐三藏》《蟠桃会》等，元杂剧有吴昌龄的《唐三藏西天取经》、元末明初无名氏的《二郎神锁齐天大圣》、元末明初人杨讷的《西游记》等对于具体人物和故事已相当丰富传神。《永乐大典》所引到的那部《西游记》话本具有相当规模，取经故事的主要内容已基本具备。后来到了吴承恩，则在各种佛经故事、讲史话本、志怪神话基础上，以个人的才华和对于时代社会的深刻思考，创作了百回本的《西游记》。如果我们把今天成熟的《西游记》版本和《大唐大慈恩寺三藏法师传》《大唐西域记》《大唐三藏取经诗话》和单个故事版本对照，从故事序列与形态、主角的定位与关系、价值取向与沉淀等都不难发现艺术的"沉淀"过程和"有机"过程。对于这样一部神魔长篇小说在没有范本情况下，经过700年的探索和艺术磨合，大体属于艺术内部自我机制的自我成长。而一旦《西游记》问世以后，表明了其作为神魔小说的艺术机制的成熟，也就有了垂范和被模仿的可能。这是艺术机制成熟的证明和效应所在。事实上，《西游记》问世后很快引起人们对神怪题材的广泛兴趣，出现许多借历史事件写神魔战斗的小说，如《三宝太监西洋记通俗演义》《封神演义》《三遂平妖传》等。另一方面，各种续书、仿作、节本纷纷出现，互竞文采。

这一内部机制提醒我们，小说类型是存在一个基本的最初之"型"的，比如《西游记》的"型"是一群虔诚的信徒，在唐僧的带领下，克服妖魔和心魔，取得真经而成为佛的故事。离开这个型就是失范，其他一切将无从谈起。一般来说，这个"型"的形成过程是小说类型成熟的前阶段，寻找并清晰描述其轨迹是把握一种类型的基本要求，人物身份从俗人和妖人再到圣人菩萨的转变，这个转变要经过九九八十一难的考验（行动），这个考验包括权、财、色等。考验的难度要越来越大，最好有三次反复（列三为多是我们民族的重要艺术思维）。结局一定是取得真经，皆大欢喜（大团圆结局）。这 700 年来，数以万计的艺术家有意无意的摸索，基本上是对这个"型"的寻找过程。对内部艺术自足性的把捉要靠作家艰苦卓绝的付出，也要妙手偶得的慧心，吴承恩有幸成为其代表性作家。如果没有吴承恩这样的天才，按艺术必然律虽然要出现张承恩或者李承恩，但这估计得再等上几十或上百年了。这也是并非人人都能成作家的缘故了。

对于作家的艺术摸索和创造，我们也要注意到，特定个体和小说类型之间的契合性，也就是艺术个性的另一种形式。一般来说，小说家有自己擅长的类型，一个作家可能会进入到一种类型的天地境界中，如鱼得水一般的游刃有余。而对其他的类型则显得"无能为力"或者"毫无兴趣"。这不是说他不能写其他类型的小说，现代的小说基本是兼类型的，或是混类型的。只是从类型划分角度看，个体作家的创作整体上是有类型偏好的，在类型上，我们没有看到全能性类型写手。这从另外一个方面说明了类型艺术的探索是艰难的，不同类型很难同时被一个作家的艺术个性和写作习惯兼容。

但是，一旦作家熟悉了既定类型的写作，就很容易形成写作的"自动化"。也就是说，作家个体一旦摸索到特定类型的写作，他接下来的同类型的写作会很轻松畅快，但也很容易出现写作的类型自我重复、自我复制。这是很多著名作家都遇到的问题，特别是那些创作速度快的作家，这种类型上的自我重复很容易，批评家唐小林批评贾平凹的《山本》是自我重复的写作，姑且不论对错，但作为成熟的小说家来说，他的新作如何和旧作区分、形成独创性是读者和批评家对他们的首要要求。这就无形中迫使作家在个人创作机制上进行自我艺术更新，向自我挑战，警惕熟悉类型给自我制造的藩篱，实现类型的超越，一点一点对熟悉的类型模式进行有意识的破坏。对于有追求的作家来说，每一部具体作品的创作都是对类型的适当"叛逆"（也是作家艺术生命的自我更新），是对类型构成因素的或增益、或变通、或缩减、或扬弃，从而使得类型不断得到修正，这是艺术内部的自我净化。

二、外部社会机制

当然，以上这种艺术内部的自我净化或更新是一种理想状况，基本上是把创作的外部现实"悬置"起来的做法。小说类型的发展演变并不是自我艺术形式内的自足行为，而是外部社会等力量的使然。今天，我们把这种外部力量简化为主流意识形态、市场消费等因素。它是精英知识分子、读书市场和国家意识形态三种力量斗争和协调的结果，因而我们可以说小说类型有其艺术生命力、政治生命力和市场生命力。自然，这些影响最终都获得了小说叙事和语义的形式化：主流对立场坚定性、政治正确性和思想纯洁性的要求，市场大众消费对喜闻乐见艺术形式和无意识化的集体主题的偏爱，而知识分子对艺术形式的精巧和人类思想的探险等执着。当然它们对小说类型的掌握方式是不同的，一般情况下，主流的意识形态仰仗政府评奖、作协机构和纸面刊物；知识分子依赖学院的大学教学和文学史写作以及学术刊物；而大众认可的主流类型是消费读书市场。当三方力量发生变化的时候，类型的格局也就发生了变化，历史上发生的包括文言小说和白话小说、通俗小说和高雅小说的斗争也是小说类型最为宽泛的较量。

历史上主流小说类型的演变与更替主要是这些外力斗争的结果。新的小说类型不断萌芽、成长，有的具有旺盛的生命力，有的只是昙花一现。随着新成员的增加，原先的类型观念逐渐被打破，原来的类型序列被重新排列。似乎没有谁能在类型的舞台是永恒的"主角"。但相对时段内的主角有没有呢？我们认为还是有的。在等级社会和主流性意识思想和情绪的社会里，作为审美意识形态的小说，总有一些特定类型受到特定力量的保护，占据了前沿和醒目的位置，不同程度遮蔽了其他类型的光芒，甚至阻碍了它们发展的阳光和水分，成为一时的类型宠儿——主流类型。从文学史写作规律来看，并不存在对于所有类型平均使用力量，研究者总是抓所谓的重点，对重要类型和经典作品作分析。经过文学史反复的陶冶而流传下来的作家作品就成了主流，类型小说也是如此。这里可以提供一个类似的旁证。学者童庆炳、陶东风和吴承学等谈到主流文体时，都认为："同一时代中，也不是所有的文体都是均衡发展、地位相当的，其中总有主导性的文体。人类的感知方式随着人类生存方式的变化而变化，人类的感知方式和审美心理结构也在不断的发展之中，文体其实就是人类把握世界的一种方式，是历史的产物，积淀着深厚的文化意蕴。文体的发展总是与时代精神的感受方式相合拍。时代和群体选择了一种文体，实际上就是选择了一种感受世界、阐释世界的方式。但特殊的文体形式与群体和时代的感受方式相对应时，才得到接受，这才是文体兴盛的基础。"[①]虽然论者说的是文体，但同样适用于文体下一级的小说。

我们在进行小说类型的分类研究时考察了历史上的小说类型，大体包括了神魔小说、世情小说和讲史（历史）小说三种总的类型。从历史发展阶段来看，先是神魔小说，然后英雄传奇（讲史小说），再是世情小说。这个发展符合社会历史发展状况，人们的思维认识实现了从神到英雄再到人的降解性认知，思维的认知发展推进艺术类型的发展，这些主流性小说类型的演变是思维观念的变化在艺术上的反映。清末民初间，新小说家大力提倡新小说，以之作为新民兴国的工具，各种小说竞相登场，但市场消费选择的主流性的小说类型却主要是谴责小说、言情小说（鸳鸯蝴蝶派小说）、侦探奇谭小说等新旧小说杂呈，反映了过渡时期的暗昧与包容；五四在启蒙主义思潮的推进下，毫不留情地把鸳鸯蝴蝶小说作为封建文化打击，让乡土小说、自我小说和问题小说等类型作为"为人生"的文学主流粉墨登场。20世纪三四十年代的革命小说和社会剖析小说主流以革命文学的主导性行为，作为孤岛的新感觉派小说和京派小说也有了发展，当然由于政治意识相对宽松等缘故，该时段的武侠、言情、侦探等小说类型也有了长足发展；20世纪50年代的革命英雄传奇、成长小说、乡土小说等独

---

① 吴承学：《中国古代文体形态研究·绪论》，北京大学出版社，2013年版，第3页；童庆炳：《文体与文体的创造》；陶东风：《文体演变及其文化意味》，云南人民出版社，1994年版。

占鳌头；20 世纪 80 年代以来的则是伤痕小说、改革小说、反思小说、政治小说、新写实小说、新潮小说等；进入 20 世纪 90 年代，进入了无主潮的多元化小说阶段。

从以上主流新类型我们可以看到，长期以来，由于中国文学和政治的特殊关系，政治对文学研究的左右，使得我们了解的主流性文学都是带有政治色彩和鲜明时代特色，和国家核心价值靠得比较紧的小说类型自然受到鼓励并成为主流。而在市场消费主义起到主要引导的阶段，言情小说、武侠小说、侦探小说等通俗类型能成为消费的主流类型，它们更多体现了小说类型的娱乐功能。进入新时期以来，精英心态、政治意识形态和市场法则这三种力量都有市场，文艺进入相对多元化时代，各种小说类型都能获得相对长足发展，呈现多样化状态。

如何评价主流性小说类型呢？上面对于百年大陆小说史上的主流性描述说明这是一个事实，这个事实对于其他非主流来说，可能是不公正的。但不能否认它们起到的历史作用，它们至少符合了时代思想和意识的主流，对于意识形态的宣传渗透起到了一定作用，对于国家治理也能间接地给予帮助。完全无视或者否定这种主流现象既不客观，也不是历史主义态度。但是，小说类型的生命力不能仅仅靠这些外在的作用，主流意识形态控制下的主流小说类型可能不利于小说类型竞争的公平，但非理性的消费主义催发下的小说类型满足和滋生人类低俗情欲和灰暗幽闭心理也是不宜提倡的。其实，理想的状态是知识分子精英意识的坚守、国家主流意识形态的引导和市场消费主义意识相互协调、相互渗透和调节下的小说类型生态。毕竟，这三种力量并不是水火不容的，只要用开放心态，承认各自的合理性和市场读者，形成相互补充的小说类型主潮，也能带来丰收的小说类型，这是类型化时代理想的生态。今天我们的文艺生态就相对科学合理，政府文艺部门从宏观上对文艺进行指导，全面倡导主旋律文艺，通过文化基金扶持等项目鼓励主旋律创作，作协和文联旗下的刊物和评奖机制依然还是文艺的主阵地，承认网络小说的市场主导地位的同时，作协依势成立网络文学分会，吸收网络小说家入会，扶持和指导网络文学创作。类型小说中麦家的《暗算》、猫腻的《间客》和刘慈欣的《三体》之类的顶尖之作得到了承认，获得各类严肃奖项。学院派则坚守现实主义，对底层小说持续关注。

总之，承认多样化和提倡主导类型是不相矛盾的，对于历史上出现的寡头小说类型我们要反思，对于未来的文坛我们还是希望多元化小说类型的出现。这也从一个方面说明了所谓的纯类型小说、纯文学是不存在的。各种力量通过巧妙的艺术化妆深深镶嵌进类型文本里，获得了艺术"护照"或"绿卡"，而被艺术自然化了，以至于天真的艺术家还在喊着"唯美"口号，捍卫艺术的净土，殊不知他孜孜以求的艺术"自留地"早被集体"征用"。

三、读者视野的消费机制

接受美学诞生以来，读者在文学活动中的地位越来越受到重视。这种理论更多的是研究读者参与文本意义阐释的重要性和方式，极大冲击了传统阐释的方法和意义，打破了作者对于意义生产的独断权。受市场文化消费的影响，现代的小说类型作家创作的读者意识普遍提升，而随着网络新媒体的普及，催生了网络文学流行。网络文学的生产过程中，作家和读者在线交流互动，作者和读者一起研究人物性格和命运的走势，讨论情节发展的可能方向。也就是说，读者作为作家的知音，不仅鼓励作家创作，还在一定程度，以读者的眼光参与了创作，保证了创作的市场受欢迎程度。也就是说，小说类型发展到今天，读者不仅是文本意义的产生者，而且发展到参与文本创作，成为本文的生产者之一，有的研究者并以此作为新的网络文艺和传统文艺区别的根本性标志之一，"网络的互动性、作者和读者的位置互换，读者参与创作，以及读者建议的采纳，都是网络小说创作中必不可少的"[①]。

特别是 2003 年起，随着文学网站推行 VIP 制度，作为主要类型小说的市场价值实现的主导者，读者的流量对正在创作和行进中的小说走向具有很大影响力。网络文学生产与消费中形成的粉丝经济与快感机制协同形成了作家和粉

[①] 高岩：《网络小说的兴起、模式、渊源与使命担当》，《网络文学研究（第二辑）》，山东人民出版社，2016 年版，第 56 页。

丝们的"情感共同体",作家不再是印刷时代孤独的个体。但在这种读者—写手导向的粉丝经济活动中,读者一方面以其狂热的崇拜给了作家很强的信任感和安全感,但同时也给作者带来强大的"影响的焦虑",邵燕君就指出,"粉丝们可不是好伺候的,资深粉丝都是专家级的,对各种桥段了如指掌,对前辈作品如数家珍,除非能在前辈搭起的'危楼'上再加一层,否则,谁还会奉你为'神'"[①]。新的文艺生产语境中读者的消费机制大大不同于传统的意识形态的生产机制,也不同于学院派生产机制,使得文艺生产关系、生产格局、产品形态等都发生巨大改变,带来文学研究的诸多新课题。比如出现了本章说、弹幕等及时评论嵌入文本,能吸引更多的读者参与活动,比较典型的是网络小说《大王饶命》,整本书几乎变成一个论坛,读者在里面评论剧情、谈天说地,把互动性体现得淋漓尽致,其中一些神评论,会引来读者大量回复,其质量甚至高于作品本身。

在消费语境下,随着社交媒体的作用凸显,网络小说活动中读者和作者的关系越来越密切,读者参与作家的创作是当代文学重要的现象,它冲击了文本中心主义模式,带来活动中心主义的转向。我们知道,现实主义创作的难度之一就是作家要深入生活,掌握大量真实的素材,对材料进行"生化反映",然后对生活进行整体性把握和处理。网络现实主义作家和传统现实主义作家相比普遍年轻,人生经历和阅历相对不足,如何克服生活经验的欠缺,在短时间获取大量有效的素材呢?这恐怕要得益于网络文学创作机制,即作家一边在线创作,一边和读者在线互动。一般来说,每一部作品推出时作家会建 1—2 个互动群,以开展在线的及时沟通。在文学类型化时代,这些读者大多是分层的,他们大多是作品所反映题材的职业、行业和领域的工作者和爱好者,有相当的专业知识、技能和素养。这些内行读者不仅更容易与作品产生共鸣,还能以业内人身份提供有效的专业性建议。因此,作家很重视和这类为数众多的读者的交流互动,不仅仅可以获得他们的鼓励和认可,寻找写作的精神和情感动力,更重要

---

① 邵燕君主编:《网络文学经典解读》,北京大学出版社,2016 年版,第 14 页。

的是一起创作，及时得到他们的创作建议，讨论进一步的情节设计故事走向、人物性格的刻画，和创作素材的帮助。很多行业读者热心地把自己的行业经历、故事贴出来无偿提供给作家，作家及时把读者提供的素材吸收进作品，一方面作家获得了鲜活的材料，克服了素材需求量大的困难，另一方面读者也因自己的经历和故事能进入到作品中感到高兴。

从创作原理上讲，这是创意写作工坊制的实践模式，素材共享、集体讨论、智慧融合、寻找最佳方案，最后一人执笔形成作品。我们试想一下，如果每个网络现实主义作家每次创作都有 2 个与读者互动的微信群，那就是几百名读者参与创作、提供素材，这该是一个多么大的素材库。对于网络现实主义作家来说，和众多的读者互动，不就是更为便捷、高效的采访和积累素材吗？由于网络对于时空限制的突破和信息共享的特性，其获得和"生化"素材的鲜活性、现实性更强。网络作家自然需要深入生活、查阅资料等积累素材，这是前期要准备的工作，但一旦写作打开，吸引到读者群，由于大量读者的同步参与，创作出一部大家都满意的作品成为其共同的短期目标，他们积极为作家提供或查找素材、材料，于是材料的来源和数量问题大体可以解决。

消费者主导机制中的"私人定制"问题也值得关注。在微信阅读时代，创作从类型化进一步发展到"私人定制"的可能。这里面显示了读者在文学生产机制中的作用。类型化时代的创作和阅读都是分类的，这是阅读定制的前提，也是雏形。到了微信时代，由于社会多元化催生了消费者对自身需求的重视，促进个体消费时代的到来。拥有定制产品和定制服务曾经是社会地位和身份的象征，而在消费社会，定制已成为平民化的生活方式。其次，微信传播提供了技术和服务功能上的可能。有人指出，在语言表达和信息传播方面，微信传播比微博传播更具有优势[①]。这基于如下两点理由。一是微信的粉丝质量更高，目标受众更具有针对性，在保证阅读个性的同时又能保护阅读的隐私。因为微信上信息的流动仅限于确认的好友之间，信息的指向性明显，用户一般不会对内

---

① 匡文波：《微信 PK 微博：谁更"凶猛"》，《人民论坛》，2013（22）。

容反感，接受度较高。不被确认为好友的用户，不能看到他人的评论和留言，这就使信息的隐私性得到保护。

二是微信上的双向互动性模式，有助于读者和创作建立平等关系。由于用户之间互相加为好友才能对话，排除了"不相关"粉丝和"杂音"的干扰，构成平等关系。除此之外，用户将现实生活中的好友关系复制到微信平台上来。因此，微信用户发送的信息、图片、视频，往往能收到及时的反馈，形成良好的互动关系。双向平等互动性的网络关系，保证了微信用户发出的信息具有较高的接受度。语音通信功能的使用，使传播双方更方便、更直接、更生动地了解彼此感受。如此一来，微信传播机制促进了个性化阅读，进一步刺激和要求创作的个性化定位，或者说是类型作者们的进一步分化，比如那些个性特别的写手或者大 V，专门写旅行的、励志的、育儿的，或者写修炼的、耽美的，乃至写悬疑或恐怖的，等等，一般会有自己的特定粉丝，在和粉丝的互动中，可以根据粉丝的个性化需求进一步定制性创作，满足粉丝的阅读心理和需求。技术上，以 Zaker 为代表的软件，就是直接为个性定制阅读而设计的。在大数据的帮助下，门户网站一般都是让读者选定自己的阅读兴趣和范围，再将这类小说推送给读者，在读者和作者之间建立起看似松散实则密切的联系。当微信阅读到了一定程度，就变成了生活需求，和游戏、通信、购物、社交等微信平台提供的其他功能捆绑在一起，成为生活不可缺少的部分。这种生活化的阅读行为和需求自然而然催生读与写的"私人定制"。由于微信时代实现了写手和读者的直接对接，根据既定圈子读者的胃口和兴趣需要的"私人定制"创作出现，读者和创作者在微信圈内实现了预订与出售的"精准送达"。虽然目前大部分处于宣传阶段，基本免费，但一旦用户稳定，收费服务就指日可待。当然，那些人气本来就很足的大 V 级写手，可以跳过这个阶段，直接收费服务，比如南派三叔。

整体上，小说类型化演进过程中，存在内外诸机制的影响和共同作用。一般来说，在前工业化时代，由于小说的地位不高，在国家的正统的文化生活中重要性不够，作为娱乐和休闲之物，它们处于自由放任的状态，小说对于作家来说，也不过是寄托性情和人生理想的载体。因此，他们更多关注的是艺术性本身，积极从其他艺术形式中吸取养料，试图创造出新的文学（小说）样式。这一阶段，小说的主导性机制基本是内在机制。在现代社会，小说作为时代和社会的"镜子"，对于国家治理具有重要影响，主流意识形态展开了对于小说的文化领导权，让小说成为主流意识形态的审美言说，主流小说及其交替演绎成了小说类型常态。而到了网络文艺时代，类型小说及其衍生文艺品成为文化工业的重要组成，读者消费机制则成了文化工业的重要构成，这是后工业化文化景观。后工业化时代的文化经验告诉我们，在全球化背景下，承载一个国家的主流价值的文学应该是大众化的文学。对于文学研究者和管理者来说，如何实现这三种机制的贯通，是一个需要智慧的顶层文艺设计和文化治理的工作创新的大文化课题。

四、类型机制与艺术活力

好的理论要简单、有可操作性、能解释复杂的文学现象、有周延历史的能力，而且理论本身是要发展的、开放的、有自我修正的功能。我们上述对类型演变的描述和机制考察，目的不外是谨防让类型理论变成小说实验室的产儿，成为理论家自说自话的产物，而是面对小说事实，特别是当下小说创作实际，形成理论和创作实际的互动机制，合理调配内外机制，成为小说发展的动力。大略说来这种动力表现在以下几个方面。

一是类型演变理论贴近复杂小说地图。上文着眼于小说史的纵向和横面，对小说类型演化的几种形态的描述，清楚明白地展示了小说类型是很复杂的问题，古典主义者鼓吹的"纯粹类型"实际上并不存在，即使有些时段在外在压力下高度提纯的小说类型暂时会有，但终究会被历史送进文学的"火葬场"。对于如何演绎出来错综复杂的小说史，既能绘画出小说艺术本身的发展变化过程，又能够通过对艺术模式形态变体原因的外在因素追溯，找到社会历史、文化传统和作家个性特色，以文学的形式化方式把语义场带进小说类型中去，形成历时的与共时的、传统的与创新的、个体的和集体的、内部与外部的、能指与所指的统一，给我们描绘出既复杂又清晰的小说史地图来。

　　二是解放小说类型的活力，树立正确的小说类型观念，促进小说的创新活力。小说类型不是一个抽象而冰冷的术语，它充满艺术的体温、作家的生命热情、时代和历史的呼吸，因此，它和人一样是活的生命体，有生有死、有遗传和变异、有杂交和跨越、有斗争和融合、有自反和坚守……小说类型的全部活力也从这些小说类型化石中体现出来。小说类型的活力在不断抵制和警告那些把它僵化的作家和学者（比如有些学者总是把类型等同于机械模板，把类型化等同于模式化和雷同），类型的出发点和全部归属是走向创新的。类型在它诞生的第一天起就做了自己的掘墓人，它终将在历史的滚滚车轮下，走过自己的历史阶段，完成历史使命，然后和别的类型化合，或者被别的类型替代，或者借尸还魂进入别的类型中，在漫长的小说历史中，我们几乎看不到一个固定不变的类型。新的小说类型产生的经验告诉我们，一种类型只有向其他类型敞开，才能获得发展和新生，只有和时代主流合拍的类型，在时代和社会历史要求下自动整容的类型方能获得更大的历史时空舞台，展示自我的生命力和影响。也就是说，一个小说类型只有纳入别的小说类型（兼类），只有"与时俱进"（变体、反类型），才能永葆"青春的活力"。类型既是历史的，又是创新的。

　　三是树立小说类型平等，反对小说等级。不仅特定小说类型内部充满了变体和异化，不同小说之间也存在兼类、渗透，催生出新的类型。这既让我们看到小说类型本身的复杂性，也使得我们感到应树立小说类型平等的观念，不能轻易贬低某一类型，而抬高另一类型。每一种小说类型都有存在的合理性，就审美上来讲，它们有着自己的艺术规范和魅力；就认识论上讲，它们有认识世界的特定视角和模式；就价值论而言，它们有着相应的精神诉求，审美地承担了人类价值域的某一隅。充分尊重各种小说类型的历史地位和艺术成就，让时间本身来做评价，是坚持了小说类型评价的实事求是。形形色色的类型百花齐放，是小说繁荣的表征，更多的小说类型以复杂的方式交织在一块，难舍难分，如果不顾这一事实，让某一类型高于另一类型，会闹出自相矛盾的笑话。比如言情小说，在晚清末年向社会靠拢，主人公身份、情的含义、叙事模式等都具有鲜明现代色彩，你能说它在主题的进步性上比乡土小说、革命小说低一等吗？反过来，当时大力提倡的社会分析小说，如茅盾的《子夜》不是也有一定的言情乃至色情的成分吗？坚持小说平等，不厚此薄彼，不排座次，坚持艺术的平等，是尊重现代平等精神在艺术上的体现。

坚持类型平等，并不意味任何时候、任何地点的"一视同仁"。在人类历史的某些特殊时刻，根据需要提倡某些小说类型和适当压制某些类型，也是必要的。比如新中国成立初期国家为了从文艺上教育国民共和国是怎样形成的，而对革命历史小说和成长小说的重视和提倡也是必要的，但是为了突出这些类型，打击其他类型是不妥当的，一旦这些类型被禁止，那些受宠的类型会因缺少竞争和营养而走向僵化的死胡同。在这里，我们还要提倡对类型的评价要遵守"对历史小说类型苛刻，对当代类型宽容"的原则，对待发展历史跨度长、很多问题相对定型的类型，看得相对比较分明，我们的尺度不妨紧一些，而对于当下正在兴起的新的类型，其艺术机制和模式处在形成过程中，还充满变数，我们不妨把尺度放得宽一些，给它们更多的发展空间，促进自由创造。

第四节　小说类型的多样化与类型等级

文类等级是客观上存在的文化显象，在中外文论史上，金字塔式的文类等级现象比比皆是。韦勒克和沃伦说："种类的等级在部分上是一个'快乐主义的微积分'：在古典的表述中，不论是在纯粹的强度的意义上，还是在读者与参与的听众的数目的意义上，快乐的级别无论如何不是量的问题。种类的等级是一个社会的、道德的、审美的、享乐的和传统的性质的混合体。"[1] 钱仓水说："把文学类型划分出高下贵贱的议论，究其原因，恐怕主要是一种社会等级、观念等级在文体领域的反映。"[2] 同样如此，作为文类之一的小说类型的历史中存在十

---

① 〔美〕韦勒克、〔美〕沃伦：《文学理论》，刘象愚等译，浙江人民出版社，2018 年版，第 228 页。
② 钱仓水：《文体分类学》，江苏教育出版社，1992 年版，第 37 页。

分严重而复杂的等级问题。这个问题如果不理清，小说类型学研究可能重新遁入历史的奇怪坏循环中。

一、类型等级观念是一个古今皆然的思想毒瘤

伴随经济结构的等级化，由此滋生的等级观念由来已久。长期以来，它当仁不让地植根于社会历史、政治、风俗和文化文学中。这一点，古今中外概莫能外。

（1）文体不平等是历史传统。小说被不平等地对待有悠久的历史传统。中国古代文类系统等级森严，经、史、子、集的地位是不平等的，历代史家对它们的摆放秩序就暗示了这一点，尽管文章被曹丕尊奉为"经国之大业，不朽之盛事"，但这个"文"是不包括散文和小说的。在目录学里，散文和小说被扔在不起眼的集部里，清代大学问家纪昀在编撰四库全书时，对文言和白话小说做了天上人间的分置，白话小说入不了国家官修书的门槛。古代小说和小说家命运不济是公认事实，今天能流传下来的很多好的小说，我们是不知道它们真实作者的，《三国演义》《水浒传》《红楼梦》《金瓶梅》等伟大著作的作者是谁的问题还在困惑一代又一代的读者，在一个立言传世文化氛围很浓的民族，以小说为立言方式的伟大创造者竟然把自己的大名给隐去，这种无奈恰恰反映了小说在社会上地位的低下，为正统文人们所不齿的现实，那是落魄文人们无奈的行当，要是蒲松龄能科举中第，恐怕就没有《聊斋志异》的问世了。

小说在古代生不逢时，很多小说家在写作的时候不得不往历史和诗文之"大雅"里靠拢，这说明"史传"和"诗骚"在小说的发展过程中起着重要作用。陈平原指出："前者表现为补正史之阙的写作目的、实录的春秋笔法，以及纪传体的叙事技巧；后者则落实在突出想象虚构、叙事中夹杂言志抒情，及结构上大量引诗词入小说。"[①] 由于目录学家鄙视白话小说不录其入目录，导致对它们的分类更是不加研究，因此，我们很难说哪些小说类型比哪些类型低人一等，

---

① 陈平原：《"史传"、"诗骚"传统与小说叙事模式的转变》，《文学评论》，1988（3）。

不过文人们创作小说时对诗文和历史的俯就，无意识流露出他们对没有如此做的小说的轻贱。而文言和白话小说类型的历史待遇则是类型等级的确凿事实。不过，这种等级化并没有系统和固定化，在晚清民初时候，新小说家们抱着小说新民的梦想，热情地从域外引进和鼓吹政治小说、侦探小说和科学小说，而对本土业已存在的古小说类型则采取简单排斥态度。

但五四时期，小说类型的命运又被大幅度地调整，不仅历代文人们摆放的文言和白话小说秩序"有朝一日翻过来"了，科学小说和侦探小说也迅速滑向边缘，乡土小说和问题小说等粉墨登场，开启了现代文学的先河。即使在现代小说内部，我们也要看到，它们彼此的类型地位也是不平等的，从小说的流派上来看，为人生小说派就要比自传体小说派的政治待遇高得多，而一旦左翼小说横空出世，其他小说类型纷纷被打入冷宫。有论者认为："文学作品本身既没有分类，也没有等级的自我指示。本质而论，文类谈不上高下优劣之分。"① 小说类型的历史命运很难说是其艺术内部的自身调整，而是统治阶级意识形态的体现，所以，厄尔·迈纳清楚地认识到："我们必须接受这么一个事实：从历史的角度说，文类总是有等级的。当然，无法保证一个时代的选择也将是下一个时代的选择。"②

（2）当代小说类型等级依然严重。进入当代前三十年，小说类型的等级化更加鲜明，不仅20世纪40年代那些深化了的社会言情小说、武侠小说和侦探小说没有了市场，连七月派等小说也难以为继，小说在慢慢朝一体化的路上走去。即使在一体化的格局下，不同的小说由于取材的不同也分出了等级，比如十七年的小说题材处理就体现了这种严格的等级观念。文学史家洪子诚在《当代文学史》中辟专节"题材的分类与等级"，指出"'题材'问题关系到文学反映社会生活的本质的'真实'程度，关系到'文学方向'的确立的重要因素"③。

---

① 陈军：《文类基本理论问题研究》，北京大学出版社，2013年版，第55页。
② 〔美〕厄尔·迈纳：《比较诗学：文学理论的跨文化研究札记》，王宇根等译，中央编译出版社，1998年版，第333页。
③ 洪子诚：《中国当代文学史》（修订版），北京大学出版社，2009年版，第74页。

他进而指出："第一，题材是被严格分类的。作为分类的尺度，有社会生活的空间上的工业、农业、军队、学校等，有时间上的历史题材、现实生活题材等，这一分类，在实质上包含着阶级区分的类别背景，同时，也表现了以社会群体的政治生活（而非个人日常生活）作为题材区分的根本性依据。第二，不同的题材类别，被赋予不同的价值等级；即指认他们之间的优劣、主次、高低。类别的严格区分，与等级上的清楚排列，是紧密关联的。因此，又出现了主要题材、次要题材的概念。在小说题材中，工农兵的生活，优于知识分子或非劳动人民的生活，重大性质的斗争优于家务事儿女情等私人生活，现实的、当前迫切的政治任务，优于已经逝去的历史情景；现代的由中共所领导的革命运动，优于历史的其他事实和活动，而对于行动、斗争的表现，也优于个人的情感和内在心理的刻画。"①很清楚，题材在空间上（公共和私人）、时间上（历史和现实）、领域上（工业、农业、军队、学校）、对象的层级上（工农兵、知识分子和非劳动人民）被时代政治作了等级化，小说题材也依此标准的不同充分作了等级化处理。如果说此前的小说类型还处在文言和白话、通俗和严肃等小说形式和审美趣味的二元对立导致的等级化，那么，题材决定论的森严等级的内容色彩更加明显。由于等级逻辑最后导致的必然结果就是只有一种小说类型是最好、最优越的，样板小说在"文革"时期的出现是小说类型等级森严的逻辑结果。

即使是新时期文坛的拨乱反正，也似乎并没有抛弃类型等级这沉重的包袱。20世纪80年代的小说仍然被打上了鲜明的等级烙印。首先是注重题材的价值挖掘，对刚刚过去的那段历史的追思和对现实社会人生问题和困境并重，对当代生活距离较远的虚构题材明显稀缺；其次是虽然出现了伤痕小说、改革小说、反思小说、寻根和写实等小说潮流，但是放在更为长的时段和更为开放的小说视野里看，仍是非常单调的和贫瘠的，其他的很多小说流派和思潮以及类型被理所当然地忽视和屏蔽了。比如伤痕、改革和反思小说里面包含过度的政治性焦虑，它们在思维原则上到底和此前的题材等级小说有多大的区别？还有，

---

① 洪子诚：《中国当代文学史》（修订版），北京大学出版社，2009年版，第74页。

有人要问：我们把改革称为科学的春天，为何"科幻小说"并没有重生并发展呢？不用说，我们在思维的深巷里，并没有走出类型等级的狭隘观念，而类型之花却透过等级的栅栏，以夺目的姿态发出无声的抗议，这场抗争最后以20世纪90年代的雅俗之争作为总爆发。即使今天，坚持对很多类型异端"坚壁清野"者仍不在少数，比如有论者在对中国现代小说类型嬗变问题上，对现代小说类型作了惊人的简化，其简化的标准不过是文人标准，中国现代小说只有革命、乡土、成长和家族小说进入了其法眼；而有的学者在反对通俗文学时，也对此颇有微词。

（3）类型平等提倡者无意识的类型不平等。当前我们有一些学者虽然主张小说的多元化，对其他类型小说采取了宽容的态度，但是在其内心深处，等级观念仍有市场，比如文坛上一直有主流小说和非主流小说、中心和边缘、雅和俗等说法。这几组概念背后不仅仅有二元对立的思维缺陷，而且这些分野背后蕴含着价值观念。就词语的顺序而言，主流的、雅的和中心的一类自然是占有优势的，把后者作为他者来对待，以映衬出自己的重要性。有的人为了显示公平，或者为造成表面的繁荣也赞同部分的优秀的非主流、俗的类型存在。而反对者一味强调了非主流、边缘的和俗的如何重要，其实它们背后无意识的价值指向了类型等级、中心主流和高雅论者，不单特指对某种观念体系或者伦理准则的认可与表现，而且有某些类型要求，比如十七年的主流文学对题材的等级划分，再比如新时期对主潮小说认同（出版了《现代文学主潮论》大型著作），更何况"三十年河东三十年河西"，主流、中心和雅并不是一个固定不变的概念，小说类型的命运是极其复杂的问题，比如武侠小说在唐代豪侠那里就是雅文学，侠义小说在清代也是普遍受到好评的，何以要在现代就被压制呢？对于那些一心一意要为俗文学挣得文学史的名分，或者一心要把某些小说类型从边缘向中心进军，或者洁身自好要保持非主流的身份的学者和论者，其背后未必不是在反等级行为中践行了等级的思想。因为一旦它们获得了身份就会马不停蹄地无限扩张（比如一本通俗小说史要比传统小说史写得还要长，声势还要猛的情境下，不是让人有"造反"的担心吗），用非主流来对抗主流，事实上在内心深处就是把自己当作了主流，而主流被非主流化了；那从边缘向中心进攻的结果不是把中心变成了边缘，这些行为只是改变主角的名称，丝毫没有改变等级结构。笔者以为通俗和严肃之分，主流和非主流，中心与边缘等本来就是一个等级区分色彩很浓的概念，就好比庙堂和民间之分一般，只要这个二元性概念存在，等级的思维就不会根除。

二、等级观念严重影响小说类型的发展和文学进步

以上自觉不自觉的等级观念的存在，对小说，特别是不同类型小说的发展是非常有害的。这是因为：

（1）类型本身是动态的，处于历史的发展变化之中，不宜定级。今天没有一个学者傻到要为小说类型划三六九等定级和贴标签。小说类型处在不停的变化之中，我们并不具备孙悟空火眼金睛能一眼看穿真相的本领，或者预言家那样能占卜未来的能力，某些类型在这一阶段没有产生好的作品，并不表明该类型就由此低人一等，更何况，不同时代读者的审美趣味差异也很大，小说类型作品出现隔代香在文学史上很正常，很多伟大的作品不是在作家死后很多年才被"发现"的吗？如果我们匆匆做了一些作品的法官，让它所处的小说类型负连带责任，难免为小说史留下"历史冤案"而成为笑柄。更为严重的是因为我们的武断，把一些我们认为是低等级的小说类型打入冷宫，或者划为写作的禁区，给小说类型的发展制造人为的障碍，迟缓了该小说类型的发展，这本身是违背艺术纪律的。比如现代以来大陆的武侠小说一直在小说类型家族里充当垫背的角色，结果它们在台湾和香港的1950—1970年代获得了空前的发展，并大力促进了港台影视业的发展。

（2）小说类型等级森严，容易造成类型的人为倾斜。小说类型理论本来是假定性的，其目的是为了描述和把握复杂的小说史现象，并不是要给这些小说类型排座次。对于理论本身的假定性和人为设计特点，不同时代的研究者对小说类型的分类和看法是不同的，你很难说一些类型高于另一些类型。尽管作品和作品之间是有好坏优劣之别，但不同的类型和类型之间是没有好坏优劣之分

的，有的学者幽默地说："文学只有单项赛，没有团体赛。"是的，我们不能让武侠小说和科幻小说打擂，就像我们不能让男足和女足比赛一般；而且，不同类型的小说也是很难作一番比较的，就类型的角度我们确实不好把《阿Q正传》和《子夜》，或者《家》放在一块决一雌雄。而事实上，在不少批评家眼中，不同的体裁之间审美价值有高低（小说高于散文），同一体裁不同体制之间有高低（长篇优于中短篇），同一体裁同一体制的不同类型之间有高低（乡土小说优于言情小说）。其实，在作出这一判断的一刹那间，就对艺术作品作出了先验的判断。不依照具体作品，不分析作家个人的创造性，依据类型等级先验地对作家和作品好坏做了评判，对艺术家和作品本身是不公平的。古代强调通过分类来把某些类型定为正宗，并为艺术制定铁定的律令，比如诗歌和历史。以至于直到今天，仍有很多批评家和作家抱有很浓的史诗情结，为我们没有出现荷马史诗这样的巨著而耿耿于怀。与古典小说类型研究强调类型相区分，而现代小说类型研究则更强调混类以及类型间的共性研究，正如韦勒克和沃伦所指出的，"现代的类型理论不但不强调种类与种类之间的区分，反而把兴趣集中在寻找某一个种类中所包含的并与其他种类共通的特性，以及共有的文学技巧和文学效用"①。事实上，很多小说的创新正是因为吸收了以前看似低等级小说的成分。如果对其他小说类型抱有敌意，阻隔了小说彼此吸收营养，怎能促进小说的发展呢？所以，不论是从理论假设，还是从小说类型融合的事实上看，为小说设定类型等级都是不利于小说发展的。

（3）类型等级的思想可能会造成经典的单一化。承认小说类型有等级，接下来自然会认为高等级的小说比低等级的小说好，只有那些高等级小说类型中的优秀小说才有理由传世，才有资格进入文学史。事实上，人类创造出来的那么多优秀的作品因为等级化思想作怪而被无情地过滤掉了。历史地看，先是文言和白话的等级，然后是雅和俗的等级，接下来是古代小说和现代小说的等级以及具体的不同时代主流与非主流的等级，经过如此多的等级过滤，我们今天

---

① 〔美〕韦勒克、〔美〕沃伦：《文学理论》，刘象愚等译，浙江人民出版社，2018年版，第232页。

能看到的经典已经是非常少的了，这不是说我们的前辈对经典的要求之严格，而只能说他们带着类型的有色眼镜而遮蔽了很多类型小说中的杰作。前几年学术界受到福柯和德里达解构主义思潮和方法的影响，大力反思经典作品，对经典的组织和构造做了知识性考古，发现和阐释了经典的非文学性，但是，却缺少对经典的类型反思。其实，我们推崇某一类小说，把它们中的优秀者尊奉为经典，不过也是类型构造而已，是小说类型话语权的表征。笔者还是要坚持不同的类型作品是不好见高低的，一部作品的优劣要放在类型的历史中，看其对类型的贡献和作用才是有效的。类型的参照系是不能失去的，不同类型的小说放在一块比赛，本身是不遵从游戏规则的伪艺术精神。正是这种思想，造成了我们经典事实上的单一，一旦为数少得可怜的经典成为后来作家的艺术养料，那我们的作家患类型偏食症不过是迟早和严重与否的事情而已。一位年轻的作家调查其他作家和中文系研究生们外国文学作品的阅读情况，他发现绝大多数人的阅读是高度集中，而且集中在那些我们宣传的所谓的名家名作上，而这个范围和浩如烟海的作品比实在是沧海一粟。这个圈定的经典同样深深影响了评论家的审美趣味和思想水准。同样，这几年人们对很多国家级的小说评奖（比如鲁迅文学奖、茅盾文学奖，等等），颇多微词就在于获奖小说几乎都是写"咱们村里的事儿"。在一个小说类型化趋势已非常明显的时代，念念不忘"咱们村里的事儿"，本身就说明了评论家的口味不得已被单一经典"规训"了。作家和评论家日渐单一且均质的艺术趣味和水准往返互动，恶性循环。如此情形之下，中国作家的创造力和想象力之贫乏不是自食其果吗？

三、类型平等是现代艺术精神的重要体现

研究类型等级与提倡类型平等并不构成逻辑上的矛盾。通过研究类型等级思想来源及其表现，我们看到类型等级的历史客观存在对小说发展已经或可能带来的各种危害，所以我们应该树立类型平等和类型民主的思想，为小说类型的自由发展创造良好的空气。

（1）小说类型是综合的，不存在单一的小说类型。现代小说，特别是出色的小说并不是单一的纯粹类型，更多的是类型混合。小说的发展不能走类型单一化路线（这个业已证明是错误的路线），要走复合的复杂的类型混合大道。既然类型要综合化，我们就不能厚此薄彼，应平等对待每一种类型，尽可能地发掘艺术资源，形成创造力的来源，这样既可推动小说类型的发展，也可推动其他小说类型的发展。评论家既要看到当下走红的小说类型，也要关注大有潜力尚被冷落的小说类型，促进各种类型的发展，促进各类小说经典的形成，让类型的多元化与经典的多样化相得益彰。

（2）类型和作家好坏作品优劣没有必然联系。理论上讲，每一种类型的作家和作品是良莠不齐的，都有好作品和平庸作品存在。杰出的类型作家在类型基础上创造出优秀的经典的作品，促进了类型的发展，那是类型小说的福音，而我们也不能因为大量平庸作家和作品的存在否定类型的存在价值或者降低等级。不妨给予那些一时发展迟缓的小说类型以宽容，即使有些类型可能永没有繁荣和出人头地的那一天，但是它们和其他类型的融合，对于新类型的产生，以及促进其他类型的发展也贡献了自己的力量。抱有类型等级思想的评论家把垃圾小说责任推到他们瞧不起的小说类型身上，认为这是类型本身所决定的，比如有的批评者甚至认定，"当作家抱着类型化写作起，就决定了其写作所能达到的高度"，这是典型的艺术上的类型价值决定论调。这种论调具有相当的批评市场，成为小说类型发展或小说发展的观念阻碍，小说类型和具体作品的好坏在逻辑上没有必然关系，如果不把它们分开和澄清，历史上的一些所谓的通俗小说类型就要在小说上垫底和背黑锅，而一些平庸小说因享有高等级类型番号而"欺世盗名"，甚至劣币驱逐良币，混乱小说市场。

（3）提倡类型平等是坚持了"双百方针"的艺术民主。中国现代小说的兴起，一个鲜明的思想启蒙任务就是"民主和平等"，把等级制下的人们解放出来，从思想、情绪、社会等各方面民主和平等起来。如果我们在小说的思想上灌注民主和平等，而给民主和平等思想穿上不平等的外衣——小说类型等级，这是不是过于滑稽和虚伪呢？所以，现代小说类型要真正体现平等精神，就要废除类型等级思想，把那些所谓的"下品的""通俗的""非主流的""边缘的"

小说从等级思想的牢笼里面解放出来，让它们在小说的百花园里呼吸同样的空气，享受同样的阳光和空气，真正实现百花齐放、百家争鸣。我们不否认，在现代的环境下走到这一步还有很大一段距离。但是，我们要清楚认识到，中国现代小说要真正繁荣和昌盛，要能和世界的小说对话和交流，这一步是不能绕过的。

说到底，小说类型创作的平等问题根本上是艺术创作中的自我表达和艺术平等的大问题。我们以为，包括类型小说在内的一切创作，就其根本使命来说，就是通过引导每个个体通过写作的方式来获得自我表达自由的问题，这也是马克思追求的文化解放的神圣使命。随着私人化兴起等多种原因，今天的写作一个很大的问题就是文学在慢慢远离公共生活，越来越成为个人趣味，或商业主义宰制下的爽文，很多文学精英主义者提出作家和批评家要从私人生活中改邪归正，创造有公序良俗和正义性满满的公共生活性的文学供我们大众分享。这自然是好的，但这还是启蒙式的人文主义情怀，从艺术真正目的出发，我们认为，与其精英者们表征和解释一个所谓的具有公共性生活的文学滋养大众的文化精神生活，为何不通过创意写作——一种新人文主义方式来引导和大家都来写作，让他们就生活在文学创作中，生活在文学中，这不是最大程度上的文学的公共生活吗？

从创意写作教育的理念和做法来说，我们可以通过文学的方式来参与和改造这个世界的工作。今天很多作家说，创作对于他们来说，不就是写自己的生活、自己的存在，一种我们称之为"在地性"，但这种写作事实上就和公共生活连接上了。问题是，这种具有公共性的文学写作或生活太少了。今天，我们文学工作者，如何激发和帮助更多的人来展示自己的在地性的生活，你周边人的生活、附近人的生活。传统作家和教育者所谓的启蒙写作还是精英主义的，是人文主义的。这是不够的，和今天的现实语境已经不太搭调了。笔者认为，文艺工作者的任务，是帮助大众获得文化解放。如何解放呢？创意写作教育是可以的。

为何这么说呢？创意写作教育的基本理念和具体实践证明了这是可能的。

因为创意写作坚信人人都能成为作家，每个人都可以写出精彩的故事。当然，这里的作家不一定是纯文学作家了，在我们看来，只要是发自他们内心的激情的驱使，开始真诚的自我表达之旅，这就是很优秀的写作了。从美国创意写作的历史看，创意写作当初在美国高校的课堂，提倡大学生走出古典主义文学教育的桎梏，引导他们写自己，书写他们所在的时代，抒发自己的真情实感，而不是活在古代名人的文学世界中。美国二战后创意写作的兴起，其中的创意写作训练，主要是写个人成长史，写家族记忆，写自己的参战经历。结合今天写作平等与文学类型的话题，通过个体的写作，以文学的方式进入、接入或干预公共生活了。从文学史上看，文学批评家对经典的解释和提炼，确实参与了文学的公共生活，但如果批评意识浓厚的"读者们"，他们不是通过阅读被经典阐释的文学作品进入文学世界，而是通过自己创造的文学成果自主地进入文学世界，效果难道不会更好吗？如果通过创意写作教育实践，以促进普通的大众拿起笔来，写自己的生活，写自己熟悉的人和事，无论是非虚构，还是虚构，无论是类型小说创作，还是非类型小说创作，他们就是平等而自由地生活在文学的公共生活中，他们正在创造自由的文学公共生活。进而，我们认为，他们创造的不仅仅是文学的公共生活，更是改造和创造了我们的世界。这应该是艺术民主的最理想的形式，也是艺术的终极目标。

第四章

小说类型的价值

小说类型事关价值。这里所言的价值可从两个方面来理解：一是小说类型本身的价值。从小说类型本体而言，价值是小说类型的核心层次，套用英伽登的文本现象学层次理论，它是属于最里层的意蕴层（语音—现象—意蕴），或者是在董小英所谓的文化层（语言—文学—文化），它成了小说类型的终极性指向。二是小说类型学研究的价值与意义。现代小说类型学作为一种研究范式，对于推动现代小说研究的水准、繁荣小说市场以及对建构小说批评的学理化和科学化有着非同小可的意义。在小说类型的本体价值与小说类型学的研究价值（功能）之间需要有一个中介把它们联系起来，这个中介就是类型批评工作，类型批评不同于传统批评科学的类型创作中的创意价值考量。

第一节　小说类型的形式与价值

　　托多罗夫说："作品的价值依赖于作品的结构，这在今天已是一个无可辩驳的真理。"托多罗夫的话道出了小说类型和价值的关系。小说类型和价值的关系是非常复杂且无法忽略的问题。只要一想到小说类型，它首先不是作为一个事实的存在，而是作为情感表达和意义诉求活动的体现，我们就不得不承认：类型小说事关价值。小说类型作为价值活动，复杂性在于它不仅反映了文学活动的价值所在，而且具有特殊的价值生成方式和表达形式。作为文学的一种，它承载了文学价值来源的多重性（生活本身赋予、作家主体创造、读者主体创造）、价值结构的复杂性（真善美的统一，既有世俗的人间情怀，又有高尚的精神取向）和功能表现形式（求知的、教育的、娱乐的和审美的）的多维性。但作为小说类型，我们研究的重心在于各个类型的特定价值指向和具体类型取舍

255

之间的约定性，价值结构的呈现与小说类型叙事语法之间的关系等，最后指向的是各个民族的小说类型和该民族特有的意绪和精神表征之间深刻而隐秘的内在关系。从小说类型的视域研究价值，我们打算分别讨论四个相关问题：类型生成与价值显身、类型语法与价值表达式、类型变异与价值嬗变、类型多样化和价值多元化。

一、类型生成与价值显身

"小说的价值潜在于类型文本之中，由文本来负载。文本的生成过程，也就是价值生成的初始过程。在这个过程中，价值决定文本，文本又创造出新的价值，使文本价值呈现为一个运动着的活的系统。"[①] 这是就文本和价值的关系而言的，它道出了文本创造和价值生成的互生性。小说类型的生成与价值显身也是同一的互生关系，不同的是，就小说类型而言，由于不同的成熟文本都会重复大致相同的价值，因而可能使得价值的生成在类型文本里面有了类似规律性的可能。如果说在个别文本里，价值生成具有偶在性，我们对价值的认识尚只能停留在直觉层面。但是如果一类文本都显示出大致相同的价值取向的时候，我们就不能用偶在性方式直观把握了。这就暗示，这些类的集合体中具有"共通性"价值取向或"沉淀"。

探讨类型的价值凝定时，要注意把文本价值和类型价值作必要区分，前者指的是文学作为对社会生活的审美反映形式，它本身具有价值和意义，这种价值是所谓"一般价值"，即文学对人们有用性及重要性的判断，它包括了文学对人们的世俗取向，诸如游戏与宣泄、意识形态倾向和道德内质等，也包括了人类的精神向度，这包括了终极关怀、心灵家园、宗教信仰等。类型价值和文本价值不属于同一层次，它主要是对于人类价值体系中的核心价值观的具体化，比如现代性核心价值体系包含了很多核心价值，如自由、平等、真理、科学、爱等。这些价值既弥散在作为上位概念的所谓小说，或上上位概念的文学中，

[①] 董学文、张永刚：《文学原理（第二版）》，北京大学出版社，2014年版，第233页。

更是集中沉淀在一类小说形态中，在类似文本中反复出现。当这种具体价值观念作为母题或主题反复出现在这类小说中时，它就极可能是该类型的价值核了。我们今天看到的类型和价值都是相对成熟的，但从历史上看，类型的生成有一个漫长的过程，关于这一点我们在小说类型的演进中有论述。一般来说，作为内容的价值决定了作为形式的类型，由于类型作为一种艺术，它本身有一个较长时间的生成过程，即要经由类型之形式到类型的形式之美再到形式美的过程。

类型的价值和小说类型生成就具有密切的关联性。价值的生成不是随意的，它必须借助一定的形式（叙事语法）来现实自身。在艺术中，价值首先是个别的，是总体的抽象性普遍价值原则之中的具体，这种具体化的价值必须经过文体设计和表达步骤来完成，而落实到小说类型上可以是结构—功能—意义。这样说，并不是要简化价值的复杂性，而是要让我们认识到价值并不是孤立地存在于文本中，与文本油水分离，也不是像空气一般渗透在文本的字里行间不可捉摸，它事实上是被形式化而化身在文本里。

为了说明这个问题，我们不妨先从一个现象说起，许子东从 50 部文革小说中归纳出 29 种情节功能和 4 个阶段。如果按照排列组合的方式来算，理论上可以产生上百种文革小说的叙事模式，但实际上许子东认定只有 4 种现实的模式。理论和实际之间如此大的反差不得不令人反思。这就涉及类型的成规和类型价值之间的内在同一性问题了。小说作为记述生活反映人生的审美表达形式，理当和生活一样是丰富多彩的。生活有无穷无尽的可能性，小说也应有无穷无尽的可能性。小说史知识却告诉我们，历史上和现实中的小说种类是极其有限的。千百年来，无数的小说家都在孜孜不倦地探索新的艺术形式以更好地表现生活，形成自己的独特的创作个性，小说史却是大浪淘沙，幸存者极其有限。现存下来的小说类型有着自己相对稳定的艺术成规和文化精神的价值指向，各自类型的经典杰作最能显示这一艺术现象。这不得不让我们相信在小说类型的深层，小说的形式构造和文化精神指向具有同构性，成为某种集体无意识。不然的话，为何很多小说家在艺术形式上的探索一时轰动，后来却沉寂无声了呢，而另外一些类型却得到了后人反复的沿用和修缮最后臻于完善呢？比如《西游记》《三国演义》和《水浒传》等的成书过程基本上就是它们各自所代表的小说类型的艺术成规和价值取向的探索和磨合直至定型的过程。或者，它们各自的艺术结构和模式在细微处相同，但是，整体上却相去甚远，我们不好把《水浒传》中官逼民反的模式套用到三国英雄身上，也不宜用《西游记》中的漫游结构和九九八十一难的模式来解读梁山好汉们的活动，否则的话这种拉郎配的行为令人啼笑皆非。《西游记》的漫游结构是古代对人的成年礼考验的形式，《水浒传》采用聚合式结构服务于古代民间的"义"文化，三国争雄突出了政治文化中的"仁"，各自不同的核心价值观需要有自己的艺术模式来呈现。毕竟小说不是把这些价值"特别地说出来"，而是"不动声色地暗示出来"，这个暗示需要有自己独特的形式。这个形式（叙事语法）的寻找也要有一个过程，无数人的日积月累，幸运的妙手偶得是其辩证法。这就很好地解释了为何那些历史悠久的小说类型是文坛类型史上的不老松和常青树。历经几百上千年的磨炼，它们的类型形式不仅纯熟精粹，而且形式语法和基本价值指向已经出神入化地化合了。

这也让我们不得不反思一个世纪前梁启超等大力提倡和鼓吹的政治小说，政治小说的价值取向在时代氛围下还是相对明确的，可是为这个价值寻找相应的艺术语法却是万难的，当时的政治家在艺术形式的探索上出现了困难，毕竟一类小说的价值不能靠抽象的说教维持，"道成肉身"，连西方古代的宗教故事也要借助形象生动的故事来展开，故而政治小说最终只能以破产告终。

同理，道不行，言难立。科幻小说进入中国伊始，由于国人对于科学知识的神奇暂时还无法身体力行地认识，也就是科学小说的价值尚不能占领当时读者的大脑，那么作为宣传科学价值的科幻小说也不能大行其道。只有到了1990年，随着我国科技的飞速发展和日益运用到人们的生活中，科技的魅力得到人们的认可，科幻小说才真正有了市场。这样说来，小说类型的基本叙事语法和价值取向之间的秘密契约如果不能被很好认识的话，小说类型是难以立起来的。今天文坛上到处为一些小说贴上新的类型标签，鼓吹它们在艺术上如何创新、如何刷新了人们的眼球。但是，冷静下来思考一下这些所谓的新的类型有没有新的价值生成呢？稍稍这样一追问，很多所谓的小说类型不过是文坛上的"噱头而已"。因为小说类型的生成和价值取向的生成是同步的，新的价值取向呼吁新的小说类型，新的小说类型显示了新的价值取向。

二、类型语法与价值表达式

小说类型的"型"（形式）本身就是审美方式，它具有审美价值，它的形式和程序本身有韵味。它在长期的发展和形成过程中，慢慢脱离了外在的价值承载，而具有独立的审美价值，好比京剧的魅力很大程度上来自它自身的程式和腔调的特有韵味，京剧票友欣赏的主要不再是京剧的内容，而是它独特的唱腔和走台。从形式美的理论研究小说类型的"类型"，类型本身就是形式。上文我们研究过，类型有一个长期的形成过程，在这个过程中，小说家们的精神劳动作用巨大，他们要在描述世界和表现情感的双重探索中实现从日常叙述到审美叙事的"提升"的话，必须开展双重探索和飞跃：一是把握特定类型从"类"之"型"到"类型"再到"类型美"的形式化过程与规律，这个过程的探索要逐渐摆脱类型的具体形式，获得抽象的类型之公式性——类型语法；二是要做好价值对位和价值虚化——价值形式化，实现审美价值的幻象化。价值的实现要借助类型语法完成，而特定的叙事语法可以是价值表达式，二者其实是一而二，二而一的关系。只是为了研究和表述的方便，我们做了分置性处理。

任何成熟的小说类型，都是以长期形成的基本语法和程式类型为本体，创造和营造一种只有这种类型才有的精神场域和情绪氛围，让心有期待的读者粉丝很容易进入他们乐于接受的氛围和场域中，一而再再而三地开展精神和情绪之旅。这样也就能解释当下网络小说的粉丝现象了。表面上看，这种独特形式带给我们的是纯粹的审美价值享受，但是，我们坚持对这种纯粹审美价值作具体价值分析。某些价值在长期的艺术形式演绎过程中，它当初的棱角和行迹在慢慢隐匿，它负载的历史和时代等色彩也在慢慢褪落，好像获得了纯粹审美形式，表达了纯粹的审美价值，这估计是很多持纯文学观念人的理据。但是，真正的纯文学纯形式是不存在的，它们背后或者文本深处不经意里含蓄表达了作

259

家对时代、社会和历史的某种认知和抵抗，只不过，这种认知和抵抗采用的方式更加曲折和艺术化罢了。今天很多研究者对于 20 世纪 80 年代的纯文学背后的政治情绪的反思就充分说明了这点。我们在这里关注的重心并不是考辨纯与不纯的关系，而是小说类型在发展过程中，在叙事基本语法的驱使下获得相对独特而稳定的形式，其形式携带的特定价值观念，以及这种价值在获得纯形式的表达式后是不是成了普世价值。我们认为，任何小说类型的成熟有两个标志：一是形式感的成熟和相对稳定，二是形式成为特定价值的审美表达式。

　　为了说明这个问题，这里还是不妨以大家熟悉的武侠小说的叙事语法和价值表达式为例。武侠小说作为我国独有的小说类型，它审美地宣扬了中国传统价值中的侠义观念。武侠小说家梁羽生曾说："我以为在武侠小说中，'侠'比'武'应该更为重要，'侠'是灵魂，'武'是躯壳，'侠'是目的，'武'是达成'侠'的手段，与其有'武'无'侠'，毋宁有'侠'无'武'。"① 作为严肃的武侠小说家，梁羽生看重武侠小说的侠义价值，是没有错的。但是，武侠小说和儒家经典中关于"义"的核心价值表述的不同在于，后者是哲学典籍化的，是庄重而严肃、精炼而雅致的"论述"，而武侠小说是审美地表达，通过艺术形象来"显示"。如果不顾及武侠小说的类型特征，直接宣扬侠义精神，还算武侠小说吗？其他小说也可以宣扬侠义精神的（比如骑士小说、西部小说）如果侠义不和中国特有的武术联袂，那武侠小说的独特魅力又何在呢？

　　中国式的侠义精神是需要和中国武术联袂而成的艺术与价值表达。为了实现这种小说类型与价值的同一性，武侠小说经过了上千年的探索。武侠小说首先要塑造侠客形象，因为在中国故事的人物长廊里基本是帝王将相、王孙贵族或神仙大王，作为平民的侠客成为武侠小说主角有一个过程。陈平原考察从司马迁为游侠作传，到唐豪侠传奇期间，侠客形象经历了三个阶段，即从史记的实录阶段的游侠到魏晋盛唐间的抒情阶段，再到中唐的幻设阶段，实录阶段的游侠形象离实际生活不远，抒情阶段的形象就"加入了很多诗人的想象，日益

---

① 佟硕之（梁羽生）：《金庸梁羽生合论》，伟青书店，1980 年版。

英雄化和符号化"，而幻设阶段的侠客则"重新赋予血肉和生活实感，被保留想象和虚构的权力"①，经过这样一个正反合的探索，侠客在9世纪中叶成为豪侠小说的主角，豪侠小说才真正形成。

侠客们在武侠中存在的精神和价值形象自然是行侠仗义了，但行侠仗义的主题也有一个形成过程，它大体经过了"平不平""立功名"和"报恩仇"三个阶段，虽然三个阶段不是彼此取代，而是逐渐推移，只是恩仇成为武侠小说成熟后的主要主题，就有"快意恩仇"的语法表述。为何是快意恩仇呢？因为豪侠们是自掌正义，不求官府不问法律，一刀两断地自行了结，有了报仇雪恨的快感，所以就有了"以武犯禁"的说法。侠客们行事的空间不能是庙堂（那是王公贵族开展政治活动的空间），也不能是民间（那是平民百姓日常生活的熟人社会），还不能是绿林（作为朝廷对立面的反叛英雄的天地），只能是江湖（侠客们逍遥自在平不平的伸张正义的空间），于是就有了"浪迹天涯"和"笑傲江湖"的语法类型。更为重要的是，游侠们要伸张正义的手段是武术（外功、内功和暗器），而不是枪支弹药，侠客们的武术打斗不仅仅是其能力的体现，实现正义的手段，而本身就经历由外（功）而内（功），由技术（打斗）而修养（武德），由打斗（形而下技术）到境界（形而上精神），由实（武术套路）而虚（武术精神）的"艺术化"和"人文化"过程，侠客们的习武和武术打斗场景在武侠小说中就占有重要篇幅，本身就有了形式美，自然"仗剑行侠"的行事方式也成为叙事语法。质言之，武侠小说的"笑傲江湖""浪迹天涯""仗剑行侠"和"快意恩仇"就成了中国式的武侠小说的叙事语法，它既是武侠小说的类型公式，也是其审美价值的表达式，二者相辅相成。

价值的被形式化，是价值获得感性生命力的所在，它一方面是具体的，有着鲜活的感性外观，另一方面又是抽象思辨的。它既根植于人的现实生活，又根植于人的精神世界；它既有着超越性的普世指向，又有历史和民族的烙印。优秀的小说应该在价值和形式上达到如上高度的统一，同一小说类型内

---

① 陈平原：《千古文人侠客梦——武侠小说类型研究》，新世界出版社，2002年版，第24页。

部比较具体的小说可以以此作为参照。比如言情小说揭示男女情感的秘密，对患难见真情的爱情观带有普世性的价值取向，而男女一见钟情—感情受到阻碍—克服困难—有情人终成眷属的模式基本上就是这种爱情观的表达式。但是，这种表达式只能是总体上的，而人物行动元之间的关系，其社会地位和身份却在不同时代和国度是有差异的，比如中国古代是落难公子和富家小姐的身份，西方普遍是灰姑娘和白马王子的行动元模型，前者的人物关系还是不可避免地打上了封建的男权中心主义思想和科举取仕的功名观；后者则是居家平民女的富贵梦而已。所以，类型小说的表达式也相对稳定，它可能既有纯形式的普世价值取向，但在具体阶段的文本中则有历史的烙印。这就要我们在归纳小说类型的语法形式的同时，还得有对形式价值作具体历史分析的准备。考察这个问题的重要性在于防止思维的僵化，用过于抽象的共时性观念来研究和对待小说类型，使得充满生机和活力的小说类型封闭，重新落入结构主义者先前的窠臼之中。

小说类型的"类"又暗示我们，不同的小说类型的形式有自己的类归属。小说类型研究首先要做分门别类的工作，这就是要把形式作区别性的类的规定。作为有意味的形式，一旦形式作了类的区分，小说的意味（价值）也要相应分化。这就要我们处理好形式一般与形式具体、价值一般和具体价值之间的辩证关系。总体价值是抽象性的，是普遍的原则，但是它是由具体的价值组成，暗含着鲜活的具体内容。个别性的价值准则又必须符合人类总体要求。在小说类型中的具体形式赋予价值以感性的形式，一般只能承载具体的价值，而不能把价值一般都囊括在其内，今天，百科全书式的小说已经不可能了。形式有自己的类，自然，意味也有自己的类。一般来说，特定的类型形式，只能显示特定的价值，虽然，我们尚不能证明艺术形式和价值定位是不是一一映射的关系，但是我们对艺术形式、对价值表达的可能性和有限性还是有把握的。这就要求我们对小说类型的局限性有清晰的认识，小说类型只能创造特定的价值和特定的读者。在精神审美表意无限可能的艺术世界里，小说类型只能坚守自己的岗位，虽然偶尔可以串门出位一下，但不会"鸠占鹊巢"。

三、类型 "变异" 与价值 "嬗变"

在研究小说类型演进时，我们认为小说类型处于运动状态，不是静止的。一方面我们都期待类型成熟，其标志是出现某一类型的经典性作品以及一批效仿的创作；另一方面我们又对成熟的类型抱有 "影响的焦虑"，希望后来的创作走出类型的阴影，对原有类型有所突破。类型的成熟也意味着类型的危机，如果后来的创作没有突破，那就意味着类型在固化、僵化，这是类型之死。但是如果后来的创作是彻底反类型的，随着反类型的写作取代了原有类型，也意味着原有类型之死。事实上，从类型创作的实际来看，类型成熟之后并不是僵化，也不是死亡，而是 "变异"，即对原有成熟类型的逐步改造，在体现原有类型范畴时，又能有艺术新变和价值推进。

小说的类型变异对类型来说是好事，是小说充满活力的表现。探索特定小说类型的叙事语法只是给出了类型的叙事规则，这个规则是生成性的，也是协调性的，还是规约性的，而不是僵化的，也不是权威规定的。对于具体的小说类型来说，语法不是枷锁，而是 "鞋样"，每个创作者都要根据自己脚的实际情况来处理鞋样，最终目标是要做出舒服合脚的鞋来。如果不是工业机器复制的话，一个鞋样可以手工做出很多种形态各异的鞋子出来。以此相对应，作为类型的价值不同于哲学伦理上的价值，它是转化为社会心理这个中介进入到文学中的，再借用语言符号来呈现，因而小说类型的价值蕴含就具有一定的含蓄和模糊性，而这种含蓄和模糊给了价值的文学言说巨大的想象和阐释的空间。对于任何一部小说类型的价值解读，会和该类型的价值的一般性诉求保持内核和方向性的一致性等，也必然会带有作家、批评家本人的 "个性" 特色，以及文本的时代、民族和地域等烙印。

特定类型的变异大致可以分为三种情形，一是类型的变体，二是反类型，三是类型综合，这些变化都对假定理想的类型价值凝定进行了 "改造"，实现了类型价值本体的丰富性。先说类型变体，作为特定成熟的类型，其基本叙事语法组成要素和结构形式是灵活的，作家个体会作出自己的选择和改动，或者改变行动元的属性，或者改变行动元关系，或者结构语义。这样类型预定的价值内涵也随着发生调整，或是语义增殖，或是语义减缩，或是语义转折等。比如成长小说的价值在于现代社会的个体主体性生成这个宏大命题。但在中国近70年来的成长小说发展中，随着时代语境出现了几种形态，比如新人成长小说、新生代成长小说和80后成长小说等。十七年新人成长小说形态旨在展示新中国社会主义接班人是如何"炼"成的，该小说非常强调主人公的"根红苗正"的合法性，比如出生底层社会、品行端正、追求进步等，如果主人公不幸出生在地主或资本家家庭，那一定要洗刷自己的出生"原罪"。然后在成熟的革命者这样的范导者的引导下，经过系列考验后，在经过入团、入党宣誓等仪式后，终于"长大成人"。十七年新人成长小说的价值内涵与社会主义革命理想和社会主义新人的意识形态诉求是一致的。但新生代成长小说中塑造的"那个个人"则是市场经济条件下对充满个体欲望的世俗化个人的表征，新生代们为此要实现双重反抗，传统家长制无视个人存在，把人作为家族、家长利益的工具化处理，也要反对空洞的意识形态对人的规训。在该类型叙事的考验成规上，十七年成长小说主要是敌我阶级的斗争，或者是在集体和个人利益冲突上、个人情欲和伟大理想之间矛盾上，最后对于伟大理想和集体利益的臣服；而在新生代成长的考验中，则是主人公经过内心的挣扎，如何和物质利益、美色、名望等握手言和的过程。成长小说叙事语法的实质性内容改变，其类型价值也随着改变，同样是主体性生成的主题，但前者是革命意识形态崇高主体的价值诉求，后者是市场经济利益个体的形塑。二者之间的价值内涵已大不相同。这是同一小说类型，随着类型语法的内容改变，价值内涵也随着嬗变的情形。

其次是某一类型在发展过程中，人物属性、人物关系与内涵发生改变，这种改变发展到一定程度，原有的叙事语法不能涵盖新的叙事需要，促成了新类型的形成，新的类型暗示了新的价值。比如言情小说是从家庭小说里面生长出来的，传统家庭小说聚焦于家庭夫妻和妻妾关系的描写，展示家庭的兴旺或衰落的因由与轨迹。当叙事由一个家庭扩展到几个家庭的关系的时候，写家族之间的明争暗斗、势力的此消彼长、家庭兴衰折射时代和社会的变化，该小说就

264

成了家族小说类型。如果主人公写组建家庭前男女的恋爱，如何从萍水相逢到一见钟情，再到克服各种阻挠而"有情人终成眷属"，这就是才子佳人传奇类型了，它表达的是中上层社会男才女貌的爱情观。如果男女主人公关系改变为嫖客和妓女，是一场欲望为中心的色情买卖活动叙事，那类型又变异为狭邪小说了。从家庭小说到风月传奇再到狭邪小说，虽然都属于世情小说大范畴，也都是围绕男女关系展开的叙事，离不开感情和欲望，但由于其内涵实质发生了变化，其类型价值也随着嬗变，这是小说类型史上稀松平常的事情。但最近的言情小说发展到耽美小说，以幻想的方式展示同性别间的情感和生活情态，满足腐女们的多重爽感的性别体验和特殊的感官之萌，以艺术幻想的方式把男性置于被"观看"的位置，以满足女性消费心理，背后是女权主义价值观的曲折表达。

小说史上单纯的写作类型非常少见，最常见的是类型混合和兼类小说。这是长篇小说成熟的重要标志。我们今天见到的小说大部分都是几种类型的综合形态。有的是以一种类型为主，兼有其他类型的特色；有的是几种类型综合成新的类型；还有的无法归属类型，但在艺术上又能成立，不妨称其为兼类小说。这些都是小说的类型在体制或体式上的变异，其相应的价值内涵则变得复杂。比如《白鹿原》这部小说的类型归属就不好简单划定。它可以是世情小说，写白鹿原这个村庄里，白家和鹿家两个地主家庭半个多世纪围绕财富和权势而来的此消彼长的斗争和错综复杂的恩怨情仇，折射了现代中国社会的风云变化，成为民族的"秘史"。它也可以看作英雄传奇，刻画了现代社会一群优秀的中华儿女响应时代号召，投身革命，在腥风血雨的斗争中书写了人生壮丽的篇章。它还可以看作成长小说，书写了黑娃、鹿兆鹏等人的成长经历，重点是刻画了底层社会出生的黑娃如何从为反抗主雇白嘉轩、郭举人而成为土匪后洗心革面成为革命者和好人的故事；鹿兆鹏在学校接受先进教育一步一步成长为革命家的故事等。当然，还有爱情故事类型，比如白灵和鹿兆鹏兄弟的情感纠葛，黑娃与田小娥的离奇的爱情等。不同的类型展示了不同的价值意义，这些意义叠合就形成了多重价值域和意义场，可以供我们作多种解读，因此就出现了说不尽的《白鹿原》。当然，对于兼类小说的类型形式和价值研究，从方法论上讲最好还是从复杂文本中分离出一个一个具体类型单独研究，然后再作综合考量，这样有助于我们看到类型形式和价值诉求之间的对应线索与依据，但它们是超越了类型变异和价值嬗变的话题了。

四、类型多样化与价值多元化

21世纪是人类进入深度全球化交互的时代，世界各种文化交往和价值交流借助互联网进入前所未有的开放语境，这是类型小说发展的最好时代。目前的小说类型异彩纷呈，旧的小说类型在宽松的自由市场刺激下重新开放，获得新的发展前景，如侦探小说和官场小说；传统主流小说类型正走向深度融合或自我纵向分化，如言情小说裂变出耽美小说；新时代和新技术催生出新的小说类型，如网游小说和职场小说等，虽然没有出现清末民初那样的小说命题热潮，给50多种小说类型命名，其中绝大部分不过是"立名"，并无实质性小说类型。今天能成立的小说类型大约20种，这是难能可贵和可喜的。想一想20世纪80年代的小说类型，不过区区几种，好多类型都被禁止和废除了。

同时，我们业已进入到了价值多元化时代，传统价值观和现代价值观在我们的时代竞相开放，真正形成了百花齐放百家争鸣的景象。传统的"仁、义、礼、智、信"等核心价值观念，现代社会的科学、正义、自由、平等、欲望等思潮，以及我们当前社会提倡的自强不息、天人合一与和而不同等价值观，使得我们民族的价值氛围前所未有地宽容和丰富。这是一个民族赖以生存和繁荣的根基，但它们也不是一朝一夕就能建成的，有一个长期的积淀过程。而一旦稳定下来，就会成为民族和时代的集体无意识。同时，社会形态和时代的价值观是成体系的，它们有着丰富的历史语义，也可以滋生出许多更为细致的子命题。比如王德威在论述晚清小说的四大类型时，就充分认识到这四类小说中蕴含着一个古老民族在转型中的现代性价值萌发，其现代性命题中至少包含了欲望、真理、价值和正义等子命题。在类型和价值的大视野下，狎邪—欲望、公案—正义、科幻—真理、谴责—价值自然对应起来。这些丰富的价值观在形成和传播的过程中，都会借重小说等艺术形式的表达和传播，而小说的精魂在深处体现了民族和人类的核心价值观念，不然的话，鲁迅何以在 1930 年被国共两党都称为"民族魂"呢？艺术和审美的传播方式有其他方式难以企及的优势，小说中的核心观念的表现和抽象哲理是不同的，它是鲜活的，具有感情的外观；它是具体的，有自己审美化形式；它是独特的，有着鲜明的民族或地域特色。

现代性多样化的价值需要多样化的小说类型来彰显和传播，自然有现代性的价值命题转化为小说类型的价值表达的过程，一方面是要实现价值观念从哲学伦理命题经由社会心理向作家和社会读者的渗透，没有社会心理情绪的转化这个中介，社会价值观直接进入文艺创作，是对文艺粗暴的干涉，破坏了文艺创作规律。另一方面，弥散为社会心理的价值观需要找到类型对位，并加以形式化。这个形式化过程是类型艺术创造的难题，也就是说新的时代价值命题出现了，客观上要求新的类型与之相对应，但在实际上，新的艺术类型并不一定能实现这种要求，它有相当的滞后性。比如职场小说是随着我们市场经济兴起，公司成为现代人的主要职业场所。这客观上需要职场这样的小说取代以往的官场小说、商战小说等。即便有了美国相对成熟的职场小说的借鉴，但我们的职场小说写作显得还是很不成熟，不能作为类型自立，虽然《杜拉拉升职记》红极一时，但终因没能做好价值提炼和叙事语法表达式而不了了之。

同时，小说类型的价值实现还要考虑读者主体的创造作用，读者的审美情趣和接受心理也会对小说类型产生影响。经济市场化的不断深入发展带来了社会的迅速阶层化，社会的阶层化带来的是文学审美趣味的丰富化，多样化的审美趣味是小说创作类型多样化的直接动力。在阶级社会，社会阶层阵营分明，整个社会的审美趣味基本上是工人阶级（农民阶级）和资产阶级（地主阶级）审美趣味的两分法。在阶级关系紧张的时代氛围里，在政治上占统治地位的阶级（阶层）在审美意识形态上也占据绝对优势。所以乡土小说、革命历史小说和革命成长小说成为主流的类型。而资产阶级（地主阶级）的审美趣味是被批判的，他们喜欢的小说类型就没有市场了。21 世纪以来，市场经济的发展带来经济和文化的深度解放，社会结构从以前的城乡二元向多元转型，出现了一些新的社会阶层，比如农民工阶层、工商阶层、都市白领阶层、公务员阶层、学生阶层和技术精英阶层等，这些不断壮大的新的社会阶层有自己具体的价值理想和价值取向，也有其自己的文化倾向与诉求（当然，这是一般意义上说的，并不排斥它们有共同的普世的文化和价值理想及文化价值趣味交叉情况）。多元社会需要多元文化（包括小说）与小说类型的多样化同频共振，这些不同价值取向和多样化的小说类型并不是彼此冲突的，而是可以互相包容和互相尊重的，因为文学作品本身不会自己给自己定等级，本身也没有意识冲突，特别是在社会主义总的价值体系规约下和百花齐放的文艺政策语境的护佑下，它们可以前所未有地和平共处。这样一来，文化的开放性、价值的多元化、读者的分层化，必然导致小说类型的多样化①。

随着文化价值多元化的趋势，不同层次读者审美趣味的多样化，小说类型要走多样化道路，这是艺术的大趋势，也是小说类型的当代命运。但是，小说类型的多样化实现从"量"到"质"，从"名"到"实"的真正繁荣有一个相对长的历史探索过程，我们要保持足够的耐心，不能以三年超英五年赶美的冒进作风来人为压缩其艺术探索的"工期"，否则会在提倡艺术类型多样化中犯"大跃进"的错误。同时，我们也要保持足够的宽容，对于市场出现的粗糙的小说类型给予必要的容忍度，不要动辄一棒子打死，或当作脏水泼掉，因为脏水泼掉了，可能里面的类型的婴儿也扔掉了。

通过类型生成与价值显身、叙事语法与价值表达式、类型变异与价值嬗变、类型多样化和价值多元化这四个方面的简单讨论，我们对类型与价值的关系取得了初步共识。但是，对于小说类型价值的认识，我们必须要进入到民族志的层面，也就是说，小说类型的研究最后要做的是民族志的研究。不同民族对人、事的思考和表达有相同取向（普世价值），也有不同理解（民族个性和历史表达）。小说类型的研究可展示它们的异同。比如言情小说是中外都流行的小说类型，美好的爱情婚姻是全人类共同的渴望，大团圆的结局是普遍的形式，但是

---

① 葛红兵、肖青峰：《小说类型理论与批评实践——小说类型学研究论纲》，《上海大学学报》（社会科学版），2008（5），第63页。

我们也能发现我们古代言情小说的行动元模式基本是落难公子和富家小姐的后花园奇遇，而欧洲则基本是灰姑娘和白马王子的爱情故事。为何有这么大的区别呢？这只能从不同民族的历史文化中寻找答案，中国古代的言情小说渗透了深刻的男性中心主义的观念，写这些故事的多是书生，读它们的也基本是"朝为田舍郎，暮登天子堂"的秀才，这种模式最迫切反映他们的白日梦——"书中自有黄金屋""书中自有颜如玉"，人生最为得意的不就是成为"乘龙快婿"吗？这个集体无意识我们可以追溯到牛郎织女的民间传说。而言情小说在欧洲兴起，当时的阅读对象主要是中产阶级的家庭妇女，中产阶级的家庭妇女作为幻想主体，对于幻想对象白马王子——财富象征的钟情和渴望正是资本主义社会财富至上的隐秘体验，是资本主义社会不劳而获和一夜暴富心理的"自我情感投射"，虽然莫泊桑在小说《项链》里以马蒂尔德的人生遭际深刻嘲弄和反叛了这个言情模式。有趣的是，中国当下的很多言情小说不约而同采用了灰姑娘和白马王子的模式，这一转变自然受西方言情小说的渗透和影响，但在根本上是市场经济对人们价值观产生深刻影响的折射。

研究者身处一个民族深厚的历史传统之中，他们研究的对象也是充分民族性的，我们摆脱不了作为民族历史匆匆过客这一必然的有限性。认识到这一有限性并没有什么不好，相反，它让我们正视我们的历史处身性，把对小说类型的研究指向民族志，分析民族特有的叙事传统以及这个传统如何成为民族历史及精神秉性的表征，比如我们的历史小说、武侠小说、家族小说以及乡土小说等富有民族特色的中华故事形式，它们怎样通过叙事这样的艺术形式和符号，传递了中国人特有的精神命脉和生命意趣？怎样在世界人面前展示了历经千百年而不绝的"这一个"中国人的？巴赫金、托多罗夫等人在晚年把学术兴趣不约而同转向人类学，是不是感应了这一天命召唤呢？

第二节　小说类型的文化经济价值

研究小说的价值是小说社会学的核心任务，但对小说价值的研究却不宜就事论事，而是需要把它放在文学艺术的框架和层次中看待。从艺术分类与层级上看，文学是其上位，研究小说的价值首要考量其归属于文学的价值；其次，作为"系统时代"的叙事文学的主要形式，小说的价值与功能也是思考的重要维度；再次，类型小说（特别是网络小说）在文化创意经济时代以市场化、类型化、网络化为表征的崛起，向其他艺术的强力渗透，引发的文化经济价值越发值得重视。

一、文学的意识形态价值、独立审美价值和文化经济价值

文学的价值观总是和文学产生的时代文化语境息息相关的，文学生产机制告诉我们，不能就文本谈文本，要通过考察文本背后的权力等因素看到文本形成的复杂因素。对于文学的价值研究，也不能例外。从传统上看，中外文学的价值大体有两种主要相对的价值，一是把文学作为意识形态的审美体现对待，另一则是强调了文学的独立性，而文学的审美独立背后则是知识分子的自我价值，特别是对个体人的价值启蒙与捍卫密切相关。

（1）文学意识形态价值与审美价值的价值传统。在漫长的历史长河中，"文学有什么用？"这样的困惑与争论就一直没有停息过。在这些困惑与争论的背后，其实是社会各种文化力量对于"文学是什么"和"文学使命"之类的期待与规制。从中外文学历史地图看，文学的内涵与外延是变动不居的。中国古代一直秉承的是大文学的概念，"文史合一"和"文道合一"的传统保证了中国长时段的大文学观，文学其实就是今天的文化概念。文学在古代的存在方式和状态，用"文以载道"和"文以明道"的面孔在庙堂的政治生活和文化结构中作为"不朽之盛事""安邦定国"的伟大角色。作为我国第一部系统的文学理论专著，刘勰的《文心雕龙》开宗明义，首列《原道》《徵圣》《宗经》三篇。文和道、经互为表里，文学之道以"自然之道也"发端，"道沿圣以垂文，圣因文而明道。""辞之所以能鼓动天下者，乃道之文也。"刘勰为文统与道统提出了明确的线索。而韩愈则在《原道》中完整而明确地建立了儒学道统。在几千年的文学之途上，"文以载道"的传统培育了中国传统文人"外圣内王"的人格、文

学知识分子"先天下之忧而忧，后天下之乐而乐"的忧国忧民情怀与"哀而不伤""怨而不怒"的风格。虽然晚明以来随着个体的觉醒，发出"独抒性灵"的文学观，开启了现代精英知识分子纯文学观念，但总体上并不占主流。随着中国现代革命的发生和发展，中国共产党领导的革命运动，把文学革命作为党工作的重要内容和路线，提倡一种民族的科学和大众的社会主义革命和建设的文学，让文学为政治服务（为人民服务）的人民文学观。这种观念一方面呼应了中国大文学文以载道的传统，只是道的内涵置换为社会主义文学的性质和科学内涵；另一方面，它也表明，中国文学的主流价值观是属于意识形态的，在国内倡导的审美意识形态的文学理论也自然占主流。

文学的意识形态功能的强调，在很大程度上遮蔽了文学作为一种艺术形式的自我价值，同时，文学作为知识分子（文人）存在价值的符号性表征，知识分子总是存在着依附他人和自我独立的纠结。但启蒙运动以来，以及大学教育的兴起，文学知识分子试图在推进文学的专业化过程中，通过文学的阐释与批评中看到自己作为特殊群体存在的价值，他们不再希望货与帝王家实现个人才华，而是希望通过自己的文学创作来体现自己的创造性。18世纪以后，他们把文学的范围从诗歌扩展到包括诗歌、故事、戏剧、散文和小说等形式，通过发展文学的专业化，加强文学性研究和审美化讨论来确立自己的地位与存在（这种研究是其他学科的学者能力所不及的）。当然，讨论文学独立价值是由精英知识分子主导的文学观念，这种观念也因为时代和社会思潮的缠绕，呈现复杂性。大体上，可以分为纯文学的审美论和启蒙的文学论。坚持审美至上的纯文学价值观，一方面主要受到艺术唯美主义思潮影响，但主要还是坚持文学不能被政治、伦理等支配，应该有自己的独立价值，这种价值取向就是文学是文学本身，坚持文学的自我纯粹性，走封闭的文学性研究，重视文学的想象力、情感性和创造性等。对于文学审美价值的坚守成为高雅文学的重要特征，也是坚守文学高雅走向的纯文学知识分子坚守的基本理由，浪漫主义随着文学的自觉自成一体，被少数纯文学知识分子坚守，一度兴盛，但随着大众文学的兴起走向没落。这种价值曾一度令很多文学创作者和研究者兴奋不已和自我陶醉。另一方面，精英主义精英分子坚持文学是人学，希望用文学启蒙的方式来唤醒愚昧的大众，让他们通过文学的方式觉醒起来，和自己的愚昧告别，获得自主的主体性。无论是欧洲 18 世纪以来的浪漫主义文学运动，还是中国五四新文化运动，都是让人从神或者宗教的愚昧中走出来，实现人的觉醒，我们不妨称之为人的文学价值观。

（2）市场的兴起催生通俗文学，文学的文化经济价值凸显和高涨。在现代社会，随着印刷等生产技术的发展，报刊等读书市场的形成，文学作为一种特殊的商品催生了商业价值（或经济文化价值），虽然这种价值起初并不被主流的和正统的意识形态价值观以及精英主义价值观接受和认可，但它却顽强地存在，并随着大众文化消费与传播技术的发展而不断进步和壮大，并能和以上价值力量形成鼎力之势。文学的商业价值（经济价值）的存在主要是起源于文学的娱乐功能，它们能满足读者一方闲暇之余娱乐消遣的需要。特别是在现代社会，随着文学分流后，它们作为通俗文学，寄生于市场，服务于大众而获得生命力。一般来说，通俗文学作为特殊的商品，既有精神产品的功能，又要具有一般商品的属性，它们在价值属性上也能体现上述的意识形态功能与精英主义知识分子的现代艺术精神（比如严家炎就专门分析过金庸的武侠小说的现代意识），但其主要功能还是在商业价值上。

决定通俗文学发展的条件有三个：一是印刷传播技术的进步，提供了便捷廉价的阅读媒介，比如小说印刷技术和造纸技术的普及和推广，先进文化和先进生产力总是相辅相成；二是读者的识字与阅读能力，小说在欧洲 18 世纪的兴起，离不开城市有阅读能力和需求的中低阶层队伍的扩大和成长；三是作家的职业化和文化生产者的专门化，因为从事文化印刷和经营可以盈利并成为独立的生意门类，吸引一些有利可图的商人投入精力来促进生产与流通，有的文化经营者还愿意投资进行技术设备的改造，这些都促进了文化市场的繁荣。而一些文人在不能科举取仕后，转向投身文化市场，或是报刊，或是书籍，通过写作谋生，作家的职业化形成。这三种力量融合就促进了文化市场的自发繁荣，该语境下生产的文学作品虽然在不同时代不可避免存在一些问题（比如为满足低劣人性欲望的三俗作品出现），但文学的经济价值是核心元素。

在中国文学发展的历史上，以小说为主要文学类型，有过两个发展高潮。一次是晚清民初的通俗文学大繁荣。以上海为中心，现代出版业、文学翻译、图书市场的发展促进了中国现代小说的发展，涌现出了一些著名的文学期刊、报纸；侦探小说、武侠小说、言情小说等获得长足发展，涌现出为数众多的作家和一些脍炙人口的作品。阿英在《晚清小说史》中开宗提出："晚清小说，在中国小说史上，是一个最繁荣的时代。所产生的小说，究竟有多少种，始终没有很精确的统计。书目上收集最多的，要数《涵芬楼新书分类目录》，文学类一共收翻译小说近四百种，创作约一百二十种，出版最迟是宣统三年（1911）。杂志《小说林》所刊东海觉我《丁未年（1907）小说界发行目录调查表》，就一年著译统计，有一百二十余种。……实则当时成册的小说，就著者所知，至少在一千种上，约三倍于涵芬楼所藏。"[1] 后来的事实证明，晚清小说的繁荣为中国通俗文学的发展奠定了重要基础，也在一定程度上为"五四"新文学打下了文化基础。另一次是 1992 年国家启动市场经济，大部分文学事业单位被迫向市场转型，经过短期阵痛后，相当一部分文学和文学活动实现市场化生存。特别是 20 世纪 90 年代末，随着市场化的成熟、家用电脑的普及以及网络传播普遍化，以网络类型小说为代表的网络文艺获得飞速发展，经过 10 多年的野蛮生长，已然成为世界性文化奇迹现象。据统计，2021 年，中国网络文学产业规模达 358 亿元，同比增长 24.1%；用户规模 5.02 亿，占网民整体的 48.6%，同比增长 9.1%。中国数字文化产业规模达到 7 841.6 亿元，同比增长 14.7%。网络文学的 IP 全版权运营影响了游戏、影视、动漫、音乐、音频等合计约 3 037 亿元的市场，即网络文学及其 IP 运营对数字文化产业的影响范围将近 40%，影响范围比 2020 年增加了约 2 个百分点[2]。

两次文学的繁荣，让文学界领略了通俗文学的魅力和独特的商业价值，相

---

① 阿英：《晚清小说史》，江苏凤凰文艺出版社，2017 年版，第 1 页。
② 《2021 年中国网络文学版权保护与发展报告》，https://new.qq.com/omn/20220528/20220528A03S1A00.html。

比第一次小说类型的繁荣，第二次小说类型的繁荣遇到了一个深刻的社会变化，那就是文化艺术在社会生活，特别是经济生活中的地位越来越重要，也就是说，人民对物质性需要的比重在下降，对精神需求的占比在快速上升。而在以文化艺术为主要代表的精神性生活中，叙事性文学则因为更接近老百姓的白日梦而更容易被接受，并且经过二度创意等形式，衍生出更多的文化产品，因而带来了文化经济的发达和繁荣。越来越多的发达国家，正是看到了文化经济发展的巨大空间，敏锐感到世界经济正逐步进入创意经济时代。卡内基梅隆大学的经济学家佛罗里达（R. Florida）把世界经济社会发展史分为农业经济时代（在1900年以前，当时世界还处于农业经济时代）、工业经济时代（1900—1960年间，工业经济迅速崛起）、服务经济时代（1960—1980年间），服务经济时代在世界范围内服务经济规模超过工业经济成为领头羊，创意经济则开始发展；以及创意经济时代。20世纪80年代以来，创意经济增长速度很快，有着越过服务经济的趋势，在创意经济时代，一国国力不再简单地由其自然资源、工厂生产能力、服务能力叠加而成，甚至军事和科技力量也不再是国力的主要表征，创意成为最核心的推动力，创意人才的聚集和创意产业的发展成为衡量国力的核心指标之一。事实上，在目前世界上的主要发达国家，创意产业在GDP中均占据支柱产业地位，以美国为代表的先发创意国家，创意产业产值占GDP总量的25%以上。

世界上几个主要国家的战略都把发展文化创意作为重要战略。1994年澳大利亚最早提出"创意国家"战略，打出建设"创意澳大利亚"的旗号。该战略将创意作为社会和经济发展的核心推动力，提出五大目标：① 承认、尊重并赞扬托雷斯海峡岛民的土著文化的独特性，保护文化资源。② 确保政府支持澳大利亚的多元化，所有的公民无论背景和境遇如何，都能拥有权力参与到构建文化多样性的工作中，实现艺术多元自主。③ 支持优秀的艺术家和文学创意工作者，建立原创作品和创意库，鼓励讲述"澳大利亚的故事"（telling Australian stories），扶持文学创意人才，发现文学创意作品。④ 加强文化创意对提升国民生活质量、社会福祉和经济发展的有益作用，将创意融入生活。⑤ 激活互联网数字经济，支持创新，支持新的创意内容、创意知识和创意产业的发展，强调创意与互联网等新媒介的融合效应。在澳大利亚创意国家战略中，文学承担了极重要的功能，它书写澳大利亚历史和现实，承担文化历史传承和文化创意社区建设功能，培养创意人才，为创意国家提供基本原创及精神支撑，这对澳大利亚传统的文人型、专业作家型的案头文学作家作品提出了创意产业化及社会化服务的转型要求。

1997 年，英国工党执政后，首相布莱尔改组内阁，提出了"新英国"计划，设置文化传媒和体育部作为创意产业推动机构，公布了创意国家战略（Creative Britain）。此战略规定了七个目标：① 向儿童和青少年推广创意教育：开展"发现你的天赋"计划，每周试点五个小时的文化创意课程。② 把创意用于工作：鼓励利用创意创业和求职；为大学生创业提供支持；鼓励企业设立创意研究空间；建立"创意研究中心"，支持高等院校为 14 到 25 岁公民提供创意技能培训，发展创意职业教育。③ 支持研究和创新：技术战略董事会提供 1 000 万英镑支持创意产业理论与实践的相关研究；提供 300 万英镑支持"创意创新者计划"，为创意产业建设一个"知识转化网络"，大学和技术委员会特别支持提升创意产业经济效益和社会价值的相关研究。④ 扶助创意经济发展的金融计划：英格兰艺术委员会、地方发展委员会支持、引导创意产业发展，特别是扶持相对落后地区；鼓励对创意产业的投资、招标、金融扶持项目。⑤ 促进和保护版权：立法保护版权，严惩盗版，保护互联网服务提供者和创意主体的权利，成立英国 IP 组织，开展版权保护的宣传和教育。⑥ 支持创意产业群：在西南和西北设立创意经济策略性试点，为地方创意经济建设做好基础设施投入，发展混合媒体产业（音乐、电影产业等）。⑦ 促进英国成为全球创意中心：以五年计划的形式提升英国创意产业的世界影响力，发展创意节庆文化，举办世界创意商业大会。基于该战略，英国排名前 100 的高校中，有 80 多所高校建立了创意写作学科，培养创意人才，英国出现了纯文学向创意文学的转型，大量创作人才开始转向报纸杂志、影视、广告及社区，成为产业生力军和公共文化服务主力。

亚洲的发达国家，比如新加坡、韩国和日本等也纷纷跟上。1998 年，新加坡将创意产业定为 21 世纪的战略支柱产业，出台了《创意新加坡计划》。2001 年提出"创意经济时代新加坡迎来文艺复兴"，"建设新亚洲创意中心"的目标，随着创意国家战略的推进，新加坡在世界创意经济浪潮中崭露头角。2001 年，韩国、日本也相继提出创意国家战略：韩国颁布了《文化产业振兴法》，打出了"资源有限，创意无限"的口号；日本提出了《文化立国战略》，打出了"创意关系国家兴亡"的标语。与这一战略转型相关，如今韩国电视剧和日本动漫已经成为世界级文化奇观。

2011 年，欧盟提出"创意欧洲"发展规划，可视为扩大版的创意国家战略。该规划面向 2014—2020 年，它将文化、传媒等项目纳入同一个体系中，倡导跨国运营合作，为创意产业提供金融扶持，同时也为文物修复、文化基础建设和服务、文化遗产保护、文化输出提供资金。

21 世纪第一个十年，世界的经济版图发生变化，中国已经成为第二大经济体。随着互联网的发展和全球化进程的加剧，在创意经济浪潮中，中国面临第三次转型，即由资源型和劳动密集型的制造大国转型为创意大国，将中国制造转型为中国创造。这时，创意作为推动经济和社会发展的核心动力，建构创意中国势在必行。也是在这个十年中，中国从不承认创意产业到把创意产业当作核心产业、战略产业、支柱产业，并相应地制定了国家层面的发展纲要，标志着中国正式承认了文化类创作创意的社会经济发展核心驱动力地位，并通过制定相关的优先发展战略，开启了进入创意经济时代的大门。2016 年 5 月 19 日国务院发布了《国家创新驱动发展战略纲要》，正式标志着中国不仅仅把文化类创作创意当作经济发展的核心推动力，同时更是把科技创新创意当作社会经济发展的核心推动力，从此中国式创意国家战略基本成型。

或许有人会有疑问，创意国家战略和文学有何关系呢？这涉及文学在文化产业中的地位，也牵涉到文学活动对于创意激发等功能。联合国教科文组织在 2018 年宣布的《世界文化多样化宣言》中，坚持把文学、音乐和舞蹈作为文化的核心圈层。文学艺术作为文化产业的发动机功能，诗歌等文学艺术也激发人的创造性想象力，千年以来备受青睐，在文化产业实践过程中，被反复证明为其提供核心内容与创意源头，因此，审美也作为一种特殊的生产力被纳入文化经济对待。但在我们考察文化经济场域中的文化功能与价值时，首先不得不考虑其经济价值。当然，这里的价值并不拘泥于文化产品中物质属性的使用价值，它更多指向的是作为"精神性"属性发挥娱乐的审美符号的交换价值，这种交换价值因为其体现新颖而独特的实用性，而作为审美经济具有很高的附加值。更为重要的是，文学作为文化产品的母本，可以经过 IP 转化、衍生出多种艺术形式与产品，实现价值赋能。因而相比其他产业，文化产业有"资源消耗少、环境污染小、经济效能高"的无烟产业、朝阳产业特征。这就是文学产业化的内在理由，文学产业的发展必然带动相关文化产业兴旺发达。

二、文学产业化发展趋势迅猛，文学产业形态异彩纷呈

这些年在打造创意城市的过程中，各个城市都做足文化产业的文章，把文化和旅游相结合。在这方面，上海的文化产业化走在全国前列，可以说上海的文学产业化发展趋势迅猛，文学产业形态异彩纷呈。

如果以世纪为考量单位，从文化经济视角看，可以说 20 世纪海派文学的主要内容是以现代大都会和欲望色彩为主要表征，那么，21 世纪上海文学在内容上继续领先保持都市文学样态的同时，其生产和传播机制则急剧实现了文学市场化模式、写作方式的类型化、生产模式的产业化和传播途径的网络化，在整体格局上向"世界文学之城"迈进。在文学市场的格局下，审视新世纪上海文学状况，就有了特别的意味，甚至是方向性感知。大体来说，在开放的文学观念指引下，上海文学的产业化主要表现在：网络文学发展保持迅猛态势，逼退纸面文学产业，产值骄人；文学创作身份市场化，从雇佣工向雇主转化；文化创意产业对创意人才的大量需求，越来越多的写手进入现代生产企业，成为内容策划者；随着公共文化服务体系推进，文学在城市公共文化中的比重和地位更加重要，世界文学之城的意识在强化。

（一）网络文学发展保持迅猛态势，倒逼纸面文学产业

就市值来看，网络文学是目前文学产业化的重镇之一。作为文学企业，目

前有阅文、掌阅和中文在线等公司，和文学有重要关联的上市企业也在不断增多，创造出越来越多的文化经济价值。比如，阅文集团公布了 2021 年全年业绩报告。其中显示，2021 年其总收入为 86.7 亿元人民币，同比增长 1.7%，毛利为 45.994 亿元人民币、同比增长 8.6%[①]。网络文学产业增值速度是新媒体语境下文化产业发展的一个镜像或者缩影，记得盛大文学副总裁在 2014 年版权行业大会上说："盛大文学 2014 年的版权收入将超过去年全年收入的四倍以上，这表明管理好海量版权成为类似盛大文学一样的公司当前工作的重中之重。相信未来文化产业，版权品牌的影响力和可塑性将成为决定市场价值走向的重要因素。如果把文化内容的版权作为一种资产进行有效的管理、维护和运营，这将释放出来非常巨大的经济效益。"[②] 这里的数字不仅是文化生产力的证明，也是文学生产力的证明。与此同时，以期刊、报纸和图书为代表的纸面文学出版随着整个传统出版行业的行情进一步萎缩，不仅在整个出版行业中占有的份额缩小，且连续几年环比呈现负增长态势，失去了垄断地位，快速滑向小众市场。随着以"80 后""90 后""00 后"为代表的新一代文学阅读主体的崛起，习惯"三屏阅读"（电脑屏、手机屏和电视屏）的阅读群体将离纸面阅读更远，事实上，部分传统出版业在创新营销手段力挽发行量下滑的同时，也积极在作数字化出版转型。

经过近二十年经营，阅文集团已经形成比较成熟的"文学企业（公司）"，摸索出一套清晰的"全版权经营"盈利模式，它是以版权交易为核心，配合广告运营的产业化套路，发展了在线付费阅读、无线阅读、线下出版、游戏改编、影视改变和广告培育等形式和盈利项目。一旦文学公司的盈利模式成熟，就很容易被其他企业模仿和套用。网络文学蕴藏的巨大商机引来了诸多的文化企业和盛大争利。新浪和百度等综合网站插足网络文学领域，切分部分高端读书市

---

① 《阅文集团公布 2021 年业绩报告，全年营收 86.7 亿元》，https://www.163.com/dy/article/H35Q6OC00511BE1V.html，2022 年 3 月 23 日。
② 《盛大文学获"2014 年中国版权最具影响力企业"奖》，http://tech.huanqiu.com/internet/2014-11/5206356.html。

场；17K 文学网联合联手众多小网站成立网络文学大学，免费培养网络作者，得到了在京文学机构和高校的支持，以对抗或稀释盛大文学对网络文学的垄断地位；腾讯和小米等企业则利用渠道优势，布局无线终端市场来争夺利润。网络文学市场的变局是必然的，也是其产业化大势所趋。

在网络文学产业化大潮中，培养或者培训网络写手是网络文学产业中重要的一环。很多网络文学网站为了发现和拉拢写手而开办网络写作培训。2013 年 10 月，网络文学大学在北京成立。网络文学大学是在中国作家协会的指导下，由中文在线发起成立，并联合 17K 小说网、纵横中文网、创世中文网、逐浪小说网、塔读文学网、熊猫看书、百度多酷文学网、3G 书城、铁血读书、17K 女生网、四月天小说网等知名原创文学网站共建，为全国网络文学作者提供免费培训的公益性机构。它分为青训学院、精英学院、创作研究院三个层级，分别针对爱好网络文学、初涉写作的新人作者，发表过完本作品、有一定写作经验的资深作者和发表过多部作品并获得读者认可的知名作者进行培训，旨在引导网络文学从"工业化"步入"职业化"写作阶段。既培养写作者，也充当"星探"。重要的是，它依托中文在线以及各共建单位在反盗版、手机阅读、互联网阅读、影视和游戏版权衍生等方面的资源，充分保障作者权益，让作者得以安心创作出好的作品，并为作者提供尽情施展才华的广阔发展空间。盛大文学在和中国作协合办网络作家培训班之后，于 2013 年 12 月和上海视觉艺术学院联合开办网络文学本科专业，面向全国培养网络写手。按照盛大文学首席执行官侯小强的话，"盛大文学希望借助于上海视觉艺术学院在文化创意领域的国际学术资源，更好地助力中国想象力工业，让想象力工业的天才的故事家们、产业链的所有从业者们都从中受益"。盛大将选派旗下 30 名白金作家担任授课教授，从世界范围内遴选创意行业领军者担任学术带头人。这是盛大文学致力于打造"网络文学全产业链"，继在文学、影视、漫画、出版、游戏、编剧等取得了一系列成绩之后，培养优秀文学创作人才成为盛大文学的下一块目标高地，这标志着文学产业的写作人才培养机制开始向普通高等教育渗透。

（二）作家创作身份市场化，从文学打工仔向老板转化

过去作家们创作获得报酬的方式比较传统。绝大部分作家要靠作品的发行量和版税高低取酬，很多作家把自己作品的发行出版权利交给出版社和书商；网络作家们把自己的作品交给文学网站，靠读者阅读付费，和网站收益分成；或者把版权卖给影视和游戏公司，让他们改编成电影、电视或者游戏等文学衍生品。应该说，虽然不乏部分作家得到优厚的报酬，但是就整体利益分成比上看，作家们获得的是非常少的，类似雇佣工给地主或资本家打工的工资一般。韩寒和郭敬明在 2013 年左右亲自做编剧和导演，和投资方合作，把自己的剧本改编成粉丝电影，获得巨大的商业利润，实现了从写手到老板的大转变。郭敬明的电影《小时代》系列创造了超过 13 亿元票房，韩寒导演的电影《后会无期》票房冲 6 亿元。这种亿元级次的财富创造，早已不是当初他们靠版税获得百万收入可同日而语的了。

如果说韩寒和郭敬明属极端个案，随着微信时代的到来，网络作家独立自主经营自己的作品时代业已到来。由于微信阅读在时空上的便捷性优于电脑阅读，加上微信账号、会员制、支付宝、财付通等商业运作模式在文学上的使用和推广，写手慢慢脱离盛大等传统网络文学产业链模式，在微信上安家。脱离网络文学网站，自立门户，开始个体化经营，做起文学的产销一体化，开创了类似淘宝购物消费的个体性自媒体运营模式。比如南派三叔等建立了自己的工作微信账号，办理会员卡就可以阅读他的短篇小说、小说连载和漫画等，还可以参与到会员讨论区中，发帖、评论和会员讨论，以及得到三叔等人的点评，和三叔互动。得益于科技创新和营销模式的成熟和普遍推广，以"内容为王"的写手们不失时机做起"文学生意"，自己做自己文字的老板，有效实现了从雇佣者到雇主的转变，使得个人作品的商业收益尽可能最大化。可以想见，作家兼老板一体化身份会在文学产业链中越来越时髦，越来越多的年轻写手不仅仅是内容的生产者，也是公司项目开发者和策划人等，基本按照文化市场的方式运作自己的作品，走粉丝产品定制路线，开发出除小说之外的更为赚钱的文化衍生品。

那些暂时不能成为老板的文学写手们进入现代企业，成为产业链上游的内容生产者和策划人。当越来越多的文化企业认识到"内容为王"的商业法则，盛大集团作为一家网络游戏公司向网络文学的转型成功启迪了游戏公司、影视创作室和一些文化创意公司。他们不再向盛大等原创网络文学公司购买文学作品的版权，从事二度内容开发，而是直接招收有潜质的作家、写手等，甚至就是白金级别的网络作家，请他们为自己的公司直接生产内容，成为公司的一名员工，或者成为公司的一个部门，和其他部门一起研发产品。不同的是他们提供的是定制性"内容"，直接成为现代企业生产链条中的环节或部分。这样一来，企业的综合性加强，自主性也提升，生产的效率也大大提高，不再过于依赖从别的公司购买内容。这方面比较典型的就是游戏公司和影视工作室。一些有写作潜质的写手或者大V们，不再是宅在家里码字，而是在现代企业里有了工作岗位，开始上班。可以想见的是，不久的将来，很多文化企业，甚至一般公司会在企划部、推广部等部门设置文学岗位，乃至会在组织构架里专门设置文学部这样的部门。游戏公司和影视公司已经走在前面了，比如游族网络这样一家新的上市公司就成立了影视部，招募了文学写手，把效益好的网游和手机游戏开发成电影电视等衍生品。随着越来越多的导演、制片人、编剧、明星等成立自己的独立工作室，市场对文学写手的需求量急剧增加。在文学产业化浪潮中，文学内容的生产者或策划者可以被纳入岗位或流程中来，让文学告别无用，成为"有用"和"实用"，切实实现了文学的生产力。

（三）推进公共文化服务，努力打造世界文学之城

世界范围内的文化产业是与国家的文化治理结合起来的，因此，文学的产业化应该与文学的公益性结合起来。公益性行为不仅帮助拉动文学内需，也有利于提升文学品格。只有如此，文学生产才能形成强大而持久的活力，这是文学产业链的隐形前提。作为国际文化大都市，上海已构建了一套辐射全国、面向世界的现代文化市场体系，打造了多层级、多形式、多功能的文化展示贸易市场、文化产权交易市场、文化资本市场、文化产品和服务市场等平台。电影、电视、动漫、游戏等文化产业发展引领风潮，具有国际影响力。上海国际电影

节、上海电视节、中国上海国际艺术节、上海双年展、上海艺术博览会、中国国际动漫游戏博览会等大型文化活动的能级、规模、影响力众所周知。在打造世界文学之城，推进公益性文学活动上，上海有什么新的举措和动向呢？简单概括就是"一高一低"。

所谓"一高"就是追求文学活动的高端化与专业性。这主要表现在上海国际文学周和上海读书节的成功举办、思南读书会与思南书集的创办，以及文汇讲坛的"文学季"活动。比如2014上海国际文学周以"文学与翻译：在另一种语言中"为主题，邀请了英国作家奈保尔、匈牙利作家艾斯特哈兹·彼得、美国诗人罗伯特·哈斯等20多位重要的作家、诗人、翻译家、学者参与到上海书展，开设了40多场讲座与对话活动。作为国际文学周活动的延伸，每周六下午的思南读书会把市民读书活动常态化。思南读书会邀请来自作协、出版社和媒体的专业策划人，每周固定举行读书活动，以"纽约曼哈顿上的'92nd Street Y'，位于莱克星顿大街上的这个场所，能走上那个舞台的都是世界级作家"[1]为活动的榜样和目标。毫无疑问，高端和专业是策划人的目标诉求和风格。和思南读书会匹配的是思南书集，它以集市、露天、开放式的形式现场卖书，图书以社科、文学、艺术、时尚、生活读物、外版小说、童书绘本为主，这两个活动影响很大，在不断改变和提升市民的文学阅读风向，成为上海市民生活的一部分，是上海市一道独特亮丽的文化风景线。

"一低"则是上海市华文创意写作中心开展的"明园公益·华文社区书坊"大型社区文化公益活动。它由知名企业明园集团承担主要资金，政府提供政策协调，社区提供管理和服务，学校提供组织、捐赠、义工系统模式，在基层社区开展读书和创意写作等活动，把读书和写作落地到社区居民身上。该活动类似20世纪四五十年代美国开展的全面创意写作活动，是一种面向基层大众的全民写作想象。该项目每年在上海市各个社区建设10家书坊。这一"低端"充分体现了社区文化（文学）建设的公共性、公益性，是社区文化（文学）建设

---

[1] 石剑锋：《每周六，思南路书集风雨无阻》，《东方早报》，2014年2月13日。

的有益尝试。按照美国学者安格尔的观点，战后美国的文化产业飞速发展得益于政府当年推动的全国性的创意写作教育改革，提供了一整套的创意写作系统。循此观念，今年上海华文创意写作中心推动的这项全民写作计划，对未来上海的文化产业发展会起到何种作用，我们尚无法估量。

三、坚持社会效益为主，统摄文学的价值属性

谈文学的价值，不能离开历史文化语境，否则有虚无主义之嫌。今天，在我国，党和国家前所未有地重视对于文化的建设，坚持走民主的、科学的、大众的社会主义文化道路，促进社会主义文化大繁荣大发展。作为社会主义文化的重要组成部分，以文学的人民性为出发点和落脚点，在党对文化的顶层设计与文化路线上，我们认为社会主义文学在价值追求上的意识形态属性、独立审美属性和文化经济属性是可以统一起来的，它们可以置换为文学的社会效益和经济效益这样的基本问题，并通过公共文化事业和文化产业的关系协调起来。

党的十九届四中全会通过的决定中论述完善社会主义先进文化制度时，再次强调"把社会效益放在首位，社会效益和经济效益相统一的文化创作生产体制机制"，对在新的历史条件下为促进社会生活的整体性高质量发展，如何处理文化的经济效益和社会效益关系给出了基本立场和指导性原则，成为我国发展和繁荣文化事业和文化产业的"定海神针"。2021年，在《中共中央关于党的百年奋斗重大成就和历史经验的决议》中提道："党坚持把社会效益放在首位、社会效益和经济效益相统一，推进文化事业和文化产业全面发展，繁荣文艺创作，完善公共文化服务体系，为人民提供了更多更好的精神食粮。"这表明，坚持"社会效益放在首位"，强调"社会效益和经济效益统一"的原则，是作为党的文化工作的重要经验和成就来强调的。

新时期以来，我党一直重视文化的社会效益，强调文化的社会效益和经济效益的统一。从相关文献来看，这种提法最早出现在《中华人民共和国国民经济和社会发展第七个五年计划》，"各项文化事业的发展，必须坚持为人民服务、为社会主义服务的方向，正确处理经济效益和社会效益的关系，把社会效益放

在首位"。有学者考证后指出，"从'七五'规划到'十三五'规划，这30年的历史跨度之中，两者有关文化领域发展原则的表述几无差别，但是，'把社会效益放在首位'放置位次的变化倒是真实反映了不同时期我国政府对'社会效益'的理论认识与倾向"①。所谓社会效益是"一个社会通过有组织、有目的的生产、经营与服务活动，耗费一定的物化劳动和活劳动而形成的有益于社会或社会某些集团的正向结果"；经济效益则是"指通过有目的的经济活动在耗费一定的物化劳动和活劳动的基础上形成的大于耗费的市场价值结果"②。"效益"作为经济学术语，它表示主体（个体、团体或社会）的产出与投入，或效果与代价的关系比。决定效益的大小或多少的要素，除了（比如人力、物力和财力等）投入、效果外，还要考量其反过来对主体的价值效应。不同的主体，效益取向不同。一般来说，个体主体把经济效益放在首位，国家主体则是把社会效益放在首位。有学者认为文化产业的经济效益和社会效益关系存在理想的统一性、现实的矛盾性和选择上的优先性这三种形态③。我国改革开放以来的实践经验和理论选择则是强调社会效益优先，实现"双效"（社会效益和经济效益）的统一。该原则的逻辑是在文化创作与生产上要正视经济效益和社会效益存在矛盾，但它们发生矛盾时强调社会效益优先，目标追求是二者的统一。

（一）文化创作生产在现代社会存在"两个效益"的矛盾

现代社会结构可分为经济、社会和文化三大领域，分别对应了行为主体的市场效应、权力欲望和自我表达的目标追求，不同行为主体在现实中往往不易和谐，在特定的对象、语境下难免会发生冲突，比如文化企业在面对残酷的竞争压力时，为了生存和发展，不得不把经济效益放在首位，降低甚至放弃企业的社会责任感，批量化生产媚俗、庸俗和低俗的文化产品而获利；有的文艺工作者为了追求巨额稿酬片酬等，迎合市场上低俗人性欲望的感性消费满足，放弃对崇高思想和精湛艺术的追求。同时，文化领域内部，也客观上存在价值取

---

① 周正兵：《文化领域的"社会效益"概念及其应用》，《中国出版》，2017（19）。
② 陈彩虹：《关于社会效益与经济效益的几个问题》，《财经问题研究》，1993（1）。
③ 参见单世联：《论文化产业两种效益的逻辑与纵深》，《贵州社会科学》，2021（7）。

向上的真善美和文化形态的多样性，以及实现其价值过程的丰富性和差异，这种多样性、丰富性和差异往往在实践中因带来经济效益和社会效益的不对等而产生矛盾。这种矛盾在今天我们文化产业中可能表现更为突出，"当前所推动的文化产业振兴计划，则实实在在地使之成为物质生产部门之一来看待，文化产业的评价标准几乎完全遵循其他生产一样的评价标准，进行成本收益分析，讨论其经济贡献度了。那么，文化产品中文化价值与其交换价值之间的不对等性（300页的学术名著和300页的通俗读物，在定价上是相等的，但文化价值却有天壤之别），文化传承中的'经典现象'和文化市场中的'长尾效应'与物质产品扩大再生产所需要的更新换代、技术升级和收回成本、重新投入之间存在明显的矛盾。物质生产和精神生产的矛盾已成为文化产业的内部矛盾"①，这里的精神生产与物质生产的矛盾可以置换为社会效益与经济效益，也就是说在今天的文化产业内部，这个矛盾客观存在，不可化约。

（二）社会主义文化属性规定文化的创作与生产必须坚持社会效益的优先性

承认在市场经济条件下，特别是文化工作在整个国家经济文化生活中的地位越来越重要的局面下，文化领域内部存在经济效益和社会效益矛盾的客观性是前提，而文化政策的选择则是关键，毕竟矛盾并非冲突，文化领域的矛盾可以促进文化的更好发展。我们的文化发展原则是正视矛盾，强调社会效益优先。主要是基于三点理由：

（1）文化在整个社会生活的价值引领性需要社会效益放在第一的位置。这个文化价值主要包括了以社会主义核心价值观为表征的意识形态，中华民族几千年来的文化实践中的优秀文化传统，社会主义革命和社会主义建设以及改革开放的伟大实践中创造的优秀文化知识、伦理道德、人格情操和精神信仰等，每个文化艺术家和文化企业都应该生产出这样的文化产品来书写和记录人民的伟大实践、时代的进步要求，彰显信仰之美、崇高之美，弘扬中国精

---

① 曾军：《马克思文化生产理论视域下的城市文化基本矛盾》，《探索与争鸣》，2012（12）。

神、凝聚中国力量，鼓舞全国各族人民朝气蓬勃迈向未来。这既是社会主义文化的精魂，也是社会主义文化的先进性所在，还是区别于其他文化形态的标志。如果没有这些先进文化价值精魂做引领，中华民族的伟大复兴将失去方向。

（2）国家主导的社会主义文化需要社会效益至上。和经济结构一致，我们是国家主导、集体和外资等非公有文化参与的文化体制。国家在整个文化工作（包括以国有文化企业为主体的文化产业）中处于主导性支配地位，这种支配性地位和国家文化政策一致，以不断健全人民的文化权益保障、满足人民不断发展的美好文化需求为目标，在遵守文化发展规律、追求文化发展的国家目标的实现的同时，通过健全的法律法规等文化治理形式，鼓励文化企业和个体文化工作者在实际经济利益情况下，坚持国家文化利益至上。从国家这一主体的视角看，它必然是把社会效益放在首位的，经济利益在社会主义条件下，本身也是一种社会效益的表现。但如果在文化领域把经济利益放在首位，就很容易催生出个体利益至上，带来少数人从经济上，进而是文化上的垄断和寡头文化等悲剧性结果。这样的话，我们的文化就是个体性的文化，是少数人的文化了。改革开放以来，我们曾经提倡以经济建设为中心，经济效益至上，其结果给文化发展带来一定影响。因此，党和国家在新时期的第二个五年计划中作出调整，提出了文化效益放在首位发展地位的决定，这是我党的文化政策的自我调节和自我纠偏。

（3）我党文化工作实施的是公共文化事业与文化产业的"双轮驱动"机制。国家文化事业是公益性文化，坚持了文化普惠和文化福利，不带有营利性质。公共文化事业的社会效益取向在人民心中对于社会主义文化的属性和价值取向形成强大的引导作用，这对文化企业的社会责任感提出了很高的要求，虽然现代文化企业是自主经营，不得不考虑经济效益，但对于绝大部分企业来说，这个经济效益要以产品的文化价值为基础，文化价值构成其使用价值，经济价值体现在交换价值，文化价值应该是企业经济行为或活动首要考量的基础。否则的话，企业虽然可以不顾及文化的社会效益与社会责任，能暂时获得丰厚的经济效益，但长久地看，这样的企业最终还是会被社会主体抛弃，或受到市场的惩罚。

（三）在社会主义条件下，文化生产的双效可以统一

强调文化产品或服务的社会效益优先，并不是否定文化生产的经济效益，也不是认为文化的社会效益和经济效益不能统一。从根本上讲，在社会主义市场经济条件下，特别是在文化经济时代，文化的社会效益和经济效益也应该统一。

（1）从文化主体的终极利益上讲，无论是国家、文化企业，还是个体，根本利益都是一致的。作为大众的民主的科学的社会主义文化，其根本目标是大众的文化解放，国家提供的公共文化产业与服务、企业和个人的文化创造，都是通过公共文化服务体系或市场的交换（经济价值）而进入到最广泛的大众，广大人民通过多姿多彩的文化消费，不断获得情感、精神和智力的提升，从而以饱满的热情和富于创造性的劳动，积极参与到社会和国家的进步征程中。反过来，社会经济等的发展和进步，也会刺激文化需求的丰富性与高质量发展，通过这系列的环环相扣与循序渐进，整个社会才能进入理想状态，从国家目标和理想状态上讲，经济效益也是社会效益的组成部分。恰如英国文化保守主义者马修·阿诺德说的："文化明白自己所要确立的，是国家，是集体的最优秀的自我，是民族的健全理智。"[①] 从中西方文化传统的历史看，似乎只有文化实践与活动才能把各方利益和各种力量组织和协调起来。

（2）从社会发展的整体性趋势看，文化和经济等要素终要走向一体，实行新的社会主体性，以克服现代性社会的领域分化带来的价值分离。现代性社会的一个重要问题就是破坏了社会生活的整体性，让经济和文化等暂时独立而带来的价值分裂。英国学者艾伦·麦克法兰在清华大学演讲时认为："市场资本主义是一个集态度、信仰、建制于一体的复合体，是一个寓经济和技术于其中的

---

① 〔英〕马修·阿诺德：《文化与无政府状态——政治与社会批评》，韩敏中译，生活·读书·新知三联书店，2012 年版，第 64 页。

大网络。这个体系……最核心的表征是让经济分离出来，成为一个专门的领域，不再嵌于社会、宗教和政治之中。"消除现代社会的分离，克服劳动异化和价值破坏等资本主义负面价值效应，就需要社会主义通过正社会效应的文化引领而在更高层次向整体性的社会复归。

（3）文化经济时代，文化和经济的高度重合，需要社会效益和经济效益相统一。在文化经济时代，文化在经济中发挥越来越重要的作用，文化的经济化与经济的文化化成为重要现象。一方面，它暗示了优质文化是经济的重要发展力量，其市场需求越来越大。随着人们对于文化审美需求的高质量发展，内容和形式俱佳的文化艺术品永远是人们的消费需求，好的文化具有远大的市场前景，作家和文化企业不要总是担心投入大量的精力后不会被市场认可，文化商品的使用价值（文化价值）是其交换价值（经济价值）的基础。著名导演张艺谋说，"写好小说不吃亏"，一方面作家创作的优秀小说为张艺谋的电影拍摄提供了重要的电影素材与脚本（文化价值是基础），另一方面张艺谋把它们拍摄成市场上广受欢迎的电影（经济价值）。好的艺术作品只有通过文化市场才能更好更充分实现自己的价值，文化产品的价值终究要通过市场交换实现，任何行政的命令和强塞都不能彻底实现其价值；另一方面，文化的经济化是指文化实现社会价值除遵守文化创作规律（创作高质量作品）与市场化规律（作品形式的市场创意化转变）外，也要遵守市场规则（生产者和生产活动的诚信与公平），实现社会效益和经济效益的统一。好作品提供了社会效益实现的基础（历史和现实证明，市场上火爆和能流传下来的好作品大体是"经典"和"精品"），但是好的作品也要有能被市场化的潜能，有的作品无法市场化，或者市场化效果不好，原因可能多样（作品在市场上走红也需要天时地利人和等综合因素），但整体上需要经过二度创意等的市场转化（文化经纪人、文化策划与创意人不可缺少）。今天很多文化企业对文化作品的再生产能力往往就体现在这里，他们帮助优秀文化作品的产品化和产业化实现交换价值（经济效益）。当然，文化市场的创作者与产业化生产者"都要以市场伦理的诚信为基础，市场源于互通有无、互利互惠的社会需要，它要求参与者采取符合道德的行为策略，而诚信则能降低交易成本，提高市场的运作效率。同时，市场与伦理又都以公平为原则，通过满足他人从而满足自己，这是公平的、也是合乎道德的行为"①。正是在公平与诚信上，文化的经济效益与社会效益找到结合点。

第三节　小说类型学的功能

类型学研究可能会成为主流的研究范式。对此，中外很多学者对类型研究范式予以过很高的期待，巴赫金针对同时期学者研究的迷雾提出"诗学恰恰应从体裁出发"②，福勒说："由于批评正开始从结构主义和分解主义的热病中康复，文学类型理论很可能会占据新的显著地位。这是因为它提供了一条向前迈进的道路。"③

现代类型学重新兴起，目前在比较文学、影视和语言学等人文社会科学广泛运用，相对而言，在文学研究领域，特别是在小说领域（以中国现当代小说研究为典型）相对冷漠，"类型"理论在历史上有过波澜起伏的不平凡命运，因其固有的缺陷给不少人留下了阴影，出现了古人作文唯恐不似古人，今人作文唯恐似古人的古今截然不同的心态。今天的"追新"心态和认识误区在于对小说类型研究的价值缺少真切理解。在小说研究中，类型作为个别和一般、具象和抽象的必要中介桥梁，它既有方法论意义，又具有价值规定性。类型研究的理论意义在于以艺术成规为参照系审查作家的艺术独创性，反过来，又以艺术类型的变体来检验类型成规的稳定性与发展活力，艺术发展的规律是既恪守类型成规，又不断实现局部创新，以推动类型的发展，从而体现了艺术的成规与作家个性的辩证统一。没有成规，就无所为独创，没有独创性，成规也失去存在和发展的价值，二者相辅相成。具体落实到批评实践上，我们认为它有如下五点具体意义。

---

① 单世联：《论文化产业两种效益的逻辑与纵深》，《贵州社会科学》，2021（7）。
② 在巴赫金的小说理论中，体裁和类型的意义大致相同。——引者注
③ 〔美〕拉尔夫·科恩主编：《文学理论的未来》，中国社会科学出版社，1993年版，第369页。

第一，为小说史的阐释提供新的方法论。尽管近三四十年来，各种各样的文学史（小说史）层出不穷，估计不下千余部。但是，这并不表明文学史（小说史）研究的发达，相反它掩盖了我们在文学史（小说史）学观念上的陈旧或贫瘠。50多年前，韦勒克和沃伦就指出："大多数的文学史著作，要么是社会史，要么是文学作品中所阐述的思想史，要么只是写下对那些多少按编年顺序加以排列的具体文学作品的印象和评价。"① 应该说这种描述对当前中国的文学史（小说史）依然是准确和中肯的。文学史研究的落后状况根本在于文学史编写工作者过于重视史实、史料，对文学史观及其层次不甚关注。学界在20世纪90年代初，文学退潮之际发起了对文学的反思等，文学史观念的讨论便是其中议题之一。在对既定文学史观念和写作模式的反省与思考中，出现了文学史哲学、文学史学、文学史学史、文学史形态学和模式论等思考，推进了我们对文学史观念的认识，但是这基本上只是在文艺学界展开，对于文学史（小说史）的具体写作的指导并未见明显，理论指导和现实实践之间是有很大差距的，有待文艺理论家和文学史家慢慢磨合。写一部满意的文学史（小说史）是文学人的共同梦想。韦勒克在分析文学史写作中存在的基本问题后，提出文学史的任务在于：其一是描述在历史发展过程中，不同的批评家、艺术家和读者对个别艺术作品看法的变化过程；其二是"探索按照共同的作者类型、风格类型、语言传统等分成或大或小的各种小组作品的发展过程，并进而探索整个文学内在结构中的作品的发展过程"②。在比较各种写作模式基础上，对类型写作提出了自己的期待："文学类型史无疑是文学研究史中最有前途的领域。"③ "我们必须把类型认作一个'范导性'的概念，认作某种基本的模式，一个实在的、有效的惯例，因为它实际上作为模式规定做具体作品的写作。……为了编写一部真正的类型史，我们仍然得事先在心中有某些临时性的目标或模式。"④ 小说史作为文学史的

---

① 〔美〕韦勒克、〔美〕沃伦：《文学理论》，刘象愚等译，生活·读书·新知三联书店，1984年版，第292页。
② 同上书，第293页。
③ 同上书，第261页。
④ 同上书，第302页。

二级分类，是文学的"小组作品"，完全可以用类型学方法来做。小说史就是小说类型史，重点研究小说类型成规及要素的变化和探究影响其变化的内外机制。小说史为了做到有效阐释，类型就需要做到小说的形式变迁的共时性与历时性统一、形式化与内容的同一、整体风貌和经典文本的协调。小说史的研究可能遇到的最大麻烦在于历史文本与当下文本经常断裂。类型理论则可以讲这种断裂以自己特有的视角和理论优势连接起来。"一方面，过去存在的文本及其意义有可能成为当下文本意义阐释的重要基础；另一方面，'正像语言学和语文学提供了某些阐释断裂问题的探索路线一样，类型理论也提供了另一些路线'，通过对类型变化的历史编码，就可能使得我们回溯和描述其发展、变化轨迹，'在文学中，记录变化的磁带常常能够通过对类型的研究而部分的倒转'。"[①] 这样一来，小说类型史能克服当下的孤立的碎片化状态，走向打通内外、融汇古今的整体性研究。21 世纪的今天，学术界呼吁整体性研究，比如文化研究提倡不同学科的跨越，"20 世纪文学"提倡长时段的文学史研究视野，但都似乎缺少有效的方案和路径，"20 世纪中国文学"这个宏大的写作计划半途而废就能部分证实这个问题。恰恰是类型学研究通过小说史研究打通小说研究的历史性与共时性、内容与形式、微观与宏观、局部与整体、个别与一般的研究通道。

第二，为具体文本的解读提供基本的参照系。面对具体的小说文本，我们如何判断它的好坏，又怎样确认它的创新？一个作家的创作生命力如何判定，它是在不断自我超越，显示了强劲的创造力，还是创作生命力早已消歇，强打精神做简单的文字重复工作？在早些时候，这个问题更多的是依靠权威的文学评论家告诉我们答案的。其实，如果我们本着求实精神的话，很多文学评论家的答案是值得商榷或者怀疑的。不妨在接受他们的答案之前追问一句：你的标准和依据何在？其实很多人的答案是建立在感性经验的基础之上。阅读经验确实重要，但是，仅仅依靠阅读经验得出的比较结论是不确实的。个人的阅读经

---

① 葛红兵、肖青峰：《小说类型理论与批评实践——小说类型学研究论纲》，《上海大学学报》（社会科学版），2008（5），第 65 页。

验如果不在科学的解读经验基础上检讨的话，它就不是很靠谱，除非这个人有着非凡的阅读直觉。可惜，很多阅读者都是凡人，我们还是老老实实找一个标准靠谱。

在这个方面，我们是有很现实的教训的，晚清至五四这一段时期，出现了很多"新"小说，这些新小说是翻译小说还是创作小说，不仅在那个没有版权的时代大家没有很多思考，即使今天我们也不大反思和考量这种现象。还有，1989年后的后新潮小说，当时在读书界掀起革新热潮，等风潮一过，读者们的视野打开面向国外时，发现这种"新"很多不过是炒国外小说的"现饭"。这里可能引发一个争论：评价一部小说是译注还是创作，是模仿还是抄袭的依据是什么？这在前几年确是知识产权领域的难点问题之一。比如庄羽的《圈里圈外》和郭敬明的《梦里花落知多少》的关系，它们之间的比较也需要参照系等技术标准。这个标准我看最好是小说类型。假设任何一篇小说都属于某一类小说，它大体上有着类型的影子，有着承上启下的烙印。打个不恰当的例子，就像一个人的相貌都有父母的影子（深层是基因），他的儿女们身上也会有他的影子一样。任何文学作品都有它的"影子"，不同的是这个影子有明显或隐蔽、浓郁或清淡的差异而已。这些差异对检查者的眼力有了考验，或者说对小说批评者能力的比较就是比"眼力"了，比眼力的敏感性、比眼力的视野范围和比眼力的穿透力。

文学批评（小说解读）的第一步自然是要找出这个"影子"，怎样找出它的影子呢？把具体小说放在其所属类型家族，用该类型的成规、语法这些尺子比照，放到相应的类型长河中，结果自然一目了然。对于小说批评来说，类型理论是开展批评的科学武器，它不仅让批评家看到了一个作家走的是野路子，还是训练有素的学院派，更让我们看到这篇小说有没有文学艺术上的价值。正是类型的尺度使得小说批评有了可靠的标准，有了科学依据，它有助于小说批评更加科学。传统经验的感性批评要摒弃。今天，在很多文学或非文学的场合，人们轻易发现不同行业的人都可以对文学指手画脚，好像文学批评是一个没有门槛、没有技术含量的低级加工行业似的。对小说人人可以"指点江山"并不表明全民文学时代到来，这恰恰暗示了文学批评的混乱和低层次，我们的文学批评仍旧停留在经验主义的、随想式的阶段，这只能说明文学的悲哀和不幸。这么说并不是否认了非文学者对小说说三道四的权利和他们言论中的真知灼见，而是要大家保持清醒的头脑，随感、读后感和文学批评是完全不同的。

文学批评是一门科学，是建立在技术之上的智慧和情感的"碰撞"和"相遇"。技术门槛对于小说批评来说是必要的，并不是人人都能成为小说批评家的，否则的话，科学的文学批评学科永远建立不起来。我们文学（小说）批评学的贫瘠和落后就充分说明了这个问题。很多操业文学批评的人读书是不仔细的，看一遍就能写出理论套理论，言不及文洋洋洒洒的大篇评论，据说有的研究者只是看看开头结尾就能写出评论来；红包批评、表扬批评满天飞。试问，自弗莱创立批评学以来，20世纪作为文艺批评的世纪，但如果要问中国文艺学界对文学批评贡献何在时，恐怕我们是不及格的。作为文学（小说）批评者要自己把自己的批评工作和一般读者的随感性言论区分开来，不仅要在理论上加强修养，在批评技术上也要精进，还要有非常多的文本细读积累。

第三，"为鉴别新小说类型提供科学武器"[1]。在古典时期，"类型概念就基本上被认为是用于判断一部作品是否符合一种规范，或者确切地说，一套规则的标准"[2]。古典时代类型的基础来自现实世界对理念世界的"分有"，古典主义者心中的"类型"基本上是静止的、稳定的和纯粹的，类型理论基本上做的是牧师类的审判工作，符合规范或者程式成了作品的最高标准。那时的文学类型非常有限。现代小说类型理论不同于传统的类型理念之处在于，认为文本类型是生成的、是发展的，旧的不断死去，新的不断生长，因而现代类型批评不得不处理新的类型这个现实问题。现代类型学者普遍注意到并分析新的小说类型，比如当代美国学者福勒鉴定了新的小说类型比如"超小说"、镶嵌式小说、"阐述式"小说和"进展式"小说。但是，福勒的鉴定办法却是我们不能认同的，

① 葛红兵、肖青峰：《小说类型理论与批评实践——小说类型学研究论纲》，《上海大学学报》（社会科学版），2008（5），第65页。
② 〔美〕拉尔夫·科恩主编：《文学理论的未来》，陈锡麟等译，中国社会科学出版社，1993年版，第413页。

传统的程式、风格和修辞等办法已经不能用作判断的标准了，新的现代小说类型需要新的方法来做鉴定。即使是福勒本人也表现出了不可避免的犹豫，这种犹豫就表现在对超小说鉴定上的矛盾，"超小说现在必须被视为一种充分确立的当代类型，尽管在某些方面它还很难说构成了一种令人满意的类型，差不多只是按照特定时期的风格所作的划分，而算不上是一种类型"①。

传统小说类型的主要任务是确定对理念的"分享"和"模仿"，现代类型则着意于建构"型式—功能"，任何一类小说如果能形成自己的特有表现程式（基本叙事语法）和功能（特定的当代文化价值取向），形成具有相对历史跨度（艺术生命力要有时间的检阅）的集合体，我们不妨说它成了新的类型小说。事实上，任何创新都是在历史积累基础上的创新，新的小说类型的产生也是离不开原有的类型的——综合出现、变形出新、从异域民族引进新品种……没有对旧有的小说类型的深刻理解，是难以认识新的小说类型的，或者说对新的小说类型的鉴别就缺少了历史的理据。奇幻小说就是把武侠、侦探和神魔小说结合起来的小说类型，如果我们对武侠、侦探和神魔小说缺少基本了解的话是不好解读新小说类型的，比如对郭敬明的《幻城》的定位就是如此，里面对种族和城邦命运的谶语，对人物命运的预言，看起来和西方的《哈利·波特》系列是一条路线，但它更贴近《封神演义》之类的中国古代神魔小说，可是它又不是纯粹的神魔小说，而是增加了大量的现代侦探和推理小说的元素和情节，推进小说的现代化，在男女情感方面，则染上琼瑶式的言情泪水和哀愁。

这么说并不是完全否定这一类小说类型的创新度。综合创新是现代小说类型创新的基本路子，我们要做的主要是能找到创新的基本路径。同时，也要对假的新小说类型保持警惕，不让它们鱼目混珠。很多出版社或者杂志为了吸引眼球，故意造奇出新，给一些小说贴上新的标签。如果仅仅是命名倒是没有什么，但是要给它们在小说类型家族以一席之地，那就需要我们像海关检察官挑剔审视进口货物一般。比如在麦家的小说《暗算》和《风声》出版时，有的学

---

① 〔美〕拉尔夫·科恩主编：《文学理论的未来》，陈锡麟等译，中国社会科学出版社，1993年版，第372—373页。

者迫不及待称其为密室小说、解密小说、智力小说等，但是根本给不出这类小说的基本语法。其实绕过作家跨越时空的多重叙事视角和话语，从叙事语法上可以很简单判定它不过是较特殊的侦探推理小说而已，我们不应该被作家巧妙的叙事圈套所迷惑，话语方式再怎么花哨，人物关系再怎么飘忽不定，从叙事的基本逻辑、行动元关系和深层结构是不难把捉其类型归属的。所以我们认为，既定小说类型的基本尺度和规范是我们判别新的小说类型的标准，有了这个理论的武器，我们就能对日新月异的小说市场做到处变不惊，从容有度。

第四，类型学是比较文学研究的重要方法。我们通常讨论小说类型学，有一个不言自明的前提，那就是我们是在某一民族或语种的范围内进行的。如果我们把这个范围扩展到世界文学范围内有没有效呢？苏俄和德国的比较文学学者们通过自己的努力给出了肯定的答案。比较文学范围内的类型学意义上的类型，不再是通常概念中的主题、题材、故事、情节与人物形象等类型，"类型学比较研究的目标，就在于突破时间、地域、语言、文化的界限，去寻找客观存在着的各民族文学所内在地相同的'诗心'与'文心'，去发现那'学隐于针锋粟颗，放而成山河大地'的重要诗学'通律'"①。就比较类型研究目前的成果来看，德国学者偏爱具有世界性的文学时代、世界性的文学潮流、世界性的作家创作之类似和差异，力求通过类似现象之间互相比较揭示出文学现象的各自特性和规律；苏俄学派看重历史诗学中的类型学方法，经过维谢洛夫斯基、普罗普、巴赫金、叶梅列津斯和日尔蒙斯基等人的努力，对童话故事、英雄史诗、小说和神话等类型在较大历史时空和文化时空中展开历史和美学的比较，揭示其各自的诗学品格，把比较文学研究的成果和方法大大推进，显示了类型学方法的大有用武之地。

小说类型学在比较文学领域的大有作为不同于以上之处在于，类型学研究还是以平行研究作为方法论提出的，但是，小说类型学没有什么影响研究或平行研究的方法论的区别。或者说，小说类型研究是既包含了影响研究，又包含了平行研究。其次，随着我们对小说类型学方法论的更新和完善，在世界范围

---

① 周启超：《类型学研究：定位与背景》，《比较文学》，2005（2），第13—24页。

内展开小说类型研究可以获得更大的历史时空和文化空间，对于小说类型的总体性语法和文化价值探求可能更具普世价值。也就是说，在更大的视野范围内，以前我们在某民族语境下研究某一小说类型的基本叙事语法，它很可能在世界范围内不过是该类型的一个亚形态或者变体而已。以前的中外现代小说史上，出现过很多大致相同的小说类型，比如科幻小说、家族小说、历史小说、成长小说、言情小说和侦探小说等。对它们开展类型学视野下的对比研究（叙事语法、人物关系、深层语义等方面），可以发现同一类型既拥有人类诗学的"通律"，也可发掘各民族在类型艺术上的个性烙印。例如，家族是社会最重要而基本的组织形式，家族小说因审美地表征了"人类经验中的一切兴衰变迁"①，是社会发展变迁的珍贵标本。世界各国大体都有属于自己的家族小说，因此，家族小说构成了世界小说史上最重要的审美现象之一，中国汉民族有《红楼梦》和《白鹿原》、藏族有《尘埃落定》，俄罗斯有《战争与和平》，英吉利民族有《福尔赛世家》，美利坚有《喧哗与骚动》，法兰西有《卢贡·马卡尔家族》，拉美有《百年孤独》等等。如果对世界文学史上的家族小说开展比较类型学研究将是非常有趣的事，不仅会有令人兴奋的艺术收获，也会有意想不到的人类学收获。

第五，为创意写作提供理论基础和方法论指导。创意写作是我国从欧美引进的新兴学科，它的引进一方面是为改革我们高校文学教育中存在的陈旧与落伍的教育理念，当前文学教育的最大弊端是把文学课变成了枯燥的文学理论与知识课，既不利于培育学生的人文素养，也不利于培养学生的能力；另一方面也是积极响应国家振兴文化产业的战略需要，以学科形式开展创意教育，为国家培养急需的文化创意人才，这是从学习战后美国的创意写作教育和美国发达的文化产业间的关系中获得的启示。创意写作学科的基本信念是写作可以学，也可以教，作家是可以培养的，普通人通过专业的写作教育可以成为作家。一般来说，创意写作学科的理论基础有四个：潜能激发理论、艺术成规理论、阅读与模仿理论和工坊制教学理论。其中的艺术成规理论和模仿写作理论很大程

---

① 〔美〕摩尔根：《古代社会》，杨东莼等译，商务印书馆，1971年版，第85页。

度要依赖小说类型学理论。这两种理论的共同前提是艺术（包括小说）的创作是有规律可循的，这些规律是生成性的，也是协调性的，普通人通过训练学习可以掌握和使用。有了类型学理论的指导，作家们能自觉清楚自己的类型特长和短板，做到扬长避短。同时，在适合自己特长的小说类型上，既可以做到类型创意的纵深发展，而不是自我重复，也可以在创意探索上事半功倍。比如阎连科读到创意写作书系时感慨道："看了这套书，感到非常沮丧，因为在我五十岁的时候忽然发现，一栋七层高的楼房像我这代人是从楼梯一层层走上来的，但其实它是有电梯的。等你知道这个事情，已经五六十岁了。在中国确实一直在说作家是不可培养的，是没有方法的，看了这套书你就知道确实是有电梯存在的。如果成为作家是一个楼顶，确实有电梯可以一搭而上，不需要像我们这一代人付出太多的劳动，而后来发现其实这么简单。"[1]

类型对于作者而言，不仅仅是一种规范，更是一种启示。当代小说的类型化趋势，给了作家们更大的创作自由空间，他们可以紧跟市场定位，把自己的创作兴趣和天赋与市场需求磨合后定位（市场也有弊端，对作家的写作天性也会造成不同程度的压抑），现代作家一般都是类型小说作家，"优秀的作家在一定程度上遵守已有的类型,而在一定程度上又扩张它"[2]。总体来说,"伟大的作家很少是类型的发明者，比如莎士比亚和拉辛、莫里哀和本·琼生、狄更斯和陀思妥耶夫斯基等,他们都是在别人创立的类型里创作出自己的作品"[3]。作家只要意识到小说类型化是不可逆转的趋势，和自己在该趋势中的使命，在理论上吃了"定心丸"，才会放心大胆创出属于自己的创作天地来。

进而言之，文学市场也需要小说类型学的指导，出版社和网站的文学编辑有了类型的指导，也可以做好类型选择的市场定位，根据小说类型的发展前景和阅读市场的读者反映来推进和开发一些类型小说和文本及其 IP，这一方面很

---

[1]《阎连科：学习写作有电梯可乘，每个人都可以成为作家》, https://zhuanlan.zhihu.com/p/44122544。
[2]〔美〕韦勒克、〔美〕沃伦：《文学理论》，刘象愚等译，生活·读书·新知三联书店，1984 年版，第 268—269 页。
[3] 葛红兵、肖青峰：《小说类型理论与批评实践——小说类型学研究论纲》，《上海大学学报》（社会科学版），2008（5）。

多出版社和文学网站有了很好的表现和经验，比如阅文集团就形成了以市场为导向，以 VIP 在线收费为机制，与写手（特别是大神）、读者（特别是粉丝）和编辑实时交流，实现了写、读和编"一体化"的新型"共同写作"的模式。有了创意教育的指导，未来的文学市场可能会更加合理和自觉。

以上论述小说类型学对小说史的阐释，对小说文本的解读与批评，对比较文学研究与创意写作学科的发展，以及对小说市场的调试都有不可替代的作用，虽然，它真正的功效还有待于实践的检验。不过，在这五种意义的背后，我们分明感觉到类型学根本上是一种世界观和思维模式，而不仅仅是方法，这犹如道与技的关系。

第四节　小说创意价值评估初步构想 [①]

在小说类型的价值部分，我们分别从小说类型本体的价值和小说类型学的功能两个维度作了初步分析，但这两个维度需要一个中介，那就是类型批评家。作为类型批评家，如何把特定小说的价值科学地分析阐释出来，以合适的方式向作家本人、作家同行、读者，以及出版商、文学编辑和 IP 改编者等社会各界公布，即对类型价值祛魅（这和作家创作的价值赋魅过程相反），以实现优秀小说的价值的创作层面、消费层面等的最大化。这里，我们想初步从小说类型学方法论和创意学理论出发，试图提出一个系统评估小说创意价值的初步理论模型。

文学批评是连接作家、作品、读者的重要环节。米尔盖·杜夫海纳认为，"批评的使命有三个：说明（揭示作品的意义）、解释、判断（价值评价）" [②]。文学批评最核心的作用就是发现和评估作品的价值，对作品的文学史地位作出判断。那么，一部文学作品最本质的价值是什么呢？既不是作者的意图、读者的反应，更不是僵硬地套用反映论，这些单一标准都不具有绝对说服力。文学作

---

① 该价值评估设想主要是高翔博士设计，特此说明并向高翔博士致谢。
② 〔法〕米尔盖·杜夫海纳：《美学与哲学》，孙非译，中国社会科学出版社，1985 年版，第 156—157 页。

品最客观、最本质的价值是创意，追求创意和创新是推动文学史发展的根本动力。因此，应该尝试采取一种创意本位的多元、立体、动态的批评方法。这种批评方法是以尊重创意规律和文学规律本身为出发点，筛选和深掘作品的创意价值，并将其放置于文学史的创意库和创新史上去评估和定位。

为了达到准确评估文学作品创意价值的目的，适应文学类型化的生态现状，必须使用相对应的贴切的方法论体系：即小说类型学的方法。如果没有类型学的参与，就无法在海量的不断增长的文本中，理清创意规律，发现创意价值。韦勒克认为，任何文学作品都是"符号与意义的分层结构"[①]，由此他提出了一种透视主义的批评方法。类似地，我们建构的创意本位的类型学方法论模型也是多层的，它围绕文本的创意价值展开，呈现为金字塔样态，如图 4-1 所示。具体分为三个维度来考察小说作品的创意价值：独创性维度；价值影响力系数；文化思想价值系数。三个维度又细分为四个层面，对于任何一个作品，其创意都不是空洞的。创意文本首先是一个完整的有机符号体，所以第一层，要从文本细读入手，拆分文本的人物、空间、情节、结构等"意象符号元素"，此为最基础、关键的"创意层"，该层的操作主要是为了将作品作为有机整体进行初步把握、分析；然后进入第二层，创"异"层。一部小说作品的创意价值，主要体现在其"新异性"，因此，需要将单个的作品纳入类型史的脉络中，灵活运用类型学的方法，发现该作品有哪些部分是遵循"传统"的成规，进而借鉴比较的方法，探究其与同类型作品相比真正的不同之处，评估其创新的程度。该层的操作主要是超越单个作品的、去历史化的有限分析，而在一个较长的类型史演进和文学传统的长河中更加客观地评估和理解作品的创意（创新）价值。创"意"层和创"异"层主要集中在文本分析，然后进入第三层，即读者层面的考察，主要借鉴接受美学和读者反映理论的观点，从文本在阅读和接受过程中读者的反应、反馈来评估其影响力价值，从读者和作者共创的角度探讨其类型活

---

① 〔美〕勒内·韦勒克：《批评的诸种概念》，丁泓、余徽译，四川文艺出版社，1988 年版，第 276 页。

力。最后进入到文本深层（语义层），考察文本更为深刻的价值观、意识形态、哲理思辨等议题，这又渗透了文化批评的相关方法。

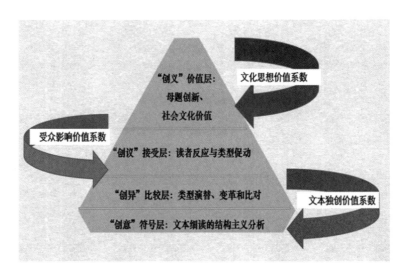

图 4-1　创意本位的类型学方法论模型

　　下面，我们将结合小说类型学和创意写作的理论和案例，拟从三个维度、四个层面开展小说类型价值评估模态建构的初步设想。

一、第一个维度：独创性系数考察（比重 45%）

　　独创性系数的考察聚焦于文本，主要包括"创意符号"层和"创异比较研究"两个层面。前者是运用结构主义类型学的方法，即叙事语法、行动元理论、情节模式理论、人物符码拼贴理论等拆解小说文本，阐明其究竟呈现了什么样的创意符号。而创异比较层的考察则是将单一作品的创意符号进行归纳总结，确定其类型标签，再纳入相应的类型小说作品史中比较研究，通过类型元素的丰富化与叙事成规的嬗变、叙述手法的创新程度等方面评析该作品的创意价值，即对创意符号层作出类型史的定位：是不是好的创意，创新程度有多少？综合两个层次，作出独创性系数考察。这一维度占据小说作品创意价值评估最基础也是最核心的位置，按照量化打分方式，比重为 45%。

（一）文本细读的结构主义分析："创意"符号层考察

首先聚焦于文本，将文本作为有机符号体，借鉴新批评的细读法（close reading）遍历、挖掘文本的创意符号元素。这里的 close 有两重含义，其一是指贴近（close）文本，深入文本的肌理和内在结构，像是医生"望闻问切"，用听诊器、体温计、X 光阅读患者身体那样，仔细而深入地阅读文本，发现细节和奥秘；其二是指聚焦于眼前的已完成的闭合（closed）的文本系统，暂不考虑作者、读者、社会文化环境等外部因素，将这一单一的文本作为一个迷宫进行探险和发现。新批评后期的代表人物布鲁克斯曾用"充分阅读"（adequate reading）来解释"close reading"的内涵，细读就是充分地、完全地阅读。

细读法最早源于对诗歌的阅读和批评，并逐渐向其他文学文体普及。在这里，我们可借鉴美国学者文森特·里奇（Vincent B. Leitch）提出的"十六步细读法"，也可以理解为细读法的 16 个原则①。它们是：① 尽量挑选简短的文本，例如一首玄学派（超验主义的）诗或现代诗。② 要排除发生学的、生成式的批评方式。③ 避免接受美学的、读者反应式的批评方法。④ 将文本看作独立自主的、非历史（去历史化）的空间客体（spatial object）。⑤ 预设文本是错综复杂的（intricate and complex），又是高效统一的（efficient and unified）一个整体。⑥ 多次重复的回溯式阅读。⑦ 想象每一个文本都是冲突力量的戏剧化展示（a drama of conflicting forces）。⑧ 注意力持续地集中于文本，特别是语义和修辞上的多重相互关系。⑨ 关注隐喻和语言的微妙性。⑩ 避免阐释和概括，或明确陈述不等于诗的意义。⑪ 关注文本中的平衡统一的综合结构。⑫ 把不一致、不和谐的冲突放置在次要位置。⑬ 强调悖论、含混和反讽的作用，它们并没有造成不和谐，反而是促成结构平衡的重要因素。⑭ 把内在的意义视为结构的另一个

---

① 对小说类型来说，这 16 条具体意见并不是都适用。当前的类型小说普遍都很长，超长篇居多，但在训练期间不妨以中篇小说为个案，像我们上面以鲁迅的《阿 Q 正传》和沈从文的《边城》为例。如果是超长篇的话，如何开展创意价值分析呢？我们建议采用普罗普的故事形态分析法，把小说先分解为一个一个故事，从单个故事分析开始，然后再作综合。也因此类型小说意义上的细读，并不是要求对文本所有文字的字斟句酌，而是借鉴新批评的方法倾向，从小说类型学方法论的表层句法、行动元和深层语义的提炼着手。特此说明。

因素。⑮ 在阅读过程中注意文本的认知（cognitive）和经验（experiential）方面。⑯ 力图成为理想的读者（ideal reader）并创造出唯一真正的阅读（the one and true reading），真正的阅读一定是多次阅读的结果①。

里奇的 16 个原则涵盖了细读的立场、标准和基本操作方法。在对小说进行细读时可借鉴布鲁克斯的《小说鉴赏》与纳博科夫的《美国讲稿》的方法，将小说文本看作一个复杂的，充满冲突、含混、反讽但又和谐统一的整体，反复阅读。

在细读的基础上，还要借鉴结构主义的方法，应用前文所总结的类型学理论对创意符号进行梳理。对小说文本来说，应包含如表 4-1 所示的三个部分，这些部分构成了创意符号层考察的细分指标。

表 4-1 创意符号层考察的细分指标

评估对象	指数设计	理论基础
情节创意评估	叙事语法的合规性与丰富性指数	叙事语法理论、行动元理论、情节模式理论
人物创意评估	人物符码的合规性与移情性指数	人物创作成规理论、图像志理论、移情理论
空间创意评估	空间的奇观化指数	奇观理论、陌生化理论、空间诗学理论

一是情节创意评估。情节是小说的主体内容，情节创意符号的拆解尤为重要。其核心方法就是抽取行动元，将复杂情节表述为一连串的核心动词，并以逻辑链的形式呈现。例如，普罗普在《故事形态学》一书中的经典阐释："在许多神奇故事中，都有类似的情节：沙皇赠给好汉一只鹰，鹰将好汉送到了另一个王国；老人赠给苏钦科一匹马，马将其驮到了另一个王国；巫师赠给伊万一艘小船，小船将其载到了另一个王国；公主赠给伊万一个指环，从指环中出来

---

① Vincent B. Leitch, *American Literary Criticism*：*From the Thirties to the Eighties,* New York: Columbia University Press, 1988.

的好汉将伊万送到了另一个王国。"在上述故事中，不变的功能项是"赠予—运送"（可概括为：赠予。A 赠予 B 某物，使 B 来到了某地）。也就是说，其最关键的情节可以提炼为动作。他由此得出了 31 个功能项，6 个情景单元[①]。与之类似，还有戏剧家普罗第的 36 种情节模式理论，即将所有的戏剧情节概括为 36 个戏剧动作（动词），如救赎、欺骗、复仇、求告、通奸等。创意写作理论著作《经典情节 20 种》又是将普罗第方法进行现代化，概括出小说创作的 20 个经典情节，将其表述为动词词组，分别是：探寻、探险、追逐、解救、逃跑、复仇、推理、对手戏、落魄之人、诱惑、变形记、转变、成长、爱情故事、不伦之恋、牺牲、自我发现之旅、可悲的无节制行为、盛衰沉浮（上升和下降）[②]。

仿照上述方式，对情节创意的拆解首先要用行动元（动词）来将情节骨架进行逻辑化梳理，例如，小说《潜伏》的情节脉络就可以这样概括：抗日战争胜利前，军统人员余则成不满国民党腐败，被发展为我党地下工作者，潜伏（动作：窥视）在军统天津站，寻找（动作：寻找）我党需要的情报与线索。因工作需要，他和泼辣耿直的女游击队员翠平做起假夫妻（动作：错位），翠平不适应做官太太，险象环生。最终两人天各一方，翠平抱着孩子用一生等待（动作：等待）余则成归来。以上情节就可以表述为一个行动元链条：窥视—错位—寻找—等待。

在对情节的行动元链条进行梳理后，我们再纳入相应类型的叙事语法成规中进行比对，考察其与成规的耦合度。在成规基础上，它的情节是否多变复杂，更加丰富而具有弹性。例如武侠小说，按照陈平原的叙事语法总结：所有的武侠小说的情节模式和叙事成规都包含："仗剑行侠""笑傲江湖""浪迹天涯""快意恩仇"四个元素。但是好的武侠小说的情节创意符号更丰富多变。如仗剑行侠中，剑的武器体系可以更多元；江湖的门派可以更复杂；天涯的情感纠葛可以更深刻；复仇和报恩的内在冲突可以更强烈。

---

① 〔俄〕普罗普：《故事形态学》，贾放译，中华书局，2006 年版，第 17 页。
② 〔美〕罗纳德·B. 托比亚斯：《经典情节 20 种》，王更臣译，中国人民大学出版社，2015 年版。

二是人物创意评估。人物创意也有其创作成规。例如，类型电影的"图像志"理论就认为，每个类型人物都有一套特定的"能指—所指"的符码体系。这个体系是由观众的审美心理与作者创作所达成的协议。例如，超级英雄小说、动漫和电影都共享一个角色成规：它可以表述为一组能指—所指关系。所有的超人英雄必定有：紧身制服（能指）—拯救者形象（所指）；面具（能指）—凡人与英雄的双重身份（所指）；徽章（能指）—合法性与正义性（所指）；披风（能指）—潇洒的行动状态（所指）；神秘物件（能指）—使命感、超强能力象征（所指）[1]。

实际上，小说类型人物基本上遵循着拼贴法的创作程式。在进行人物创意梳理时，要运用结构主义符号学的拆解方法，明晰其拼贴模式，将人物符号拆解。拼贴法并不鲜见，早在鲁迅的创作谈里就有提及。他说："所写的事迹，大抵有一点见过或听到过的缘由，但决不全用这事实，只是采取一端，加以改造，或生发开去，到足以几乎完全发表我的意思为止。人物的模特儿也一样，没有专用过一个人。往往嘴在浙江，脸在北京，衣服在山西，是一个拼凑起来的角色。有人说，我的那一篇是骂谁，某一篇又是骂谁，那是完全胡说的。"[2] 拼贴法最常用于幻想小说的创作中。比如《山海经》中，大量奇特的怪物都是通过各种生物局部特征的拼贴或重组而成的。在创造幻想怪物时，往往以一种生物为主，如兽身、蛇身、鱼身或鸟身，再辅以人面、蛇尾、虎爪、鹰嘴、双翼等来组合。例如《南次三经》中的蛟鱼精："其中有虎蛟，其状鱼身而蛇尾，其音如鸳鸯。"学者李四达将《山海经》中的"造物法"总结为一个公式：即"主体＋异构"，按照这个公式可将《山海经》中各种怪物分为五类：① 异兽类，主要以四足动物为主体的变形怪物。② 怪禽类，主要以禽鸟为主体的变形怪物。③ 鱼怪类，主要以有鳞鱼类为主体的变形怪物。④ 龟蛇怪类，主要以龟蛇类为主体的变形怪物（不含龙）。⑤ 怪人类，主要以人体变形为主的变形怪物[3]。其中，"人＋某种动物性"组合是各类奇幻、玄幻故事中幻想人物创造的典型方

---

① 崔辰：《美国超级英雄电影：神话、旅程和文化变迁》，中国电影出版社，2015年版，第140页。
② 鲁迅：《鲁迅全集（卷五）》，同心出版社，2014年版，第55页。
③ 李四达：《幻想艺术概论》，清华大学出版社，2015年版，第219页。

法。例如古希腊神话中的"人头马"、美人鱼（人的上肢＋鱼尾）。漫威和 DC 的超级英雄的设计方法也是如此：蝙蝠侠（人＋蝙蝠的翅膀）、猫女（人＋猫的柔软身躯）、蜘蛛侠（人＋蜘蛛丝的特性）、金刚狼（人＋狼性）、蚁人（人＋变成蚂蚁大小的本领）……刘再复在《人论二十五种》一书中专门提到了"畜人论"：带有某种家畜性的人。例如《西游记》中的猪八戒是猪脸人身，性格里也带着猪的贪婪、懒惰、好色[①]。《聊斋》一书一半以上的故事都是人性与动物性拼贴互换的故事：《大鼠》《蛇人》《花姑子》《阿纤》《阿英》《阿宝》等，不是蛇妖就是蜂妖、鼠妖、狐妖……在对奇幻、玄幻小说的人物创意符号拆解时，可以运用拼贴法的结构主义方法。

类型人物虽然具有成规性，但也有很大的可变性。例如，金庸笔下的侠客形象性格丰富而多维，网络时代的仙侠小说中的侠客又与 90 后的二次元审美吻合，不断发生改变。在对人物创意进行图像志、拼贴法的拆解时，要注意到其是否具有立体化效果，可借用荣格的移情心理学，评估其能否达到读者移情效果。

三是空间创意评估。空间创意包含两个方面：一个是故事的叙事背景，一个是情节空间的流转。空间的创设能让读者产生身临其境的代入感。对空间创意进行评估时，需要考察其陌生化程度，即奇观化效果，是否具有令人惊奇化、令人印象深刻的艺术感染力。

空间创意首先要丰富。对情节创意梳理时，可注意空间转场的编排，将空间脉络呈现出来，评估其是否多变。在此基础上，再动用六感全方位阅读，评估其是否具有代入感。以《盗墓笔记》为例，作者从《山海经》等传统文化积淀中吸收营养，营造了阴山古楼、蛇沼鬼城等空间符号，达到了陌生化、奇观化的艺术观感。由于受到影视化改编的影响，近年来流行的奇幻、科幻小说都越发注重空间创意的设计。即使是现实主义题材的小说，也往往能发现都市中的陌生化空间，或抒写少数民族、边远乡村的生命图景，从文学地理学和文学空间学的角度去评估创意空间的作用尤为重要。

---

① 刘再复：《人论二十五种》，中信出版社，2010 年版，第 142 页。

（二）类型学比较：创"异"层考察

正如陈平原所说，小说类型学的根本信念是承认文学创作中的惯例性规则，真正的文学创新，并非完全背离类型常规，而总是在常规变异中求生存求发展。可以这样说，不研究类型的来龙去脉和基本特征，对作品的赞赏和批评都可能是不着边际的[①]。小说类型学的批评方法，非但不会抹杀作家的独创性，恰恰相反，其最大的功绩正是帮助说明了"什么是真正的艺术独创性"。正如弗莱所说："诗只能从别的诗中产生，一个小说也只能从别的小说中产生……在亚当为万物命名之后，就不存在真正意义上纯粹的创新了。"如果只就一部作品的文本去看，可能一切都很新颖，但是纳入整个文学史，特别是类型史中就会发现，很多元素都是陈旧的。一般来说，一部当代小说在人物、情节、叙述等某个侧面相比前人的作品承袭了99%的传统，但拥有哪怕1%的创新成分，就值得鼓励。单凭印象给某个作家和作品定位是不负责任的，或者是随意套用精神分析、女性主义、后殖民主义的理论框架来评估所有小说，在没有类型定位的前提下，用现实主义小说的价值标准去评估奇幻小说或者穿越小说，显然会出现价值错位，不能发现批评对象的真正创新之处。这也不难理解，为什么很多50后和60后的专业批评家在面对网络二次元小说、耽美小说、网游小说的时候出现了理论失语的现象。因为，如果按照《红楼梦》的标准，这些小说肯定是文字垃圾，一定纳入不了经典体系。但是，如果将其放置在青年亚文化、网络文化的语境下，追根溯源，采取特定类型小说的标准，就能够看到其创新价值所在。例如，借用类型学的方法，我们就可以发现：网络穿越言情小说是如何与民国的鸳鸯蝴蝶派的通俗小说传统勾连起来的；网络玄幻修真小说又是怎样与古代的神魔小说、道教小说共享一个神仙体系和中国传统文化内在母题的。

因此，面对海量文本，仅就单一作品的细读式批评是远远不够的，必须将其纳入文学史，特别是相应的类型作品史进行考量，发现其真正的独创性。独创性的程度表现在作品真正原创的部分有多少，真正变革的部分有多少。这既

[①] 陈平原：《千古文人侠客梦：武侠小说类型研究》，百花文艺出版社，2009年版，第205页。

需要批评家拥有丰富、大量的类型作品阅读经验，还需要借助定量分析的技术手段。例如，斯坦福大学文学实验室的创办人弗兰克·莫莱蒂就借助数据库对英国 7 000 个小说标题进行定量分析，由标题的变化探究小说创意构思的演变。

以天蚕土豆的玄幻小说《斗破苍穹》为例，将其纳入类型史的比较中，才能发现其创意价值。玄幻的母题根植于我国传统的道教文化，可追溯到《搜神记》等魏晋南北朝志怪小说。但网络玄幻小说这一类型的兴起，是受到日本动漫文化的影响，特别是对动漫、游戏的叙事方式的内化。《斗破苍穹》将打怪、升级的叙事成规推向了成熟化、类型化的高度。这一叙事成规正源于日漫《龙珠》《传奇》游戏的影响。《斗破苍穹》还有一个类型突破，即语言风格方面的"小白化"，即多用短句，语言极度浅显，情节简化为脉络清晰的升级模式，将主角的力量数值的变化明确呈现在读者面前。这一模式大大吸引了文学阅读水平较低的底层民众，小白文由此盛行。因此，《斗破苍穹》在探险小说的大类型史中对古代道教文化、玄学思想继承和吸收，并借鉴日韩动漫、游戏的叙事方式，将消费文化、现代都市文化融入其中，表现出成长小说加玄幻色彩加探险元素综合的兼类特征。

具体来说，创异层考察可以从四个方面切入，如表 4-2 所示。

表 4-2　创异层考察方式

指数设计	考察方法	理论基础
类型丰富度与张力指数	兼类考察 反类考察	兼类理论、反类型叙事理论、叙事成规理论
类型元素创新指数	角色成规的突破 空间创意的突破 行动元创意的突破	行动元理论、角色成规理论、创意学理论
类型语言风格创新指数	小白文、古风文、文青文等	风格理论、接受美学
类型叙述手法创新指数	悬念设置、引入新的表达方式	后现代理论、结构主义叙事学

在对小说作品进行创异层考察时，要注意到类型成规的稳定性与可塑性。

例如，陈平原就将武侠小说的叙事语法概括为："仗剑行侠""笑傲江湖""浪迹天涯""快意恩仇"四个陈述句。其中前三者是武侠小说叙事的主要人物成规、情节设置成规。仗剑是行侠手段，也是主要情节。作为武器的剑，这一创意符号是可变因子，在仙侠小说中，可以是灵剑、仙剑；在玄幻小说中，可以是"真气""巫术"等无形的武器。以上都是可变的，具有可塑性的。而笑傲江湖是行侠的空间和背景，江湖既是一个地理概念，又是一个文化心理概念。江湖分不同门派，由不同形象、不同善恶、不同性格、不同武功特长的侠客构成，这又是人物设置的成规。在江湖中，必定有不同地域的江湖规矩，对规矩的遵循和打破也是情节成规之一。例如，将江湖设置在都市的企业之中，就成了带有商战色彩的都市武侠，将江湖设置于一个家族势力争斗的乡土空间，就成了带有家族小说色彩的乡土武侠。这都是其变异的可能策略。浪迹天涯指的是行侠过程，浪迹意味着武侠小说与旅行小说、欧洲骑士小说有共通之处，其人物的行动是在不同空间频繁地切换、变动。这又与家族小说、都市小说、乡土小说有截然分别。后者的叙事空间往往是相对固定于一个家族内部（一所房子）、一个城市、一个城镇或村庄。流动性也意味着侠客身份的多变，他不属于户籍制度、古代行政制度管辖的角色。也正因此，武侠小说的背景往往在乱世，或者是太平盛世中脱离正统秩序的江湖空间。最后，快意恩仇是行侠的主题和目的。这里蕴含着报恩、复仇的文化母题，其侠义、惩恶扬善的精神内核在不同武侠小说中得以传递[1]。这四个叙事成规的打破，或者与其他类型的融合，都会产生创新效果。同样是武侠小说，采取新的语言风格（评书体、抒情风、恶搞风、幽默风），或者融入悬疑侦探、平行叙事、多线叙事等新的叙述手法也能达到类型突破。这些都是创异层评估需要考察的面向。

二、第二个维度：影响力系数考察（比重 30%）

这一维度从文本交互与读者反映层面，即创"议"层加以考察。

---

[1] 陈平原：《千古文人侠客梦：武侠小说类型研究》，百花文艺出版社，2009 年版。

在印刷时代，作家和读者的互动较少，文学批评也是针对已经出版的成品来考察的。但是在网络媒介时代，文学创作和阅读都是过程性的。这种过程性主要体现在两个方面：第一，文学作品创作时，往往采取连载或边写边贴的方式，文本的创意不是作家垄断的结果，而是与读者交互产生的协议。第二，文本出现不断创意裂变、延展和增殖的过程，比如小说改编为电影、动漫、话剧，做成衍生品，打通整个创意产业链。针对第一个方面，我们需要注重读者反映，特别是粉丝型读者的需求、行为，将读者评论与作者创作的互动关系纳入考察领域；针对第二个方面，我们需要注重作品的 IP 产业价值，即纳入产业链中评估作品的创意内涵。

创议层的批评是在场的批评，是介入作者与读者互动现场的、动态的过程性的批评实践。主要考察的是读者阅读和关注的热度、作品的销量和排行榜位置，以及读者粉丝对作品的评论与回馈。这就需要我们采取定量与定性相结合的方法，既要对作品的阅读数据进行统计分析，也要对读者的留言与评论作关键词梳理的定性研究。创议层的考察指标如表 4-3 所示。

表 4-3　创议层考察指标

指数设计	考察方法	理论基础
观读热度	作品在线上、线下平台的观看量、阅读量统计，在各排行榜的排名状况	统计学 定量分析
关注热度	内容携带的话题性、争议性。在线上贴吧、论坛、微信群等讨论的频次，在百度等搜索引擎搜索的频次；在线下被评论家引用、提及的频次	定量分析 统计学 词频分析
粉丝共创热度	粉丝读者的评论与互动对作品创作的影响；粉丝和作者共同创作的过程考察	粉丝理论 读者反映理论
类型衍生影响力指数	该作品导致的同人作品数量、仿作作品数量，引发的类型潮流状况，IP 改编的产业链效应	产业链理论 统计学 类型学比较文学理论 IP 理论

三、第三个维度：思想文化价值考察（比重 25%）

该维度从深层结构的把握层面，即创义层价值层加以考察。

论述和总结某一类型在形式上的叙事成规（行动元、空间等）只是类型学批评的第一步，更重要的是挖掘叙事语法背后的深层文化语义层。例如，诸如《我的野蛮女友》这样的"刁蛮、任性"的女性形象，在民国或者古代的才子佳人小说中一定不会出现，它是伴随着现代都市小资产阶级女性地位崛起的文化背景而产生的言情类型。"野蛮系列"打破了言情小说中女性必须温柔可人、顺从依附男性的被动形象，借此衍生出"御姐"类型、"女王"类型、"大女主"类型、"姐弟恋"类型、"女追男"类型等新的言情小说叙事成规。类似地，《甄嬛传》《如懿传》等"宫斗小说"的本质是打破了皇帝为绝对主角的"帝王将相"型的历史小说叙述成规，将都市女性的"职场成长""女权主义"的语义放置于古代皇宫或架空的历史空间中重新阐释。只有将宫斗小说"斗"的叙事语法与当下女性的社会处境相勾连，才可以解读出宫斗小说的文化思想价值：它究竟是男尊女卑的封建主义残渣，还是现代都市女性的成长寓言，其思想内核有没有本质的进步，其作者有没有提出超越性的、有预见的新的两性关系的见解（新的爱情观、新的女性观、新的权力观等）。思想文化价值考察方式如表 4-4 所示。

表 4-4　思想文化价值考察方式

指数设计	考察方法	理论基础
母题创新指数	是否引发新话题、提出新观点	文化哲学 母题理论 文学人类学
地方性知识沉淀指数	地域性、民族性、史诗性	阐释人类学 地方性知识理论
作家哲学体系	佛道儒学体系	人生哲学理论
创新指数	个人世界观建构	文化批评理论

具体来说，进入意义层的考察，就需要将文本纳入人类学、社会学等文化视野中，借鉴原型批评、文化批评的方法，挖掘文本语义层的思想性。借鉴格尔兹解释人类学的观点，好的小说应该代表"地方性知识的沉淀"，拥有一种独特的世界观，提供了独特性、异质性的生命经验。创义层的考察，就是发现文学最深层、最永恒的思想性，发现其为整个人类的哲学与文化思想档案库提供了哪些新的创见。

由思想性进行升华，就可以发现文学作品的经典性。经典性就是从深层结构中把握作品永恒的创造性，也就是作品的创意是划时代的。伟大作品之所以可以划时代，是因为作者运用个人的方式表达了整个人类在人性深处面临的共同难题。这些难题在文本中表现为两难的追问。正如余秋雨在《伟大作品的隐秘结构》中所说："在真正伟大的作品前，一切读者、观众都是无法'安全'的，因为它们与所有人相关，又永远也解决不了……让巨大的两难直通今天和未来。"[1] 我们看陀思妥耶夫斯基的作品充满了对"上帝的追问"，而这种追问是无解的。在文学史上，许多经典作品在诞生之初并不能被大众广泛接受，它们往往引发巨大争议。批评家应该从争议中洞见和筛选出某一作品"经典性"的基因，特别是在后现代多元文化、相对主义的语境下，洞察某一作品是否能够为人类文化困境提出新的解决方案，或者提出永恒的追问，以使得这一文学类型的文化价值不断彰显。

---

[1] 余秋雨：《伟大作品的隐秘结构》，现代出版社，2012年版，第13页。

结语

AI 时代小说类型学的前景

21 世纪以来，小说写作的市场化、类型化和网络化是中国文坛重要的景观与事件，而随着 AI（人工智能）技术的飞速发展，其以前所未有的速度在社会各领域的广泛运用，深刻改变着我们的思维方式、情感模式和生活习惯，在这种时代语境下智能写作顺理成章提上日程。文学格局的大变和 AI 写作向虚构性复杂向度推进，客观上呼吁小说类型学的出现，对这些变局和新趋向给予理论上的解释和指导，并进一步促进其健康发展。但目前类型学在小说领域才刚刚启动，和语言学、电影学、社会学、法学等领域的成就和影响相比，尚存在很大差距，小说类型学的建构任重而道远。

一、新时代文学的类型变局

21 世纪以来，文学生态日益多元化，最明显的趋势就是类型化加剧。类型文学成为主流的文学审美样态，类型写作成为主要的写作形式，类型阅读成为文学出版产业最主要的内容产品输出方式。在该背景下，作家、作品、读者、产业、研究等文学的各个面向都发生了巨大变化。这种变化主要体现在四个方面。

（一）图书市场变化：类型小说及其 IP 衍生品类成为主要的文艺消费对象

最近 20 年来，类型小说的市场非常繁荣，这种繁荣导致了类型化文学期刊和工作室的涌现，也导致了出版社的类型化营销路线和文学网站的类型定位。对于小说类型市场的"繁荣"有三个考量指标：出版数量、畅销书比重、类型品种。据白烨主编的《中国文学报告》（2017—2018）统计，2018 年出版的长篇小说纸质版近万部，但这万部小说主要指的是类型小说。这几年长期居于畅销书榜首的类型小说和类型小说作家格外显眼。比如国外的《达·芬奇密码》《哈利·波特》系列、村上春树的作品等，国内有安妮宝贝的言情小说、穿越小说、蔡骏的悬疑小说、黄强和李可的职场小说等，而《鬼吹灯》《盗墓笔记》《天机》销量基本过百万，像《达·芬奇密码》和《哈利·波特》在全国范围内的销量分别是六千余万册和一亿册以上。白烨总结这几年的文学，"发现畅销文学图书前 10 名是类型小说，再扩展到前 20 名，还是类型小说"①。这种类型化趋势，也不断向电影、电视、动漫等文化产业渗透，共同打造了文化市场繁荣的局面，推动了文化产业的发展，如《宫》和《步步惊心》等穿越剧的火爆。

类型化的文学期刊、出版工作室涌现。随着期刊的市场生存转向，文学期刊开始了规模庞大、范围广泛的期刊改版潮。因为"入场晚、经验缺乏、体制限制等多方原因，这次改版并没有取得多少成效，'不改等死，一改准死'一时成为不少改版期刊的生动写照"②，但部分刊物在市场上找到了自己的类型优势定位，发展势头良好，比如《故事会》《萌芽》《奇幻》《佛山文艺》和《今古传奇》，等等。《故事会》利用中国"故事"形式，内容上紧贴老百姓的日常生活和"新意识形态"，对一般文化水准的市民读者别具魅力，成为中国发行量最大的通俗文学刊物，年发行量都在百万以上；《萌芽》以广大中学生为对象，通过"新概念"大赛的选秀机制，把校园青春文学作家和读者紧紧网罗在一起，其发行量由原先不足 1 万份飙升到 24 万份，"创造了一个中国原创类文学期刊的奇迹"③；《科幻世界》和《古今传奇》则分别是科幻小说和武侠小说的大本营。这些刊物类型选择明确、风格鲜明、读者队伍稳定、发行量巨大，是文学市场转制的成功尝试。与其说是它们改革的成功，不如说是类型趋势拯救了它们。一些出版社和出版公司走小说类型策略，成立专门的工作室和队伍，做大做强某一类型品牌，或者打造类型作家品牌，形成了自己的特色，在业内名气很大。比如接力出版社推出的心理悬疑小说、21 世纪出版社的穿越小说、长江文艺出版社的历史小说、春风文艺出版社的青春小说、陕西师范大学出版社的职场小

---

① 刘丽丽：《类型小说会把心腌成什么味道》，《中国教育报》，2008 年 7 月 12 日（4 版）。
② 邵燕君：《传统文学生产机制的危机和新型机制的生成》，左岸文化网：http://www.eduww.com。
③ 《发行量增二十余万〈萌芽〉成功突围》，《文汇报》，2003 年 4 月 14 日。

说、中国电影出版社的恐怖惊悚小说等。类型小说作家创作的稿子能及时投向相应的出版机构，专业编辑和出版人通过发行量的变化曲线和读者队伍阅读趣味的调研回馈，积极参与类型创作过程，指导和校正写手的"推陈出新"，加速了类型化写作的成熟进程。一些著名的类型作家，像郭敬明、落落、迪安、张悦然和安妮宝贝等，则利用文化市场的放开，加之自己手上庞大而稳定的粉丝群，创办了《最小说》《文艺风赏》《文艺风象》《鲤》和《大方》等刊物，它们是类型化浪潮中的另一产物。

文学网站、网络小说内容取向上的类型化，随着读屏时代的到来，在小说网站线上阅读小说，或者网上下载小说成为时尚，催生了文学网站的火爆和网络小说的走俏。据不完全统计，目前有 100 个以上的中文文学网站，连网易、新浪等知名网站也办起了文学库。这些网站上的小说基本是类型化的。白烨结合现有作品，把网站上林林总总的小说大体归为十大门类：① 官场 / 职场；② 架空 / 穿越；③ 武侠 / 仙侠；④ 玄幻 / 科幻；⑤ 神秘 / 灵异；⑥ 惊悚 / 悬疑；⑦ 游戏 / 竞技；⑧ 军事 / 谍战；⑨ 都市 / 情爱；⑩ 青春成长[①]。另外，目前文学网站的点击制度，有利培育了小说创作与阅读类型化。读者付费阅读，写手按点击率获得报酬，写手不得不考虑顾客的阅读心理和爱好，设计顾客所喜欢的阅读类型，而顾客付费阅读时是有类型审美的心理期待的，这样就自觉促进了写手写作的类型化。而且，在线点击阅读是文化及时消费，很多写手要像作品坊工人一般不断劳动，推出新的标准化读品，而模式化、类型化写作客观上给写手生产出新的作品带来便利。所以，无论我们如何研究网络文学，其内容的类型化是不容忽视的事实。当我们说网络小说是新世纪文学的重要现象时，也隐含着类型化这一事实判断。

（二）作者主体的变化：类型作家成主流

20 世纪 90 年代以来，特别是伴随着互联网的发展，我们进入全民写作时代。作家不再是少数的精英阶层，写作门槛降低，人人皆可成为作家不再是口

---

① 韩小惠：《文学类型化意味着什么？》，左岸文化网：http://www.eduww.com。

号，而成为现实。以全国最大的网络文学平台阅文集团为例，该平台拥有 730 万作者，许多作家没有专业教育背景，打工作家、农民诗人比比皆是。如果我们将微信自媒体、微博文学算作广义的文学作品，那么几乎每个人都是写作者。全民写作带来了作家主体构成的改变：秉持深厚思想性、哲学性和个人性的纯文学作家只占少数，言情、武侠、玄幻、科幻等类型文学作家成为主流。这一方面是因为，伴随着文学商品化的发展，市场对类型文学作品的需求提升，付费阅读和打赏制的稿费制度刺激着职业化类型作家不断产生。另一方面，相比纯文学写作，类型小说创作程式化明显，容易入门，由某一类型的粉丝读者转型为专职作家的现象越来越普遍，读者与作者的界限逐渐消融。在这样的背景下再去考察文学批评，就会看到专业批评对时代的介入不够，对类型作家的研究关注太少，批评滞后。许多批评家要么是对类型作家视而不见，要么就是"一棒子打死"，认为他们的写作不具有研究价值，转而回到鲁郭茅巴老曹的经典作家研究老路上去，但很难有创新。更普遍的情况是，一些批评家认识到类型作家群体日益庞大的事实，开始对其进行系统研究，但是仍采用纯文学的传统批评标准、批评范式，未能触及其"类型化"的本质，得出的研究成果也往往牵强附会、隔靴搔痒。

我们需要明确认识到，类型文学作家是极其庞大的群体，他们的阅读经验、成长经历、创作方法与过程都与传统作家有很大的区别，"经典作家论"的批评方法不能直接套用，而应该根据类型写作自身的规律厘定新的批评准则。

（三）文本维度的变化：作品数量爆发性增长，类型迭代速度惊人

由于全民写作的机制，导致文学作品的基数大、增速快。据 CIP 数据统计显示，2016 年我国出版发行的文学类图书达到 50 230 种，比 2015 年增加 8%[①]。网络文学的作品存量更大，阅文集团旗下一个网站每天发表的网文超过 1 000 万字，相当于一个中等出版社一年的出版量。微信公众号、今日头条、新浪博客

---

① 徐来：《CIP 数据观察：图书出版 2016 走势与 2017 态势》，《中国新闻出版广电报》，2017 年 1 月 12 日。

等平台每天更新发布的各类文章体量也在百万字以上。文学文本的爆发性增长，并非无序，而是按照类型化写作的规则批量生产。

以起点中文网为例，其首页的类型标签不断更新，现已确定为 13 个成熟大类，包括：玄幻、奇幻、武侠、仙侠、都市、现实题材、军事、历史、游戏、体育、科幻、悬疑灵异、二次元。每个大类又根据作者发文和读者搜索的大数据统计分析，细分为不同的子类型。例如，玄幻是"玄学"体系（即巫术、神话、仙术等）架构下主角冒险、升级、打斗的故事类型，其又细化为东方玄幻（基于东方神话传说体系的冒险、修炼类型）、异世大陆（杂糅东西方神话体系的架空型小说）、王朝争霸（带有玄幻色彩的个人比武、家族武斗、虚拟战争的类型）、高武世界（以位面、星球、小千世界等为主体架构的修炼升级类型）四种子类型，每一种子类型又可根据其人物角色设定、技能设定、语言风格的不同再细分为各种元素标签：洪荒流、系统流、怪兽流、学院流；恶搞、冷酷、小白文、嚣张、废柴逆袭、腹黑等，精准对标读者需求。而奇幻类型是以西方神话体系、基督教文明为背景的幻想类型，其主要特征是围绕"魔法世界"展开。但根据魔法的不同种类，又可细分为现代魔法、剑与魔法、史诗奇幻、黑暗幻想等子类型。这些子类型又可依据角色设定的不同，划分为特工、法师、孤儿等特定标签。都市类型也是一个成熟大类，主要是以都市生活为背景的小说类型，它又细分为：恩怨情仇、异术超能、青春校园、娱乐明星、商战职场等子类型，根据叙事成规和读者偏好，还可以进一步划分成：霸道总裁标签、纯爱标签、励志成长标签等。

通过对网络文学类型的粗略考察，我们还可以发现，类型迭代的速度惊人。每隔几个月就会产生新类型。比如，武侠属于中国文学传统类型，但是武侠中又产生出重生武侠、穿越武侠的兼类。网络文学一方面承袭着中国通俗小说的文化和叙事传统，另一方面又不断整合日韩二次元文化、好莱坞电影文化、中国当代都市青年文化，不断产生出以往完全没有的新类型。例如网游小说，作为近两年来新生的成熟类型，是伴随网络游戏产业的蓬勃发展而产生的。网游小说是游戏与文学的互文，是将网游的叙事文本中的故事性抽离出来进行再现。

其本质上与冒险、奇幻和玄幻等类型异曲同工，但却具有截然不同的文化意蕴。因为其面向的读者往往是具有游戏娱乐经验的玩家，这些读者在阅读网游小说时自动激发其游戏经验，能够产生玩游戏的快感。如果没有游戏经验，也就无法读解网游小说里的"暗语"和有意味的叙事成规。除此之外，还应关注的类型是二次元同人文。它是动漫、电影文本的文学衍生作品，常见的有柯南同人小说、漫威同人小说等。同人类型与中国古代的经典文学续写、拟写、套作、仿作有相似之处，但也有很大不同：其一，它是粉丝读者向作者转型的一种写作行为，粉丝读者通过写作同人文来面向其他粉丝读者，文本的互文性和双重交互性是其本质特点；其二，同人创作往往具有语义颠覆特征，即对原文本的意义进行了解构、恶搞、置换、拼贴，产生出二次元文化的独有审美气质。综上所述，在文学作品爆炸性增长和类型加速迭代的背景下，专业批评如果仍采取传统的文学批评方式，显然是不可行的。如果不纳入类型的框架中，含混而谈，就无法得出科学、准确的结论。特别值得注意的是，某些批评家只针对一个文本进行挖掘，而没有看到这个文本背后繁杂的类型史脉络，就单一作品而谈读后感的批评显然达不到专业批评的水准，这尤为值得警惕。

（四）读者维度的变化：分层阅读与类型读者粉丝的增长

随着国民受教育程度的提升，与全民写作相对应产生的是全民阅读。文学作品的爆发性增长和类型多元化，满足了不同读者的多元文学消费需求。在当下，一种文学取悦所有人，几乎是不可能的。分层阅读和特定类型消费成为当下读者阅读行为的主要特点。类型文学阅读和鉴赏式的纯文学阅读并不冲突，读者依据自身喜好出现了分层。出版社和网络文学网站都在有意识地利用这种分层化，面对特定读者群推销相应的文学作品。例如，网文网站就分为男频文学网站和女频文学网站（频指的是频道）。男频网站的代表是起点中文网、创世中文网，其面对的主要是男性读者，所以偏重以热血、竞争、打斗为主要内容的玄幻、奇幻、军事、历史类型小说。其中尤以"玄幻"为盛。女频网站的代表是潇湘书院和红袖添香，其面对的主要是女性读者，其小说类型主打言情，包括校园言情、都市言情、古代言情、仙侠言情等。近年来，脱胎于古代言情子类型的"宫斗小说""女性种田文"（励志成长）类型被频繁改编为电视剧和电影，成为最炙手可热的类型。读者的分层化阅读还带来一种聚集效应，即读者粉丝化现象。粉丝读者对某一特定作者或类型具有狂热的喜爱，会刺激其积极参与创作讨论，甚至影响作者创作走向。粉丝读者还是付费阅读的主力，他们以追更、打赏的方式加速类型作品的完结，支撑文学产业的蓬勃发展。特别需要注意的是，粉丝读者的文学阅读动机是多元的：为了社交目的的阅读越来越成为 90 后和 00 后读者的阅读动机。例如，90 后读者阅读弹幕小说，在其中互动交流，主要获得的是与其他读者共读、互读的"存在感"和"认同感"。另一方面，粉丝读者还是同人文学类型的主要创作群体，读者向作者转化的现象越来越普遍。在这样的背景下，我们在对文学作品进行批评研究时，需要注意特定类型读者的需求和文化心理。因为类型文学是读者、作者在漫长的文学史互动中产生的共同协定，如果脱离特定历史时期读者的反应，就无法理解文学类型的演替、变革，更无法准确把握文学史的内在规律。特别是在面对郭敬明现象、韩寒现象、网络文学现象时会出现批评失语的窘态。

在文学类型化的生态背景下，文学批评的格局和现状是怎样的呢？法国批评家蒂博代将文学批评分为三种："有教养者的批评、专业的批评、艺术家的批评。"[①] 其中，第一种批评群体，我们可以理解为媒体、受过高等教育的读者代表，他们热爱阅读，并热衷依靠网络、电视、电台、出版社等媒介表达批评观点。这是目前体量最大、最主流的批评方式。其特点是即时化、感性化、碎片化，但是缺少系统性和思想深度。第二种批评群体，就是依附于高校、研究机构、作协等体制内的批评家。他们主要以发表论著、组织研讨会等方式参与批评实践。其特点当然是学理化、专业化，但其权威性在多元结构中遭遇了挑战。例如，2017 年初，猫眼电影的影评家评分系统被影视公司诟病，而后下线，只保留了观众打分系统。网络文学更是如此，它形成了读者评价的自足体系，学院派评论家的声音似乎很难介入。第三种批评群体是作家个人进行的辅助创作

---

① 〔法〕阿尔贝·蒂博代：《六说文学批评》，赵坚译，生活·读书·新知三联书店，1989 年版，第 30 页。

的研究，属于作家对作家的同行批评，体量较小，他们主要以撰写类似"作家阅读笔记"的方式进行批评实践。

在多元化批评的格局中，专业批评应该起到引领作用，尤其是在当今众声喧哗、鱼龙混杂的境况下，科学的、有深度的文学批评恰恰是急需的。因为"专业批评承担着两种不可替换的功能：其一，使文学的整个过去保持现实性；其二，因为对所处时代的作品的了解，亦因为对人文科学的了解，给予文学以更准确、更具技术性、更科学的描述和阐释"①。概括说，专业批评对于文学史的研究，特别是站在文学史的高度对文学作品价值的把控具有重大责任。专业的批评不能滞后于大众批评，更不能远离时代。

然而遗憾的是，在面对全民写作的语境和层出不穷的新类型作品时，专业批评界出现了话语危机，这主要体现在两个方面：文学批评成为文学理论的注解，理论先行，却无法解释真问题；文学批评沦为纯粹批判，或附庸宣传，或无谓重复，缺少真正的评估、扬弃的作用，失去了一针见血的力度。究其原因，许多学者认为是批评主体的人格塌陷、自我沦丧。然而，造成专业批评当下危机的根本原因是：文学批评的理念与方法刻舟求剑，没有与时俱进，未能建立起适应当下文学类型化趋势的文学批评方法论体系。批评家的人格缺陷、立场缺失都是由这一本源衍生出的症状而已。

理想的专业批评应该是什么呢？在我们看来是类型学批评。何谓类型学批评？简而言之，即按照类型学的方法，从形式出发，经由审美心理经验进入人类社会文化的一种真正意义上穿越形式与内容、历时与共时、文本与社会的新人文科学研究与批评方法。小说类型学批评的基本目标和任务是按结构主义叙事学方法通过对指认的某一类型小说叙事的恒定因素和可变因素的分析比较，寻找其共同或主导性的叙事因或叙事语法，即艺术共性的寻找和文化价值的发掘，以有效呈现该类型小说的艺术发展总体倾向，以及相对于其他类型的成熟

---

① 〔法〕让-伊夫·塔迪埃：《20世纪的文学批评》，史忠义译，百花文艺出版社，1998年版，第6页。

的艺术总体倾向的类型艺术独特型，以说明什么是真正的艺术独创性。同时，在"类型关乎价值"的思想指导下，通过对现代小说类型承担现代性价值理念的考察，展示现代小说类型形成和发展的历史过程与内在矛盾，从新的视角论证审美现代性的复杂性和可能困境。这是对具体小说类型的批评。至于单篇具体小说，我们则不妨把它放到相应的类型长河中，用该类型的叙事成规作为参照系，能更有效地考察其艺术的继承性、规范性，也能更科学地衡量其创新性、突破性，这样的文学批评既是专业的，又是科学的。

类型学批评作为一种专业性要求较高的文学批评方法，它应该建立在小说类型学理论基础上，这就客观上要求我们创建与小说类型化大变局以及类型批评学相适应的小说类型学理论。

二、AI 写作的趋势与小说类型学发展面向

技术的进步不仅促进了小说类型的变迁（如侦探小说），也能催生新的类型（如网游小说），而 AI 技术在生产和生活中大规模的引用，使整个社会形成了"AI+"的模式时，人工智能写作自然强势提上日程。机器人创作是写作的革命性变革，是人类写作的第四阶段，即口头文学—书面文学—网络文学—机器人文学。当机器人替代人类自动写作的时候，是不是意味着机器人真的具有自我意识，是不是真的意味着写作的终结，以及人工智能的奇点时代真的来临了呢？但无论如何，就当下而言，人工智能写作是人工智能研究尖端方向之一，也是小说类型学的最前沿领域，人工智能写作研究对当下包括小说类型学在内的文艺发展具有重要的理论和实践意义。

当然，发展人工智能写作不是为了和人类写作开展竞赛，也不是为了陪人类作家在实验室里做文字游戏，而是作为一种创意写作新形态，更好地服务于当下的包括故事工业在内的文化创意产业。对于人工智能写作的产品，不应把人工智能写作作为和人类创造的纯文学来对待，而是要把它们作为公共文化产品和文化产业资源（故事与叙事），以期其为大众更加美好的精神文化生活服务。我们看到，更多的人工智能写作及其行为都是在现代化的大企业里诞生，

直接服务于市场。这正好印证了恩格斯的那句名言："社会一旦有技术上的需要，则这种需要就会比十所大学更能把科学推向前进。"推动人工智能写作发展的，不是某些科学家的野心，而是时代和社会发展的需求。人工智能写作发展了50多年，也是最近不到10年时间才取得飞速发展的，和当下时代需求的刺激密不可分。这些年是世界各国创意产业战略实施和文化创意产业飞速发展的黄金时期，同时也是人工智能写作获得飞速发展的第一个高潮，二者在时间线上的高度重合绝不是偶然的，都是由科技大发展和社会需求的强力驱动结合创造的文化奇迹。

对照这些年人文社科界围绕人工智能（包括人工智能写作）展开的论争，我们认为，在文化创意产业视野下来看待和推动人工智能写作的发展，可以绕过一些空虚的情绪，帮助我们更好地看待其未来前景和发展道路。在我们看来，人工智能写作对于故事工业（文化创意产业）至少具有以下可能。

（一）人工智能写作行为和作品成为创意经济的重要组成部分

在文化经济时代，文化以其审美价值作为经济重要组成部分，可以满足人们多样化需求。"在审美经济时代，商家卖出的重点往往不是物质产品，而是一种情调或氛围，一种梦想。而且，这些梦想的性质的东西，是与时代的科学技术联系在一起的。"① 有了写作软件或写作机器人的帮助，大家可以体验一把成为作家的梦想，把白日梦瞬间变成现实。很多写作软件，比如目前流行的彩云小梦写作软件，只要你输入几个词语，写作软件就秒变出一段叙事性文字。目前这种体验很简单，复杂一点的，如中文本等剧本写作软件，可以在你的思路尚不是很清晰的情况下，帮你编写完整的故事，让你切切实实体会到当作家和编剧的快感。如果你能在写作机器人或写作软件提供的基本框架下（或者有一个诗人或小说家现场指导在 DIY 工坊里）再做一些修改，更好体现你的意图的话，那带来的快乐与兴奋就更明显了。再进一步，随着你的心情和想法的变化，写作 DIY 中的故事、情节等随你而变，你能沉浸在"写作的万花筒"的审美变

---

① 李思屈、李涛:《文化产业概论》, 浙江大学出版社, 2014 年版, 第 85 页。

幻中，这种写作的"游戏"体验带来的愉悦绝不亚于我们欣赏美景或做极限运动时的快乐与兴奋。更为重要的，如果这种写作软件能与每个人的日常生活联系起来，辅以类似家庭医生一般的个人写作顾问，每个人都能即刻地，或者系统地写下家族故事（微型族谱）和个人传记等，再把重要时刻的场景视频结合起来，形成超文本等，让每个人和每个家庭真正实现了永恒，其产品势必成为我们手机、空调、私家车一般的文化必用品，其文化与商业前景是不言而喻的。当然，目前这种写作或编故事的体验虽然处于初级阶段，其带来的体验感相对有限，但意味十足。这些行为或活动用在商业上，就是出售体验，是以提供服务为舞台，以消费者为中心，以秒变的游戏活动或作品为商品，创造能够使文化消费者参与或值得回味的活动——沉浸式的 VR 体验模式创作游戏。这是一种比编写故事更为简便和快捷的文学活动，其吸引力有更为广阔的空间。

（二）智能写作机器创作的产品，属于创意性文化产品

目前的人工智能写作可以分为人工智能辅助写作及机器人创作两类。"人工智能辅助写作提供写作格式及内容模板、样板，辅助人类作者更快捷地创作，或模板化地批量创作，未来的主要发展方向是'样板智能化'及'智能创作资料索引'、'智能创作策划'。"[①]这种辅助写作可以作为文化创意与软件服务，具有较大经济价值，因其可以大大减轻创作者的负担、提高创作效率、获得创作者的青睐而具有较大价值。事实上，这些软件在影视和戏剧行业很流行，市场上出现了复杂程度不一、种类繁多的写作软件。这是新科技带来的文化创意产业新的领域，未来越来越多的新闻写作软件、实用文书写作软件、文案策划软件、自媒体写作软件、作文评价与批改软件、诗歌创作软件、故事写作软件、古体诗写作软件、童谣写作软件、剧本写作软件等涌现出来，会有越来越多的企业和单位使用，成为大部分文字工作者学习和生活的必需品，相应地，这个文化创意软件与服务行业会成为重要的文化产业领域。

① 葛红兵：《人工智能写作：可能性及对人类未来文学生活的挑战》，《语文教学通讯·高中》，2020（1），第 5 页。

　　机器人能创生完稿作品的写作，有学者推测"未来机器人创作在类型文学创作、定向创作方面大有可为，而个人读者购买专属写作机器人为其创作个人专属作品则是其更重要的发展方向"①。这表明，写作机器人的创作可以像当下的网络文学一样，按照读者需要，高效、及时地生产出具有消费型、复制型、体验型的文学作品，满足读者的定向阅读性消费。更多的文化企业则以这些作品为 IP，做全产业链的开发。与人工创造的网络文学相比，在类型文学创作方面，未来的机器人写作可能在创作效率、类型变体与开拓、情节编制、场景虚拟描绘，以及成本上可能更具有优势，因此也更容易获得文学企业公司和平台的青睐，比如阅文集团拥有 1 100 多万部网络小说的版权和 9 个网络小说平台，该公司正在探索写作机器人，一旦机器人写作能通过图灵测试，超过一般写作者水平，那整个网络文学生态将面临重大变革，至少目前争议不休的免费阅读将变得毫无悬念了。在一些游戏公司，则不会购买版权来改编游戏，而是直接用写作机器人参与游戏的开发与设计，这种游戏可以根据用户的需求形成超文本的游戏链接与游戏情节和过程，每个用户玩的游戏都带有个人专属性特征，可以大大调动用户的参与兴趣和玩家个性化体验的积极性。反过来，这些游戏又反哺了写作，实现了由游戏到写作改编的逆转过程。不仅未来的网络文学和游戏等文化创意产业领域离不开人工智能写作，影视剧本写作与改编更是离不开人工智能写作，一些大公司的文案策划和企业品牌维护等文字创意工作都等着智能写作机器来大显身手。

　　我们需要把人工智能写作及其应用在战略上作为文化产业的重要组成部分，在实践领域就能自然把人工智能创作活动及其产品和纯艺术区分开来。人类原创性的文学艺术强调的无用之用，追求在某个语种提供了思想与艺术探索的双重高峰；人工智能写作则强调的是有用之用，强调其作为大众文化产品与活动，提供娱乐性的享受。因此，在人工智能写作的开发上不要追求其独创性艺术价

---

① 葛红兵：《人工智能写作：可能性及对人类未来文学生活的挑战》，《语文教学通讯·高中》，2020（1），第 8 页。

值，也不要刻意追求独特的艺术体验，更不要追求其深刻的思想性，它们提供的是类文学和类艺术的 VR 文化体验，追求可以科学化的一般性艺术表达和公共普通的艺术价值，其科学的创意性大于艺术的原创性。人工智能作品的生命力也在于其作为文化消费品，要面向市场，获得商业上的审美价值。

（三）人工智能写作驱动文化原创、产业融合与综合创新

近年来，AI 创意成为研究的热点，在文化创意产业的应用与发展中具有重要意义。联合国教科文组织 2018 年发布的《文化、平台和机器：人工智能对文化表现形式多样性的影响》（Culture, platforms and machines: the impact of artificial intelligence on the diversity of cultural expressions）指出，"人工智能（AI）可以帮助增强众多创作者的能力，提高文化产业的效率并增加艺术品数量"[1]。然而人工智能对文化产业的意义并非止于此。人工智能写作作为一种基本的新的文化创造实践，在推动创意在不同艺术类型、文化产品中的转化，促进文化产业的媒介融合、产业融合发展以及带动文化服务、文化生产和文化创新的结合三方面都有重要的意义。

第一，创意的数据化转化和在不同艺术类型与产品中的转化。当前，创意人工智能（Creativity AI）的研究和实践已经成为 IBM、牛津大学、卡内基梅隆大学等机构和大学研究的重要方向。在现实的文化生产活动中，"数字技术已成为艺术家的创作媒介，而最近，人工智能［尤其是机器学习（ML）］已开始出现在新作品的制作中"[2]。包括谷歌、"叙事科学"等在内的一大批公司，都在研究人工智能写作对文化创意活动的生产性参与。

人工智能作为跨学科、跨艺术类型的写作，本身具有多模态的性质，文学创意从最初的文本形态到可以以数字化的形式储存、读取和复制、改编、授权，使得创意可以迅速地实现跨产业链、跨艺术类型的现代转化。以人工智能写作为基本的创造实践，文化原创得以多模态、多类型地转化，可以使得既有的原

---

[1]　UNESCO. 2018.

[2]　https://blogs.kcl.ac.uk/ddh/2019/12/16/neural-networks-at-the-gallery-creative-ai/.

创力迅速转化为社会需要的生产力，最大化地实现创意的价值，使之成为重要的可流通、可编码、可全媒体传播的重要生产要素，对文化生产力是很大的提高。

第二，文化产业的融合发展，促进媒介、技术和产业融合。人工智能写作推动的创意的跨产业链、跨艺术类型、跨媒介的转化，以其数字化、自动化和智能化的方式，直接推动了故事产业的媒介融合、技术融合和产业融合，而三者的融合的结果指向正是以创意为核心的生产要素的跨媒介、跨技术领域和跨产业的全方位的高效配置、流通和变现。

人工智能写作突出的数字化、智能化，是它天然地具有跨越多种媒介类型的能力，这对文化生产中的媒介融合具有重要价值。例如，牛津大学和牛津互联网学院开展的研究项目"文化生产内的创意算法智能"，主要是文化生产活动中的创意智能的研究。以算法为核心，多种媒介不同的生产协作作基础。

人工智能写作对文化产业领域的技术融合具有促进作用，这主要表现在人工智能写作对多种传播技术、生产技术的调用和自动化组织。人工智能写作的多模态、跨艺术类型实践，使得文化产业的生产模式、协作模式、传播模式发生改变，在融合中实现文化生产的全面融合。这对于产业内的生产资源配置、生产协作等产业融合具有重要意义。

第三，人工智能写作以其智能化、自动化和数据化，带动文化生产、文化服务和文化创新的结合。2019 年罗洛夫·彼得斯、萨米姆·温尼格等人在《创意 AI：关于创意的民主化与升级》（Creative AI: On the Democratisation & Escalation of Creativity）中指出，AI 创意可以提升人类的潜力，其计算创意（computational creativity）与人类的创意可以互相配合。以 AI 为基础，由于创意的技术化越来越成熟，加上辅助创意（assisted creation system）的开发，创意的成本也在降低，更多的个体可以参与到创意生产劳动中，即"创造力的民主化"（the democratisation of creativity）[①]。而在此基础上，以创意劳动的数字化、智能

---

① https://medium.com/@creativeai/creativeai-9d4b2346faf3.

化和自动化为基础，创意之间的协作也更加方便，文化生产活动的创造性产出也更为突出。在这种 AI 带来的民主化的基础上，文化服务的多元化生产也得以实现。在整体上，由于人工智能带来的辅助创意，使得更多的人参与到创意劳动中，更多的公共文化产品生产出来，这构成了宏观层面文化创新重要的积累。

AI 写作带来的这些变化，使得个体既可以便捷地从事创意劳动，将类型小说的劳动成果快速地跨产业链转化，也可以使得故事生产的供给有更为高效的生产机制。这三者总体上呈现出，个体层面的个人原创、经济产品生产与社会文化创造不断循环、融合，构成一个民主化的、多元参与的创意系统（creative systems）。正如赛博文化网站的文章《文化产业中的人工智能：应用与局限》（AI in the cultural industries: uses & limitations）所指出的，"人工智能工具已经在培养整个文化产业的工人"，而 AI 则 "作为增强人类艺术创造力的一种方式" 而存在。个体在创意智能化、民主化和社会化的影响下，成为创意生产劳动的主体，既是微观层面的原创者，也是宏观层面文化创新的重要构成力量。

三、小说类型学建构存在的问题与前景展望

在对现代小说类型学的研究价值给予很高期待的同时，我们也应保持足够的清醒和自我警惕。毕竟，现代小说类型学只是一种研究方法、一种学术范式，它尽管可以校正目前小说批评的非科学化倾向，但其理论边界和阐释范围不容忽视，我们不宜将其功能无限放大、泛化。作为方法的小说类型学研究，首先有着自己研究对象的限定性。在对小说作分类实践的时候我们就提出了小说是文学的二级分类文体，它一方面要符合上层一级文类——文学的基本特征，比如通常意义上的形象性、情感性和语符性，另一方面它要符合二级类型——小说的基本特征，比如虚构性、典型性和叙事性等。

但是，事实总比理论复杂，小说家在创作的时候总是在不断地有限度地冲击这些类属特征，为实现创新显示了很强的探索性，淡化了文体的界限，如诗化小说，在小说的视域里它是小说，在散文的视野里它又是散文，它具有情绪化、以意境取胜，不重典型人物的刻画和情节有机性与完整性等特征。虽然对

于这样的小说你还是可以作深层的语义结构分析，但是用叙述语法和行动元研究则显得相形见绌了。如果说在沈从文的《边城》里我们尚能勉强用类型的研究方法，毕竟有两男追一女的爱情故事模型在，但是在《长河》中就几乎做不成了，即使你硬着头皮机械地做，也难以触及文本深意十分之一。心理小说和意识流小说也是如此，这些小说的展开基本不靠人物的欲望和考验行动等外在因素推动，而是依赖个体人物心理来铺陈，人物的心理不能直观化和外显，它和周围人物事件的冲突也是充分个性化和内化的，往往只是停留在矛盾的阶段，永远不会激化到冲突阶段，对于这样的小说，我们提倡的类型研究方式也是不适宜的。虽然，我们不能否认诗化小说、心理小说等类型也是小说类型，但是它们不属于我们上文所言的小说分类体系中的种属关系，为着类型研究的方法的纯粹性和科学性诉求，我们理当将它们婉拒在研究范围外。再有，即使是虚构性、典型性和叙事性都很强的文体，比如诗史、戏剧和电影剧本，虽然它们和小说关系非常密切，韦勒克、沃伦认为就小说的高级形式而言，"它是诗史和戏剧这两种伟大文学形式的共同的后裔"①，但因不属于小说文体，也不在我们本理论考察范围之内。小说的叙事结构——文化类型学研究应该充分认识自己研究对象的有限性，才能在自己的天空里充分翱翔，展示自己华美的舞姿。

同时，小说毕竟是审美文化，审美是非常复杂的心理和价值现象。在用类型研究方法对小说类型分析的时候，尽管我们一直强调对于审美的重视，比如对于类型价值中的审美价值的诉求，对于不同小说类型变体的辨认中注意作家的审美趣味的选择等，但是，由于这种方法过于重视类型的总体性结构和文化取向，在方法上没有专门针对审美分析做设计，很容易造成文化压抑审美的后果。很多人批评结构主义分析不能辨别好作品和坏作品的理由或许在此。虽然我们的现代小说类型学不一定会如此，但是，机械地照搬该方法，不保持良好而敏锐的艺术直觉能力的话，难免会忽视审美。

随着研究的深入，现代小说类型学还会在实际中发现和意识到自己对很多

---

① 〔美〕韦勒克、〔美〕沃伦：《文学理论》，刘象愚等译，生活·读书·新知三联书店，1984年版，第236页。

小说或者小说现象的"无能为力"处。这并不是坏事，它一方面促进现代小说类型学理论的发展，另一方面，也不时提醒它不要目空一切、得意忘形而忘记自己的有限性。

对本书所作的研究来说，由于研究者能力和水平等原因，尚存在一些明显的问题。具体来说，主要表现在如下三个方面。

一是研究内容有待进一步深入。小说类型学是一个大体量的课题，此课题研究框架过大，涉及问题过多，研究面铺得过宽，很多研究不过点到为止，缺乏深入。随着研究的深入，我们越来越感觉到小说类型学作为一个理论范式，需要的理论储备非常复杂，也需要更多人的参与。内容上，除了小说类型学的基本范畴外（当然随着小说类型的发展，可能会生发出新的概念范畴），无论是价值论、方法论，还是演替论，都可以作专题性深入研究。比如对于小说类型的价值部分的研究中，对类型的形式化方法与归因问题、小说类型从传统到现代类型的嬗变过程中形式转变与价值转型的路径、在方法论中对于变体的句法结构演变和逻辑分析，等等，我们都仅仅是在研究中触摸到了而已，要深入研究这些问题，自然需要更多志同道合者的加盟。

二是研究方法的科学性不够彻底。小说类型学的研究方法主要是借助了结构主义的形态学、叙事学、语言学等方法和文化研究方法相结合，综合形成所谓的类型学方法。由于语言学和符号学水平有限，在方法论的研究中，无法科学而精细地对于类型的语法形式和句法构成等作彻底的形式化转化和作形式逻辑的分析，而是只作了简单的符号化转化和分析，并最后用文化语法取代了类型语法，这在很大程度上影响了小说类型分析的科学性和形式化水平。这种研究不利于小说类型的叙事语法和计算机写作需要的叙事算法对接，从而不能利用现有成果从叙事语法向叙事算法的有效"升级"。这既是我们知识结构和操作能力的先天不足，也是本项研究的瓶颈，虽然我们预感到小说类型学对于 AI 写作提供的巨大理论支撑可能和方法论优越性，但限于自身能力也只能望洋兴叹。

三是研究案例存在局限。小说类型学应建基在大量的类型文本上，本项研究过程中比较注重和理论的结合，但案例过多关注情节性强的通俗类型和文本，而对于传统经典类型文本的关注不够，影响了小说类型学对现代小说的阐释效度。同时，由于数字电子资料库的缺乏，以及对于统计学和数据抓取等能力的局限，现在看来，整个研究的文本量还是很不够。我们重视了对于武侠小说、言情小说、成长小说、职场小说、侦探小说、传记小说、网游小说等类型的研究，但对于历史小说、乡土小说、家族小说和世情小说等小说类型的关注不够，我们重点分析了《阿Q正传》《边城》《白鹿原》《射雕英雄传》等经典文本，但对于《红楼梦》《三国演义》《子夜》《家》之类的文本分析不够，或没能分析。特别是由于研究任务限制，没有能对于一些时间跨度长的小说作详细的分析等。这在一定程度上，影响了小说类型学理论的文本基础的厚实性。另外，传统纯文学的小说文本中那些静态性成分，比如自然和社会环境、人物心理与气质等，暂时无法纳入情节型类型作句法等研究，但这是小说类型重要的组成部分，也是小说审美构成的重要组成部分，我们没有能花足够精力来作语义分析，寻找这些因素和类型分析的关联性。

这些问题警示我们对于小说类型学理论建构需要保持清醒的头脑，小说类型学是一门艰深的理论，需要更多有着新人文学科综合背景的学者的参与。我们也不过是小说类型学建设的匆匆过客，本书所提出的小说类型学的一些认知和看法难免粗浅和简陋，但它确实是一种存在。或许，它存在的最大价值就是能引来小说研究的高手们介入小说类型学研究。

现代小说类型学并不是横空出世的创造或者发明，它应该是中外文化艺术的产儿、人类智慧的结晶。从我国古代的类书到目录学再到现代分类学，从西方的理念论到类型论到典型论再到总体性结构，从当代批评的语言转向到文化转向，等等，这些学术思想都在现代小说类型学身上留下烙印。现代小说类型学着眼于现实文坛，针对当代批评困境，试图确立小说批评的科学地位，对如上思想做了必要的扬弃和综合处理，使之具有学科自身的规定性——

小说类型研究应做到科学，符合理性、逻辑和可生成的标准，摆脱经验束缚，上升到理性层面，研究的方式和结果具有生成性。它为小说文本和小说类型的"内部构成"找到一条"可判定"的形式化研究方法，从而确立小说类型学批评模式在小说批评中不可取代的"科学"地位。

小说类型学是具有历史感的本体研究。其一，小说本体是双向的，一方面通向文本，另一方面通向类型，类型因为有了具体的小说才有生命力，具体小说因为有类型归属才能进入小说史的编程。其二，小说本体的核心在基本叙事语法（诗学形式），但具体的基本叙事语法在不同的历史时期有变体和演进趋向，是共时性和历时性的统一。其三，成熟的小说类型具有丰富的历史和文化意味，充满动态感和开放性。文学和文化意义（价值）是小说类型基本叙事语法的终极指向，艺术范式和审美诉求是其基本美学品格和魅力。唯其如此，小说类型学作为新型的小说批评科学，对中国现代小说研究和开展当下小说批评具有现实的指导意义。

小说类型学要作为小说学的重要组成部分，它只有和文体学、叙事学和修辞学等结合起来，成为强大的批评的武器，才能刷新现代小说研究的水准，创造现代小说批评的新高。

显然，关于现代小说类型学的工作才刚刚开始，离上述基本看法和目标有很大距离，但我们坚信，随着越来越多的学者认识到现代小说类型学的重要性，加入研究的行列，形成强大的气场，不断修缮理论体系和提升批评水准，使它从"解构主义的热病中康复"，成为现代小说研究的新的范式指日可待。

韦勒克和沃伦的《文学理论》把类型看作"文学研究中最有前途的领域"①。拉尔夫·科恩则在《类型理论、文学史与历史变化》中说："类型理论可以比以主题、概念、时代、潮流为基础的文学史更为有效地展示文学变化。……我们需要新文学史，我相信类型理论会提供它。"②虽然中西方理论语境差别巨大，基于新世纪小说创作类型化趋势和中国当前人工智能的前景，我们有理由乐观相信，小说类型学势必能在中华大地上绽放出绚丽之花来。

---

① 〔美〕韦勒克、〔美〕沃伦：《文学理论》，刘象愚等译，生活·读书·新知三联书店，1984 年版，第 261 页。
② 〔美〕拉尔夫·科恩：《类型理论、文学史与历史变化》，韩加明译，天津社会科学，1996（5），第 89 页。

参考文献

柏拉图 . 理想国［M］. 郭斌和、张竹明，译 . 北京：商务印书馆，1986.

苏珊·朗格 . 情感与形式［M］. 刘大基等，译 . 北京：中国社会科学出版社，1986.

布斯 . 小说修辞学［M］. 胡晓苏等，译 . 北京：北京大学出版社，1987.

歌德 . 歌德谈话录［M］. 朱光潜，译 . 北京：人民文学出版社，1988.

什克洛夫斯基等 . 俄国形式主义文论选［M］. 方珊等，译 . 北京：生活·读书·新知三联书店，1989.

热拉尔·热奈特 . 叙事话语·新叙事话语［M］. 王文融，译 . 北京：中国社会科学出版社，1989.

韩南 . 中国白话小说史［M］. 杭州：浙江古籍出版社，1989.

华莱士·马丁 . 当代叙事学［M］. 伍晓明，译，北京：北京大学出版社 1990.

米列娜 . 从传统到现代：19 至 20 世纪转折时期的中国［M］. 北京：北京大学出版社，1991.

特里·伊格尔顿 . 当代西方文学理论［M］. 王逢振，译，北京：中国社会科学出版社，1991.

亚里士多德，贺拉斯 . 诗学·诗艺［M］. 郝久新，译，北京：商务印书馆，1995.

皮亚杰 . 结构主义［M］. 倪连生、王琳，译，北京：商务印书馆，1996.

弗雷德里克·詹姆逊 . 马克思主义与形式·语言的牢笼［M］. 钱佼汝等，

译.天津：百花文艺出版社，1997.

罗兰·巴特.一个解构主义的文本［M］.汪耀进，译.上海：上海人民出版社，1997.

乔纳森·卡勒.文学理论［M］.李平，译.沈阳：辽宁教育出版社，1998.

大卫·宁.当代西方修辞学：批评模式与方法［M］.常昌富，译.北京：中国社会科学出版社，1998.

诺斯洛普·弗莱.批评的解剖［M］.陈慧等，译.杭州：百花文艺出版社，1998.

韦勒克.批评的概念［M］.张金言，译.杭州：中国美术学院出版社，1999.

尤瑟夫·库尔泰.叙述与话语符号学［M］.怀宇，译.天津：天津社会科学出版社，2001年版。

索绪尔.普通语言学教程［M］.高名凯，译.北京：商务印书馆，2001年版。

茨维坦·托多罗夫.批评的批评：教育小说［M］.王东亮等，译.北京：生活·读书·新知三联书店，2002.

齐格蒙特·鲍曼.流动的现代性［M］.欧阳景根，译.上海：上海三联书店，2002.

伊恩·瓦特.小说的兴起［M］.高原等，译.北京：生活·读书·新知三联书店，2003.

比·布罗克曼.结构主义：莫斯科——布拉格——巴黎［M］.李幼蒸，译.北京：中国人民大学出版社，2003.

柄谷行人.日本现代文学的起源［M］.赵京华，译.北京：生活·读书·新知三联书店，2003.

马克·柯里.后现代叙事理论［M］.宁一中，译.北京：北京大学出版社，2005.

玛丽-劳尔·瑞安.故事的变身［M］.张新军，译.南京：译林出版社，2014.

杰拉德·普林斯.故事的语法［M］.徐强，译.北京：中国人民大学出版社，2015.

查尔斯·E·布莱斯勒.文学批评理论与实践导论［M］.赵勇等，译.北京：中国人民大学，2017.

赵毅衡.新批评：一种独特的形式主义批评［M］.北京：中国社会科学出版社，1986.

胡经之，张首映编选.西方二十世纪文论选［M］.北京：中国社会科学出版社，1989.

托马斯·麦克·劳林.文学批评术语［M］.张京媛，译.香港：牛津大学出版社，1994.

方克强.文学人类学批评［M］.上海：上海社会科学出版社，1992.

赵宪章.西方形式美学［M］.上海：上海人民出版社，1995.

耿占春.隐喻［M］.北京：东方出版社，1996.

董小英.叙事艺术逻辑引论［M］.北京：社会科学文献出版社，1997.

杨大春.文本的世界—从结构主义到后结构主义［M］.北京：中国社会科学出版社，1998.

陆梅林，李心峰.艺术类型学资料选编［M］.武汉：华中师范大学出版社，1998.

王逢振等编.西方最新西方文论选［M］.桂林：漓江出版社，1999.

赵毅衡编选.新批评文集［M］.杭州：百花文艺出版社，2001.

张法.中西美学与文化精神［M］.北京：中国人民大学，2000.

葛红兵，温潘亚.文学史形态学［M］.上海：上海大学出版社，2001.

方珊.形式主义文论［M］.济南：山东教育出版社，2002.

南帆等.二十世纪中国文学批评99个词［M］.杭州：浙江文艺出版社，2003.

程正民等.中国现代文学理论知识体系的建构［M］.北京：北京大学出版社，2005.

黄凯锋.价值论及其部类研究［M］.上海：学林出版社，2005.

申丹.英美小说叙事理论研究［M］.北京：北京大学出版社，2006.

赵一凡等 . 西方文论关键词［M］. 北京：外语教学与研究出版社，2007.

董小英 . 超越语言学——叙事学的学理及理解的原理［M］. 杭州：百花文艺出版社，2008.

葛红兵 . 文学史学［M］. 湘潭：湘潭大学出版社，2008.

陈平原 . 中国小说叙事模式的转变［M］. 上海：上海人民出版社，1988.

严家炎 . 中国现代小说流派史［M］. 北京：人民文学出版社，1995.

孔庆东 . 超越雅俗——抗战时期的通俗小说［M］. 北京：北京大学出版社，1998.

陈颖 . 中国英雄侠义小说通史［M］. 南京：江苏教育出版社，1998.

范伯群 . 中国近现代通俗文学史（上、下）［M］. 南京：江苏教育出版社，2000.

许子东 . 为了忘却的集体记忆：解读 50 篇文革小说［M］. 北京：生活·读书·新知三联书店 2000.

李鹏飞 . 唐代非写实小说之类型研究［M］. 北京：北京大学出版社，2004.

王德威 . 被压抑的现代性：晚清小说新论［M］. 宋伟杰，译，北京：京大学出版社，2005.

夏志清 . 中国现代小说史［M］. 上海：复旦大学出版社，2005.

杨义 . 中国现代小说史（3 卷本）［M］. 北京：人民文学出版社，2005.

吴琼 . 中国电影的类型研究［M］. 北京：中国电影出版社，2005.

刘勰 . 文心雕龙［M］. 南京：江苏教育出版社，2006.

陈波 . 逻辑学导论［M］. 北京：中国人民大学出版社，2006.

汤哲声 . 中国当代通俗小说史论［M］. 北京：北京大学出版社，2007.

杨义 . 二十世纪中国小说与文化［M］. 上海：上海三联书店，2007.

王杰 . 审美幻象研究：现代美学导论［M］. 北京：北京大学出版社，2012.

王杰 . 现代审美问题：人类学的反思［M］. 北京：北京大学出版社，2013.

王杰 . 马克思主义与现代美学问题［M］. 北京：人民文学出版社，2015.

赵宪章等 . 文学与形式［M］. 南京：南京大学出版社，2011.

张永清等.后马克思主义读本——理论批评［M］.北京：人民出版社，2011.

单小曦.媒介与文学［M］.北京：商务印书馆，2015.

周志雄等.网络文学研究（第二辑）［M］.济南：山东人民出版社，2016.

白烨.中国文情报告［M］.北京：社会科学文献出版社，2018.

邵燕君.破壁书：网络文化关键词［M］.北京：生活·读书·新知三联书店，2018.

猿渡静子.日本文学对中国现代小说类型的影响［M］.北京大学，2001.

卢敏.美国浪漫主义时期小说类型研究［D］.上海师范大学，2006.

施战军.中国小说的现代嬗变与类型生成［D］.山东大学，2007.

肖青峰.小说类型理论研究［D］.上海大学，2007.

Raymond Williams.The English Novel from Dickens to Lawrence［M］. London: Chatto & Windus, 1971.

Hallie P. Beyond Genre［J］. philosophy & rhetoric, 1974.

Raymond Williams. Marxism and Literature［M］. Oxford: Oxford University Press, 1977.

Tzvetan Todorov. The Typology of Detective Fiction［J］. 1977.

Darko Suvin. The Typology of Science Fiction［J］. McGill University.

Harvey David. The Condition of Postmodernity［M］. Oxford: Blackwell, 1989.

Hall Stuart. Culture Media Language: Working Papers in Cultural Studies 1972-1979［M］. London: Routledge, 1992.

Leonid Berov, Kai-Uwe Kuhnberger. An Evaluation of Perceived Personality in Fictional Characters Generated by Affective Simulation. Ninth International Conference on Computational Creativity, 2018.

后　记

　　这是我关于小说类型学研究的第二本专著，第一本是 10 年前出版的《类型学视野下的中国现代小说研究》，这一本的书名是《现代性视野下的小说类型学研究》。这两本书关系非常密切，前者是对现代小说类型"史"的梳理，后者是小说类型"论"的研究，史论结合。这两本书总体篇幅接近 60 万字，基本呈现了我对现代小说类型学的理解和思考。当这个小工程就要收工时，有几句话想说，有些人要感谢。

　　从事小说类型学研究，是导师葛红兵教授偶然安排给我的学术"使命"。我清楚地记得，2003 年的夏天，"非典"刚结束不久，我从武当山麓的郧阳师范高等专科学校（今汉江师范学院）离职来沪上读研，恰好赶上上海大学中国现当代文学专业进入飞速发展的风口，仅我们这一届就招收了 24 名硕士研究生，博士点也于当年年底获批（多年以来，我和我的研究生同学们一直很怀念在上海大学就读中国现当代文学学科的这段高光时刻）。而在我看来，中国当代大众文学也在当时迎来了难得的黄金时代，文学的类型化和市场化开始启动了，它正在悄悄修改中国当代文学的地图。以韩寒和郭敬明为代表的"80 后"写作独占鳌头，他们的《三重门》和《幻城》等都行销几百万册，他们个人也以写作之名快速致富。导师葛红兵教授一向以学术敏感著称，他感到小说写作的类型化时代已到来，就安排我们几个研究生从刚兴起的网络和流行的报刊上关注和收集当时非常新的小说类型，如玄幻小说、恐怖小说、悬疑小说、都市言情小说等。我当时从小地方来，受视野和观念影响，保守地选择了校园小说类型。经过一年多的努力，汉语大辞典出版社推出了"中国类型小说双年选"丛书。通过主编《校园王》这本书，我发掘了校园小说和中国现当代文学微妙而令人兴奋的关系。

也从那个时候开始，我就一直关注类型小说，以至于我的硕士和博士论文都和它有关。我的硕士论文是关于80后成长小说研究，博士论文是对中国现代小说的类型学的考察。十多年前从学术上关注小说类型学并不是一个明智的选择，虽然类型学研究在国外是"显学"，但国内仅陈平原和郑家健等学者在20世纪90年代做过研究；许子东先生那部著名的《为了忘却的集体记忆》虽然和类型学研究的方法很密切，但整体上属于普罗普的形态学研究；再就是中国艺术研究院李心峰先生的艺术类型学资料收集与研究。其他的则多数是对于具体小说史的研究，因而整体上可供参考的资料比较少，套用学术时髦的话来讲，小说类型学方面的选题就是"蓝海选题"了。随着网络文学的崛起，类型小说逐步成为当下中国文学的新主流，得到了大家的普遍接受，但学术界在20年前却不大接受这个概念，因此，做小说类型学不仅是冷门，还要承受很多压力。好在我们终于坚持下来了，不仅几次获得国家社科基金的资助，学术界也有越来越多的青年学人开始关注并研究它。当然，在整个当代文学（包括网络文学）中，类型小说创作上的火爆与学术研究的寂寞之间的反差局面并没有从根本上得到解决。这也难怪，在很多人根深蒂固的观念中，文学艺术是充满个性化创造的，类型是文学的敌人。现在要坚持小说的类型化和艺术的成规是不合时宜的。因为导师的坚信和鼓励，我在这条孤独的路上一直摸摸索索地走着，理论的地图也慢慢清晰起来。另外，2009年前后，我们团队从国外率先引进创意写作理念和教学方法，而创意写作教育教学理论也承认写作的基本规律和技巧，并把模仿作为重要的教学方法来对待。这和小说类型学有很多重合，这又给了我们很大的信心。后来，我们干脆就把艺术成规和创意作为一组核心概念来研究，从理论上大体辩证地梳理清楚这个问题。

随着对网络小说和创意写作基础理论研究的深入，我深刻感到小说类型学的可能性和重要性，特别是这几年人工智能写作的兴起，更是让我看到小说类型学研究的前景。我把小说类型学作为小说研究的科学，坚持把叙事学方法与文化研究方法结合起来，形成一种我称之为类型学的方法自觉，并提出对于网络文学研究的类型学批评方法。为了提升这种研究方法的普遍性，我还尝试着用大数据的算法批评，尽量避免经验主义的归纳法。随着时间的推移和新的学科知识与方法的出现，我对小说类型学方法和价值的思考不断深入。比如说，我们今天把包括小说在内的文学作为文化，将它放在文化产业与文化事业的问题域对待，它势必更新我们对文学的很多看法，我们会把文学作为文化产业行为来看，重视其创意化本质：一种包含审美趣味但更重视其对于艺术常规的超越——创意性表达，因此，创意性是文学的本质，一直以来的审美性、文学性等说法恐怕要退场了。当我们把文学作为公共文化产品和活动来看，我们则是重视文学的公共属性，重视它如何激发了个体的创造潜能和公共交往（教育）功能等。因而，文学走出精英分子的纯粹审美主义范围是在形成一种新的文化观念，或者说是在用新人文主义观来处理今天的文学。这才是研究小说类型学的根本价值所在，它在这个维度上与马克思主义美学对全人教育和自由追求是殊途同归的。因而小说类型学是开放的研究，等着有相同信仰的有缘人一起来推进。

随着本书的出版，我的小说类型学基本理论探索工作算是告一段落。但，这并不意味着我不再做小说类型学研究了。接下来，我想做的工作是从事网络小说类型学批评方法研究，这是我一直想做的"实用批评"。小说类型学如果不能直面文本开展快速有效的批评工作，不能有效指导小说创作，这种理论还会有生命力吗？希望在未来三年，我能推出网络小说类型学批评的专著，组成我对小说类型研究的三部曲。我知道，在当代这个大理论流行的学术界，我的小理论尝试会显得微不足道，抑或它终究避免不了出版即被覆盖的命运。但我顾不了这么多，理论的命运谁也无法决定，那就交给时间去处理吧。对我而言，这就是一段学术生命的印记。

最后，我要感谢导师葛红兵教授引我走上小说类型学研究这条路，葛老师是中国小说类型学的提倡者，我是顺着他指引的路笨拙前行，该书的一些想法都得到过葛老师的提点。我也要感谢博士后合作导师王杰教授，他的马克思主义美学是指引小说类型学研究的一道光谱，帮助我穿越了一些形式游戏的缠绕。感谢我的老东家——上海政法学院赞助出版本书（虽然我已经调离上政两年，但学校还是有情有义地资助了我，我对工作了 10 年的上政永远心存感念）。感谢高翔博士参与了本课题中对小说创意价值评估的研究工作。感谢所有支持小说类型学研究的师友，名单太长，此处只能省略了。也借此机会，感谢本书的责任编辑周心怡，她的耐心等待让我能从容修改文稿，而其细致的校对则使本书避免了不少文字上的错误，希望有缘再次合作。

张永禄

2022 年 7 月 8 日于上海高考酷暑中